SÉRIE NOIRE

Collection créée par Marcel Duhamel

Pour Roselyne,

THOMAS BRONNEC

COLLAPSUS

Quel est le prix à payer pour sauver l'humanité ?

Et surtout...

Qui le fixe ?

Bonne lecture,

Thomas Bronnec

nrf

GALLIMARD

PREMIÈRE PARTIE

Dans le meilleur des cas, une conscience aiguë du temps profond nous aidera peut-être à comprendre que nous sommes pris dans un réseau de dons, d'héritages et de transmissions couvrant des millions d'années dans le passé et des millions d'autres dans le futur, et qu'il faut réfléchir à ce que nous laissons derrière nous, pour les êtres et les âges qui nous succéderont.

ROBERT MACFARLANE, *Underland, Voyage au centre de la Terre*, 2019

1

Vendredi 30 avril

17h30

Des cris ouatés la sortent doucement d'un de ces sommeils vaporeux dont elle doit se contenter depuis bientôt trois jours. D'instinct, ses yeux se tournent vers le landau mais elle sait que ces braillements n'ont rien à voir avec ceux de son bébé, si profondément endormi à quelques centimètres d'elle. Ce ne sont pas des hurlements poussés par une petite personne en détresse. Ça ressemble plutôt à la clameur d'une foule, étouffée par le double vitrage des vantaux de la suite dans laquelle elle se repose.

Anaïs Fleurance s'assoit sur le lit, elle pose les mains en arrière sur le matelas, sans quitter des yeux son bébé, assoupi les mains jointes sur la poitrine – « on dirait un gisant », se dit-elle sans comprendre pourquoi cette pensée lui traverse l'esprit. Elle cherche à l'aveugle ses chaussons en déplaçant précautionneusement ses pieds sur le sol. Elle se lève, se met à la fenêtre, à l'abri derrière le rideau. Ce qu'elle voit la saisit d'effroi.

La rue Nicolo est noire de monde. Des centaines de manifestants s'agglutinent jusque dans les garages de l'immeuble en face. Elle est hypnotisée par les pancartes qu'ils brandissent fièrement. Elle les lit toutes, toutes celles qui sont dans son champ de vision.

SI TU AIMES TES ENFANTS, NE LES METS PAS AU MONDE : C'EST UNE POUBELLE

FAITES L'AMOUR SI VOUS VOULEZ, MAIS PAS DE BÉBÉ, C'EST MAUVAIS POUR LA PLANÈTE

UN ENFANT ÇA VA, TROIS ENFANTS, BONJOUR LES DÉGÂTS

ARRÊTEZ DE BAISER SI VOUS POUVEZ PAS VOUS CONTRÔLER

VOUS POLLUEZ, SI VOUS VOUS ÉTEIGNEZ ON VA PAS VOUS PLEURER

D'instinct, Anaïs Fleurance saisit son bébé dans le berceau et le serre contre sa poitrine, comme si on allait le lui arracher. Réveillé en sursaut, l'enfant se met à pleurer. Elle lui tapote le dos pour essayer de le rassurer. Cette foule de fanatiques en bas lui fait l'effet d'une mêlée de rugbymen qui poussent tous dans le même sens jusqu'à ce que l'adversaire cède.

Quelqu'un toque à la porte. Anaïs Fleurance sent sa gorge se serrer, mais elle lance tout de même, d'une voix qui se brise étrangement dans les aigus :

— Entrez.

Une infirmière s'avance en souriant, mais son visage enjoué lui semble factice. Anaïs Fleurance lit immédiatement la tension dans le regard de la jeune femme.

— Tout va bien avec le bébé, madame Fleurance ? J'ai entendu pleurer, je me suis permis…

L'enfant crie, de plus en plus fort, de plus en plus vite. Son visage est rouge, de plus en plus rouge, ses traits se boursouflent, comme s'il allait se déchirer, comme s'il allait éclater.

— C'est un ange. Il dort très bien. C'est ma faute si… s'il pleure comme ça.

— Il a mal au ventre, peut-être. Donnez-le-moi si vous voulez.

Anaïs Fleurance se recule légèrement. Ses doigts se crispent sur le corps de son fils, ses ongles accrochent le tissu du body. Elle n'a qu'une envie, quitter cet endroit au plus vite.

Depuis trois jours, pourtant, depuis ses premières contractions et sa prise en charge par l'équipe de la maternité, elle se félicite d'avoir choisi la clinique de la Muette pour accoucher. C'est son mari qui avait insisté. « C'est soit ça, soit l'hôpital américain à Neuilly », avait-il dit. Et il avait ajouté, avec ce langage à la limite de la vulgarité qu'il affectionne parfois : « Y a pas à tortiller. C'est ce qui se fait de mieux. »

Elle se serait contentée d'un hôpital ordinaire. Elle a encore du mal avec tout ça. Un appartement à l'intérieur même de l'établissement… Elle se sent un peu coupable. Olivier ne comprend pas ça, qu'elle puisse avoir du mal à assumer tout cet étalage.

— Je crois qu'il a peur, murmure-t-elle.

L'infirmière sourit, s'approche d'elle, lui fait signe de s'asseoir au bord du lit. Elle prend place à côté d'elle, pose sa main sur son bras. Dehors, le tumulte ne s'arrête pas. Au contraire, il lui semble que le grondement de la foule redouble de vigueur. Les cris résonnent dans son crâne, comme s'ils se cognaient sans cesse en essayant d'en sortir. Elle ferme les yeux quelques secondes comme si cela pouvait la soulager.

— Si vous avez peur, il aura peur, lui aussi. Vous lui transmettez toutes vos émotions, vous savez.

La voix de l'infirmière est douce et apaisante. Elle a presque envie de la croire quand elle dit, en caressant le dos de son nouveau-né, que tout va bien se passer.

— Charles, murmure Anaïs Fleurance en souriant, mon petit Charly…

— Voilà, c'est bien, constate l'infirmière, il se calme. Voyez…

L'alarme couvre tout à coup le son de sa voix, stridente, assourdissante. Sa puissance acoustique emplit tout l'espace et paralyse les deux femmes pendant un instant. Anaïs Fleurance croit entendre l'infirmière lâcher, avant de se ruer hors de la chambre : « Les sauvages… ils ont fini par entrer. » Elle a envie de crier, de s'enfuir, mais tout ce qu'elle fait, c'est couvrir les oreilles de son bébé pour le protéger de l'agression sonore qui ne cesse pas. Elle voudrait appeler son mari, mais elle n'arrive pas à décoller ses mains du visage de l'enfant.

Anaïs Fleurance fixe la porte de sa suite, restée entrebâillée, hypnotisée par cette brèche sur le chaos qui se devine en bas. C'est comme si une force invisible pesait sur ses épaules pour l'empêcher de bouger. Elle ferme les yeux, sonnée par l'alarme, résignée à attendre qu'elle s'éteigne d'elle-même. Elle est ailleurs, dans un autre monde que celui-là, mais dans l'obscurité nourrie de ce son qui perfore son crâne, elle entend d'autres bruits. Des cris. L'éclat d'une vitre. Une cavalcade. Le grondement sourd d'un orage qui se rapproche.

Elle se penche vers Charles, détache doucement ses mains de ses oreilles et lui murmure en tremblant :

— Ne pleure pas. S'il te plaît… Ne pleure pas.

L'enfant la regarde et grimace en silence pendant quelques instants, avant de hurler. Mais c'est comme si elle ne l'entendait pas, comme si ses pleurs n'avaient pas la force de se frayer un chemin dans le tumulte qui l'agrippe. Elle attrape son téléphone et cherche le numéro de son mari.

— Décroche. S'il te plaît, implore-t-elle alors que les sonneries se perdent dans le vide avant de s'écraser sur la voix préenregistrée du répondeur.

Elle ne laisse jamais de message vocal. Elle lui envoie un SMS qu'elle tape à la va-vite :

Rappelle-moi Olivier stp

Le bébé braille si fort qu'il ressemble à un ballon de baudruche qui gonfle, gonfle, jusqu'à éclater. Elle n'arrive plus à le toucher. Elle ne fait que regarder son téléphone, qui vient de se verrouiller automatiquement. L'appareil semble mort.

Elle l'attrape et le serre dans son poing, alors que la porte claque avec fracas. Plusieurs manifestants sont sur le seuil de la suite. Les autres ont dû s'éparpiller dans tout le bâtiment. Ils hésitent à entrer. Anaïs Fleurance, elle, tremble et attend dans la chambre. Elle sait qu'ils la voient. Ils discutent entre eux, la montrent du doigt. Certains d'entre eux rient. Elle baisse les yeux, jette un coup d'œil furtif à son téléphone, espérant qu'il sonne enfin. Olivier saurait quoi faire. Il saurait la tirer de là. Mais il ne se passe rien, et deux femmes se mettent à marcher vers elle.

Une petite rousse quelconque, en vareuse, lui gueule dessus pour qu'elle puisse l'entendre :

— T'as quel âge ?

— Vingt-sept ans, répond Anaïs Fleurance, docile, en hoquetant.

— J'entends pas, putain, crie la jeune femme en se rapprochant d'elle. Ton bébé, là, il gueule plus fort que cette putain d'alarme !

— Vingt-sept ans, répète Anaïs Fleurance.

— Faut pas avoir peur, ma belle, rigole l'autre femme, une blonde, à la voix éraillée. Mais fais-le taire, par pitié !

— C'est plutôt bien ici, constate la rousse. C'est même plus grand que chez moi.

Les deux femmes crient pour se faire entendre au-delà de l'alarme qui sonne sans aucune pitié.

— Ouais. Sept cents ou huit cents balles la nuit, au moins. Mais c'est pas toi qui payes, ma belle, hein ? C'est ton mec, ou la sécu, ou la mutuelle. Enfin, on s'en fout. Vous trouvez toujours le moyen de pas payer.

— Au propre comme au figuré, reprend la rousse. Pour vous, c'est l'impunité. Vous pondez un gosse, et c'est les autres qui en subissent les conséquences. C'est pas qu'il est pas mignon, hein. On lui en veut pas personnellement, ni à toi. Mais tu vois…

Anaïs Fleurance voudrait que ça s'arrête. Elle voudrait juste le silence. Elle pose son téléphone sur les draps, à côté d'elle, et colle le petit Charly contre sa poitrine comme un bouclier contre ces femmes. Elle se penche légèrement en arrière pour qu'il tienne tout seul, le visage enfoui dans son aisselle. Elle appuie sur ses tempes pour le préserver, elle appuie fort, de plus en plus fort, tellement fort qu'elle sent la paume de ses mains s'enfoncer dans les os du crâne de son bébé, comme si elle le prenait dans un étau.

— Écoute-moi bien, miss Rockefeller.

Anaïs Fleurance ferme les yeux. Elle ne veut plus voir cette femme qui s'est approchée à quelques centimètres d'elle, son regard planté dans le sien. Elle voudrait disparaître, quitter ce cauchemar. Elle sent sur son crâne deux doigts qui tapotent comme on toque à une porte.

— Ça sonne creux, bordel de merde ! Y a quelqu'un là-dedans ?

Elle sent des larmes s'échapper de ses paupières closes, et couler le long de ses joues. Elle est prise d'un tremblement qu'elle peine à contrôler.

— Tu peux pleurer, ça changera rien. Tu veux peut-être pas m'écouter, mais tu vas m'entendre. Tiens-le-toi pour dit, et dis-le à toutes tes copines dans vos salons ou vos rallyes : arrête de repeupler la France, on n'a pas besoin de vos gosses, on est déjà assez nombreux.

Anaïs Fleurance ouvre les yeux. Son regard est éteint, puis se réveille face à la colère et la férocité qui se dégagent de la femme. Sans lâcher son bébé, elle se lève, et recule d'un pas.

— Assez nombreux, tu comprends, répète la blonde en

criant dans le creux de son oreille et en lui mettant une petite tape dans le cou. Et fais-le taire, ton gosse, on te l'a déjà dit !

Elle tremble, se met à courir vers la fenêtre, l'ouvre et s'adosse au parapet, la main en avant. Elle ne veut pas que cette sorcière vienne souiller la peau de son bébé. Tout mais pas ça. Une bouffée d'air chaud liquéfie son corps. Elle se sent fondre.

La harpie marche doucement vers elle. Elle a un étrange sourire aux lèvres. Elle murmure :

— Tu croyais que la vie était simple et facile, hein ? Parce qu'elle l'a toujours été ? Parce que tu as trouvé un mari plein aux as qui a bien voulu t'engrosser ? Tu t'es acheté une assurance-vie avec ce gosse, hein ?

Elle tend le bras vers elle. La paume de sa main s'ouvre et se referme, plusieurs fois de suite. Anaïs Fleurance fixe cette main qui se trouve maintenant à quelques centimètres d'elle. L'air lui manque. Sa peau est enveloppée dans une vapeur torride. Un tressaillement brise son corps au moment où cette main s'appuie sur sa poitrine.

Elle sent, au moment de basculer dans le vide, le tissu de son pyjama qui se déchire. « Je t'aime, Charly », murmure-t-elle à l'oreille du bébé en tombant à pic dans la moiteur du vide.

Il lui semble que, le court instant que dure la chute, il a arrêté de pleurer, et ça l'apaise un peu avant qu'elle s'écrase cinq étages plus bas.

2

Vendredi 30 avril

Au même moment

Les mains dans le dos, Olivier Fleurance contemple la cave de verre, juste sous ses pieds. La fraîcheur de la climatisation irrite sa gorge. Il la racle sans discrétion, sans égard pour le maître d'hôtel qui patiente en silence depuis de trop longues secondes. Il relève le menton, et en fixant le tarmac, il demande :

— Château Margaux 85. Une seule bouteille. Vous n'en avez pas cinquante, j'imagine, de toute façon.

Le salon Astonsky est vide. Le président de la Compagnie du Lait n'aime pas la foule. L'immense aquarium où batifolent des dizaines de poissons l'indiffère au plus haut point. Seul l'intéresse son Gulfstream G700, avec ses hublots bleu lavande, ses ailes finement recourbées, ses réacteurs solides comme des obus.

Sans son avion, la piste d'atterrissage serait nue. Le trafic a fortement diminué depuis l'élection de Pierre Savidan à la présidence de la République. Un « malus aérien » a été instauré au cours de la première session parlementaire, qui double quasiment le prix des vols de courte durée. Le prix du carburant est artificiellement augmenté par des taxes qui s'empilent chaque année. Les patrons, les vedettes de cinéma, les clubs de foot rechignent de plus en plus à prendre leurs jets privés. Il y a chez eux de la peur, il y a de la honte, il y a de la tristesse aussi et de la rage parfois, de voir ce qu'est devenue la France et cette chasse aux riches qu'opère le pouvoir au nom de l'écologie. Olivier Fleurance n'éprouve rien de tout cela. Ça lui convient, à lui, d'être fidèle à ce qu'il a toujours été. Son argent, il ne l'a volé à personne. Faire comme si rien n'était en train de changer, continuer comme avant, c'est sa façon à lui de résister.

Et pourtant, ça change. En quatre ans, Savidan a fait bien davantage que tous ses prédécesseurs réunis pour réformer le tissu économique et industriel du pays. Le réformer, ou plutôt, le saccager. Sa « Stratégie nationale d'Élimination du Carbone », mise au point au terme de la première année d'exercice de la « Commission pour la planification écologique », a provoqué une épouvantable récession. L'apologie aveugle des « circuits courts » et la taxation des exportations pour compenser la pollution ont freiné le développement de milliers de PME, notamment dans l'agroalimentaire. La plupart des entreprises ont désormais un groupe électrogène pour pallier les coupures d'électricité provoquées par le plan d'arrêt du nucléaire, mis en œuvre de façon trop volontariste.

« Une saignée » : c'est comme ça que l'opposition a qualifié les centaines de milliers d'emplois détruits par l'idéologie mortifère de Savidan. La Compagnie du Lait a encore les épaules pour supporter ça, mais Olivier Fleurance, lui, a de moins en moins de patience. Si un jour on lui avait dit qu'il regretterait le parti socialiste… Mais le parti socialiste n'existe plus, tétanisé par cet abruti millénariste qui a su faire suffisamment peur pour vendre ensuite n'importe quoi à un pays anesthésié par des décennies d'impuissance politique, sorti exsangue de trop nombreuses années sous Covid.

La bouteille lui est tendue comme un trésor, dans un coffret en chêne. À travers les baies vitrées, il aperçoit le pilote tirer sur sa cigarette. C'est le seul défaut de Steve Benzel, un ancien de l'US Army, aux commandes d'un avion ravitailleur pendant une dizaine d'années. Il fume, il fume, il fume, un peu de tout, tout le temps. Olivier Fleurance a tellement confiance en lui qu'il l'autoriserait à allumer ses clopes en vol, s'il le lui demandait.

Il fait un signe au maître d'hôtel, descend tranquillement l'escalier et pousse la porte pour se retrouver sur la piste. Le vent chaud lui fouette la face, les pans de sa veste s'envolent. À mesure qu'il marche vers le jet, il sent déjà la sueur couler le long de son dos.

— On va avoir de l'orage, lâche-t-il à Steve Benzel.

Le pilote lui sourit. Dans les plissements de son front, des gouttes naissent et coulent de part et d'autre des yeux.

— C'est pas prévu. Les conditions sont optimales. À part la chaleur. On pourrait faire un barbecue sur les ailes.

Olivier Fleurance lui tend le coffret.

— C'est pour vous.

Steve Benzel a l'air surpris.

— Ce serait plutôt à moi de vous faire un cadeau… Félicitations, monsieur Fleurance.

— Merci, Steve. En plus, un petit couillu… ça va me changer des gonzesses, plaisante-t-il. Vous rentrez bientôt à Raleigh, non ? Vous la boirez en famille. En l'honneur de la France. Ou de ce qu'il en reste.

D'une pichenette, le pilote envoie valser son mégot sur le bitume. Il l'écrase soigneusement avec son talon, comme s'il s'agissait d'un frelon asiatique.

Olivier Fleurance monte les quelques marches qui mènent à la cabine. Son steward, Stéphane Pierron, a tout préparé. La bouteille de San Pellegrino, le bol d'olives noires directement importées de Kalamata, quelques toasts de truite fumée, *Society*, *Le Canard enchaîné* et *We demain* parce qu'il faut bien connaître ses ennemis. Le « partage », la « proximité », la « révolution citoyenne »… Olivier Fleurance n'en peut plus de ce galimatias auquel trop de gens ont fini par croire et qui a amené ce clown au pouvoir.

Il se laisse tomber dans son fauteuil en nubuck, vérifie son smartphone où les alertes se sont multipliées.

LES ÉCHOS

Le gouvernement envisage une réforme complète du commerce de la viande

LE PARISIEN

Contesté par la rue, il touche le fond dans les sondages : Pierre Savidan peut-il tenir ?

FINANCIAL TIMES OPINION

How France has sinked into green nightmare in less than three years

LE MONDE

« Incontrôlable » ou « salutaire » : enquête sur le radicalisme vert

LIBÉRATION

La Compagnie du Lait, la pollution en bande organisée

Rien que le titre… Tout est à charge, avec ce journal de gauchos, qui s'est transformé en supplétif du président. L'année précédente déjà, les journalistes de ce torchon, soutenu à bout de bras par les subventions publiques, avaient érigé en « lanceurs d'alerte » les habitants de Bouchamps-lès-Craon, en Mayenne, parce qu'ils avaient découvert des traces blanchâtres dans l'Oudon. Ils assuraient qu'elles provenaient de l'usine située en amont, dédiée à la production du lait infantile, Milky, le numéro un mondial. Une des plus belles marques de la Compagnie. Et depuis, ils tirent le fil, ces cons. Ils montent en épingle n'importe quel signalement de n'importe quel gugusse.

Ils ne savent pas ce que c'est, gérer une entreprise. Olivier Fleurance se souvient de sa conversation avec le journaliste, qui ne comprenait rien à rien, qui lui foutait sous les yeux des bouts de phrases extraites de rapports tronqués et le questionnait comme un flic. Il avait fini par lui lâcher : « Vous êtes incroyable. À vous entendre, ma principale préoccupation dans la vie serait de polluer les rivières à proximité de mes usines. Mais je ne me lève pas tous les matins en me disant : "Chouette, comment je vais faire pour saloper la nature ce matin !" Enfin, soyez sérieux. Grandissez un peu. »

Il soupire, fait défiler la suite de ses notifications. Un appel manqué d'Anaïs. Un SMS un peu sec.

Rappelle-moi Olivier stp

Il sourit, parce qu'elle l'attendrit, à être si peu sûre d'elle, à avoir si peu d'instinct maternel. Depuis la naissance de Charles, elle manque de s'évanouir dès qu'il pleure et lui dit toujours : « Tu en as eu deux avant. Toi, tu sais comment faire. » Comment faire ? Il ne s'est pas occupé de grand-chose avec Estelle et Laure. Alors, non, il ne peut pas vraiment l'aider. Il est P-DG de la Compagnie du Lait, pas un de ces parasites qui restent à rien foutre à la maison sous prétexte de s'occuper des gosses. C'est ceux-là qui finissent par voter Savidan.

Il appelle, mais elle ne répond pas. Le petit a dû s'assoupir, et elle avec. Il s'attarde quelques secondes devant une photo de son fils qui dort dans son landau. Ça l'embête un peu de s'absenter après seulement trois jours, mais Anaïs est habituée. Au moins, il a pu assister à l'accouchement. Elle avait insisté. Il l'a fait pour elle. Il a fait ce gamin pour elle, aussi. Il n'y tenait pas plus que ça, mais le fait que ce soit un garçon, ça apporte un peu de nouveauté. Il se sent bien, aussi bien que possible.

Avec l'ongle de son petit doigt, il retire délicatement un bout de peau morte sur sa lèvre supérieure. Il n'évite pas un léger saignement et l'humecte avec sa langue. Il attrape la bouteille de San Pellegrino et boit à même le goulot, avant de se plonger dans la lecture du *Canard*. Le journal satirique n'est pas en grande forme mais quelques dessins arrivent à le faire sourire. L'un d'eux, signé Vuillemin, illustre l'obsession du pouvoir pour l'énergie photovoltaïque. Il montre Pierre Savidan se baladant dans les rues de Paris, à la fenêtre d'un carrosse escorté par des hippies à trottinettes exténués par la chaleur : « Y en a marre du Roi solaire ».

— Ah, Stéphane, lâche-t-il en voyant arriver le steward. Comment allez-vous ?

Stéphane Pierron est rigide et pâle, engoncé dans une chemise trop serrée qui fait ressortir sa bedaine naissante.

— On a un problème, monsieur. On ne peut pas décoller.

— Comment ça, on ne peut pas décoller ?

— Regardez par le hublot, monsieur.

D'un coup sec, Olivier Fleurance pousse le volet vers le haut. Il aperçoit une dizaine de personnes sous l'aile de l'avion, qui tiennent à bout de bras une banderole où il peut lire : « Pitié pour la planète ».

— C'est pas quelques crasseux qui vont nous empêcher de vivre notre vie, quand même ! lance-t-il. S'ils veulent se prendre la fumée du réacteur dans la gueule au moment du décollage, j'irai pas pleurer.

— Venez voir, murmure le steward.

Olivier Fleurance inspire de manière trop appuyée pour masquer son agacement, mais il se lève et suit Stéphane Pierron jusqu'au cockpit, où est installé Steve Benzel. L'Américain ne se retourne même pas en lâchant à travers son chewing-gum :

— *I don't like that. I don't like that at all.*

Sur le tarmac, sous le nez de l'avion, une foule impressionnante, où chacun tient ses deux voisins par le bras, forme un arc de cercle, comme une chaîne humaine qui empêche le jet d'avancer. Devant eux, les meneurs du mouvement gueulent dans un mégaphone des phrases qui touchent Olivier Fleurance au cœur, comme s'il était visé personnellement : « Votre bon plaisir ne justifie pas ces tonnes de CO_2 », « Les caprices à la poubelle », « Pollueur, quand vas-tu payer pour nos rivières ? ». À l'horizon, la piste a l'air de trembler, transformée en une flaque luisante à la lumière du soleil.

— J'ai à peine eu le temps de les voir arriver, dit Steve Benzel. Il n'y avait personne, et en trente secondes, ils étaient là, comme ça. Ils ont surgi de nulle part. *I don't like that*, décidément.

— Bon, lâche Olivier Fleurance en sortant son téléphone portable.

Il fait défiler les noms de son répertoire puis colle le smartphone à son oreille droite. André Pereira ne décroche pas. Olivier Fleurance observe les manifestants s'approcher. « Combien sont-ils, ces cons ? » se demande-t-il en les comptant grossièrement. Plus d'une centaine, peut-être deux cents. Certains ont sorti des chaînes.

Il regarde sa montre, puis du côté des hangars. Deux militaires de l'opération Sentinelle, AK 47 à l'épaule, assistent passivement à la manifestation. Olivier Fleurance entend quelques sirènes au loin. Le téléphone vibre dans la poche de sa veste. André Pereira explique :

— Je suis au courant. J'ai fait envoyer deux cars de CRS. Mais ils n'iront pas au *fight*. Ça peut durer.

— Excuse-moi, André, dit Olivier Fleurance, glacial. Je pensais que tu étais préfet de police. Apparemment, j'ai dû me tromper.

— Me fais pas la leçon. Crois-moi, ils rêveraient de taper dans le tas. Mais ça n'arrivera pas. Ordre du ministre : du dialogue, pas de violences. Prends ton mal en patience.

« Il faut tout faire soi-même », pense Olivier Fleurance en quittant la cabine de pilotage. Steve Benzel se lève de son siège et le suit. Les deux hommes, le dos voûté, sortent de l'appareil et descendent les marches pour se retrouver sur le tarmac, où trois compagnies de CRS marchent vers les manifestants. Le commandant les voit et leur fait signe de s'arrêter, d'un geste de la main qui veut dire : « Restez où vous êtes. »

Il a relevé sa visière, baissé le bas de sa cagoule. Son visage fermé, rougeaud et suintant, se détend lorsque les représentants des manifestants viennent à sa rencontre. Un homme et deux femmes, les bras enlacés. La conversation dure peut-être deux minutes, mais Olivier Fleurance n'entend pas ce qu'ils se disent.

Le commandant se dirige enfin vers lui.

— Vous êtes bien le propriétaire de l'avion ?

— Oui. Olivier Fleurance.

— Bien. Je suis désolé, mais ils ont l'intention de rester.

— J'ai bien compris, commandant. Ils commencent même à s'enchaîner au train d'atterrissage. Et vous allez les laisser faire ?

— Je vais vous faire une confidence. Il n'y aurait que moi, je foncerais dans le tas, monsieur Fleurance. Mais il n'y a pas que moi. Alors oui, on les laisse faire. Ordre de Beauvau.

— Au nom de quoi ?

— La liberté de manifester.

— Et la liberté de se déplacer, on s'en cogne ?

— On reste là, à distance, juste au cas où il y aurait du grabuge. Mais ils ont l'air pacifiques. Et patients. Ils veulent juste empêcher cet avion de décoller. S'ils vous voient renoncer à le prendre, ils finiront par partir, eux aussi.

— Donc je n'ai plus le droit de me déplacer dans *mon* avion, c'est bien ça ?

Le commandant se mord la lèvre. Il baisse la tête, déglutit avec difficulté et commence à parler, avant de se raviser.

— On reste là. Juste au cas où, répète-t-il finalement.

Olivier Fleurance le regarde, un petit sourire narquois aux lèvres. Il se retourne et murmure entre ses dents, suffisamment fort tout de même pour que le commandant l'entende : « Les petits caporaux, voilà ce qui va faire crever la France. » Il marche vers les leaders du mouvement. Les deux femmes se ressemblent étrangement, brunes, les cheveux en pagaille, sans maquillage, petites et laides, au final. « Peut-être des sœurs », se dit-il. C'est à l'homme qu'il s'adresse, un pauvre type en bermuda et chemise rouge, à la barbe mal taillée, malingre mais qui le dépasse d'une bonne tête. Alors qu'il s'approche de lui, il sent l'odeur de sa sueur, une odeur de fauve, âpre et gâtée. Un fauve en rut qui semble prêt à lui sauter à la gorge. Olivier Fleurance n'a pas peur de lui.

— J'imagine que vous savez qui je suis ?

L'homme ricane, sans se détacher des deux femmes à ses côtés. Elles sourient, elles aussi.

— Et toi, tu sais qui on est ?

Olivier Fleurance tente de se contenir. Le tutoiement l'exaspère. Tout l'exaspère, chez cet homme. Le laisser-aller dans l'apparence, l'arrogance, la certitude qu'on lui devine d'être du côté du Bien.

— Des emmerdeurs.

— Et des emmerdeuses, embraye l'une des deux femmes.

« Toi, la grosse pute, ta gueule », pense Olivier Fleurance en lui accordant un bref regard. Son T-shirt kaki a beau être ample, il est constellé de taches sombres qui correspondent aux endroits où la sueur le colle à la peau : la poitrine, les aisselles, le ventre… Il se pince les lèvres. « Une vraie truie », se dit-il.

— Tout va bien, monsieur Fleurance ? entend-il derrière lui.

Steve Benzel est à sa hauteur, une cigarette aux lèvres. L'ancien militaire toise l'homme au bermuda. Il s'approche de lui, un peu trop près.

— Recule, ordonne l'homme à Steve Benzel.

— Tu as oublié de dire « s'il te plaît ».

Un silence, puis la réponse, accompagnée d'un rictus goguenard à destination d'Olivier Fleurance :

— S'il te plaît, monsieur le pollueur en chef, dis à ton cerbère qu'il ne nous fait pas peur et qu'il faut qu'il recule. Sinon…

— Sinon quoi ? le coupe Steve Benzel en s'esclaffant. Tu vas nous faire quoi, si je recule pas ?

Derrière l'homme au bermuda, un groupe d'une quinzaine de militants s'approche tranquillement. Plusieurs brandissent leur smartphone. L'un d'eux a même une caméra qui ressemble à du matériel de professionnel. D'instinct, Olivier Fleurance jette un coup d'œil aux CRS. Ils observent la scène, bouclier posé devant eux. Ils semblent totalement passifs.

— Bon, la plaisanterie a assez duré. Je dois être à Marseille dans une heure. Si vous partez maintenant, je serai à peine en retard, et je m'engage à ne pas porter plainte.

L'homme se retourne, braillant à destination des militants derrière lui :

— Vous avez entendu ? Si on part maintenant, M. le pollueur en chef ne portera pas plainte. C'est tentant, non ?

— Non, crie la foule. On reste !

— Tu vois, dit l'homme, railleur. J'ai fait ce que j'ai pu, mais ils ne veulent pas… Je peux pas les obliger, hein. Et puis, tu sais, nous, on veut juste te rendre service.

— Et nous, on veut décoller, gueule Steve Benzel. Tu entends : dé-co-ller, poursuit-il en s'approchant encore un peu plus de l'homme, jusqu'à appuyer son front contre le sien.

— Calme-toi, Cerbère. Je parle à ton patron.

— Steve, reculez, lâche Olivier Fleurance en lui attrapant doucement le bras. Ils sont en train de nous filmer. Ils attendent qu'on fasse un faux pas. Laissez tomber.

Il devine que le pilote lutte pour ne pas frapper l'homme. Lui-même n'a qu'une envie à ce moment précis : lui foutre un coup de genou dans la gueule, puis le rouer de coups quand il sera à terre, des coups de pied dans les côtes, le ventre, la face, lui éclater le nez et les lèvres, voir son sang se répandre sur le bitume et l'entendre demander pitié à travers ses dents brisées par la violence des chocs qu'il lui infligerait. Le laisser agoniser et voir son avion lui rouler dessus, écraser le corps de cet échalas qui, accompagné de ses guignols répugnants, croit pouvoir se permettre d'interrompre sa marche en avant.

Il tire Steve Benzel vers lui. Tous deux se réfugient vers le

Gulfstream, sous les cris haineux des militants qui se mettent à leur jeter des rouleaux de papier toilette, des pommes de terre, des fruits, des balles de tennis, des saucisses, sans qu'il comprenne pourquoi on leur balance tous ces projectiles improbables. Stéphane Pierron les accueille sur le seuil de la porte, professionnel jusqu'au bout. Il semble à la fois paniqué et soulagé, comme s'il venait d'échapper à un danger extrême.

— On va se prendre un apéro tous les trois, tranquillement, lance Olivier Fleurance. Et puis on rentrera chacun chez soi. Je vous paierai comme si on avait décollé, naturellement.

« Putain de beatniks », soupire-t-il pour lui-même après quelques secondes, avant de décrocher son téléphone pour rappeler Anaïs.

Ce n'est pas elle qui décroche. La voix au bout du fil est celle d'un homme. Son cerveau refuse d'abord de comprendre de qui il s'agit, et ce qu'il lui dit, comme s'il avait élevé une herse contre l'extérieur. Il sent son propre cœur battre à défoncer sa poitrine. Il pense à celui de Charles qu'il écoutait lors des échographies auxquelles Anaïs avait réussi à le traîner, alors que cette voix inconnue lui répète :

— Je suis désolé, monsieur. Je suis désolé.

3

Vendredi 30 avril

20 h 15

Pierre Savidan n'a jamais aimé ce bureau, ni ce palais. Ni avant, ni après. Les tapisseries des Gobelins, le lustre Napoléon III avec ces cinquante-six lumières – c'est ce qu'on dit, il ne les a jamais comptées –, l'impératrice Eugénie pour qui cette pièce a été décorée… Rien de cela ne lui parle. Il habitait un corps de ferme et le voilà dans le palais d'un roi. C'est si éloigné de lui, si éloigné de ce qui l'a amené ici. S'il a été élu, c'est parce qu'il n'était pas comme eux, parce qu'il ne faisait pas partie de cette intelligentsia qui s'était si longtemps accommodée de la destruction lente et méthodique des hommes et de leur planète.

L'Histoire n'intéresse pas tellement Pierre Savidan et il trouve injustes ces articles qui l'accusent de s'être lové, lui aussi, dans les rites monarchiques de cette Ve République avec laquelle il avait promis d'en finir. On lui cherche des failles pour le ramener au même niveau que ses prédécesseurs, des rois sans vision qui ne savaient que préparer leur pitoyable réélection. Il avait assuré qu'il déménagerait le siège de la présidence de la République, qu'il gouvernerait depuis ses marécages encerclés par les abers. Mais il n'a pas voulu perdre de temps avec ça. L'avenir du pays et celui de la planète lui ont paru plus urgents. Il n'y a que les idiots qui ont cru y voir un renoncement. Il n'a pas déménagé, c'est vrai. Mais il a fait tellement plus.

Après le petit miracle de son accession à l'Élysée, il n'avait pas eu d'état de grâce. Les Français, pour la plupart, étaient sceptiques, mais semblaient prêts à lui laisser sa chance. Personne ne s'était mobilisé contre le 100 % bio dans les cantines scolaires ou le plan d'investissement géant – 100 milliards d'euros – pour accélérer la rénovation des passoires thermiques, et encourager les mobilités douces et les transports collectifs. Ses opposants s'étaient moqués de lui quand il avait pris en exemple les « taxis-brousse », en l'accusant de racisme au passage. Quand il avait nommé un ministre du Bien-être animal, il avait aussi essuyé quelques sarcasmes sur l'air de : « Est-ce bien la priorité ? »

Le vote d'un impôt sur le patrimoine et la hausse progressive de la fiscalité sur le capital, désormais plus élevée que sur le travail, avaient déclenché la colère des milieux économiques mais au fond, l'élite du pays restait en terrain connu, croyant avoir affaire à une sorte de « socialisme vert », essayant de le rattacher à quelque chose de familier.

Mais Pierre Savidan n'avait rien de familier, non, vraiment rien. Et s'il se retourne sur ces quatre années au pouvoir, ce dont il est le plus fier, c'est d'avoir réussi à effrayer tous ces gens qui se croyaient protégés par l'immunité du fric. La sortie du nucléaire en dix ans, l'« impôt punitif » sur les profits des banques qui investissent dans les entreprises les plus polluantes, la fin des aides publiques pour les acteurs qui poursuivent leur activité dans les énergies fossiles : pour contester cela, les barons du capitalisme français ne sont pas sortis dans la rue, évidemment, mais ils ont mobilisé toutes leurs forces pour bourrer le crâne des Français et leur faire croire que Pierre Savidan faisait fausse route, et qu'à ce rythme-là, ils seraient tous au chômage à la fin du quinquennat.

Celui-ci se termine dans un an et il n'y a pas plus de misère qu'à son arrivée. C'est déjà une victoire pour lui, le début de la preuve qu'on peut inventer une autre façon de vivre ensemble. Mais ça aurait été trop facile de jouer seulement la carte du peuple contre l'élite et il avait fallu mettre tout le pays en mouvement, avec ce grand projet qu'était le « scoring écologique individuel ». Pierre Savidan avait esquissé l'idée du SEI pendant sa campagne victorieuse, mais il l'avait laissée de côté pendant les premiers mois. Une année de débats, souvent musclés, avait été nécessaire. Il y avait eu des allers-retours sans fin entre l'Assemblée nationale, où la majorité était ténue, et le Sénat, toujours contrôlé par les partis traditionnels qui semblaient s'être ligués contre lui. Des protestations, souvent violentes, avaient éclaté au nom de la défense de la liberté. L'« anti-savidanisme » était né là, pendant ces mois de manifestations régulières, dont les rangs grossissaient au fil des jours et qui, régulièrement, refont encore surface.

Mais le gouvernement de la Première ministre, Amélie Duscault, avait réussi à faire voter la loi. En fonction de ses modes de transport, de son emploi, de son régime alimentaire, de ses revenus, de la composition de son foyer, de l'ensemble de ses actions au quotidien, chacun peut désormais disposer d'une note qui évolue au gré d'un algorithme dont le code informatique, en gage de bonne foi, a été rendu public. Le SEI fonctionne sur un système de bonus particulièrement incitatif. Même si l'application n'a pas encore pu être rendue obligatoire, à cause de l'opposition proclamée haut et fort du Conseil constitutionnel et de son président, Julien Kerr, elle a su se rendre indispensable. Le crédit écologique est compris entre 50 et 950. Au-delà de 500, les impôts commencent à baisser.

Tout le monde a envie de payer moins d'impôts. Les plus riches, qui ont dû supporter la création de tranches aux taux extrêmement élevés à partir de 100 000 euros de revenus, et des taxes sur à peu près toutes les caractéristiques de leur mode de vie. Et les pauvres, assommés par la crise économique qui a suivi l'interminable pandémie de Covid et qui, à défaut de retrouver un emploi, sont prêts à tout tenter pour adopter un comportement vertueux, à partir du moment où Bercy leur reverse un chèque, s'ils sont non imposables.

Alors oui, tout le monde, ou presque, a fini par devenir un utilisateur de l'application, qui compte près de trente-huit millions de téléchargements. Trente-huit millions de personnes qui acceptent de dévoiler ce qu'elles sont, au travers de ce qu'elles font et qui, pour la promesse d'un chèque ou d'une ristourne, finissent par acheter une voiture électrique plutôt qu'un SUV, souscrivent à un fournisseur d'énergie alternatif plutôt qu'à EDF et son mix nucléaire-éolien, mangent de plus en plus végétarien et boycottent les mastodontes de l'agribusiness.

Certains disent que les Français se sont résignés. Lui préfère croire qu'ils se sont convertis, même s'il sait que la foi est fragile et qu'on lui réclamera bientôt des preuves que cette « grande révolution des usages » qu'il ne cesse de vanter a un véritable impact sur ce petit bout de planète qu'occupe le pays.

Pour ça, il a besoin de temps, encore. Rien ni personne ne l'a découragé même si, parfois, il se dit qu'il aurait préféré rester aux Fossés, au milieu des roselières et des salicornes, les pieds bien enfoncés dans la vase, au cœur d'une nature qui donne encore l'illusion d'être sauvage, dans cette propriété où il s'était installé plus de vingt ans auparavant. Il se le dit à lui, mais ne le souffle à personne d'autre.

Il n'était pas né pour le pouvoir. C'est le pouvoir qui était venu le chercher, au bout de vingt années. Vingt années qui l'ont mené de l'anonymat fragile à la magistrature suprême, des chambres d'hôpital aux fastes des palais de la République. Il avait commencé par organiser des stages pour aider à changer le point de vue des gens sur l'alimentation, et il a fini président de la République. De l'association qu'il avait fondée, Vitalise, jusqu'à l'Élysée, il avait fait bien plus que sa part pour changer le monde et se racheter aux yeux de ceux qui auraient pu avoir envie de le juger. Et ils étaient nombreux. Aujourd'hui encore, ses adversaires politiques puisent dans son lointain passé pour le discréditer. Rien ne l'énerve davantage que ces allusions récurrentes à des signalements anciens faits à la Mission interministérielle de vigilance et de lutte contre les dérives sectaires.

Oui, c'est vrai, à ses débuts, elle lui avait reproché de prôner l'arrêt des traitements médicaux traditionnels au profit de ses prescriptions personnalisées sur la nutrition. Oui, sans doute, il avait fait preuve d'un peu trop de zèle.

Mais le statut de miraculé qu'il s'était fabriqué lui avait autorisé un enthousiasme sans limites. Pierre Savidan savait séduire, convaincre, raconter ces histoires, vraies ou peut-être fausses, qui nourrissaient le mythe de la rédemption et de la régénération. Il était, à sa manière, un *born again*.

Il commençait toujours par montrer aux stagiaires de Vitalise son tatouage sur le biceps droit, un crâne dessiné sans talent à l'encre verdâtre et passée, sur une peau qui était restée curieusement rougie.

— Je l'ai fait le jour de mes dix-huit ans. Un symbole d'émancipation par rapport à mes parents. Un an après, je suis tombé gravement malade. Hépatite C. Une aiguille infectée, j'imagine. J'avais pas pris le meilleur tatoueur de la place, je n'avais pas beaucoup d'argent. Bref. Tuberculose. Pancréatite aiguë. Infection à la salmonelle. Dépression. Arrêt cardiaque. J'étais considéré comme un cas désespéré par les médecins. Et je suis toujours là. Vous savez pourquoi ? Grâce à une bonne alimentation. L'alimentation, c'est la base. La base d'une bonne santé. En une année, j'ai été remis sur pied. Alors j'ai voulu partager. Pendant ces trois jours ensemble, c'est ce qu'on va faire.

Il expliquait que toutes les maladies, du cancer à l'obésité, en passant par le diabète ou la sclérose en plaques, n'étaient que les différents symptômes d'un seul et même mal : l'excès de produits acides et de toxines dans le corps. Les fruits et légumes crus étaient capables de rétablir l'équilibre. Oui, il était allé trop loin, parfois, en affirmant que la chimiothérapie ajoutait de la toxicité à la toxicité du corps et que, pour vaincre le cancer, boire du jus de légumes et se reposer était amplement suffisant. Mais c'était il y a longtemps, et il avait fait son *mea culpa*, il avait expliqué qu'il avait corrigé le tir, au fil des années, et abandonné le sectarisme de ses débuts. La preuve, lui-même avait évolué : il n'était plus crudivore, mais simplement végétarien.

Pour Pierre Savidan, être végétarien était un art de vivre, une philosophie, et sa promesse, c'était de l'adapter à chacun. Il vendait des conseils personnalisés et vantait son approche « holistique », « centrée sur vous et sur vous seul », défendant le jeûne intermittent et le besoin de cures régulières de crudivorisme. Il s'était ouvert, il avait changé, mais il n'avait tout de même pas tout renié.

Au fil des années, Pierre Savidan s'était métamorphosé en une véritable star du monde veggie. Sa chaîne YouTube, fondée en 2010, comptait près d'un million d'abonnés. Petit à petit, fort d'une aura construite à coups de likes et de partages sur les réseaux sociaux, il avait élargi son champ d'action à l'écologie et à la préservation de la planète, pénétrant le domaine controversé de la collapsologie où il avait été accueilli comme un néophyte arrogant et ignorant.

À la veille de la présidentielle, Vitalise était devenue une véritable PME. L'association, qui avait six salariés et engageait des dizaines de prestataires, était le paravent d'une activité commerciale particulièrement lucrative. Pierre Savidan organisait dans son corps de ferme des Fossés des dizaines de ces stages thématiques où se pressaient ses adeptes. Il y parlait de cuisine, de gastronomie, mais aussi de santé et de méditation et surtout, d'écologie. Il y partageait ses réflexions sur l'actualité, en convoquant la psychologie et la sociologie qu'il mélangeait dans une espèce de pot-pourri quotidien qui auscultait l'état de la planète et celui de ses habitants, religieusement écouté par sa communauté qui débattait des solutions face à l'effondrement annoncé.

Pour s'inscrire aux stages « Iridologie », « Cure de jouvence » ou « La maladie de la civilisation », il fallait débourser entre 300 et 700 euros pour cinq jours, sans compter l'hébergement. Son site web vendait des centaines de produits, de l'extracteur de jus aux livres de recettes, en passant par les T-shirts et les mugs ou encore des abonnements aux AMAP, les Associations pour le maintien d'une agriculture paysanne, qui s'étaient affiliées à Vitalise et sur lesquelles il prélevait une commission de 10 %.

L'association avait été une rampe de lancement d'une incroyable efficacité pour sa campagne. Pierre Savidan s'était toujours défendu d'être un gourou ou un guérisseur. Il ne promettait jamais de miracle mais plutôt une discipline de soi, qu'il aidait simplement à acquérir. Quand il s'était lancé à l'assaut de l'Élysée, poussé par ses centaines de milliers de fans et adoubé en fin de course par le parti écologiste, il avait rappelé que tout le monde connaissait les solutions pour lutter contre le dérèglement climatique. Il suffisait d'avoir de la discipline collective. Son projet politique était basé sur ce qu'il avait toujours défendu : la réconciliation avec la nature.

On peut contester tout ce qu'il a mis en place, mais personne ne peut lui enlever ça : la France d'aujourd'hui n'est plus cette France bernée par le Medef et les lobbys. La société industrielle, psychopathe et destructrice, n'est pas encore morte mais elle a au moins cessé d'être insolente. La presse est toujours là, mais les plus virulents à son égard ne sont plus crus par personne. Cela n'empêche pas les journalistes d'inventer des scandales qui n'en sont pas. Ils ont Vitalise dans leur viseur. Grand bien leur fasse. Il n'a plus aucun lien avec l'association, même si elle a été la plus grande réussite de sa vie.

Il tente de s'absorber dans les images diffusées par BFM TV. Le désordre à l'intérieur de la clinique, les gens qui courent partout comme des poulets sans tête, qui cherchent à s'enfuir pour se retrouver au milieu d'une foule chauffée à blanc, les gaz lacrymogènes dans le hall d'accueil et dehors, le corps sans vie de cette pauvre femme…

Il a fallu appeler le patron de la chaîne pour que cesse la diffusion de la vidéo de sa chute depuis le cinquième étage. Prendre pour cible une maternité, le lendemain de la prise d'assaut d'une concession Renault qui avait fait un mort, ce n'était pas forcément l'idée du siècle. Mais toutes ces manifestations, plus ou moins violentes, qui rythment désormais la chronique journalistique quotidienne, ont au moins un mérite : l'inciter à aller plus vite, et plus loin.

Les sondeurs tentent de faire croire qu'il est le plus impopulaire des présidents de la Ve République. Les commentateurs parlent du « péché originel » de son élection, et d'un « malentendu » entre lui et les Français. Mais il est là, maintenant, et pour longtemps. Le peuple, *son* peuple, celui qui compte et qui sait, a repris ses droits, et il est hors de question de l'abandonner.

Il sursaute alors que sonne son téléphone. Un adolescent dans le corps d'un quadragénaire. Ce n'est pas *elle.* Il est déçu.

La voix de Lisa Viansson, mécanique et saccadée, est comme

amplifiée par le haut-parleur de son smartphone, posé à la verticale contre l'écran de son ordinateur. Lui aussi parle fort, comme s'il engueulait le téléphone.

— Tu es sur haut-parleur ?

Il décolle une squame de son cuir chevelu et l'examine attentivement. Un bout de peau morte, sec et grenat, qui laisse dans la broussaille de sa chevelure une croûte qu'il raclera de nouveau dès qu'elle se reformera. Sous son ongle, quelques traces de sang légèrement collant.

Évidemment, il est sur haut-parleur. L'autorisation de la 5G, au début de son mandat, n'a pas fait disparaître les doutes sur les effets sanitaires de cette technologie et il avait pris soin, en donnant de guerre lasse son aval au déploiement des nouvelles fréquences, de les assortir d'une immense campagne de communication pour inciter la population à prendre ses précautions. Une coque anti-ondes est obligatoirement vendue avec les nouveaux modèles de téléphone et le port du smartphone directement à l'oreille a été interdit l'année précédente. Lui-même se met toujours à plus d'un mètre de son téléphone et quand il le transporte, il utilise un de ces holsters nouvelle génération qui permettent de l'attacher autour du tibia, loin des organes vitaux.

— Tu es sur haut-parleur ? répète sa conseillère spéciale, qui supervise toute la communication. Je t'entends mal, Pierre. Tu peux mettre ton oreillette ?

Il faut accepter le fait que l'on a besoin de tout le monde. Lisa Viansson fait partie des pragmatiques qui ont longtemps essayé de faire évoluer les politiques publiques de l'intérieur. Il l'avait recrutée au tout début de sa campagne et c'est ce qui l'avait sauvée. Après la catastrophe de Bretten, elle avait fini par comprendre qu'il y avait un camp à choisir. Deux cent trente-six morts à cause d'une gigantesque coulée de boue sur l'A36 à hauteur de cette petite commune en banlieue de Mulhouse. Des corps par dizaines momifiés dans le limon, des carcasses de voitures statufiées dans une vase à la force démoniaque, qui avait déferlé comme un tsunami sur des automobilistes tout à coup transformés en martyrs. Comme un symbole de tout ce qu'il fallait changer.

— Je t'entends, Lisa, c'est bon, répond-il en se grattant frénétiquement la tête. C'est bon comme ça, répète-t-il.

— Pierre, il va falloir que tu prennes la parole.

— Pourquoi ?

— Pour les calmer. Et puis aussi…

Un silence, et Lisa Viansson reprend :

— La femme qui est morte…

— Oui ?

— C'est la femme d'Olivier Fleurance.

Il le sait déjà. Il a été prévenu tout de suite. Il regrette ce qui est arrivé, bien sûr. Qui peut se réjouir de la mort d'une jeune femme de vingt-sept ans ?

— Et pour arranger les choses, reprend Lisa Viansson : il s'est fait attaquer, lui aussi.

— « Attaquer », c'est peut-être un peu fort.

— Ils se sont enchaînés au train d'atterrissage pour empêcher son jet de décoller. J'ai l'impression qu'on perd chaque jour un peu plus le contrôle, Pierre. Ce serait bien d'appeler Fleurance. Tout ça, c'est tellement violent.

Pierre Savidan soupire. « C'est tellement violent. » Bien sûr que c'est violent. Mais ce qui est violent aussi, c'est ce qu'on fait subir à la planète, ce que font subir à la planète des gens comme Fleurance. Ce qui est violent, c'est ce que la planète nous fait subir en retour. Les tempêtes, les glissements de terrain, les canicules... Il est fatigué de cette litanie de catastrophes qui s'accumulent et s'accélèrent et que tout le monde voit comme autant de fatalités. Une femme meurt avec son bébé. C'est triste. Mais est-ce plus violent que ces corps qui dérivent au fond des rivières en crue, ou que les carcasses de nos anciens qu'on retrouve desséchées dans de vieux appartements sous les toits, transformés en four par les vagues interminables de chaleur ?

— Qu'est-ce qu'il foutait dans son jet alors que sa femme était à la maternité ?

— C'est pas ça qu'il faudra lui dire, Pierre.

— Je ne l'appellerai pas, Lisa. Ce type symbolise tout ce contre quoi je lutte depuis toujours. L'égoïsme et l'avidité. Sa Compagnie du Lait, c'est une fabrique à faire de la merde, et tu le sais.

À Bouchamps-lès-Craon, la faune avait été décimée à coups d'ammoniac par les fuites de l'usine Milky. Ailleurs, dans d'autres usines, des rejets de lactose ou de phosphore avaient produit les mêmes effets. Ce ne sont pas des accidents, mais une véritable politique menée à l'échelle du groupe.

La quasi-totalité des quatre-vingt-trois usines d'Olivier Fleurance dans le pays polluent les sites naturels à proximité desquels elles ont été installées. Non seulement il s'assoit sur le code de l'environnement, en falsifiant les quantités des eaux usées déversées et leur teneur en produits chimiques, mais il lui chie dessus allègrement en détournant les subventions publiques qui doivent normalement servir à investir en *process* industriels moins dévastateurs. Il a reçu plus de 400 millions d'euros, qui ont été affectés à tout, sauf à la lutte contre la pollution.

— Et si tu veux mon avis, renchérit Pierre Savidan, Fleurance devrait être en prison à cette heure.

— Pierre, ces types qui manifestaient, ils se réclament de toi. Ils se sentent encouragés par la politique qu'on mène et par la rhétorique que tu utilises. Il faut déplacer le curseur ou on va se faire déborder.

Elle aussi, alors. Elle aussi, elle l'encourage à renoncer, à s'abaisser à faire des compromis. Elle aussi, elle trouve que tout ça va trop loin. Elle aussi, elle veut qu'il discute avec l'ennemi. La vie sur Terre est tout simplement en train de s'effondrer, les inégalités sociales sont devenues obscènes et certains dans son entourage l'encouragent encore à freiner. Ceux qui étaient là avant lui ont essayé. Ils ont essayé les compromis, ils ont essayé d'être doux et polis avec les responsables de ces malheurs. Mais ils n'ont jamais rien voulu faire. Parler, oui. Mais bouger, non. Trop dangereux, trop ambitieux, trop vertigineux. Trop de coups à prendre.

Et les coups, il faut les donner, pas les prendre.

— Rappelle-moi à combien il est, Olivier Fleurance ?

Un silence.

— Lisa ? Il est à combien, notre ami ?

— 121 points.

— Bien. C'est pas la meilleure performance, hein. 121. Avec ou sans la prise en compte de son nouveau gosse ?

— Avec.

— Il va remonter un peu, du coup.

— Tu es horrible.

— On dirait que tu le défends.

— Il a perdu sa femme et son fils, bordel, Pierre ! Tu n'as pas de cœur ou quoi ?

— J'ai du cœur, Lisa. Mais j'en ai pour tout le monde. Pas davantage pour Fleurance parce qu'il est riche et célèbre. Je parlerai, mais je ne prononcerai pas son nom, dit-il en raccrochant, découvrant le texto qui vient d'arriver.

Il sourit en lisant les quelques mots polis écrits par Mathilde Lascaux. Il sourit, mais il n'avait pas tellement de doute, au fond de lui : qui peut se permettre de refuser une invitation du président de la République ?

4

Nuit du vendredi 30 avril au samedi 1er mai

01 h 50

Elle gravit quatre à quatre les marches du métro Jaurès et se retrouve à l'air libre, un peu perdue dans la nuit chaude et moite. Triste aussi, parce que c'est la fin d'un tourbillon dans lequel elle n'aurait jamais pensé être entraînée. Six mois dans le saint des saints, elle, la fille d'un plombier de Montbéliard qui a toujours tout fait pour qu'on ne la remarque pas. Là-bas, « la fille à Gérard », ça a toujours été la fierté locale. Personne dans le voisinage ne sait trop ce qu'elle fait, mais depuis qu'elle a été reçue à Sciences Po, il y a cinq ans, elle est accueillie triomphalement chez les oncles, les tantes et les voisins à chaque fois qu'elle retourne à la maison. On la bombarde de questions auxquelles, en général, elle n'a pas la réponse. Elle n'aime jouer ni le rôle de l'oracle ni celui de l'initiée. Elle a juste demandé à ses parents de ne pas leur dire qu'elle travaillait à l'Élysée. Parce que le président, à Montbéliard, c'est quelqu'un dont on se méfie beaucoup, depuis qu'il a déclaré la guerre à la voiture. Et Mathilde Lascaux ne veut pas risquer d'être mal aimée parmi les siens. Elle ne veut être mal aimée de personne, d'ailleurs.

Au pied du McDo s'agglutine une foule d'hommes et de femmes à l'image du quartier, qui préfèrent manger leurs Big Mac sur le trottoir. Des groupes d'adolescents, des bandes venues des cités alentour, des familles qui s'attardent. Elle a toujours un peu peur des Arabes et des Noirs, plus que des autres, sans qu'elle puisse vraiment s'expliquer pourquoi. Après tout, ils ne sont pas les seuls à la siffler ou à la suivre quand elle rentre chez elle. Elle les ignore et en général, ils lâchent facilement l'affaire avec une insulte ou une insanité pour prix de sa tranquillité.

La rue est aussi fréquentée qu'en pleine journée. Les terrasses des cafés sont pleines à craquer et Mathilde Lascaux n'a pas à presser le pas pour fuir d'éventuels gêneurs. Le bruit de ses talons claque sur l'asphalte. La robe qu'elle a portée toute la journée est encore humide, la sueur semble y avoir coulé sans répit, à tel point qu'elle s'arrêterait bien pour l'essorer. Son dernier jour de stage a été à l'image du premier, et des six mois qu'elle a passés à l'Élysée : harassant. Ils ont essayé de terminer tôt mais les sollicitations n'ont pas cessé avec l'affaire de la Muette. Elle n'a trouvé que deux collègues pour l'accompagner à son pot de départ, sur le coup de vingt-trois heures, dans un bar à tapas de la rue de Lancry.

L'alcool n'aide pas à lui éclaircir les idées. Elle ne sait pas si elle a bien fait de répondre à Pierre Savidan mais elle n'a personne à qui poser la question. De toute façon, que pouvait-elle faire d'autre? Elle s'est sentie coincée. Et puis, elle en avait envie, aussi.

Elle avait participé à sa campagne, à son petit niveau, plusieurs années avant son stage au service de presse. Réquisitionnée par des amis de sa promotion à Sciences Po, elle s'était laissé convaincre de distribuer des tracts dans la péniche*. Elle avait aussi participé à quelques sorties sauvages la nuit, pour coller des affiches. Un petit frisson qui la changeait des heures passées sur les réseaux sociaux à organiser la claque et la riposte, dès que Pierre Savidan prenait la parole ou se faisait attaquer.

Elle aimait sa façon de parler, à l'époque : ce n'était pas un tribun capable de s'enflammer, ni un populiste qui promettait tout et dressait les uns contre les autres par pure stratégie politique. C'était quelqu'un qui avait fait le pari de s'adresser à l'intelligence des gens pour leur proposer un chemin nouveau.

Elle l'admire encore, sans doute. Elle peut citer presque par cœur le discours qu'il avait prononcé à Nice un mois avant le premier tour. Il avait choisi cette ville après s'être rendu dans l'arrière-pays, qui avait été sinistré par des inondations dantesques quelques semaines auparavant. Dix-sept personnes étaient mortes, des centaines avaient dû être relogées en urgence.

« Pourquoi on ne fait rien face à cette urgence climatique dont on parle pourtant depuis si longtemps? s'était interrogé Pierre Savidan dans une petite salle d'à peine un millier de

---

* La péniche est le banc en bois installé au milieu de l'accueil du 27 rue Saint-Guillaume, le siège de Sciences Po à Paris. Le mot désigne aussi, par extension, le hall de l'école.

personnes, des militants chauffés à blanc. Cette question, on peut la poser à tous les fumeurs, qui savent lire "Fumer tue" et qui pourtant achètent chaque jour leur paquet de cigarettes. Il y a un poids de l'habitude, une dépendance par rapport à un mode de vie, qui fait qu'on ne change pas de manière radicale. Radicale, pas dans le sens violent, mais dans le sens d'aller à la racine, de toucher les fondements du système qu'on doit aujourd'hui faire bouger. Il y a en partie un problème d'imagination, de marge de manœuvre et d'émotion. Nous sentons que les sujets sont graves, mais nous espérons ne pas être touchés. Nous nous sentons à l'abri, nous croyons que nous n'avons pas besoin de changer. Mais ce raisonnement-là est de moins en moins vrai parce que les ramifications des catastrophes climatiques finissent par tous nous toucher : qualité de l'air, sécheresses, inondations… » Et il avait conclu : « Vous êtes bien placés pour le savoir. Je ne crois pas à l'effet colibri, à l'incitation. Il faut frapper plus fort. »

Elle avait voté pour lui au premier tour. Pas forcément pour qu'il soit élu. Pour donner un signal, avertir les professionnels de la politique que l'écologie n'était plus une option, qu'elle devait être le gouvernail de toutes les politiques publiques. Elle n'avait pas été la seule. Ils avaient été un peu plus de six millions à faire comme elle. C'était à la fois beaucoup, par rapport aux pronostics les plus optimistes, et peu pour accéder au second tour. Mais au final, c'était plus que les autres. Lionel Tochourat, un animateur de talk-shows, et Jean-Claude Charalle, un humoriste particulièrement populaire chez les retraités, avaient creusé un boulevard à Pierre Savidan en confisquant des voix qui d'ordinaire se seraient dirigées vers les candidats traditionnels. La peur du réchauffement climatique et la multiplication des catastrophes écologiques avaient aussi contribué à faire basculer les derniers indécis. Savidan avait fini en tête d'une élection aux allures de déroute pour les candidats de ce qu'il appelait « le système ». Mathilde Lascaux n'était pas naïve : c'était un vocable de populiste. Mais elle préférait le populisme vert aux autres populismes, parce qu'il ne désignait pas de bouc émissaire. Pierre Savidan n'avait rien contre les étrangers ou contre les riches, du moment qu'ils faisaient leur part dans le combat collectif pour la planète.

Elle avait encore voté pour lui au second tour. Ce n'est pas comme si elle avait eu le choix. Il était hors de question pour elle d'adouber Violaine Roy, la candidate qui avait émergé sur les ruines du Rassemblement national et du Parti républicain. Alors, elle avait été de celles et ceux qui avaient porté Pierre Savidan à l'Élysée. Il avait frappé fort, d'entrée. Et il n'avait pas dévié, pendant toutes ces années. Mathilde Lascaux avait choisi d'y voir une qualité, quand d'autres parlaient de brutalité. Elle n'était pas aveugle, ni sourde. Elle entendait, bien sûr, ceux qui lui renvoyaient en permanence son passé de « gourou » à la figure, ceux qui lui déniaient le droit au rachat, ceux qui voyaient en lui un danger pour la démocratie, un président « liberticide ». Ils n'avaient sans doute pas complètement tort. Mais quelle était l'alternative ? Le pays était malade, en guerre larvée contre lui-même, et elle croyait davantage aux remèdes de Pierre Savidan qu'à ceux de ses adversaires. Dans cette époque où l'humanité jouait peut-être sa survie, il valait mieux se ranger du côté de ceux qui résistaient. Il fallait choisir un camp, et elle l'avait fait, en votant.

Et quitte à choisir, autant aller jusqu'au bout. C'est pour cela qu'elle avait voulu faire son dernier stage au service de presse de l'Élysée. Et puis, pour l'approcher, aussi : Pierre Savidan se fout de son impopularité et ça la fascinait, cette faculté à faire abstraction de ce que pensent les autres. Ça la fascine toujours, six mois après, parce qu'elle n'a pas eu l'occasion de comprendre qui il est. Maintenant que son passage à l'Élysée est terminé, qu'elle a vu de l'intérieur la grande machine qui essaie de changer le monde, elle ne sait toujours pas si ce qu'on dit sur lui, ce qu'on écrit sur lui, est vrai ou faux. Incompétent, sans doute pas. Illégitime, peut-être, oui, un peu plus que ses prédécesseurs. Autoritaire, colérique, idéologue ? Elle n'en a aucune idée. Quand il entrait dans le bureau des conseillers presse du Château, à la recherche de Lisa Viansson, sa *spin doctor*, celle qui l'avait embauchée, elle le trouvait austère, froid, hautain même. Et sérieux à mourir d'ennui. Mais ce ne sont pas des défauts quand on prétend diriger un pays.

Pierre Savidan n'est pas un politique comme les autres. Ce soir, pourtant, elle a un peu peur qu'il soit un homme comme les autres. Le président ne lui a jamais parlé, ou presque, et voilà qu'il la convie à déjeuner. Il lui a fallu plus d'une heure pour écrire ces quelques mots ridicules et compassés, trop déférents, mais comment faire autrement ?

« Monsieur le président, c'est un honneur pour moi d'être votre invitée et c'est avec un grand plaisir que j'accepte. »

Et puis quoi, après ? Il faudra qu'elle le suce pour le dessert ? Une partie d'elle est flattée par cette marque d'intérêt. L'autre est terrorisée.

Arrivée devant son immeuble, au 64 rue d'Hautpoul,

Mathilde Lascaux fouille dans son sac à main, en retire sa clé et pousse la porte d'un coup d'épaule. Le hall est frais. Elle ouvre sa boîte aux lettres, pleine de prospectus malgré le sticker « No pub » qu'elle a collé. Elle a envie de les faire bouffer aux colporteurs qui passent de cage d'escalier en cage d'escalier, mais elle sait qu'elle se tromperait de cible.

La porte de son appartement se situe en face de l'ascenseur. C'est un petit deux-pièces – vingt-deux mètres carrés dans un des quartiers les moins chers de Paris, 1 000 euros par mois, presque un luxe pour une jeune femme de son âge, encore soutenue financièrement par ses parents. Bientôt, elle gagnera plus que son père, et elle leur rendra ce qu'ils lui ont donné.

Elle ouvre, pose son sac sur un petit tabouret à l'entrée, et devant un miroir piqué, acheté il y a quelques années dans une brocante près de chez ses parents, elle observe la robe humide qui gaine cette silhouette qu'elle juge avec sévérité. Trop de cul, trop de hanches, pas assez de seins. Rien ne va. Elle retire ses escarpins, attrape son pied droit par le talon pour le sentir – « ça pourrait être pire », se dit-elle – puis pousse la porte des toilettes.

Elle baisse sa culotte, et s'assoit, les coudes sur les cuisses et la paume de ses mains enserrant ses joues. Elle regarde entre ses jambes le flot d'urine faire des bulles au fond de la cuvette, en se pinçant les lèvres. C'est idiot, mais elle pense à ce que dirait Pierre Savidan s'il l'entendait, s'il était de l'autre côté, dans sa chambre, à l'attendre après avoir baisé, et qu'elle pissait sans artifice pour le faire en silence.

5

Dimanche 2 mai

7h20

COMPASSION !

Les mots fusent à intervalles réguliers, expulsés de gorges encore engourdies par le sommeil. À travers l'épaisse membrane de ses paupières fermées, la lumière du jour se fraie un passage étroit que Fanny Roussel tente de bloquer en plissant ses yeux encore plus fort. Ses épaules nues brûlent déjà sous les rayons du soleil.

CORPS !

Autour de ses quatre doigts, elle sent d'autres doigts qui se serrent, et le métal d'une alliance qui marque sa phalange. La paume de la main qui tient la sienne est moite. Sa voisine de droite, une petite brune aux cheveux en bataille, habillée tout en noir, qu'elle n'a fait qu'entrapercevoir au moment où s'est formé le cercle, exsude une odeur faisandée qui lui arrache un petit sourire.

VIE !

À sa gauche, le moignon de son bras est enveloppé avec douceur par les doigts de cette jeune fille qui vient de s'égosiller quand est venu son tour de lancer son mot sacré, rituel du réveil dans ce gigantesque parc où une centaine de femmes s'accrochent les unes aux autres. Fanny Roussel lui donne seize ou dix-sept ans à peine. Elle aime sentir sa peau contre la sienne, mais elle essaie de l'oublier quelques instants pour se concentrer sur les goûts et les odeurs qui feraient remonter en elle le souvenir du plaisir, pour espérer voir ressusciter des sensations disparues, le parfum de l'herbe fraîchement coupée, dans laquelle elle aimait se rouler, avec son frère, celles du monde de l'enfance, pur et innocent, un monde où l'on s'abandonnait en confiance à des figures d'autorité, des totems bienveillants et protecteurs.

Ce monde surnage à la lisière de ses souvenirs, mais commence à être englouti par le temps. Il surnage dans le remugle d'un air vicié où se mélangent le talc, la couche et le lait caillé, le parfum de luxe et la crème pour le corps, un savon subtil à l'amande et l'odeur gâtée d'une haleine asséchée par l'effroi.

Elle n'avait pas eu droit à cela, elle. Fanny Roussel avait affronté seule la naissance de son enfant. Elle avait eu l'impression qu'un sabre la découpait en deux au moment où elle s'était mise à pousser sous la pression des contractions. Elle s'était rendu compte de la présence de cet enfant juste avant, au moment de perdre les eaux. Elle avait accouché dans la baignoire de la petite salle de bains du studio qu'elle louait dans le haut de la rue Jean-Jaurès, à Brest. Une douleur indicible, qui ne l'avait même pas empêchée de tenir le bébé tendrement par la tête une fois qu'elle avait réussi à la sortir. Elle l'avait nettoyé, comme par réflexe, en lui déversant quelques giclées d'eau avec la paume de sa main. Elle avait stérilisé les ciseaux avec ce qu'elle avait à portée de main – du Jack Daniel's – et elle avait hésité avant de couper le cordon. Il n'avait pas de bras. Il n'avait, à la place, que des moignons, des bouts de chair flasques et inutiles. Comme elle. Pire qu'elle.

Elle avait voulu le noyer, déjà, à ce moment-là. Elle s'était demandé qui avait bien pu lui faire un tel enfant. Les candidats à la paternité étaient nombreux. À cette époque, son cerveau était mangé par l'alcool, mais il y avait une chose dont elle était sûre, c'est qu'elle ne pouvait pas compter le nombre d'hommes qui l'avaient baisée au cours des neuf mois précédents. Des pochtrons et des paumés pour la plupart. Quelques pères de famille aussi, qui lui laissaient un petit billet, un peu honteux sans doute.

Elle l'avait déposé contre son sein, elle avait refermé son poing au creux de son aisselle, elle avait voulu serrer, comme si c'était possible de l'arracher et puis elle s'était dit que ce n'était la faute d'aucun de ses partenaires éphémères, mais la sienne. Son corps était pourri de l'intérieur et ne pouvait engendrer que du pourrissement.

Les nuits suivantes, elle s'était mise à faire des rêves atroces, dans lesquels elle crachait des bris de dents, des rêves entrecoupés des pleurs de ce bébé qu'elle n'avait même pas baptisé. C'était un garçon, c'est tout ce qu'elle savait. Au réveil, elle se retrouvait le palais et les lèvres en sang. Elle avait la mâchoire tétanisée.

Elle était dans une impasse. Fanny Roussel faisait ingurgiter du lait en poudre sans eau au bébé, il se déposait sur les contours de ses lèvres, se dissolvait dans sa bave. Elle regardait à l'époque les premières vidéos de Pierre Savidan. Il n'était pas loin, il promettait une alimentation saine, de se reconnecter à la nature, il était beau et convaincant.

Elle avait appelé, elle s'était inscrite. Elle se souvient avoir dit :

— Non, je suis seule. Pas d'enfant.

Quelques jours plus tard, un soir, à la veille de franchir la porte de Vitalise aux Fossés, elle avait laissé le bébé au pied du pont du Diable, sans même le cacher. Elle l'avait habillé avec un body blanc sur lequel était imprimée une bigoudène qu'elle avait acheté dans une boutique, pas très loin de chez elle, et une combinaison bleu ciel pour lui tenir chaud. Il faisait doux, il faisait presque nuit. Elle savait qu'au petit matin le gosse aurait disparu. Qu'il aurait été emporté par la mer. Elle se sentait prête. Prête à se purifier, à se débarrasser de ce qui la polluait, à l'intérieur d'elle-même. Et cet enfant la polluait. Elle s'était sentie soulagée.

La mort comme un réflexe, tapi en elle, qu'elle avait débusqué dans la panique et qui, depuis, est comme une compagne de voyage.

Le corps d'un enfant avait été retrouvé quelques jours plus tard par des pêcheurs à pied, au milieu des rochers, bouffi et violacé, emmitouflé dans sa combinaison gonflée par l'eau salée, à moitié mangé par les crabes. Il lui manquait les deux bras. La presse l'avait baptisé « L'enfant des abers ». Les journalistes avaient donné tous les détails de l'autopsie. Ce n'étaient pas les crabes qui avaient bouffé ses bras. C'était une malformation congénitale. Qu'est-ce que ça aurait été, si ce pauvre gosse s'était reproduit lui aussi, des années plus tard ? Un tronc, sans membres, avec juste une tête ? Sa lignée était maudite, il fallait l'interrompre. Sa lignée, et des centaines, des milliers d'autres, à cause du saccage organisé de la planète.

Fanny Roussel avait rapidement occulté le bébé. Elle ne se sentait ni triste, ni coupable. Adoptée entre-temps par la communauté Vitalise, elle n'avait plus rien à voir avec cet enfant. Elle avait été l'une des premières participantes aux stages organisés par Pierre Savidan, qui devait avoir à peine vingt-cinq ans. Le récit de sa résurrection l'avait fascinée, même si elle n'avait pas cru un mot de cette histoire de tatouage.

Une des participantes, originaire de Haute-Savoie, avait amené comme cadeau d'accueil une bouteille de génépi. La femme n'était sans doute pas particulièrement maligne : il ne fallait pas avoir fait Polytechnique pour comprendre que l'alcool ne faisait pas partie des boissons privilégiées dans un stage de régénération du corps. Mais la façon dont il avait regardé la bouteille, la façon, surtout, dont il avait regardé la femme, une trentenaire en haillons qui semblait toute cabossée par la vie, comme si elle lui apportait sur un plateau une tête de cochon plongée dans la merde… Cela ne faisait aucun doute. Pierre Savidan était juste un alcoolique repenti, comme elle, mais il avait honte de le dire. C'était plus facile de prétendre que c'était la faute des autres mais elle, elle savait, rien qu'en le voyant, que c'était la bibine qui avait détruit son foie, et pas une hépatite contractée avec une aiguille de tatoueur. Il avait pris la bouteille et, calmement, l'avait vidée par terre, sur les graviers, avant de cueillir une tomate dans son potager et de l'offrir du bout des doigts à la pauvre femme :

— Je ne t'en veux pas, avait-il dit, alors que son visage exprimait tout l'inverse. Goûte ça, tu verras, tu ne perdras pas au change. Et si à la fin de ces quelques jours, tu retouches à l'alcool, c'est que j'aurai mal fait mon travail. Ou que tu auras été trop faible pour le comprendre.

Et il avait fait passer les tomates de bouche en bouche, exactement comme la grand-mère de Fanny Roussel faisait avec elle et son frère, dans ce monde oublié où elle avait vécu ses premières années.

Elle se souvient avec une précision dérangeante de ce moment qui a scellé son étrange compagnonnage avec Pierre Savidan, cette confession qu'elle lui avait faite parce qu'elle sentait qu'il ne la jugerait pas, jamais. C'était un soir, ils étaient allés se balader, tous les deux. C'est elle qui le lui avait demandé. C'est elle qui l'avait guidé. Ils étaient arrivés à l'entrée du pont du Diable.

— Voilà, Pierre. C'est là que ça s'est passé.

Il l'avait regardée, l'encourageant par son silence à poursuivre. Ils s'étaient engagés sur le pont, à son allure, très doucement, comme si elle avait peur de ce qu'elle allait rencontrer. Elle s'était mise à genoux, elle s'était penchée pour lui montrer la petite embouchure, sous le pont de pierre, comme une cachette.

— C'était le soir. Juste avant de vous rejoindre.

Il ne savait pas de quoi elle parlait, mais quelque chose l'empêchait de demander davantage de détails. Elle se taisait, elle regardait au loin. Il l'avait serrée dans ses bras, pris de pitié. Un réflexe de faible. Il était resté là, longtemps, avec elle, à laisser s'agiter des pensées redoutables et indomptables, à tout envisager et à s'accrocher à cette phrase qu'elle répétait :

— Il n'existait pas, Pierre. Il n'existait pas, ce gosse.

S'il n'existait pas, c'est que rien ne s'était passé. Et si rien ne s'était passé, alors il n'y avait rien à faire. Pierre Savidan n'avait rien fait. Il ne l'avait pas dénoncée. À sa manière, « l'enfant des abers » avait lié leurs destins. Depuis vingt ans, Fanny Roussel est aux côtés de Pierre Savidan, et Pierre Savidan est aux côtés de Fanny Roussel.

« L'enfant des abers » était resté orphelin. Il y avait eu une enquête, mais Fanny Roussel n'avait jamais été interrogée par la police. L'enfant n'avait pas de nom, pas d'existence légale, son ADN ne matchait apparemment avec aucun échantillon compris dans les différentes bases et personne ne l'avait réclamé. Le mystère de « l'enfant des abers » était parti rejoindre ces *cold cases* sur lesquels la presse revenait de temps en temps, à l'occasion d'un anniversaire, d'une émission spéciale, pour dire toujours la même chose : on ne saura jamais.

C'est à elle de crier. Des dizaines de mots se bousculent dans son esprit, se succèdent à toute vitesse sur sa rétine où ils s'impriment comme sur un écran de cinéma. Elle sent les doigts de l'adolescente serrer sa chair informe, comme pour l'encourager.

L'encourager, c'est ce qu'a toujours fait Pierre Savidan.

Elle ne saurait dire ce qu'elle représente pour lui, après toutes ces années. Elle est là, c'est tout, depuis le début, elle connaît ou elle devine ses secrets, elle peut se permettre de tout lui dire, au contraire de ses courtisans qui se sont successivement acheté un billet pour le grand manège du pouvoir.

Elle entend sa voix au téléphone l'autre jour, une voix froide et cassante comme s'il ne partageait plus sa façon de faire, sa vision de l'action politique, et elle s'entend lui répondre en criant :

— On est en guerre, Pierre, je pensais que tu avais compris ça, depuis le temps.

Et le silence derrière, ce silence qu'elle ne sait pas lire : est-ce qu'il réfléchit à ce qu'il va dire, est-ce qu'il regrette ce qu'il a dit, est-ce qu'il dit quelque chose, est-ce qu'il se dit qu'elle est devenue hystérique, est-ce qu'il pense à eux il y a vingt ans ?

Elle ne l'entend pas, de toute façon, et reprend plus calmement, aussi glaciale que lui :

— Tu peux oublier tes promesses, oublier tout ce qu'ils ont fait, tu peux écouter ceux qui te rassurent et te disent que tu fais tout bien, Pierre. La vérité, c'est que tu ne vas pas assez vite. À ce rythme-là, la planète crèvera avant nous !

Elle appuie aussi fort qu'elle peut ses paupières contre ses yeux pour ne pas pleurer, la douleur s'enfonce par ondées dans ses orbites comme traversées par des éclairs, et le mot qu'elle finit par lâcher, elle sait que c'est le seul qui vaille :

MORT !

Alors elle enfreint les règles du rituel de l'ancrage et elle ouvre les yeux, la lumière du soleil l'aveugle, mais elle voit que toutes les autres sont passées outre elles aussi, et la regardent comme une bête de foire. Elles semblent prêtes à la lapider dès qu'on leur en donnera le signal mais la grande prêtresse en face d'elle, de l'autre côté du cercle, à quelques mètres, Oma Moon, venue spécialement de San Francisco, se tait et la fixe intensément, un sourire aux lèvres.

Fanny Roussel sent la sueur raviner le creux de son dos et la douleur creuser son estomac. Oma Moon, coiffée d'un chapeau de cow-boy d'où dépasse son ample chevelure grise, la transperce de ses yeux de rapace. Elle soulève lentement ses bras et les ouvre encore plus doucement, dans un silence de cathédrale à peine troublé par le pépiement des oiseaux, puis place les paumes de ses mains face à Fanny Roussel et s'exclame :

— Mais oui. La mort ! La mort fait partie de la vie ! La mort, c'est la vie ! dit-elle en écrasant du talon l'herbe sèche. Nous allons tous mourir, mais la Vie, elle, nous survivra.

Spontanément, les femmes du cercle se tombent dans les bras les unes des autres. L'adolescente enlace Fanny Roussel et lui susurre de sa voix d'enfant un long « merci » dans le creux de l'oreille. Les lèvres de Fanny Roussel s'attardent sur la joue collante de la jeune fille, ses yeux se ferment sur sa nuque, brillante et chaude, sur la bretelle de son soutien-gorge, sur le lobe de son oreille où pend un lotus plaqué or. Elle lui touche le visage de sa main amputée, et lui dit elle aussi : « merci ».

— Nous allons danser, maintenant, lance Oma Moon, nous allons danser pour rendre hommage aux éléments. L'eau, l'air, le feu, la terre, l'esprit... C'est vous qui choisissez. Dansez et oubliez, dansez et fusionnez, dansez et écoutez.

La vieille femme se laisse tomber dans un fauteuil pliable et commence à tambouriner sur sa derbouka alors que les adeptes autour d'elle se fondent en plusieurs groupes. Fanny Roussel se laisse entraîner par l'adolescente et chorégraphie avec elle les états successifs de l'eau, les gouttes et les cascades, les rouleaux et les vaguelettes, la glace et la buée. Les doigts longs et fins de la prêtresse américaine tapotent la derbouka, la caressent ou la fouettent selon le rythme qu'elle a choisi alors qu'elle psalmodie sa prière du soleil :

— Des millénaires que je vous observe… Des millénaires que vous êtes insatisfaits… Des millénaires que vous êtes incapables de vous apaiser… Des millénaires que vous êtes dévorés par un feu intérieur… Vous ne savez pas d'où il vient… Vous voulez vous protéger des lois de la Nature… Vous voulez tout contrôler mais vous ne savez rien… Vous ne savez rien de ce qu'il faut faire… Et plus vous essayez, plus vous vous enfoncez… Ne soyez plus fiers et arrogants… Soumettez-vous à l'Univers… Connectez-vous à la Terre… Et la solution viendra, d'elle-même… Toute seule…

L'adolescente palpe le corps de Fanny Roussel, la main imparfaite, le bras incomplet, la poitrine, les joues, les fesses, les cuisses, chaque centimètre carré de son corps. Les deux femmes se roulent sur la pelouse comme des vagues jumelles et s'arrêtent quand Oma Moon cesse de taper, allongées dans l'herbe, essoufflées.

Fanny Roussel se sent revigorée. Elle sait qu'elle est incapable de renoncer, quel que soit le prix à payer. Pour elle, comme pour les autres. Dès ce soir, elle rentre à Paris. Lisa Viansson, Olivier Fleurance, Gabriel Cormeray et tous les autres… Même Pierre Savidan. Elle ne les lâchera jamais parce que pour survivre, il faut s'accrocher à une cause qui vous dépasse, même si c'est aussi désespérément qu'à une bouée en perdition dans l'océan désert et inquiétant.

6

Lundi 3 mai

8 h 28

À travers la crasse de la fenêtre du car, la blancheur des murs où se reflète le soleil est si éclatante que Gabriel Cormeray doit plisser les yeux, comme une grimace d'enfant trop appuyée. De loin, le bâtiment ressemble à un hôpital flambant neuf, avec ses fenêtres carrées, régulièrement disséminées sur les façades, mais à mesure que le car s'approche, il a plutôt des allures de barre HLM.

Une barre HLM à peine sortie de terre, perdue en pleine cambrousse. Une barre HLM pour quelqu'un comme lui… « Une apothéose pour ma fin de carrière », ironise-t-il.

Ça fait une heure qu'ils roulent et depuis dix minutes au moins, ils n'ont croisé personne, à part quelques vélos qui se comptent sur les doigts d'une main. Et pourtant, les vélos… on en voit tellement depuis que Savidan est arrivé au pouvoir.

Le car s'arrête à l'entrée. Le chauffeur se retourne. Son

visage est gras et couperosé. Il a l'air d'un garçon boucher des années 50, égaré dans une époque où les gens comme lui n'ont plus de place. Son regard est triste et las, comme s'il était conscient de son propre anachronisme. À moins que cette lueur qui s'éteint dans ces yeux sans relief ne sonne comme un avertissement muet.

« Si ça se trouve, il a pitié », se dit Gabriel Cormeray.

Le chauffeur n'a même pas besoin de parler. Les deux policiers à l'avant se lèvent, regardent leurs deux collègues au fond du véhicule et font signe aux passagers de sortir. Tous se lèvent un à un, sans bousculade, disciplinés. Quand vient son tour, Gabriel Cormeray grimace pour s'extraire de son siège et ne pas heurter le rangement à bagages au-dessus de lui. Le voilà dans l'allée centrale, derrière une jeune femme en robe légère.

Il ne peut s'empêcher de laisser son regard s'attarder sur le duvet de sa nuque, ses jambes extraordinairement lisses, son cul moulé par le tissu. Ses doigts sont crispés sur la poignée d'une valise Louis Vuitton. Elle relève ses lunettes de soleil sur le haut de son crâne et soupire.

Elle les rabat sur son visage au moment où elle descend avec précaution les marches du car. Il émane d'elle une fragrance d'été, mélange d'un parfum léger et d'une sueur atone, qui dessine un sourire las sur le visage de Gabriel Cormeray.

Il l'entend qui parle toute seule en ricanant :

— *Welcome back*. Et ainsi soit-il !

D'un doigt, il essuie une goutte de sueur qui coule sur son front. Il tourne légèrement la tête. Ils sont peut-être une trentaine à attendre comme lui, les chaussures scotchées au bitume en plein soleil, entourés de policiers sur le qui-vive, comme s'il y avait le moindre danger de rébellion. Ils sont tous là de manière volontaire, après tout.

Il sent son dos devenir humide et ses vêtements se transformer petit à petit en éponge à mesure que les minutes passent. Il entend une voix derrière lui qui râle *mezzo voce*.

— Ils vont nous laisser plantés là combien de temps, ces cons ?

Il n'a pas l'énergie pour se retourner et réagir. Il ne sait pas ce qu'il dirait, d'ailleurs. Protester ou sourire. Il a du mal à savoir quoi penser parce que, malgré l'absence totale de brise sous ce soleil écrasant, l'image de la robe légère devant lui danse dans l'air empourpré et l'hypnotise. Le chant des cigales lui martèle le crâne et il se rend à peine compte que la jeune femme a franchi le portail du bâtiment et s'éloigne peut-être pour toujours.

« Quelle mascarade ! » se dit-il. Il n'a aucune idée de la façon dont la vie va s'organiser là-dedans. Il pense qu'il n'a qu'un demi-tour à faire pour renoncer à tout ça mais il sait aussi qu'il n'est pas prêt à en payer le prix. Ils en ont parlé avec Adeline et Juliette. Ce sont les femmes de sa maison qui l'ont encouragé à le faire. Il a dit oui, comme une évidence, pour sa famille, mais le pire c'est que, depuis qu'il est parti, il ne peut pas dire qu'elle lui manque, sa famille. Il ne pense qu'au corps qui flotte dans cette robe fine et inaccessible.

— Cormeray, Gabriel ?

Il s'avance en clignant des yeux. Face à lui, sous un parasol largement déployé, un jeune homme en costume sombre et chemise blanche lui tend la main. Il la serre et sent dans sa paume une moiteur qui le dégoûte. Le métal de la chevalière au contact de sa propre alliance lui donne un léger frisson.

— Sacha Delcourt. Je suis le directeur du centre. Je tiens à accueillir personnellement chaque nouvel arrivant, mais pour vous, c'est d'autant plus important. On m'a prévenu de votre arrivée et...

Il ne termine pas sa phrase.

— Si vous êtes là, c'est que vous avez compris que c'est pour votre bien. Pour vous protéger, pour protéger les autres.

Sacha Delcourt lui sourit. Il a de belles dents blanches, parfaitement alignées. Un visage poupin, glabre mais déjà quelque chose de vieux et d'un peu rance dans l'expression. Sa coiffure, peut-être, cette raie sur le côté, un brin surannée. Il a une gueule de petit fonctionnaire. Et Gabriel Cormeray n'a jamais aimé les petits fonctionnaires.

Servir l'État, c'est toute sa vie. Mais eux, ils ne servent pas l'État. Ils font ce qu'on leur dit pour être sûrs de récupérer leur salaire en fin de mois.

— Voici une enveloppe. Vous trouverez à l'intérieur le passe pour ouvrir votre chambre.

Ce petit con n'avait sans doute jamais entendu parler de lui jusqu'à aujourd'hui. Trente ans ou presque au service de la France, dans l'ombre du Conseil d'État, secrétaire général du Conseil constitutionnel, secrétaire général du gouvernement… Une carrière patiemment fabriquée pour le mener au sommet. La vice-présidence du Conseil d'État lui était promise. Tout ça pour se retrouver là, comme un *vulgum pecus*. Il avait espéré qu'ils lui laisseraient sa chance, mais quand il voit ce qu'ils ont fait…

Trois ans auparavant, enfoncé dans son canapé en cuir, les pieds sur la table basse, la main plongée dans un bol de bonbons Krema – la seule fantaisie qu'il s'autorisait à l'abri des regards – Gabriel Cormeray avait regardé la passation de pouvoir entre Pierre Savidan et son prédécesseur, encore incrédule du résultat de cette élection qui avait vu le « candidat écolo-populiste », comme l'avait désigné la presse, l'emporter au second tour contre Violaine Roy, avec 50,5 % des voix. La peste et le choléra. Il avait refusé de choisir. Il s'était abstenu pour la première fois de sa vie. Et pendant les quelques jours qui séparaient le résultat de la présidentielle de cette passation de pouvoir, il avait attendu, comme si un miracle pouvait encore effacer ce résultat aussi honteux que ridicule.

Mais rien ne s'était passé. Les pays européens avaient « pris acte » du choix des Français. Les écologistes allemands, qui faisaient partie de la coalition au pouvoir à Berlin, se méfiaient du sectarisme de Pierre Savidan mais avaient pris le parti de mettre à profit cette élection pour servir leurs desseins nationaux. Il y avait même eu une forme de soulagement dans les chancelleries, parce que la France avait évité le « danger fasciste ». Gabriel Cormeray savait qu'il n'y avait pas de « danger fasciste ». Bruxelles aimait jouer à se faire peur. La gauche aussi. Il n'y avait eu aucune manifestation pour protester contre l'arrivée au pouvoir de Pierre Savidan, comme il y en aurait eu si Violaine Roy s'était installée à l'Élysée. Tout le monde attendait de voir, au moins jusqu'aux législatives. Sans majorité, Savidan serait paralysé. C'est ce que Gabriel Cormeray avait espéré. Tenir au moins jusque-là, quelques semaines.

Au lieu de ça… Il était allé pisser au bout du couloir et quand il était revenu à son bureau, alors que la télévision résonnait encore des commentaires des journalistes en plateau, deux femmes l'attendaient sur le canapé.

La première, il la connaissait. Il avait fantasmé sur elle, comme sur d'autres, évidemment, mais ce jour-là, Lisa Viansson n'était ni faible ni désirable, elle était ivre d'avoir fait les bons choix, ivre d'être là, en face de lui, pour lui dire d'une voix douce et en même temps sans appel, comme on annonce à un enfant une mauvaise nouvelle :

— Le président souhaite que tu quittes ton poste immédiatement. Il aimerait que tu quittes le Conseil d'État, aussi. Que tu démissionnes de la fonction publique.

Il avait admiré son culot, d'une certaine façon. Deux ans à peine auparavant, Lisa Viansson faisait encore partie du gouvernement le moins écologiste de la dernière décennie, où elle occupait le poste de ministre à la Transition solidaire, une de ces expressions-valises qu'on se plaît à croire performatives. Il se souvenait d'elle, timide comme une collégienne. Ses amis à Bercy lui avaient raconté à quel point elle était gauche à la table des négociations quand il fallait quémander quelques dizaines de millions d'euros. Elle se faisait rouler dans la farine par les hauts fonctionnaires du Budget. Son bilan était pire que le bilan carbone d'un vieux diesel. Elle avait quitté le gouvernement au remaniement suivant, et personne ne s'en était ému. Elle avait disparu comme elle était venue, mais quand Savidan avait commencé sa campagne, elle était réapparue à ses côtés. Une prise de guerre bien dérisoire au monde d'avant.

Il n'avait jamais rencontré la femme qui accompagnait

Lisa Viansson, une grande blonde qui mettait tout de suite mal à l'aise. Peut-être était-ce cette manche qui pendait dans le vide, ou la dureté de ses traits, le rictus qui figeait ses lèvres. Il l'avait baptisée Satan, par dérision. Plus tard seulement, il avait compris de qui il s'agissait. Fanny Roussel, sorte de garde du corps et de conseillère occulte de Pierre Savidan, compagne de longue date de la mouvance activiste écologique et, disait-on, ancienne maîtresse du président. Personne ne savait si elle était payée par l'Élysée, par Vitalise ou par autre chose. Les journalistes qui s'étaient intéressés à elle s'étaient heurtés à des murs.

Il n'y avait rien eu à négocier. Il avait dû partir sur-le-champ, sans même attendre le décret en Conseil des ministres, laissant derrière lui cinq années d'archives et de secrets sur les lois, les décrets, sur tous les textes qui passaient en Conseil des ministres. Les textes et surtout les paroles : il avait assisté et consigné cinq années de conciliabules entre l'Élysée, Matignon et les ministres.

Gabriel Cormeray avait dû s'éclipser, sans pouvoir dire au revoir à quiconque, et observer, effaré, le pays envoyer à l'Assemblée nationale près de trois cents députés élus sous l'étiquette du « Mouvement vital », le parti créé par Savidan. Ça suffisait tout juste à faire une majorité, mais avec le petit bloc qui restait à gauche et quelques indépendants prêts à se laisser séduire, ça maintenait même une petite marge. Gabriel Cormeray n'avait pas eu de mal à retrouver une activité, mais il avait toujours considéré son métier d'avocat comme le début de cette déchéance qui le mène aujourd'hui à saisir cette enveloppe et à la ranger dans sa poche.

— C'est tout? demande-t-il avec tout le dédain dont il est capable.

— Vous rencontrerez cet après-midi votre mentor, qui vous accompagnera durant l'intégralité de votre séjour ici. Vous avez aussi un emploi du temps personnalisé. Il a été réalisé spécialement pour vous, en fonction du dossier qui nous a été transmis. Soyez ponctuel, conclut Sacha Delcourt.

— Et pour manger?

— Tout est indiqué. L'heure, le lieu. La date de votre sortie dépendra de vos progrès. Les gens sont très bien traités ici. Vous avez tout ce qu'il faut. Prenez-le comme une parenthèse pour respirer et vous remettre en question. Et si vous rencontrez le moindre problème, à la moindre question, parlez-en à votre mentor. Vous pouvez aussi appeler le numéro indiqué au bas de la feuille, de 9 h à 12 h et de 14 h à 18 h.

Gabriel Cormeray l'observe sans comprendre. Il a déposé son téléphone portable dans un casier : comment pourrait-il appeler qui que ce soit? Mais avant qu'il ait pu ouvrir la bouche, Sacha Delcourt devance sa question.

— Il y a un téléphone dans chaque chambre. C'est pas le bagne, ici, vous savez, dit-il en souriant.

Gabriel Cormeray traverse lentement la grande cour et regarde tout autour de lui. Des centaines de fenêtres le surplombent. Curieusement, il ne se sent pas oppressé. Il ne distingue aucune silhouette derrière les carreaux, mais peut-être est-ce à cause de l'éclat du soleil qui l'oblige à détourner le regard. Il se dirige vers la porte sur le fronton de laquelle est écrit :

PAIRE
(Programme d'Accueil individualisé et de Réaffiliation écologique)

Il monte quelques marches et pénètre dans le hall d'entrée par une porte automatique. Il éprouve une sensation de fraîcheur presque agréable et frissonne avant de poser sa valise.

Il espérait retrouver la femme à la robe légère mais elle s'est sans doute déjà perdue dans les étages. Derrière le comptoir, il n'y a qu'un jeune homme en uniforme bleu azur, à la peau très mate, qui lui sourit de ses dents très blanches, examine sa carte et lui désigne l'ascenseur. Il entend un « Bon séjour » alors qu'il s'y engouffre et appuie sur le bouton du quatorzième étage.

« Bon séjour »... Ils jouent la comédie jusque dans les détails les plus insignifiants. Gabriel Cormeray essaie de sourire devant le miroir, mais ses mimiques ressemblent à tout sauf à de la joie. Il faut dire qu'il n'y a aucune raison particulière de se réjouir à l'idée d'être ici. « Ça te fera du bien, lui avait dit sa fille. Et puis tu n'as pas le choix, de toute façon. Tôt ou tard, tu devras le faire. Sinon on n'aura plus rien à force de payer. »

C'est la seule idée de Juliette qu'il ne peut pas contester. Tôt ou tard, il aurait fallu le faire. Alors autant s'en débarrasser tout de suite, avant d'être définitivement mis de côté. Mais est-ce que ça suffira ? Il sait très bien que non. On ne lui demande pas seulement d'être un *bon citoyen*. On lui demande de renier toute une vie.

La porte s'ouvre. Ses pas résonnent dans le couloir vide.

Il ne croise personne, à part un vieil homme qui ne semble même pas l'avoir remarqué et disparaît rapidement dans une chambre. Il entend quelques portes claquer, et même de la musique qui s'échappe apparemment d'une salle, au fond du couloir. Il croit reconnaître le Nocturne n° 13 de Chopin. Il esquisse un sourire.

La 14-26. Il vérifie son passe, inspire et le colle contre le lecteur. La porte se déverrouille avec un petit bip et la première chose qu'il voit en entrant, c'est un lit vide, étroit, avec des draps bien pliés au-dessus, installé dans un coin de la pièce. Il ne lui faut que quelques instants pour s'apercevoir qu'il y en a un deuxième, dans l'autre coin, sur lequel est allongé un jeune homme en train de lire et qui n'a même pas sursauté au moment où Gabriel Cormeray est entré.

— Ah, vous voilà, dit simplement le jeune homme.

Gabriel Cormeray le regarde.

— Comment ça, me voilà ? Vous m'attendiez ?

L'homme s'assoit sur le bord du lit. Il le fixe avec une expression lasse sur le visage.

— On m'a annoncé que quelqu'un viendrait aujourd'hui. Alors je dis : « vous voilà ». Rien de plus.

Il se lève, se dirige vers lui et lui tend la main.

— Louis Cressent. Bienvenue quand même.

— Vous êtes là depuis longtemps ? demande Gabriel Cormeray en saisissant sa poigne.

— Presque un mois.

— Ah.

C'est bien davantage que la semaine minimale. Gabriel Cormeray pose sa valise à côté de son lit, sans l'ouvrir, comme s'il pouvait encore se donner la possibilité de partir. Il s'assoit sur le matelas et fait face à Louis Cressent. Le type ne sait pas qui il est. Personne ne sait qui il est, à part dans quelques cercles parisiens où on fait déjà semblant de l'avoir oublié. L'époque est à l'amnésie plutôt qu'à la mansuétude.

— Alors, c'est bientôt la quille, j'imagine ? lâche Gabriel Cormeray.

— Je l'espère. Je saurai ça dans deux jours.

Gabriel Cormeray observe la couverture du livre posé sur le drap de Cressent. *10 Billion*, de Stephen Emmott. Un pauvre PowerPoint monté à la va-vite en un ridicule opuscule à la conclusion apocalyptique. Au moins, ils ne brûlent pas les bouquins. Il secoue la tête et regarde le sol. Un carrelage fait de carrés blancs, étincelants.

— Il ne faudra pas laisser ces traces, dit Louis Cressent en désignant les empreintes des semelles des chaussures.

Gabriel Cormeray relève la tête et le fixe d'une expression aussi neutre que possible, mais il a envie de lui défoncer le crâne.

— Moi je m'en fous, sur le fond, poursuit son nouveau colocataire. Je marche en chaussures chez moi. Mais ça donne un malus si la chambre n'est pas propre. Et on est deux à le subir, le malus. Et ça recule le moment de la sortie.

— Ils vérifient la propreté des chambres ?

— Oui. Une fois par jour.

— Ils vérifient aussi notre trou du cul ou pas ? Vous êtes mal tombé avec moi, en tout cas, ricane Gabriel Cormeray. Question malus, j'ai été servi.

— Vous êtes à combien ?

Au début, c'était une question rituelle. On s'en amusait presque. Il y a deux ans. Ça paraît une éternité. Maintenant, la question est devenue taboue, plus taboue que celle des salaires, et la réponse, si elle est franche, suscite dégoût ou admiration.

— Vous avez raison, je suis indiscret. Vous savez ce qui me manque le plus, reprend Louis Cressent après un silence. C'est mon SUV. C'est mon petit plaisir. Un Qashqai. Quatre litres aux 100, 160 chevaux. Il passait tranquille les normes WTLP. Mais bon, je vais devoir m'en débarrasser. Ça fait partie du *deal*. C'est comme ça.

Gabriel Cormeray n'a pas conduit depuis plus de dix ans. Ses fonctions lui ont toujours permis d'avoir un chauffeur à disposition, vingt-quatre heures sur vingt-quatre. Mais en réalité, c'est lui qui était à disposition de l'État, en permanence. Il n'a jamais eu le temps de souffler, ou si peu.

— Comme vous dites… C'est fini, tout ça, soupire-t-il.

— On n'emmerdait personne, avec nos bagnoles.

— S'il n'y avait que les bagnoles…

Gabriel Cormeray ouvre sa valise, et dispose soigneusement ses vêtements, triés par son épouse, sur les étagères. Quand il a terminé, il se tourne vers Louis Cressent.

— 136. Je suis à 136.

Louis Cressent se redresse sur le lit, l'air ahuri.

— Vous étiez P-DG de Total ou quoi ? dit-il en ricanant. Ben mon pauvre vieux… 136… Vous n'êtes pas près de sortir d'ici.

7

Mercredi 5 mai

6 h 20

On pourrait se croire à l'abri. La lumière de l'aube se reflète dans la fontaine et le pépiement des oiseaux est le seul bruit qui parvient du dehors. Peut-être, au loin, Lisa Viansson perçoit-elle l'écho de la circulation dans les rues adjacentes mais l'atmosphère des petits matins est si douce qu'on aurait presque du mal à croire qu'au-delà des murs du Palais le fracas du pays se fait entendre crescendo.

On s'habitue très vite à la tranquillité. On s'habitue très vite aussi au pouvoir, surtout quand on l'a fantasmé si longtemps. Lisa Viansson ne règne sur aucune administration et elle ne rend de comptes à personne, si ce n'est à Pierre Savidan. Elle pourrait partir, s'il le fallait, si elle jugeait qu'elle n'était pas à la bonne place, ici, dans l'ancienne chambre à coucher de l'impératrice Eugénie, dans ce bureau peuplé de fantômes tous plus illustres les uns que les autres. Un de ses prédécesseurs convoquait régulièrement son coiffeur particulier qui débarquait avec tout son attirail. Un autre avait l'habitude d'y organiser des parties de poker où il dépouillait systématiquement ses adversaires venus lui quémander une faveur. Au début du siècle, un homme y était même mort d'une crise cardiaque dans laquelle la presse avait rêvé de voir un empoisonnement.

Mais ce n'est pas si facile, partir. Il faut être sûr de soi, sûr que, de l'intérieur, il n'y a plus rien à changer. Et puis, partir, ça voudrait dire aussi laisser Pierre Savidan seul. Seul avec Fanny Roussel et tous ceux qui ne voient pas qu'un pays si divisé, c'est déjà un échec. 14 % des Français seulement approuvent la politique du président, selon le dernier baromètre Ipsos. Et 81 % ont une mauvaise opinion de lui. À l'approche de l'élection, les oppositions se cabrent et si ça continue, plus aucun projet de loi ne trouvera de majorité à l'Assemblée. Les députés du Mouvement vital s'agitent et vocifèrent. La plupart font encore bloc autour de Savidan, mais certains s'émancipent et la Première ministre, Amélie Duscault, a de plus en plus de mal à tenir sa majorité. Le président refuse de voir qu'il est asphyxié par le jeu démocratique.

Lisa Viansson se retourne et s'absorbe dans la toile de Pierre Alechinsky au mur, comme si elle tentait de dompter ce cheval bleu ciel qui se cabre dans une nuit cerclée de lavande. La violence lovée dans la douceur. De l'autre côté de la porte à double battant, le secrétariat du président et le salon doré où Pierre Savidan passe ses journées à travailler, de plus en plus aveugle et sourd. Peut-être est-ce seulement elle qui perd la main, comme si elle était tout à coup devenue trop timorée, elle qui était pourtant perçue comme une pasionaria de la cause environnementale dans l'ancien gouvernement.

Pourtant, en trois ans, elle a le sentiment d'avoir fait davantage pour l'écologie que lors de tout son parcours politique. Quand elle était ministre, sous la précédente majorité, elle avait eu les mains liées et la bouche cousue. Il avait fallu qu'elle défende les dérogations accordées aux agriculteurs sur l'usage du glyphosate. Elle avait été contrainte d'autoriser l'ouverture d'une raffinerie Total dans le sud de la France, qui produisait des biocarburants à base d'huile de palme. Et elle n'avait pas eu son mot à dire quand le président précédent avait enterré la promesse d'un référendum sur l'inscription de la défense de l'environnement dans la Constitution. « Ils ne voteront pas pour ça, mais contre moi », s'était-il justifié.

Elle n'avait eu aucun poids politique face à tous ces roublards qui étaient là pour défendre leurs intérêts et leurs positions, mais elle avait appris. Elle avait observé de près l'administration de Bercy, elle avait compris que c'était là que tout se jouait, dans cette forteresse imprenable où on tentait d'organiser la pénurie, en distribuant chaque année les fonds publics avec la plus grande parcimonie possible. Elle avait identifié les principaux postes où se prenaient les décisions, et notamment cette tour de contrôle cachée dans l'ombre de Matignon : le secrétaire général du gouvernement. Gabriel Cormeray avait droit de vie et de mort sur toute politique publique. Il s'était foutu d'elle pendant les trois années qu'elle avait passées au ministère et quand elle s'était fait débarquer, à la faveur d'un remaniement, il avait osé l'inviter à dîner. Il avait envoyé à son domicile un bouquet de roses et un petit mot inscrit au dos d'une carte postale où était reproduit *La magie noire*, de Magritte : « Nous avons eu nos désaccords, oublions-les autour d'une bonne table et d'un bon vin. »

C'est ce jour-là qu'elle s'était juré de prendre sa revanche sur ce type qui avait torpillé toutes ses initiatives, et semblait pourtant croire qu'il pouvait lui plaire. Elle avait bien remarqué ses regards déplacés mais elle n'aurait jamais pensé qu'il irait jusque-là, qu'il oserait s'arroger le droit de penser qu'elle lui était due. Alors, quand elle avait débarqué dans son bureau avec Fanny Roussel, le soir de la passation de pouvoir, pour lui dire que tout était terminé… Oui, c'était un bon souvenir. Un souvenir qui s'échappe et se noie dans les doutes qui émergent, jour après jour, à travers les tensions avec Pierre Savidan au fur et à mesure que se déploie le programme du président.

Elle voulait sa revanche sur ce système politique basé sur la compromission permanente, où rien n'avançait jamais parce que ceux qui avaient intérêt au statu quo contrôlaient les rouages de la machine administrative. Pierre Savidan avait fait irruption dans la vie politique, les instituts de sondage commençaient à le tester. Ça lui semble une éternité, tout ça… C'était un an et demi avant la présidentielle. Le moment idéal pour monter à bord et se mettre du bon côté de l'Histoire.

Elle était venue lui prêter allégeance chez lui, au cœur des abers, au nord de Brest, où il habitait une vaste propriété qu'il lui avait fait visiter.

— Il y a de la merde partout, faites gaffe où vous marchez, lui avait-il lancé en l'accueillant dans un grand éclat de rire.

Il lui avait montré son puits, « mécanique, pour pouvoir

tirer l'eau à la force des bras si un jour on n'a plus d'électricité». Il l'avait menée aux frontières de son immense verger, un peu à l'écart de la ferme.

Une femme était apparue, sortie de nulle part, en lui tendant la main.

— Vous voyez comme c'est grand. On peut faire disparaître tout ce qu'on veut là-dessous, avait-elle dit en riant. Y compris des opposants politiques !

Fanny Roussel avait pris le bras de Lisa Viansson et fait quelques pas avec elle.

— C'est bien que vous soyez là, avait-elle poursuivi. Ça veut dire que ça avance. Mais sachez que je veillerai toujours à ce que Pierre ne se fasse pas récupérer. Il ne sera la caution écologique de personne.

— Laisse-la tranquille, avait souri Pierre Savidan. Tu vas lui faire peur. Allez, va-t'en, petite terroriste !

— Je vous laisse, alors. Bonne visite, Lisa.

Lisa Viansson n'avait posé aucune question sur cette femme. Et Pierre Savidan ne lui avait apporté aucune réponse. Mais elle avait compris que Fanny Roussel ferait partie du paysage, et que ce n'était pas négociable. Il allait falloir faire avec.

Elles incarnaient chacune une façon de tirer un trait sur le système. Lisa Viansson croyait en une sortie par le haut, elle pensait qu'on pouvait encore réenchanter le monde et défendait l'idée d'une transition écologique sans haine ni violences. Sans être la voix de la compromission, elle se vivait comme celle de la raison et était persuadée d'avoir fait élire Pierre Savidan, en lui permettant de séduire des pans entiers de l'électorat rebutés par son parcours, son image de gourou idéaliste et foutraque, sa façon iconoclaste de faire de la politique. Lisa Viansson était la caution morale, le chaînon manquant entre le monde d'avant et celui d'après, la preuve que Pierre Savidan était soluble dans la démocratie. Fanny Roussel, au contraire, n'avait que faire de tout cela. Pour elle, rien n'était plus soutenable dans le monde. Il fallait en finir avec cette civilisation mortifère et modifier le comportement des hommes. « De gré ou de force », disait-elle, et ce n'était pas pour provoquer. L'idée du programme PAIRE, bien qu'elle ait été fortement édulcorée, c'était elle.

Fanny Roussel ne se dévoilait pas facilement, mais pendant la campagne, même lors des premiers mois du quinquennat, les deux femmes avaient su s'entendre. Lisa Viansson l'avait invitée à dîner chez elle, trois semaines avant le premier tour. Elle avait fait le tour du salon, elle avait examiné sans rien dire les photographies encadrées sur le bahut ou affichées au mur. Les photos d'une famille heureuse, Lisa, son mari et ses deux enfants. Et puis elle s'était assise sur le canapé, incapable de regarder Lisa dans les yeux, piochant dans le bol d'olives et l'assiette de tartines qu'elle avait préparée.

— Tu vis seule, ici ? avait-elle fini par lâcher.

— Oui. Mon mari et les enfants sont à Nantes. C'est juste un pied-à-terre. On vit comme ça depuis longtemps.

— Pierre n'a pas d'enfant, tu sais. Moi non plus.

— Tu n'en voulais pas ? Ou ça ne s'est pas présenté ?

— Lisa, avait soupiré Fanny Roussel. Tu ne m'es pas antipathique. Tu n'es pas bête non plus. La seule chose censée quand on est enceinte aujourd'hui, c'est d'avorter. On ne peut plus défendre autre chose.

Lisa Viansson avait pris le parti d'en rire.

— Si on se met à interdire aux gens d'avoir des gosses, on ne sera jamais élus, Fanny. Les enfants ne sont pas des monstres et ceux qui en ont non plus, tu sais. Quoique, quand je me souviens des miens, petits…

Fanny Roussel avait esquissé un sourire condescendant et vénéneux, et elle était passée à autre chose. Elle avait raconté sa rencontre avec Pierre Savidan, quelques semaines après la fondation de Vitalise.

— Tu vois sa propriété aujourd'hui ? Cela ne ressemblait à rien de tout ça. Tout était en friche. J'ai été de ceux qui l'ont aidé à construire ce petit paradis. C'est ce dont je suis le plus fière, je crois. Parfois j'aimerais y retourner et ne plus en bouger, ne plus penser au monde autour de nous. Mais le monde, il nous appelle à l'aide, Lisa. Et on ne va pas le sauver avec de bons sentiments. J'espère que tu seras capable d'aller au bout de la démarche.

Dans sa propriété, Pierre Savidan récupérait l'eau de pluie dans cinq énormes bidons. Son potager était magnifique. Il l'avait accompagnée dans des allées pleines de tomates, de laitues, de courges, de carottes et d'autres légumes dont elle ne soupçonnait même pas l'existence. Il y avait des dizaines d'arbres fruitiers dans son verger. Pierre Savidan semblait heureux ici, dans son monde.

— Pourquoi vouloir tout bouleverser ? lui avait-elle demandé.

— Par amour, avait répondu le futur président. Imaginez que des dizaines, des centaines de milliers de personnes me font confiance à travers Vitalise. Je pourrais me dire : « Allez, c'est pas grave, je me prépare à la fin du monde tout seul dans mon coin et en attendant je prends le fric. » Mais non.

Je suis un indécrottable optimiste. J'ai compris ça, à force d'échanges : la fin du monde n'est pas inéluctable, mais pour l'éviter, il faut tout changer. Et ça commence par les gens qui sont au pouvoir. Croire qu'on va régler les problèmes avec la croissance et la libre-entreprise, ça relève de la psychopathologie. Donc j'y vais. Pour changer de société. Et ça va dézinguer !

Il l'avait emmenée dans son studio, aménagé dans une grange. C'est là qu'il tournait les vidéos qui l'avaient rendu célèbre, avec du matériel de professionnel : caméras, objectifs, filtres, *steadycam*, *glidecam*, mandarine et même un rail de traveling.

C'est là aussi qu'il donnait le ton de sa campagne. Les tutoriels sur « l'aloe vera, la plante miraculeuse » ou « le jeûne du cuir chevelu » laissaient progressivement la place à des clips particulièrement léchés où il déclinait des thèmes parfois à la limite de l'ésotérisme, mais qui allaient faire la colonne vertébrale de sa campagne : « Les *anywhere* contre les *somewhere** », « La nécessité d'une planification écologique », « L'élevage comme symbole de notre inhumanité », ou encore « La joie comme politique alternative ».

La classe politique le prenait pour un illuminé. Il faudrait de longs mois avant qu'il ne soit pris au sérieux. Lisa Viansson, elle, avait tout de suite compris. Pierre Savidan était sans

* En référence à l'essai de David Goodhart, *The Road to Somewhere.* À la place du clivage gauche-droite, l'essayiste britannique en propose un autre, entre « les Gens de Partout », éduqués et mobiles, qui ont bénéficié de la mondialisation, et « le Peuple de Quelque Part », composé de gens enracinés dans un lieu précis, oubliés de la mondialisation, majoritaire mais qui a le sentiment de ne pas être entendu par les élites.

doute un idéaliste, mais ce n'était pas un songe-creux. Il était juste ignorant de ce qu'était la politique et il avait besoin d'aide pour penser la mise en œuvre de ses idées. Lisa Viansson lui avait décrit toute la complexité de la machine administrative et lui avait expliqué pourquoi il fallait la mettre au pas dès les premiers jours.

Il avait une obsession : changer la direction de France Télévisions et de Radio France, dont il jugeait les programmes acquis aux lobbys les plus pollueurs, sans savoir vraiment expliquer pourquoi. Mais il savait à peine ce qu'était le Conseil d'État. Il ne soupçonnait pas la capacité de résistance de la direction du Budget.

— Il faudra commencer par virer le SGG, lui avait-elle dit.

— Le SGG ? C'est qui, ça ?

— Pardon. Le secrétaire général du gouvernement. Gabriel Cormeray.

— Connais pas.

— Personne ne le connaît mais il est plus influent que tous les ministres. Le mercredi matin, c'est lui qui arrive en premier au Conseil des ministres. Il se met dans un petit coin, discrètement. Il ne paie pas de mine. Son rôle, c'est de s'assurer de la qualité juridique des textes de loi qui sont adoptés. En réalité, c'est la véritable tour de contrôle du gouvernement : à lui tout seul, il peut plomber un texte, un décret, une loi, soit en rédigeant de façon bancale, soit en bloquant *ad vitam aeternam*. Il faudra changer aussi le vice-président du Conseil d'État.

— Pourquoi pas le président ?

Pierre Savidan ne savait vraiment pas où il mettait les pieds. Il ne connaissait rien aux rouages de l'État.

— Le président, c'est vous, enfin ce sera vous, si je veux simplifier. Le vice-président, c'est le patron du Conseil d'État. Si on décide d'interdire la voiture, par exemple…

— J'aimerais bien, mais on ne le fera pas comme ça, dit-il en s'esclaffant. Pas tout de suite, en tout cas.

— Évidemment non. C'est juste un exemple. Il y aura des milliers de recours de citoyens, d'associations, etc. Il faut être sûr que le Conseil d'État nous donne raison. Le Conseil d'État, vous savez, c'est comme Bercy. Des sales types arrogants persuadés d'avoir le monopole de l'intérêt général. Ils ont colonisé tous les rouages du pays, dans le privé aussi. Cormeray est conseiller d'État. Quand on l'aura viré, il se mettra en disponibilité et il deviendra avocat. Et ça peut durer dix ans comme ça, ces allers-retours, en fonction des alternances politiques. Bref, c'est là-dedans qu'il faudra frapper, dès le début. Et fort. Il y a au moins une cinquantaine de bonshommes à dégommer au sommet.

C'est au moment de la catastrophe de Bretten que Lisa Viansson avait rendu public son engagement auprès de Pierre Savidan. Elle avait été la première figure politique d'envergure à le faire, dans une interview accordée à la rédactrice en chef du *Monde*, Julie Descouart. « Je ne laisserai personne dire que j'ai été une écologiste au rabais, avait-elle répondu à la journaliste, qui l'interrogeait sur ses fonctions passées au gouvernement. J'ai manqué de poids politique, j'ai sans doute péché par naïveté, parce qu'il y a au sein de l'appareil d'État des gens qui ne veulent pas que ça change. Dans l'agriculture, dans l'élevage, dans l'industrie, par pure idéologie, ces gens-là ont encouragé, à coups d'aides publiques, la surproduction, les prix les plus compressés possibles et avec tout ça la prime au rendement, l'utilisation des pesticides, les intérêts économiques contre les intérêts sanitaires. Les arbitrages politiques leur ont été systématiquement favorables. Ce sont eux les coupables. Ils ont continué à subventionner des secteurs néfastes pour la planète sans penser une seconde à la nécessité de les transformer. La planification écologique que propose Pierre Savidan, c'est ça : organiser la décroissance de l'utilisation des ressources naturelles pour en limiter l'impact social. »

Il y avait eu ensuite, pendant les longs mois de la campagne électorale, une succession de catastrophes qui avaient rempli le pays d'effroi et fait monter la courbe des intentions de vote en faveur de Pierre Savidan. Une énorme avalanche, causée par la fonte inattendue du glacier de la Chiaupe, avait englouti quarante-neuf skieurs dans les Alpes. Des orages avaient provoqué en pleine nuit l'inondation du Gardon et de l'Hérault, rasant de la carte plusieurs dizaines de maisons. Une vingtaine de corps avaient été retrouvés dans les jours suivants à plus de vingt kilomètres, dont cinq enfants de la commune de L'Estreyolles. L'arrière-pays niçois avait été endeuillé de la même façon une semaine plus tard. Mais surtout, quatre jours avant le premier tour, lors d'un mois d'avril marqué par une chaleur caniculaire, des feux de forêt s'étaient déclarés un peu partout en Île-de-France. La plupart avaient été circonscrits assez vite, mais pas celui qui était né dans la forêt de Rambouillet. Elle avait été littéralement ravagée. Les images des arbres calcinés et surtout, des dizaines de milliers d'habitants évacués tout autour de la vallée de Chevreuse avaient tourné en boucle sur les chaînes d'information en continu.

L'élection de Pierre Savidan s'était jouée à rien. Mais il était passé. Son discours de victoire avait été écrit par Lisa Viansson, mais Fanny Roussel y avait apporté quelques modifications qui expliquaient sa tonalité étrange. Il était à la fois bienveillant et rassembleur, séparatiste et menaçant.

Il avait été prononcé depuis sa propriété, dans son studio, comme s'il s'était agi de n'importe quelle vidéo pour Vitalise. « Mes amis, mes chers amis… Je vous parle le cœur plein d'espoir. Face à un pays en péril, juché sur une planète elle-même au bord de l'asphyxie, je vous propose ce soir un pacte de résilience qui donnera l'exemple au monde. Ce ne sera pas toujours facile à accepter, il y aura des contraintes, mais elles sont sans commune mesure avec les privations de liberté et les souffrances qui nous attendent si on laisse le climat se dérégler encore davantage et le vivant disparaître. Vous le savez, je l'ai suffisamment répété : pour moi, il y a deux humanités. La première travaille pour le bien commun… L'autre accapare le bien commun. Et je pense, je suis sûr, même, que l'humanité qui travaille pour le bien commun est plus nombreuse que celle qui accapare le bien commun. Elle est juste moins organisée. Mais nous allons inverser cela, tous ensemble. Dès demain. »

Dans les semaines qui avaient suivi son élection, Pierre Savidan avait effectué une véritable purge parmi les hauts fonctionnaires. Il avait changé le vice-président du Conseil d'État, où il avait nommé Paul Hernan, l'ancien directeur de cabinet de Lisa Viansson, à l'époque où elle était ministre. Il avait dégommé tous les directeurs de Bercy. Il avait fait le ménage à la télévision et à la radio et il avait coupé une bonne part des subventions accordées aux médias indépendants et aux organisations culturelles qui lui déplaisaient. Il avait progressivement mis en route le projet de loi qui instituait le « scoring écologique individuel ». Il avait fallu une longue bataille juridique mais le Conseil d'État avait finalement accordé son feu vert après avoir été saisi par tous les partis d'opposition.

Cette fois, Paul Hernan a prévenu Lisa Viansson : ce sera plus difficile. Avant même de l'envoyer au secrétaire d'État à l'organisation des marchés alimentaires, il lui a transmis l'avis du Conseil d'État sur le projet de loi relatif au commerce de la viande, qui vise à limiter la production et la consommation. Elle ne l'a pas encore lu, mais ça confirme ses craintes. « Juridiquement, on a beau retourner le problème dans tous les sens, ça ne peut pas tenir la route », lui a dit Paul. Mais c'est surtout une faute politique. Dans un pays de viandards comme la France, il risque d'être perçu comme une provocation et les oppositions n'auront aucun mal à mobiliser les éleveurs et les consommateurs pour le faire rejeter.

8

Jeudi 6 mai

11 h 45

La lumière tamisée du dressing donne à la peau d'Adeline Cormeray une lueur orientale qu'elle savoure dans son reflet sur le miroir incliné. La peau de son ventre est flasque et flétrie, ses cuisses boudinées, mais ce matin elle n'en a pas grand-chose à faire car elle se trouve belle, et plus elle choisit parmi ses pinceaux, ses blushs, ses poudres, ses eye-liners, ses rouges à lèvres, plus elle se trouve même désirable. Elle n'a pas été beaucoup désirée, ces dernières années, ni par Gabriel, ni par personne d'autre.

La télévision est restée allumée dans le salon, où Juliette se prélasse sur le canapé. Adeline Cormeray écoute d'une oreille distraite BFM, accaparée par l'histoire de cet avion caillassé.

L'A340 d'Air France à destination de Bangkok est toujours bloqué sur la piste à Roissy-Charles-de-Gaulle. On rappelle, pour ceux qui nous rejoignent, qu'une cinquantaine de personnes se sont positionnées autour de l'appareil il y a maintenant deux heures pour l'empêcher de décoller, et lui jettent de temps en temps toutes sortes de projectiles. La police montre des signes de nervosité, mais n'intervient pas pour le moment, ce qui peut apparaître surprenant : le caractère illégal de la manifestation ne fait guère de doute.

Est-ce vraiment surprenant ? Adeline Cormeray sait comme tout le monde que le ministère de l'Intérieur est bien plus coulant avec les activistes écologistes qu'avec les opposants à la politique du gouvernement. Mais elle n'a pas d'avis sur la question. Elle ne veut plus avoir aucun avis sur les questions d'ordre public, de service public, d'intérêt public. Elle veut se consacrer à elle, et à elle seule. Elle ne se morfond pas, comme doit sans doute le penser Gabriel. Au contraire : elle respire. La présence plus régulière de son mari à l'appartement depuis son éviction avait fini par rendre l'atmosphère délétère.

Aigri et en colère, il avait d'abord refusé toutes les offres qui lui avaient été faites pour se recaser dans le privé. Il avait préféré réintégrer le Conseil d'État, sans doute pour défier Pierre Savidan qui lui avait fait savoir qu'il attendait sa démission de la fonction publique. Il n'avait pas tenu longtemps. On lui avait retiré son bureau et il avait hérité au sein du Palais-Royal d'une place peu enviable dans l'open space qui surplombait les colonnes de Buren, avec un ordinateur qui datait de Mathusalem. Il ne s'y rendait jamais et restait chez lui, où il emportait ses dossiers, auxquels il ne touchait pas. Il n'avait tout simplement plus la force de se plonger dans les contentieux sans intérêt qui lui étaient réservés.

Les autres maîtres des requêtes statuaient sur des cas qui se retrouveraient à coup sûr dans le recueil Lebon, cette bible qui rassemble les grands arrêts de jurisprudence. Les contentieux augmentaient de façon exponentielle autour des mesures prises par Pierre Savidan et le gouvernement qu'il avait nommé, mais Gabriel Cormeray héritait toujours du tout-venant, les problèmes avec le fisc ou les amendes pour excès de vitesse.

Il lui avait fallu du temps pour digérer la disgrâce. Il avait à peine commencé à se relever, quand le « scoring écologique individuel » était entré en vigueur. Le SEI avait été rendu obligatoire pour tous les fonctionnaires et il avait rapidement été utilisé pour récompenser les fidèles et punir les contestataires ou ceux qui étaient jugés comme tels. Parce qu'il avait « contribué à mettre en œuvre » des politiques « néfastes pour l'environnement » – c'était les termes employés dans la lettre qu'il avait reçue de l'administration du ministère de l'Écologie – Gabriel Cormeray avait écopé d'un malus particulièrement sévère. Il n'était pas le seul. Ce qu'il appelait la « purge » avait touché plus d'un millier de hauts fonctionnaires, qualifiés de réfractaires aux orientations budgétaires du nouveau pouvoir.

Les familles aussi avaient été touchées. Adeline Cormeray avait perdu 50 points, pas autant que lui, mais tout de même. Elle avait aussi perdu son statut de femme d'un puissant conseiller d'État, et son pouvoir d'achat avait baissé. Son mari lui avait promis qu'il se débarrasserait du SEI en quittant la fonction publique, mais il y avait un vide juridique : il semblait impossible d'y renoncer une fois qu'on l'avait adopté. Il était devenu avocat. Olivier Fleurance, le patron de la Compagnie du Lait, avait été l'un de ses premiers clients. Son SEI allait encore dégringoler. Elle l'avait mis en garde mais il n'avait pas voulu écouter.

Ce sont des militants écologistes radicaux qui ont pris position sur le tarmac. Gérard, vous évoquez des complicités internes.

Dans le tiroir de ses petites culottes, Adeline Cormeray choisit une Victoria's Secret bleu nuit un peu élimée, mais elle n'a pas mieux. Elle boucle un *push-up* assorti sur sa poitrine avec un reste de honte mais cela fait longtemps qu'elle a fait le deuil d'une poitrine comme celle de ces magazines qu'elle a cessé de lire. La sienne est petite, avec des tétons trop clairs et des aréoles comme gommées par le temps. Elle aimerait se faire lécher, qu'on la mordille. Elle a cinquante et un ans, elle ne veut pas croire qu'elle est finie même si le pauvre Gabriel n'a jamais fait grand-chose pour la rassurer sur ce plan-là.

Gabriel ne lui manque pas. Elle ne pense pas à lui chaque seconde. Juste de temps en temps. Elle pense surtout à toutes ces années où il les a délaissées, Juliette et elle. Du prestige et du fric : il n'avait jamais été capable de donner plus que ça à sa famille. Ce n'était pas si mal et elle s'en était longtemps contentée, mais maintenant, qu'est-ce qu'il restait ?

C'était de sa faute, c'était à lui de trouver une solution. Quand Juliette avait suggéré qu'il participe au programme PAIRE, Adeline Cormeray avait applaudi des deux mains. Il allait rattraper ses erreurs et surtout, il allait être absent quelques jours, voire quelques semaines. Elle ne verrait plus sa gueule toute la journée. Comme avant.

Bien sûr qu'il y a des complicités internes, on ne peut pas investir un aéroport comme ça sans complicités. C'est la même chose que lors du blocage du jet du P-DG de la Compagnie du Lait, Olivier Fleurance, il y a quelques jours. Sauf que là, la cible, c'est le tourisme de masse. Mais c'est le même mode opératoire. Imaginez qu'ils aient été armés de kalachnikovs… ces deux affaires, ça prouve à quel point ADP est vérolé de l'intérieur, excusez-moi du terme.

Adeline Cormeray hésite entre une robe légère noire, sans doute trop courte, ou un ensemble veste-pantalon, plus sobre mais qui ne la fera pas sortir du lot. Elle marche vers le salon, vêtue de la seule lingerie. Juliette, assise sur le canapé, se retourne. Elle peut lire de la surprise dans les yeux de sa fille, qui esquisse rapidement un sourire :

— Tu es belle, maman. Tu as un rendez-vous ?

Elle acquiesce en silence, d'une simple inclinaison de la tête.

— C'est l'enterrement de la femme de Fleurance. La pauvre… Le pauvre, plutôt.

Juliette ne dit rien. Elle se mord la lèvre.

— Comme ton père ne peut pas y aller… Il faut bien que la famille soit représentée, quand même. Et comme je ne pense pas qu'on puisse compter sur toi.

Juliette fixe l'écran de télévision. Elle marmonne :

— Je ne la connaissais pas. Et Fleurance, je l'ai vu genre une fois. Je ne vois pas trop ce que je ferais là. Et puis, ce n'est pas quelqu'un avec qui j'ai forcément envie d'être vue.

Aller s'afficher là-bas alors qu'on essaie de faire remonter notre SEI, bof bof.

Elle écoute plus attentivement la télévision maintenant.

Comme l'autre jour, la police a reçu des ordres, pour ne pas intervenir. Le ministre de l'Intérieur, Vincent Quéméner, ne veut pas d'embrouilles avec des gens qui sont idéologiquement proches du pouvoir, et il préfère parier sur le pourrissement. Si vous voulez mon avis, cet avion n'est pas près de partir…

— Tu vas faire quoi, ma fille ? Tu vas les rejoindre sur le tarmac ? lâche Adeline Cormeray, sarcastique, mais sans méchanceté.

Elle leur a tout fait, Juliette, depuis dix ans. Leur fille est un bon résumé de l'évolution de la société. Quand elle était encore au collège, elle allait manifester tous les mois pour sauver le climat. Adeline Cormeray se souvient très bien de l'état de choc dans lequel une vidéo partagée sur Facebook avait plongé sa fille. Tournée par une journaliste de la BBC, elle montrait l'horreur du traitement infligé aux ours noirs de Chine dans ces fermes destinées à recueillir leur bile pour la vendre aux hommes en mal de virilité. Hagards et mal nourris, les animaux étaient détenus dans des cages minuscules, leurs côtes poussaient même à travers les barreaux. C'est à cette époque, vers l'âge de seize ans, qu'elle est devenue végétarienne et qu'elle s'est mise à militer pour les droits des animaux. Son engagement politique était venu plus tard, mélange de romantisme adolescent pour les causes perdues et d'opposition aux idées défendues par un père hostile à ce qu'il appelait l'« écologie punitive ».

Gabriel Cormeray n'était pas complètement persuadé que la planète était condamnée, mais ce dont il était sûr, c'est que les Amish ou les Khmers verts précipiteraient sa chute plus qu'ils ne la ralentiraient. Il ne supportait l'adjectif « vert » que s'il était accolé et accordé au mot « croissance ». Il y avait eu des repas animés pendant les années lycée de Juliette. Son père avait préféré lui payer un studio dès qu'elle avait été reçue à Sciences Po, pour éloigner toutes les tensions que ses idées véhiculaient, mais ils n'avaient jamais cessé de se parler.

Juliette se met à rire.

— J'aimerais bien ! dit-elle. Empêcher les avions de décoller, c'est du civisme ! Tu te souviens de cette fois où on s'était disputés, quand vous partiez pour la Guadeloupe en février ? Tu avais enfin convaincu papa de prendre des congés… Tu avais pris son parti, pour une fois.

— J'avais vraiment besoin de vacances, je crois, sourit sa mère. Mais c'est toi qui avais raison, Juliette. Sois prudente, quand même. Je n'ai pas envie d'aller te chercher au poste.

— D'abord, répond Juliette, ils n'iront pas au poste. Tu vois bien que les flics n'interviennent pas. Savidan a de la sympathie pour ces activistes. Ensuite, j'ai autre chose à faire aujourd'hui.

9

Jeudi 6 mai

13 h

La tonnelle installée à la hâte sur la terrasse de leurs appartements privés les préserve du soleil, mais pas de la chaleur. Pierre Savidan défait et enlève sa cravate, qu'il pose sur le dos de la chaise avant de s'asseoir. Il retrousse les manches de sa chemise en reniflant ses aisselles, avec ce mouvement des narines que son épouse déteste tant. « Ça te donne l'air d'un clébard », lui dit-elle souvent. Des auréoles s'étalent déjà sur le lin beige mais ça ne l'empêche pas de croiser les deux mains derrière la tête pour admirer le jardin de l'Élysée.

La luminosité est si intense qu'il doit porter ses Ray-Ban d'aviateur, souvenir en forme de relique d'un voyage aux États-Unis où il était allé se former à la naturopathie. Sylvie le trouve ridicule. « On dirait que tu joues dans *Starsky et Hutch*, répète-t-elle à chaque fois. On n'est plus dans les années 80 ! » Il tend doucement la main vers elle, jusqu'à effleurer son bras. Elle ne réagit pas. Elle semble absorbée dans ce café qu'elle touille avec sa petite cuillère depuis un trop long moment. La main de Sylvie est curieusement assez froide au toucher, violacée, parsemée de lignes jaunâtres qui se fraient un chemin à travers la peau. Elle ne la retire pas.

Il ne peut pas dire que Sylvie lui fasse la gueule. Mais il ne peut pas dire non plus qu'elle ait l'air particulièrement épanouie. Depuis leur installation à l'Élysée, elle a lentement basculé dans une étrange apathie. S'il est honnête avec lui-même, il faut bien avouer que ça ne le gêne pas tellement.

— C'est l'enterrement de la femme de Fleurance, aujourd'hui, lâche-t-il d'une voix sans affect.

Sylvie regarde droit devant elle l'étendue de gazon et tout au bout, l'immense fontaine sur les bords de laquelle les mésanges aiment tant se poser. Elle se racle la gorge, comme si elle s'apprêtait à parler, mais ne dit rien.

— Elle était à moitié folle, il paraît, reprend Pierre Savidan. Dépressive, complètement mélancolique. Et après on m'accuse presque d'être responsable de sa mort… Quelles conneries.

Sylvie retire doucement sa main, en continuant à fixer l'horizon. Elle esquisse un petit sourire et soupire, au moment où il sent le téléphone vibrer à son holster :

— De toute façon, tu n'as jamais été responsable de grand-chose, Pierre.

— Attends, Sylvie, il faut que je prenne cet appel.

Il l'entend à peine qui marmonne :

— Évidemment, il faut que tu le prennes.

Il sait ce qu'elle pense. « Ton travail, ton ambition… tout ça, ça passe avant moi. » Il écoute Lisa Viansson qui lui résume l'avis du Conseil d'État. Il ne comprend rien aux arguties juridiques de ces profiteurs du système, si ce n'est qu'ils veulent l'empêcher de réduire la consommation de viande et d'en finir avec la surproduction et les subventions aux éleveurs.

— Les Français sont attachés à leur liberté, Pierre.

— Leur liberté mon cul, Lisa, lance Pierre Savidan. Ils ont accepté d'être enfermés chez eux pendant des mois à cause du Covid, et tu veux me faire croire qu'on ne peut pas agir sur ce qu'il y a dans leur assiette. Qu'on ne vienne pas me parler de liberté quand il s'agit de bouffer trois entrecôtes par semaine ! Ton Paul Hernan ne vaut pas mieux que Cormeray, c'est ça la vérité !

— Pierre, ce projet de loi, c'est tout ce qu'attendent tes ennemis pour te donner le coup de grâce. C'est une provocation qui n'a pas de sens à ce moment-là du quinquennat.

— Une provocation ? Tu t'entends parler, Lisa ?

— Ce projet de loi ne sera pas voté. Il n'y a pas de majorité pour ça. Et avant même qu'il soit présenté en première lecture, on verra des vaches devant l'Élysée. Tu as tout à perdre, et si peu à gagner. Alors, calme le jeu. Retire-le.

— Je ne retirerai rien du tout, Lisa. C'est mal me connaître.

Il raccroche et se dirige, furieux, vers la petite table de jardin, à laquelle est toujours assise son épouse. Il pose les deux mains sur le dossier et se penche vers Sylvie.

— Je vais nationaliser la viande, tiens. Chacun aura droit à deux cents grammes de bidoche par semaine. Il faudra la chercher dans des dépôts d'État, et il y aura un suivi par individu via le smartphone.

Sylvie sourit. Elle soupire et finit par lâcher :

— Un peu comme à la Libération, quoi. Des tickets de

rationnement. Le marché noir. Et les riches qui en profitent encore.

— Je plaisantais, Sylvie, dit Pierre Savidan, agacé. Encore que…

— Encore que quoi ?

— Rien. Parfois, je… On ne peut pas faire grand-chose de plus. J'ai l'impression qu'on arrive au bout.

— Au bout de quoi ?

Il regarde son épouse. Sylvie est plutôt belle. Elle l'a toujours été, et elle vieillit bien. Le régime végétarien, sans doute. Mais Mathilde Lascaux… C'est autre chose, Mathilde. Une porte ouverte vers un ailleurs.

— Au bout de quoi ? insiste Sylvie.

« Au bout de notre histoire, peut-être ? » se dit-il. Au bout d'une histoire normale, banale, comme celle de millions de Français, et si particulière aussi.

Il compte les jours. Il a hâte de revoir ce visage de déesse grecque et d'entendre cette voix qu'il serait bien en peine de décrire. Une sorte de mélange entre le timbre de Jeanne Moreau et le phrasé de Carole Bouquet. Une sensualité indescriptible. La première fois qu'il l'avait vue, ça avait été un choc. Il s'était perdu dans ses yeux une seconde, peut-être deux, et ça avait suffi. Il avait immédiatement détourné le regard, s'était adressé à Lisa Viansson d'une voix éraillée par l'émotion, sur un ton faussement professionnel.

C'était le lendemain du drame de Lisieux, six mois auparavant. Un automobiliste, excédé par les barrages mis en place par les associations écologistes pour « filtrer » les personnes seules dans leur véhicule, avait démarré et grignoté, mètre par mètre, la foule des manifestants, en faisant vrombir son moteur pour les défier. Une jeune femme s'était jetée sur son capot et s'était mise à taper sur le pare-brise à poings nus, tandis qu'une dizaine d'hommes s'étaient agglutinés autour du véhicule pour l'immobiliser. Ils cognaient sur les vitres en insultant le conducteur. Le pare-brise avait fini par céder et la jeune femme, survoltée, l'avait empoigné par le col pour le faire sortir. Elle l'avait traîné sur le capot et jeté au sol.

Le type s'appelait Rémy Maillard. Il avait fait cinq jours de coma. Les images de son visage ensanglanté, constellé d'éclats de verre, et de sa chemise déchirée, celles où il se faisait rouer de coups en protégeant tant bien que mal sa boîte crânienne, celles où on l'entendait crier « Arrêtez » et où l'on entendait aussi les cris d'une foule inarrêtable, avaient ruiné des semaines de communication autour du projet de loi sur le covoiturage obligatoire. Il avait fallu reculer.

Il n'a parlé à personne du message qu'il a envoyé à Mathilde Lascaux, parce que ceux, ou celles, à qui il aurait pu en parler l'en auraient certainement dissuadé. Puérile, immature, dégueulasse, déplacée, dangereuse… Oui, sa démarche est tout cela. Mais il ne regrette pas de l'avoir fait. À vrai dire, ce n'était pas une simple envie, ce n'était pas juste un désir ou un caprice. C'était une nécessité. Tant qu'elle était là, à portée de main, à portée de regard, il pouvait rester silencieux. Mais il avait eu peur de la voir s'évaporer dans la nature. Ce message, c'était une façon de la retenir.

— Je ne sais pas, soupire Pierre Savidan. Je me dis que ce qu'on fait, ça ne suffit pas. Il faut quelque chose de plus radical. Quelque chose de plus passionnel. Ce pays mérite mieux que la médiocrité écologique.

— On dirait que tu parles de nous, Pierre.

Il sourit. Il veut embarquer le pays dans une autre histoire, emprunter une autre route avec ceux qui le veulent, quitte à laisser les autres sur le côté. Il est persuadé que la France a un rôle mondial à jouer. Il veut croire que, malgré les tensions diplomatiques engendrées avec plusieurs des partenaires traditionnels de la France depuis son arrivée, la plupart des chefs d'État le regardent avec attention se pencher au chevet de la planète, lui, le petit youtubeur venu des abers. Et Sylvie ramène tout à elle, à eux.

— Mais tu as oublié ce que c'était, nous deux. Pour toi, « nous », c'est tout sauf moi. Tu as trouvé un sens à ta vie. Tant mieux, Pierre. Mais moi, je n'ai rien. J'ai de plus en plus de mal à supporter ça. Si j'avais su…

Il sent la colère monter. Il sait ce qu'elle pense, il sait ce qu'elle va dire. « Si j'avais su, je t'aurais quitté à temps, j'aurais trouvé quelqu'un d'autre », voilà ce qu'elle va dire. Quelqu'un d'autre… ça veut dire quoi, quelqu'un d'autre ? Quelqu'un de mieux ? Mieux que le président de la République ?

— Tu la baises encore ?

La question part comme une claque. Sylvie n'a pas besoin de préciser de qui elle parle, même si son mari a eu plusieurs histoires extraconjugales. Les stages de Vitalise attiraient de nombreuses jeunes femmes et, avec certaines, il se créait une proximité. Dans le milieu végétarien, puis dans le milieu écologique, il s'était bâti une certaine notoriété, au fil des années. Pierre Savidan ne se considérait pas comme un gourou qui abusait de ses fidèles, mais il avait du succès, et de l'aura. Parfois, à la nuit tombée, au bout de quelques jours, il se glissait dans la chambre d'une des stagiaires qui lui avait envoyé des signaux clairs pendant la journée. C'était surtout vrai au début. Mais il s'était lassé. Sylvie ne s'était jamais plainte. Elle l'avait même encouragé, parfois. Elle l'avait encouragé pour l'éloigner de Fanny Roussel. Mais Fanny Roussel était toujours là. Elle serait toujours là, pour le meilleur et pour le pire. Comme un mariage parallèle, célébré devant le diable.

— Tu ne réponds pas.

Il ne sait pas quoi répondre. C'est très flou, presque irréel. Dans son souvenir, il y a la pleine lune qui éclaire la pièce, au rez-de-chaussée du bâtiment principal – c'était le seul à l'époque. Elle éclaire son corps, blanc, lumineux.

Pierre Savidan demandait toujours, au début du stage, ce qui avait motivé les participants à venir le voir. Fanny Roussel avait simplement dit :

— Je n'en peux plus d'ingurgiter de la merde. À force, j'ai l'impression de devenir moi-même de la merde. Je n'en peux plus qu'on nous prenne pour des cobayes. J'ai besoin de me reconnecter à quelque chose de vrai.

Elle avait vingt ans, à peine plus. Elle était attirante, malgré son bras handicapé.

Un soir, quelques jours après la confession de Fanny Roussel, Pierre Savidan était retourné sur le pont du Diable, avec elle. Elle l'attirait, et elle lui faisait peur. Ce qui lui faisait le plus peur, c'est ce qu'elle avait emporté avec elle, les six bouteilles de Fischer qui tintaient les unes contre les autres dans son sac à dos. Elle les avait sorties, une à une, et les avait posées sur les pierres.

— J'en ai envie, avait-elle murmuré.

Son visage était creusé, craintif et en quête de pitié, mais curieusement aussi, étrangement serein, comme si plus rien ne comptait et qu'elle s'en était accommodée. Les mèches de ses cheveux volaient au vent. Il avait pris une bouteille, et l'avait balancée sur les rochers, où elle s'était brisée.

— Tu choisis, avait-il dit. Si tu as envie de tout gâcher, d'oublier ce que tu as appris ici, et de te faire engloutir par le monde, ou si tu veux essayer de le dompter, ce monde. Mais pour ça, il faut que tu arrives à te discipliner. Tu bois, ou tu casses. Tu choisis.

Elle avait cassé. Une à une, les cinq bouteilles qui restaient. C'est ce soir-là qu'ils s'étaient embrassés. On oubliait vite le moignon au contact de ses lèvres. L'amour avec Fanny Roussel était toutefois quelque chose de triste. Elle le laissait jouir sans paraître vraiment concernée, puis elle se mettait à pleurer. Elle était restée plusieurs mois, enchaînant stage sur stage. Pierre Savidan aurait bien voulu se débarrasser d'elle, mais elle payait, et elle ne dérangeait personne. Elle voulait qu'il la baise, et il s'exécutait. Il avait fini par s'attacher, aussi. Et puis, elle avait fini par l'attacher, d'une certaine manière. Leur relation était fondée sur la confiance et la crainte. C'était un alliage solide.

Sylvie Lavine était arrivée dans sa vie bien plus tard. Elle n'avait que trente ans, mais elle avait participé à un stage « Vieillir en bonne santé », à la fin des années 2000. Ça l'avait fait rire, de trouver une aussi belle femme parmi des sexagénaires peu gâtées par la vie, mais qui se disaient qu'il y avait peut-être quelques années à grappiller en suivant une ou deux recettes miracles. Ils s'étaient rapprochés, ils s'étaient mariés. *Classic shit.* Elle aurait voulu avoir un enfant. Ou plusieurs. Il se souvient des odeurs de pisse de cette petite cabine de laboratoire où des posters de pin-up avaient été accrochés au mur comme si ça suffisait pour faire bander les impuissants. Il avait uriné, il s'était lavé le gland au Dakin et il avait commencé à s'astiquer. Il bandait un peu, il débandait. Il avait fini par sortir son smartphone et se brancher sur YouPorn. Là, dans cette petite cabine, le téléphone posé sur le compartiment de la chasse d'eau, la bite dans une main, le flacon dans l'autre, les écouteurs dans les oreilles, il s'était branlé. Il s'était branlé dans cette position d'équilibre précaire, en regardant une pornstar blonde habillée en hôtesse de l'air se faire doucement sodomiser dans les toilettes d'un avion.

Il avait fallu recommencer ces conneries plusieurs fois, pour s'apercevoir que son spermogramme était limite, mais normal. Quarante millions de spermatozoïdes, ça suffisait. Le problème ne venait pas de lui. Il le savait déjà. Il ne venait pas de Sylvie non plus, mais ça ne marchait pas. Depuis, il a compris pourquoi ça n'avait pas fonctionné. Un enfant, ça annonçait la mort, alors il les tenait à distance, inconsciemment. C'était aussi simple que ça : il croit à la force de la volonté.

À l'époque, il commençait à s'intéresser sérieusement à la préservation de l'environnement, après avoir essoré les connaissances sur l'alimentation. Il avait de toute façon rapidement rationalisé l'idée qu'il ne fallait pas faire d'enfants. Aujourd'hui, lui, il aurait eu l'air de quoi, avec un gosse, à faire des leçons d'écologie au pays entier ?

À cette époque, il avait déjà cessé de baiser Fanny Roussel. Il n'avait jamais compris pourquoi Sylvie était si jalouse d'elle. Il a eu envie de lui expliquer, plusieurs fois, qui est réellement cette femme, la force de sa volonté, la terreur qu'elle peut inspirer, mais il n'a jamais pu. Elle ne comprendrait pas. Elle a pardonné beaucoup de choses, mais ça, avoir la chance d'être mère et ne pas la saisir, pire, la détruire, ça non, elle ne le pourrait pas.

— Le ménage à trois, ça n'a jamais été mon truc, Pierre. Que tu l'aies baisée ou non, une fois, dix fois, cent fois, que tu continues à le faire, en fait, je m'en contrefous. Mais elle vit avec nous, Pierre. Depuis toujours. J'espère que tu t'en rends compte. La voir rôder ici, chez nous, à l'Élysée, la voir manifester par-là, se pavaner auprès des uns, des autres, disparaître, réapparaître… ça me dégoûte. Cette femme est complètement folle, Pierre. Et de plus en plus.

Pierre Savidan fixe la Grille du Coq, au loin, droit devant lui. Le soleil illumine l'animal doré, perché sur la porte en fer forgé. Il se détache nettement dans le ciel bleu, un ciel vierge, sans nuages, qui fait comme un couvercle sur une étuve. Pierre Savidan se pince le nez, s'essuie le front du dos de la main.

— C'est vrai, elle est folle. Est-ce la folie qui lui fait voir la vérité, ou la vérité qui l'a rendue folle ? Je ne sais pas, Sylvie. Je n'en sais rien. Mais j'ai besoin d'elle. Parce qu'il est peut-être des moments où la place de la folie est ici, Sylvie. Au cœur du pouvoir.

10

Jeudi 6 mai

14h55

Il avait imaginé que l'église serait pleine. Il l'avait espéré, plutôt, parce que cela aurait sans doute fait plaisir à Anaïs. Enfin, « faire plaisir », ce n'est pas le mot. Rien ne fait plaisir à une morte, et puis il n'y a pas grand-chose qui lui faisait plaisir, à Anaïs. Mais l'église Notre-Dame de Chatou n'était pas pleine, pas du tout. À la tristesse indicible de la perte d'Anaïs et de Charles s'est ajoutée l'humiliation d'une assemblée trop clairsemée.

Anaïs était fille unique et avait peu d'amies. Il connaissait à peine ses parents. Olivier Fleurance a senti qu'ils lui en voulaient. Il avait limité autant qu'il avait pu ses relations avec eux depuis le drame. Il avait bien indiqué que la cérémonie se tiendrait « dans la plus stricte intimité », c'est vrai. Cela avait donné une bonne excuse à beaucoup pour se faire porter pâle. Un mot de soutien écrit entre deux contrats, un bouquet de fleurs envoyé par l'assistante, un message déposé sur le répondeur pendant qu'on attendait un vol ou un train, tout cela suffisait bien. Il a apprécié la présence d'Adeline Cormeray, même s'il aurait préféré voir Gabriel lui-même. Il n'avait pas trop compris ce qu'il était allé foutre dans un centre PAIRE. C'était le genre d'endroit à fuir comme la peste.

La cérémonie terminée, seul à l'extrémité d'un banc au premier rang pour être sûr de n'être vu de personne, Olivier Fleurance essaie de se souvenir d'Anaïs en train de sourire, en fixant le vitrail où Lazare, blanchâtre dans son suaire, pieds et mains bandés, s'avance vers un Jésus emmitouflé d'une cape grenat. Il n'y parvient pas.

Il exagère. Il lui arrivait d'être joyeuse mais il s'agissait de moments volés à ce qu'elle appelait la tragédie de la vie, des petits morceaux d'insouciance dans un océan de vide. Il avait tout fait pour lui en offrir le plus possible. Il avait même accepté de lui faire un enfant. Il savait très bien ce que ça allait lui coûter : il avait déjà deux filles. Mais il l'avait fait. Pour de mauvaises raisons, sans doute. Pour la garder, parce qu'il savait qu'elle finirait par partir s'il n'acceptait pas. Par provocation, aussi, pour signifier qu'il était libre, libre de refaire sa vie, libre de braver les nouveaux tabous, libre de payer ce qu'il devait en leur faisant un doigt d'honneur.

Un gosse, c'était cent points en moins et pas loin d'un million d'euros d'impôt en plus chaque année, en ce qui le concernait. Il l'avait fait, et il l'avait fait savoir. Il avait utilisé la grossesse d'Anaïs pour faire passer sa détestation de la politique de Pierre Savidan. Il avait fait une exception à son abstinence médiatique, en posant dans *Paris Match* aux côtés de sa femme, le ventre rond, radieuse pour une fois. Le magazine avait choisi de mettre en avant cette citation : « Ce n'est pas à l'État de me dire où est mon bonheur. »

Olivier Fleurance n'était le porte-parole de personne, si ce n'est celui d'une époque révolue. Mais il ne pensait pas qu'il paierait si cher cet engagement moral au service d'une cause perdue : le retour à l'insouciance et à l'hédonisme du temps présent. Savidan, lui, ne parlait que de l'avenir qu'il dépeignait immanquablement comme une tragédie, et demandait à chacun de se sacrifier pour essayer de sauver ce qui pouvait encore l'être.

Olivier Fleurance a eu le courage de le dire pendant son discours pour Anaïs, entre un chant et une prière dont il a déjà oublié les paroles : il considère Pierre Savidan, semeur de haine et de divisions, comme l'inspirateur moral des manifestants et, à ce titre, comme idéologiquement responsable de la mort de sa femme et de son fils. En liant la lutte contre les inégalités sociales et la lutte pour sauver le climat, Savidan avait désigné une cible sur laquelle il avait tapé sans relâche : les riches. Ils étaient responsables des deux tiers des émissions carbone, de la moitié de l'augmentation de ces émissions, de l'augmentation des températures, ils étaient responsables des canicules et des tempêtes, ils avaient des milliers, des millions de morts sur la conscience. Le dérèglement du climat, c'était eux, c'était la faute des riches. C'était *sa* faute. C'était la faute d'Anaïs et de son désir d'enfant. Et visiblement, cela légitimait la fureur d'une foule sûre de son impunité.

Personne n'avait été arrêté. Personne n'avait été poursuivi. Et le président de la République, qui avait pris soin de ne pas condamner trop durement ces violences, ne lui avait même pas adressé ses condoléances.

Olivier Fleurance trouve enfin la force de se lever. Les fleurs déposées sur l'autel par ses deux filles sont dans le corbillard. Estelle et Laure sont déjà parties vers le cimetière. La petite, qui vient d'avoir son permis, paraissait fière d'emmener son aînée avec sa Zoe de troisième génération. Elle lui a proposé de l'emmener aussi, mais il a répondu qu'il préférait rouler seul jusqu'à Feucherolles. Depuis six ans et son départ de la maison, elles lui ont mené la vie dure. Elles n'auront jamais connu Anaïs, car elles ont toujours refusé de la rencontrer. L'arrivée de leur frère aurait peut-être pu permettre de détendre un peu tout ça. Il l'avait espéré, en tout cas. Elles n'ont pas pleuré quand il a évoqué la vie très brève de Charles, comme si elles ne se sentaient pas concernées, comme si elles n'avaient toujours pas digéré sa trahison. Avec le temps, peut-être… mais la sauvagerie de l'époque ne lui en a pas laissé. Les blessures restent à vif et le deuil ne les referme pas par miracle. « Maman a hésité, mais elle s'est dit que ce n'était pas sa place, a osé Estelle. Ne lui en veux pas. » Il n'en veut à personne, si ce n'est à Pierre Savidan et à sa cohorte de disciples criminels et inconscients.

Son chauffeur l'attend, appuyé contre la carrosserie de la Tesla. Son visage est rouge et humide, brûlé par le soleil qui semble faire fondre sa peau. Visage figé dans une compassion maladroite, il reste muet au moment de lui ouvrir la porte. Il roule doucement sur les routes de campagne. Olivier Fleurance observe les champs de maïs et de blé, les vaches qui broutent, les chevaux réfugiés à l'ombre, bercé par le souffle de la climatisation. Il ferme les yeux. Il aimerait s'endormir et effacer tout ça, renoncer à son séjour à Marseille et serrer Anaïs et Charles dans ses bras. S'il avait été là…

« Si j'avais été là, c'est peut-être moi qu'on enterrerait aujourd'hui », se dit-il alors que son chauffeur se gare sur le parking du petit cimetière de Feucherolles. Il met ses lunettes de soleil et sort du véhicule. Trois hommes se dirigent vers lui. Au fur et à mesure qu'ils avancent se forme derrière eux un nuage de poussière. Il tire sur les pans de sa veste et les attend. Il est à peine surpris quand le plus petit, qui porte un blouson léger sur un T-shirt Iron Maiden, lui présente sa carte bleu-blanc-rouge.

— Police. Toutes mes condoléances, monsieur Fleurance. On va vous laisser enterrer votre dame. Et après, vous allez nous suivre.

Olivier Fleurance passe la main droite dans la poche intérieure de sa veste, en retire un paquet de chewing-gums. Il en porte un à sa bouche et se met à le mâcher ostensiblement. Il a envie de leur demander qui mérite d'être traité de la sorte, mais les ignore et se dirige vers l'entrée du cimetière où l'attendent ceux qui n'ont pas encore honte d'être vus à ses côtés.

11

Vendredi 7 mai

9h15

Il reconnaît immédiatement la femme du bus, celle du premier jour. Il ne l'a pas revue depuis. Elle lui paraît plus âgée, peut-être est-elle moins bien maquillée – ou pas maquillée du tout. Elle est assise sur une des chaises disposées en cercle. Elle regarde le sol, jouant avec un bracelet en or en forme de panthère au pelage parsemé de diamants. « 10 000 euros au bas mot, peut-être deux ou trois fois plus », se dit Gabriel Cormeray.

Un homme en bras de chemise, les cheveux en désordre, lui fait signe d'avancer, et lui désigne une des chaises d'un geste affecté de la main. Gabriel Cormeray attrape le dossier de celle qui est située à côté de la femme et lui demande l'autorisation de s'asseoir. Elle ne lève même pas la tête. Il murmure :

— Ça va, madame ?

Elle l'ignore. Elle ne paraît pas l'entendre. Elle semble droguée, complètement absente.

— Comment allez-vous, Gabriel, ce soir ?

La voix de son mentor le fait sursauter. L'homme n'est pas antipathique – il a été choisi pour ça. Contrairement à la plupart des membres de l'équipe qui encadrent les pensionnaires du centre PAIRE, Philippe Lorrain est très élégant. Avec son costume anthracite impeccablement repassé, et sa chemise bleue dépourvue de la moindre fioriture, il pourrait presque passer pour un de ces technocrates qui aurait sacrifié la cravate au nom du « *Friday wear* », et Gabriel Cormeray se dit que c'est sans doute pour cela qu'ils le lui ont attribué. Pour « coacher », comme ils disent, un ancien haut fonctionnaire, c'est quand même mieux qu'un de ces beatniks en sandales parvenus au pouvoir ou à sa lisière pour emmener la France sur la route du déclin.

Il l'avait vu deux jours auparavant pour la première fois, lors d'un entretien individuel qui s'était transformé en un moment très désagréable. Gabriel Cormeray avait eu l'impression d'être face à un conseiller probatoire, bienveillant mais ferme, qui lui rappelait le chemin à parcourir, l'attitude à adopter, pour bénéficier d'un aménagement de peine. Gabriel Cormeray n'avait jamais rencontré de conseiller probatoire, mais c'était en tout cas l'idée qu'il s'en faisait, quelqu'un à qui il fallait faire bonne impression parce qu'il tenait une partie de votre destin entre ses doigts.

Il avait eu du mal à se contrôler et l'entretien s'était transformé en défouloir. Il l'avait regretté après coup, mais il s'était laissé aller à exprimer sa rancœur. Le traitement qui lui avait été réservé, la politique du gouvernement, la personnalité du président, tout y était passé.

« Je pense que ça vous a fait du bien de parler, avait souri Philippe Lorrain. Maintenant on va pouvoir travailler sur de bonnes bases. Vous n'avez pas envie de rester ici trop longtemps, n'est-ce pas ? » Il lui avait présenté l'organisation du centre, les activités qui seraient obligatoires, celles qui étaient facultatives, et surtout, la méthodologie. En tant que mentor, Philippe Lorrain lui était entièrement dédié le temps de son séjour. « Mon but, avait-il expliqué, c'est de faire revenir votre SEI aux alentours de 400. Ce serait déjà pas mal, si j'ai bien compris. »

À ce niveau-là, l'algorithme lui prévoit un impôt d'environ 3 000 euros par mois. Un niveau beaucoup plus supportable que les 7 850 euros qu'il paie actuellement et qui l'obligeront bientôt à vendre son appartement. C'est la seule raison de sa présence ici : préserver ce qui lui reste, cet appartement qu'il a acheté avec Adeline presque vingt ans auparavant, cet appartement qui a vu grandir Juliette, et qui l'a vue partir aussi.

— Est-ce que notre conversation de l'autre jour a réussi à vous apaiser ? demande Philippe Lorrain, d'un sourire de pitié.

— Disons que je sais pourquoi je suis là, répond Gabriel Cormeray. Je ne suis dupe de rien, mais je sais ce qu'il faut que je fasse.

— Faire, c'est bien, Gabriel. Mais croire, c'est mieux. Tout le monde peut faire s'il a un intérêt. Mais croire… C'est réservé à ceux qui comprennent. Et je suis sûr que vous comprenez, Gabriel, l'état dans lequel est le monde. Je suis sûr que vous serez capable de croire, à la fin des fins.

Gabriel Cormeray soutient le regard de son mentor, avec une certaine insolence. Il voudrait lui répéter à quel point il le méprise, lui et tous les psychologues, les infirmiers, les éducateurs du PAIRE, petits soldats polis et patients d'une armée qui, face à l'ennemi, a déjà capitulé. Il n'est pas un adepte de cette nouvelle religion, qui fait du catastrophisme une idéologie et ne propose comme chemin que la perspective du déclin. Mais il se tait et s'assoit à côté de la femme du bus, toujours aussi hagarde. Philippe Lorrain prend place sur la chaise située à sa droite et lui murmure à l'oreille en gloussant :

— Je ne sais pas si elle croit, mais elle ne fait rien, en tout cas !

— Bien, tout le monde est là ? lance l'homme en bras de chemise. Bienvenue à tous.

La première chose qui vient à l'esprit de Gabriel Cormeray, c'est que l'homme a la pilosité qui va avec sa fonction. Des poils plein la poitrine apparemment, une barbe récente et mal taillée, les cheveux hirsutes, le look écolo-bobo qui lui a toujours fait pitié. Il parle avec une douceur affectée, lui aussi, à croire que c'est un prérequis pour travailler dans ce centre.

— Je m'appelle Pedro Etchepare. Je viens du pays d'Agen, mais je suis d'origine basque. C'est pour ça que j'ai un petit accent, sourit-il.

La femme du bus lui jette un coup d'œil et ricane. Personne ne lui prête attention. Gabriel Cormeray est pétrifié par l'idée qu'une femme si élégante puisse paraître si proche de la déchéance, en quelques jours à peine. Peut-être s'était-il trompé à son sujet.

— Aujourd'hui on va parler de vous, poursuit Pedro Etchepare. Vous, c'est aussi nous, qu'on s'entende bien, mesdames et messieurs. Personne n'est parfait, personne n'a une attitude totalement responsable. C'est impossible dans la société d'aujourd'hui. Mais cette société, nous avons commencé à la changer. Nous avons un mandat du peuple pour cela. Et ça ne se discute pas.

« Un mandat du peuple. » Gabriel Cormeray soupire. Six millions de voix au premier tour. Un Français sur dix à peine. Non, il n'y avait pas de « mandat » pour la politique qui était menée. Il fallait être aveugle pour ne pas le voir : le pays n'avait jamais été aussi agité.

— Si vous êtes là, c'est que vous avez besoin de changer, vous aussi, reprend Pedro Etchepare. Vous êtes tous ce qu'on peut appeler des gens aisés. Vous mangez de la viande deux fois par jour, vous voyagez pour les vacances, vous possédez une belle bagnole, vos enfants étudient dans des universités cotées et payantes à l'étranger… Ce ne sont que des exemples. Ça peut être ça, ou autre chose.

Les signes extérieurs de réussite sont presque devenus honteux depuis l'accession de Pierre Savidan au pouvoir : gagner de l'argent est désormais sale et suspect, et l'utiliser encore davantage. Il ne le dit jamais, mais ce président rêve d'une société sans classes sociales où chacun se débrouillerait avec un revenu garanti par un État gérant le dénuement. Mais l'État, ce n'est pas ça : Gabriel Cormeray a du mal à se résoudre à l'abandon de ce qui a fait son engagement au service de l'intérêt collectif, c'est-à-dire la croyance en une puissance publique offrant aux acteurs privés le meilleur cadre possible pour produire toujours plus de richesses. Mais ce mot-là est devenu obscène.

— Rassurez-vous, sourit Pedro Etchepare, on n'est pas des bolcheviks et vous n'êtes pas nos koulaks. Si vous voulez continuer à gagner de l'argent, vous êtes libres de le faire. Ma modeste intervention vise juste à vous montrer pourquoi, en tant que « riches », si je puis dire, vous avez une plus grande responsabilité que les autres, et pourquoi vous devez, vous devrez, en faire davantage pour nous sauver, nous tous. Votre contribution est essentielle. Philosophique – c'est l'objet de ce petit atelier. Et pécuniaire – sur ce plan-là, le SEI porte déjà ses fruits. Oh, si vous êtes là, je sais que vous ne portez pas le SEI dans votre cœur…

À ces mots, la femme du bus émet une sorte de hennissement. Tous les regards se tournent vers elle, en silence. Pedro Etchepare laisse son rire s'éteindre avant de reprendre. Seul Gabriel Cormeray entend la femme murmurer :

— Une belle bande de voleurs et d'assassins.

Il ne peut s'empêcher de sourire. Des assassins, il n'irait pas jusque-là, mais sinon c'est bien résumé : des voleurs qui se glorifient de leur escroquerie permanente, intellectuelle autant que financière. Et il n'y a pas d'autre choix que de passer à la caisse.

— Cet atelier doit vous faire sortir de votre bulle, vous décentrer par rapport à vous-mêmes, votre situation, vos privilèges. Ce n'est jamais facile, de se décentrer. Adopter le regard de l'autre, surtout quand on ne le connaît pas. Mais c'est nécessaire pour comprendre ce qu'est l'intérêt général. Un petit chiffre pour commencer : en théorie, si nous étions deux fois moins sur Terre, l'humanité émettrait deux fois moins de gaz à effet de serre. Mais il suffirait de supprimer les 10 % les plus riches pour arriver au même résultat.

Gabriel Cormeray se demande si le mot « supprimer » est employé volontairement. Après les « koulaks », ça commence à faire beaucoup. Ces gens sont dangereux parce qu'ils ont en eux le fantasme de la pureté. Ce fantasme-là n'a jamais rien donné de bon. Dans un pays dépourvu de tradition démocratique, ce Pedro Etchepare aurait fait un parfait kapo. Gabriel Cormeray se félicite d'être en France, même s'il a parfois du mal à reconnaître son pays.

— Un autre chiffre, reprend Pedro Etchepare. Le voyage aérien est responsable de 5 % des émissions alors que 90% de l'humanité n'a jamais pris l'avion. Interrogez-vous : combien de fois par an prenez-vous l'avion ? Et puis un dernier, pour planter le décor. En France, les 10 % les plus riches émettent huit fois plus de gaz à effet de serre que les 10 % les plus pauvres. Oh, nous ne sommes pas les pires pour ce qui est des inégalités. Aux États-Unis, c'est vingt-quatre fois. Et au Brésil, on passe à quarante-six. Mais quand même : on ne peut pas laisser les classes populaires supporter le coût de la transition vers une société plus écologique, comme l'ont fait les gouvernements précédents avec leur taxe carbone. Elles doivent prendre leur part, bien sûr. Mais il est temps aussi que vous assumiez le coût des destructions de l'environnement provoquées par vos modes de vie. Vous ne pouvez pas échapper tout le temps à vos responsabilités. Ce n'est pas une question de punition, comme l'affirment nos détracteurs. C'est une question d'éthique. Vous salissez ? Vous nettoyez. C'est aussi simple que ça.

Philippe Lorrain se penche à l'oreille de Gabriel Cormeray et murmure :

— Le discours est peut-être un peu *hard*… Mais c'est le style de Pedro. Faut pas le prendre personnellement, Gabriel. Le constat est amer, c'est vrai. Mais les solutions ne le sont pas forcément, pas autant que vous le pensez. On va vous aider.

Gabriel Cormeray ferme les yeux. Il entend la voix de Pedro Etchepare, qui lui paraît de plus en plus menaçante, mêlée à celle de son mentor, insupportable de bienveillance factice. Il a envie de se lever, de prendre la tête de Philippe Lorrain entre ses mains et de l'éclater contre son genou en criant, puis de se précipiter sur Etchepare pour le cogner, le cogner jusqu'à ce que son visage ne soit qu'une bouillie sanguinolente, et qu'il se taise enfin. Mais Gabriel Cormeray reste immobile, tremblant, espérant qu'une larme le délivre de cette colère qu'il est trop lâche pour déverser sans retenue.

12

Vendredi 7 mai

21 h 50

Le serveur leur a tapé dans l'œil, à toutes les trois. Un garçon longiligne, la vingtaine, une petite barbe de trois jours, les cheveux ras. On devine ses abdos sous le T-shirt gris, soulignés par de petites traces de sueur. Les auréoles qui se sont dessinées sous ses aisselles n'entament pas le charme du jeune homme, qui dégage une odeur entêtante, mélange d'une peau moite et d'un parfum épicé que Mathilde Lascaux ne parvient pas à identifier. Elle-même se sent collante et suintante, un peu dégueulasse. Elle déteste cette canicule qui recouvre en permanence son corps d'une pellicule visqueuse.

Salomé Cassard et Juliette Cormeray semblent aussi excitées qu'elle. Depuis leur arrivée, les trois jeunes femmes ne cessent de parler de sexe en commandant verre de vin sur verre de vin. C'est Salomé qui a commencé, en s'affalant sur sa chaise :

— J'ai une montée de sève en ce moment, je vous raconte pas. Je pourrais me taper n'importe qui !

— Peut-être pas quand même, rit Juliette. Ça m'est arrivé la semaine dernière, de me taper n'importe qui. Bah je vous le conseille pas.

— Vas-y, dis-nous tout.

— Un assistant parlementaire rencontré sur Tinder.

— Quel parti ? demande Mathilde.

— Mais qu'est-ce qu'on s'en fout, de son parti, s'esclaffe Salomé.

— Un député de droite. Jamais entendu parler, dit Juliette.

— Bah oui, à droite, forcément… lâche Mathilde.

— Forcément quoi ? demande Salomé.

— Forcément un peu loser, quoi. La droite, en ce moment…

— Bon, les filles, on s'en fout, on n'est pas là pour parler politique. Lui, par contre… Il ne parlait que de ça. Toute la soirée, le mec a fait de grands discours. On n'était pas du tout d'accord, évidemment. Il avait que le mot « liberté » à la bouche. La liberté par-ci, la liberté par-là. La liberté de polluer et de détruire la planète, je lui répondais. Ça l'excitait, j'ai l'impression, la perspective de baiser une opposante politique. Bref. Le mec, sûr de lui, à un point… Plutôt beau gosse, mais un peu relou. Bref… Je le ramène chez moi. On fait ce qu'on a à faire. Il se déshabille un peu à la Popeye, vous savez, il replie bien son pantalon, tout ça. Il enlève son boxer. Et là…

— Là quoi ? demande Salomé.

— Micropénis. Mi-cro-pé-nis, putain !

— Non ?

Salomé et Mathilde rient à gorge déployée. L'alcool leur

monte à la tête autant que la chaleur. Dans le bar, plusieurs clients se retournent vers elles.

Mathilde Lascaux se fait un peu honte, elle s'aperçoit dans un miroir sur le mur d'en face, le rimmel a coulé à cause de la sueur et des larmes de rire, elle se fait l'effet d'une poule trop maquillée qui glousse pour espérer un peu d'attention de la part des coqs dans une basse-cour où règnent la promiscuité et la puanteur.

— Si. Mais genre, il fait comme si de rien n'était. Peut-être que personne lui a jamais dit, remarque.

— Enfin, il a bien dû traîner un peu sur YouPorn, quand même, pour s'apercevoir qu'il y avait un problème, lâche Mathilde.

— Oui, sûrement. Ou il est myope, je sais pas. Mais vraiment petit, quand même, le pénis. Genre, tu sens rien et en plus le mec s'y prend comme un manche. Et il se voit comme un cador. À la fin, il me sort : « T'as aimé, hein ? » comme s'il fallait que je sois honorée d'avoir été pénétrée par ce baltringue. Je lui réponds « Non, pas vraiment » et je lui fais comprendre qu'il doit dégager, que j'aimerais bien rester toute seule. Et là… Le relou, non mais c'est pas possible quand j'y repense.

— Quoi ?

— Il me propose de m'enculer.

— Quoi ??

— Si.

— Comment ça ?

— Ben il me dit : « Je peux dormir là et demain matin, je peux te faire des trucs, genre par l'autre côté. » J'étais choquée. « Je sodomise très bien », qu'il me dit. Genre j'ai

5 étoiles sur Google. J'ai dit « Non merci » et je l'ai jeté dehors. Remarquez…

— Oui ?

— Ben je l'ai jamais fait, j'ai peur que ça fasse trop mal. Avec une bite aussi petite, c'était l'occasion d'essayer à moindre risque.

Juliette tape un bon coup sur la table en ricanant. Ça dure une bonne dizaine de secondes et son visage se ferme.

— Les mecs, franchement, reprend-elle. Pas un pour rattraper l'autre, parfois.

Et elle le mime en prenant une voix de crécelle :

— « Est-ce que je peux te sodomiser avec mon micropénis et gnagnagna et gnagnagna ? »

— « Tu sentiras rien, promis », embraye Mathilde en pouffant.

Elle se trouve belle quand elle rit comme ça, aux éclats, belle et conne aussi, elle ne sait pas pourquoi. On lui dit qu'elle a un joli sourire, qu'elle a un rire communicatif, mais elle n'arrive pas à y croire complètement. Elle fait tout pour ne pas se faire remarquer, et les hommes la remarquent tout le temps. Le président, et puis ce serveur, là.

Il se dirige vers les trois filles, mais son regard est pour Mathilde. Il lui sourit en attrapant le torchon qui pend à son ceinturon.

Mathilde imagine qu'il la fouette et frissonne, incapable de réprimer un petit mouvement des lèvres qui fait glousser ses deux amies. Elles se sentent bien. Cela fait longtemps qu'elles ne se sont pas retrouvées.

— Alors, les filles, qu'est-ce qui vous ferait plaisir ?

— Votre 06, rétorque Salomé en lui faisant les yeux doux.

Il rit, un peu gêné, et triture son torchon, qu'il manipule comme un nunchaku.

— Je voulais dire, pour dîner.

— Vous ? insiste la jeune femme.

— Mon cœur est déjà pris, mesdemoiselles.

— Trop dommage, répond-elle avec une *duckface*. Vous me conseillez quoi d'autre ?

— La pièce du boucher est excellente ce soir, si je peux me permettre. Un onglet qui nous vient de l'Aubrac. Savoureux.

— OK pour la pièce du boucher, alors !

Mathilde et Juliette sont stupéfaites par la réponse de Salomé. Elles la regardent sans comprendre.

— Vous avez de la chance qu'on ait un peu de thune. 45 euros quand même.

Le visage du garçon se ferme. Mathilde est déçue, elle sait que Salomé aussi. Personne n'aime les mecs qui prennent tout au premier degré.

— Au rythme où ça va, on n'aura bientôt peut-être même plus le droit d'en servir, dit-il. Alors profitez-en. Et pour vous ?

Mathilde et Juliette optent toutes les deux pour un burger végétarien.

— Sans frites, je suis énorme, ajoute Mathilde en riant, espérant une dénégation du serveur qui se contente d'un signe de tête.

— Donc toi, tu renies toutes tes convictions juste pour plaire à un beau mec ? demande Juliette une fois qu'il s'est éloigné.

— Mes convictions, mes convictions, il faut le dire vite,

soupire Salomé. Je ne suis pas une ayatollah comme vous, les filles. J'ai jamais totalement arrêté la viande, moi. Et ne me sortez pas les chiffres sur l'empreinte carbone de l'élevage, je connais tout ça par cœur. Ça m'empêche pas de faire ma part, et bien plus. On n'a pas trop le choix, remarque.

Les trois jeunes femmes se sont connues à Sciences Po. Juliette et Mathilde se sont enrôlées dans la campagne de Pierre Savidan, quand Salomé, elle, se montrait plus méfiante, plus détachée par rapport à la politique. Plus individualiste sans doute, moins portée sur la lutte collective. Plus à droite, quoi.

— C'est toi qui aurais dû te faire enculer par Amaury, plaisante Juliette.

— C'est qui, Amaury ?

— Ben, l'assistant parlementaire.

— Ah oui. Non merci. Même si ça doit faire moins mal que de se faire enculer par Savidan. Pardon, Mathilde.

L'espace d'une seconde, Mathilde Lascaux se dit qu'elle sait tout, qu'elle sait que le président l'a invitée à déjeuner, et qu'il veut la baiser. Elle observe son amie et dit, trop sérieuse :

— Pourquoi, pardon ?

— Non, parce que tu as bossé avec lui. Enfin *pour* lui, quoi. Tu l'as beaucoup vu, au fait, pendant ton CDD ? Tu l'as trouvé comment ?

La vérité, c'est qu'elle avait eu peu de contacts directs avec lui. Il ne venait pas souvent dans le bureau des « petites mains », il préférait échanger directement avec Lisa Viansson, qui mettait en musique ses consignes.

— Il n'est pas vraiment fun, disons. Mais il n'est pas

antipathique. Je pense même que c'est quelqu'un d'assez respectueux.

— Pas très respectueux des libertés, en tout cas, glisse Salomé. Moi, je ne suis pas trop fan quand on commence à m'expliquer comment je dois vivre.

— Tu exagères, Salomé, répond Mathilde. Il y a quand même des choses auxquelles on peut renoncer sans crier au scandale.

— Ah oui, et quoi ?

— Je sais pas, moi. La viande, déjà. La bagnole. L'avion.

— Oui, OK. On peut s'en passer volontairement, par conviction, je respecte… mais obliger les autres à le faire… Vous avez vu ces connards qui campent sur les tarmacs ? Comment je fais, moi, si j'ai envie d'aller m'éclater aux Baléares ou à Mykonos ?

— C'est du confort, ça, rétorque Juliette. Moi je trouve qu'ils ont raison.

— Mais tu déconnes ou quoi ? Il y a deux ans, on est allées à Barcelone ensemble. C'était bien, non ? T'as pas envie de le refaire ?

— Dans l'absolu, oui. Mais je trouve ça presque indécent, maintenant.

— Indécent ? Mais je rêve. Voilà. On n'interdit pas, mais on fait en sorte que ça foute la honte. Untel a pris l'avion ? Hop, outé sur Twitter. Machin bouffe de la viande ? Photo volée sur Insta. Et on gouverne avec ça, à coups de culpabilité, de *shaming* et de *cancel.* Si ça continue, bientôt, on ne pourra plus se déplacer, se chauffer, on pourra plus faire de gosses… Moi je veux bien être volontaire. Mais quand on t'oblige…

— Encore une fois, personne n'oblige personne, répond Juliette.

— Et leur délire d'encadrer la vente de la viande, c'est quoi ? Il paraît que certains députés poussent pour qu'on ait le droit d'en bouffer une fois par semaine seulement…

— Toute la philosophie de Savidan, c'est de fonctionner par incitation, explique Mathilde. C'est comme ça que marche le SEI. Je ne pense pas qu'il veuille passer à la contrainte. Ce n'est pas dans sa démarche. En tout cas, je n'en ai jamais entendu parler tant que j'étais là-bas. Et crois-moi, j'ai entendu pas mal de trucs en avant-première. Donc je le saurais sans doute, d'une manière ou d'une autre.

— Toi, tu es aveuglée. Le prends pas mal, mais six mois à la com de l'Élysée, ça te fait perdre ton librearbitre. C'est normal.

— Tu dis n'importe quoi, lâche Juliette. Les gens ont le choix. On t'incite à changer. Mais si tu ne veux pas, tu restes comme tu es. Tu paies, c'est tout. C'est le principe du pollueur-payeur.

— Tu es mal placée pour dire ça, Juliette. Ton père, il n'a pas trop eu le choix, si ? Le programme PAIRE, il n'a pas sauté de joie en y allant, j'imagine.

— Non. Mais si, il avait le choix. C'est nous qui l'avons convaincu. Il fallait qu'il change son comportement, c'était plus possible. La goutte d'eau, c'est quand il a pris Fleurance comme client. Alors, là… Ma mère était furax, moi encore plus.

— Il a accepté pour vous, de faire le PAIRE, demande Mathilde ?

— Oui, si on veut. Il y a une question d'argent, aussi. Ça commençait à douiller.

— Tu vois que c'est pas si simple, répond Salomé.

— Je n'ai jamais dit que ça l'était. Il faut accepter de payer pour réparer. Penser contre soi, contre ses propres intérêts. C'est ça que les gens n'arrivent pas à faire. C'est pour ça qu'ils n'aiment pas Savidan. Si on n'apprend pas à aimer la contrainte, à comprendre son sens, on est foutus, de toute façon.

— Comment ça se passe, là-bas, pour ton père ?

— Je sais pas. On n'a pas trop de nouvelles. Ils sont censés être un peu coupés du monde, c'est l'idée. Histoire qu'ils soient disponibles intellectuellement, quoi.

— Il est quand même au courant que Fleurance a été arrêté ? demande Salomé.

Juliette Cormeray se contente d'un petit rictus. Elle n'en sait rien, à vrai dire. Elle espère que non. C'est le genre de nouvelles qui le ferait sortir de ses gonds. Et il a besoin du PAIRE. Il a besoin de changer.

— Arrêté au moment de l'enterrement de sa femme, soupire Salomé. C'est quand même de drôles de méthodes. Ça fait un peu fasciste.

Mathilde Lascaux se redresse, les deux mains sur la table. L'alcool lui a un peu monté à la tête. Elle pense à Pierre Savidan, à son invitation à déjeuner. Elle sait qu'elle va se retrouver seule à sa table. Elle peut encore dire « non » mais si elle n'y va pas, ce sera parce qu'elle a peur pour elle, pas parce qu'elle a peur de lui. Pierre Savidan n'est certainement pas un leader fasciste.

— Tu crois que j'aurais bossé six mois pour un « fasciste » ?

Tu sais ce que c'est, le fascisme ? Quand je pense que tu as fait Sciences Po... Tu mélanges tout. On a un Parlement qui fonctionne, une Constitution qui n'a pas bougé depuis 1958, on a des contre-pouvoirs partout. On n'est pas chez Mussolini, merde !

— OK, ma belle, OK. Calme-toi. On va pas se prendre la tête sur la politique. On a plein de choses à se raconter.

Mathilde se rassoit alors que le serveur arrive avec les plats. Salomé est servie en dernier. Au milieu de ses frites, il a posé un petit papier. Elle le déplie. Elle leur montre le numéro de téléphone. Elle rit aux éclats.

— Finalement, il a l'air d'accord. J'avais l'impression que c'était après toi qu'il en avait, dit-elle en regardant Mathilde. La roue tourne. Bon, on reparle des mecs, pour changer ?

— Les mecs, soupire Juliette. Les mecs sont toujours aussi cons, malheureusement.

Mathilde Lascaux, elle, ne dit rien. Elle se contente de hocher la tête et de croquer dans son hamburger. Il est délicieux. Elle se demande ce qu'elle mangera à l'Élysée. Elle aimerait bien leur en parler, mais elle a peur de leur réaction. Elle ne veut pas être jugée avant même d'avoir agi.

13

Samedi 8 mai

19 h 45

Il a choisi le riz à la sauce provençale. C'était ça ou le « tofu à la thaïe ». Il n'est pas contre les expériences culinaires, mais plutôt dans un bon restaurant. Il aurait aimé mâcher un peu de viande pour reprendre des forces, même du poulet reconstitué ou un jambon sous cellophane rempli d'eau, mais l'officier de police judiciaire lui a expliqué en soupirant que cela faisait près d'un an que l'on n'offrait plus que des plats végétariens en garde à vue.

Olivier Fleurance pose le plat à peine entamé sur ce qui lui sert de lit. Penché en avant sur la banquette, le dos courbé, il observe ses pieds, le trou dans sa chaussette qu'il n'a cessé d'agrandir depuis qu'il a été emmené en cellule, à force de le triturer, et qui laisse désormais apparaître son orteil. L'ongle est trop long et rentre dans la peau. Les gouttes de sueur qui naissent dans les plis de son front s'écrasent régulièrement sur le carrelage pendant qu'il rogne l'ongle avec le couteau en plastique qu'on lui a fourni pour manger. La première chose qu'il fera, quand cette épreuve sera terminée, c'est de nettoyer et de limer proprement tout ça.

À part celle qu'exsude son propre corps, il n'y a aucune odeur désagréable. La cellule est propre. Elle est équipée de toilettes et d'un robinet. L'eau y coule normalement, et même si elle est tiède, il s'y abreuve régulièrement et en laisse couler volontairement sur son cou et sa poitrine. Cela fait déjà plusieurs heures qu'il s'est résolu à se débarrasser de sa chemise, imbibée de sueur, et à la rouler en boule au coin du lit où elle a rejoint sa veste et la couverture de survie qu'il n'a pas utilisée. Il n'a conservé que ses chaussettes et son pantalon en lin, car il ne souhaite pas qu'à travers la vitre on puisse le voir en boxer.

Le temps ne s'écoule pas de la même manière quand on est enfermé dans quelques mètres carrés, sans savoir quand on va venir vous chercher. Olivier Fleurance ne pourrait pas dire exactement depuis combien de temps il est là, mais il espère en avoir bientôt terminé.

Ils ne l'ont même pas laissé repasser par chez lui après la cérémonie au cimetière. Ils l'ont mis un peu à l'écart, et ils l'ont emmené sans ostentation, mais sans précaution particulière. Il a souri à ses filles et a juste eu le temps de demander à Adeline Cormeray d'essayer de prévenir son mari. Mais elle n'a pas réussi à le faire. Il le sait, il l'a lu dans la presse, et on le lui a dit : tout est fait pour que les pensionnaires du PAIRE soient injoignables. L'officier de police judiciaire lui a bien proposé un commis d'office, mais Olivier Fleurance a refusé.

Ils ont été plus que corrects avec lui. Ils l'ont fouillé, mais sans excès. Ils lui ont évité le toucher rectal et ont juste confisqué son smartphone et sa montre, une Reverso de Jaeger-LeCoultre en or rose, à double écran. Une édition limitée à 25 000 euros.

— J'y tiens, leur a-t-il indiqué en la détachant de son poignet.

— Je m'en doute, a répondu l'officier de police judiciaire en souriant. Rien que le bracelet, ça doit représenter davantage que mon salaire mensuel.

Olivier Fleurance n'a rien dit, mais ça ne lui a pas paru particulièrement bon signe. Cela faisait longtemps que Gabriel Cormeray l'avait prévenu : la garde à vue était une possibilité dans ce dossier. Il s'y était préparé. Il a tout de suite demandé à voir un médecin, et on l'a très vite mené à un certain Dr Mastaud, dans une salle sans fenêtre aussi impersonnelle qu'un couloir d'hôpital, à qui il a expliqué qu'on était venu le chercher lors des obsèques de sa femme et de son fils.

— Je suis au courant, lui a répondu le praticien. J'en ai entendu parler sur Internet.

— Je ne suis pas psychologiquement au mieux, vous le comprendrez aisément. J'aimerais rentrer chez moi.

— Je compatis, monsieur Fleurance. Vous êtes encore sous le choc.

— Oui. J'aurais aimé éviter ça. C'est encore possible, non ?

— Non, je le crains. Il faudra supporter ça. Je ne vois pas d'incompatibilité, pour ma part.

Le visage de ce Dr Mastaud était complètement cadenassé.

Seules ses lèvres bougeaient quand il s'exprimait, comme s'il jouait à animer le moins possible ses muscles. Le reste de ses traits était figé en un masque d'une froideur insupportable. Olivier Fleurance aurait pu se taillader les veines devant lui, le Dr Mastaud n'aurait pas bronché et l'aurait laissé baigner dans son sang.

Il a suivi docilement les flics à chaque fois qu'ils sont venus l'extirper de sa cellule pour l'interroger – et ils sont venus souvent. Ils ont particulièrement aimé le déranger pendant qu'il essayait de dormir, comme s'ils guettaient son assoupissement à travers la vitre pour le réveiller juste à ce moment-là. Le bruit de la porte qui grince, un léger tapotement sur l'épaule et la même injonction dans l'étuve où il avait eu la faiblesse de baisser la garde :

— Venez.

Les mêmes questions, aussi. Et la même absence de réponse, à chaque fois.

— Étiez-vous au courant des rejets polluants de l'usine de Bouchamps-lès-Craon ?

Silence.

— Étiez-vous au courant des rejets polluants de l'usine de Rétiers ?

Silence.

— Étiez-vous au courant des rejets polluants de l'usine de Domfront ?

Silence.

— Étiez-vous au courant des rejets polluants de l'usine de Rouvroy-sur-Audry ?

Silence.

— On va faire la liste de l'ensemble des sites de la Compagnie du Lait, monsieur Fleurance.

Silence. Et soupir agacé.

— Je poursuis. Étiez-vous au courant des rejets polluants de l'usine de Baumézancourt ?

Silence encore.

— Tu notes, Kévin : le gardé à vue refuse de répondre. Vous en avez parfaitement le droit, monsieur Fleurance, mais ce n'est pas comme ça qu'on va avancer. Et ça ne vous fera pas rentrer plus vite chez vous. Au contraire. Avez-vous donné des instructions pour truquer les chiffres de déversement des eaux usées dans tous ces sites ?

Silence.

— Avez-vous donné des instructions pour truquer la teneur en ammoniac des eaux usées déversées par l'usine de Bouchamps-lès-Craon ?

Silence, toujours.

— Avez-vous donné des instructions pour truquer la teneur en phosphore des eaux usées déversées par l'usine de Rétiers ?

Et ça a duré comme ça, longtemps. L'officier de police judiciaire a posé peut-être cent questions, ou deux cents. Olivier Fleurance n'a pas répondu. Il ne le regardait même pas. Il pensait à Anaïs, à la frayeur qu'elle avait dû ressentir pour préférer se défenestrer plutôt que de supporter l'intrusion de ces truies. Ces salopes allaient recommencer sans qu'on les en empêche.

C'est comme si la mort d'Anaïs n'avait ému personne. Ceux qui défendent le climat sont devenus intouchables dans la France de Pierre Savidan, où la lâcheté est devenue la norme jusque dans l'appareil d'État, où l'écologiquement correct s'insinue jusque dans chaque recoin de la vie de tous les jours, jusque dans les menus des éphémères prisonniers qu'on accuse de crimes absurdes. Qui peut croire à ces fables entrées par effraction dans le droit depuis l'élection de Savidan, où l'on fait rimer écocide avec génocide pour prétendre que la Nature a autant de droits que les hommes ? On dote de statuts juridiques des rivières et des forêts, mais on laisse crever des jeunes femmes et des bébés.

C'est encore à Anaïs qu'il pense en regardant ses chaussures sans lacets qu'il a balancées au coin de la pièce. Le petit Charles est presque absent de son esprit depuis qu'il est enfermé dans cette cellule. Il ne l'a vu que deux fois. Une première fois quand il est sorti du ventre de sa mère, et une deuxième le lendemain. Il l'a à peine serré dans ses bras mais il se souvient de ses cris et de son odeur. Il a fait partie de sa vie. Brièvement, oui, mais il a du mal à comprendre pourquoi il compterait moins que quelques poissons dans l'Oudon ou la Suippe.

Olivier Fleurance se lève au moment où il entend la porte s'ouvrir. Il attrape sa chemise et l'essore, avant de l'enfiler à la hâte. Il enfile ses chaussures. L'officier de police judiciaire lui jette ses lacets comme on jette de la nourriture à un chien. Olivier Fleurance comprend que c'est terminé. Il se baisse et prend tout son temps pour les faire passer par chacun des trous et les nouer avec un soin extrême.

— Dommage que vous n'ayez pas été plus bavard, monsieur Fleurance. Mais on ne vous retient pas plus longtemps. Vous allez passer devant le juge.

Olivier Fleurance se tourne vers lui. Il sent ses yeux lourds et prêts à se fermer. Il lutte pour ravaler quelques larmes.

— Vous trouvez ça normal, vous, demande-t-il froidement, que je sois ici à la place des assassins de ma femme ?

L'officier de police judiciaire lui répond par une étrange mimique, dans laquelle on pourrait lire aussi bien « Cause toujours » que « J'y peux rien ».

— Bientôt, vous serez obligé de mettre des gens en garde à vue parce qu'ils ont mangé de la viande, ou parce qu'ils ont pris trop souvent l'avion… C'est pas pour ça que vous rêviez d'être flic, si ?

Toujours le silence. Le policier le regarde comme une bête curieuse. Impossible de savoir ce qu'il pense. La caricature du fonctionnaire impartial. Il lui tend ses affaires. Sa cravate, sa ceinture, son portefeuille.

— Vérifiez. Il y avait plus de 500 balles en liquide. Vous retrouverez jusqu'au moindre centime.

Il lui donne sa montre, aussi.

— Voilà votre montre. Je suis désolé.

Olivier Fleurance l'observe, incrédule, pendant quelques secondes. Il la soupèse et la retourne. L'écran de sa Reverso est complètement éclaté, des deux côtés, comme si on s'était acharné dessus à coups de talon. Au moins, maintenant, Olivier Fleurance sait ce qu'il pense.

14

Lundi 10 mai

18 h 20

La DS3 Crossback électrique s'arrête devant le portail, mais Pierre Savidan ne prête pas vraiment attention au décor. Plongé dans la lecture d'une note à propos du commerce de la viande, il finit par lever les yeux pour apercevoir, à travers les essuie-glaces qui rayent le pare-brise, une silhouette qui se dirige vers eux pour leur ouvrir.

Ce n'est qu'au moment où le chauffeur va redémarrer pour s'engouffrer dans l'allée que Pierre Savidan lui lance, d'une voix sèche et coupante :

— Attendez, Jacques !

Il descend de la voiture. La porte claque un peu trop fort. Le vent lui fouette le visage et malgré la pluie d'orage qui s'est mise à tomber depuis la fin d'après-midi, les mains derrière le dos, il contemple longuement le porche de la résidence.

— La conne, murmure-t-il. La conne. Je suis entouré de cons, répète-t-il en shootant dans les graviers.

Il crie, maintenant.

— TOUS DES CONS !

Il rabat son pardessus d'un geste brusque, la main sur le ventre, comme Napoléon. Le chauffeur est sorti, lui aussi. Il reste stoïque et attend les instructions.

— On y va, lance le président. On fait demi-tour.

À l'arrière du SUV, Pierre Savidan boucle sa ceinture de sécurité, démêle les fils de ses écouteurs, examine avec un peu de dégoût les squames qui bouchent les deux oreillettes mais les installe tout de même pour appeler sa conseillère.

— Lisa, tu sais que je suis végétarien ? dit-il froidement, sans formule de politesse.

— Oui, bien sûr. Pourquoi…

La voix de Lisa Viansson est brisée. Elle ne sait pas quoi répondre à cette question qui n'appelle aucun commentaire. Pierre Savidan reprend, comme s'il s'adressait à une enfant ou à une demeurée.

— Lisa, tu sais qu'on s'apprête à limiter la consommation de viande ?

Il hoche la tête, comme si Lisa Viansson était en face de lui et pouvait le voir lui faire la leçon.

— Bien. Et t'as rien trouvé de mieux qu'un pavillon de chasse pour qu'on brainstorme là-dessus ? À l'entrée il y a deux putains de têtes de cerfs. Avec des ramures comme ça. On interdit la viande et le président écolo, soi-disant végétarien, vient se goberger dans le temple de la chasse à courre ?

Pierre Savidan apprécie le calme du pavillon de la Lanterne, niché dans le parc du château de Versailles. Il ne se prend pas pour Louis XIV mais ce qu'il aime, c'est cette impression d'être hors du temps, invisible de tous. L'absence d'apparat aussi. Il n'a pas réussi à faire valdinguer le protocole à l'Élysée, mais il est réduit au strict minimum à la Lanterne et ça lui plaît. Il a complètement oublié ces têtes de cerfs à l'entrée. Il a le droit d'oublier. Mais ses collaborateurs, eux, doivent penser à tout. C'est pour cela qu'ils sont payés.

— Tu appelles tout le monde, reprend-il, tu leur dis que le dîner à la Lanterne, c'est fini et qu'on fera ça à l'Élysée. Sinon c'est nous qui allons finir à la Lanterne, si tu vois ce que je veux dire. La situation est assez tendue comme ça. C'est pas la fin du monde, non plus, quelques coups de fil, reprend-il en se grattant la tête après un court silence.

— Entendu, répond Lisa Viansson, glaciale. Je vais appeler ton chef de cabinet pour réorganiser le buffet de ce soir.

À travers la vitre embuée, Pierre Savidan observe les lumières des phares, comme autant de lucioles dans le gris au-dehors. Sans doute y a-t-il davantage de voitures électriques, mais le périphérique, même s'il est plus fluide qu'avant, est encore beaucoup trop fréquenté. Avoir réduit la vitesse à 50 km/h a eu un effet limité sur la fréquentation. Tout cela est parfois décourageant. Il le savait quand il s'était lancé : gouverner, c'est renoncer. Le mandat est déjà dépassé de moitié, et ce qui a été fait est d'une ampleur inédite. Mais c'est insuffisant. Pire qu'insuffisant. C'est une goutte d'eau pour remplir un réservoir de plusieurs litres. « Ce qu'il faudrait, se dit-il, c'est un bon orage comme celui-là. »

Pierre Savidan s'absorbe dans ses pensées, bercé par le bruit répétitif des essuie-glaces et de la pluie qui martèle le pare-brise. Le sentiment que tout cela ne sert à rien le submerge parfois. On lui fait souvent le reproche d'avoir sous-estimé les résistances du pays face aux mesures qui ont été prises. Il n'a rien sous-estimé. Il n'a même rien estimé du tout. Il n'est pas arrivé au pouvoir en se disant : « Ce sera dur. » Il est arrivé au pouvoir pour changer le cours des événements. « Si la France arrive à montrer la voie, a-t-il souvent répété, alors d'autres pays suivront. » Mais pour le moment, personne à l'étranger ne suit, parce qu'il n'y a qu'un seul Pierre Savidan. Les autres sont de simples politiciens, dont aucun n'est prêt à se faire détester autant que lui. Parce que chaque jour, le peuple lui apporte des preuves de haine.

— Vous pouvez mettre les infos, s'il vous plaît ? demande le président.

Le chauffeur s'exécute sans un mot, les yeux toujours rivés sur la route.

— *Le pays n'a jamais été aussi divisé,* explique une femme. *Et il l'est de plus en plus. Cette période est quasiment une période préinsurrectionnelle.*

Pierre Savidan laisse échapper un soupir. Il reconnaît la voix de Jéromine Karsenty. Il a parcouru son livre rapidement. *La France telle qu'elle est.* Un voyage d'une année *en immersion* au sein du peuple. Cette sociologue a la prétention d'avoir *compris* les Français.

— *Les gens qui soutiennent encore Savidan sont de plus en plus bruyants, et de plus en plus visibles, alors qu'ils n'ont jamais été aussi peu nombreux. Les enquêtes d'opinion montrent que si l'élection avait lieu aujourd'hui, Savidan ne recueillerait que 8 % à peine des intentions de vote. Et face à eux, il y a une majorité de Français, qui ne sont unis que par leur ras-le-bol de Savidan. Ça bout, là-dedans, je peux vous dire que ça bout. Ce qui va sortir de tout ça... C'est impossible à prédire.*

Jéromine Karsenty fait le tour des médias pour expliquer qui sont vraiment les Français aujourd'hui et pourquoi ils refusent ce qu'elle appelle les « privations de liberté » qui se multiplient depuis le début du quinquennat. Elle appelle ça le « coup de grâce », la « surcouche existentielle sur le déclassement matériel ».

« La surcouche existentielle, se dit Pierre Savidan : les diesels à crédit, les fraises en hiver et les paquets de Monique Rannou à 1,5 euro les six tranches. Abandonner ça, tu parles d'un déclassement. » Il y a quelque chose de vrai dans ce qu'elle dit, pourtant : il ne comprend pas les Français, leur courte vue, leur incapacité à voir plus loin que leur propre existence, même si elle est la plupart du temps d'une médiocrité totale dans son asservissement aux lois du pouvoir d'achat et de la mondialisation.

Il installe de nouveau ses écouteurs au creux de son oreille et pose soigneusement son téléphone à côté de lui en attendant que Fanny Roussel décroche.

— Comment se comporte Cormeray au centre de Montfort-sur-Meu ? Est-ce que ça lui fait du bien, cette petite colonie de vacances ?

— Rien de spécial. Il suit le programme.

— On a besoin que ce soit un signal. Un signal pour tous ces gens qui ne rêvent que de nous éjecter. Si on considère leur microcosme, c'est notre plus belle prise, il faut le faire savoir davantage auprès de tous ces hauts fonctionnaires qui sont déjà en pause en attendant la prochaine élection. Je veux que personne ne se relâche. Je veux que ces gens soient terrorisés à l'idée de continuer leur vie comme si rien n'avait changé. Parce que si eux sont convaincus, les Français seront convaincus.

— Il faut qu'on passe à la vitesse supérieure avec le programme PAIRE, approuve Fanny Roussel. Ça ne va pas assez vite. On doit ouvrir des dizaines, voire des centaines de centres avant l'été. On a besoin d'ambassadeurs comme Cormeray. On a deux députés républicains en route pour le camp de Pennes-d'Agenais. Des vieux de la vieille qui espèrent qu'ils ne seront pas emmerdés après ça. Il y a Alain Leclerc, aussi. Il n'a jamais su gérer la fortune que lui ont aportée ses succès des années 80. On lui a mis un redressement fiscal au cul. Il va faire la promo du centre de Mauriac.

— Bien. Ceux-là, on les bichonne. Dès que leur jauge a été remise à flot, on les laisse sortir à condition qu'ils encouragent publiquement les Français à faire comme eux. Cormeray, lui, je veux savoir, au jour le jour, comment il évolue, ce qu'il fait, ce qu'il dit, ce qu'il lit, ce qu'il mange, comment il chie. Tout. Et rappelle-toi, il ne sort pas sans qu'on soit au courant. Je veux qu'il mette au moins deux mois à revenir à 500. À ce moment-là, il sera mûr.

— Il partira peut-être à 300.

— Non. On lui foutra un malus, n'importe lequel, dès le lendemain, et on l'obligera à revenir, s'esclaffe Pierre Savidan. Comme Charlène Ricci, ajoute-t-il en raccrochant.

Il jette son portable dans le vide-poche, ferme les yeux,

s'enfonce dans le cuir des sièges de la DS. Il pose ses mains de part et d'autre de ses cuisses. La sueur de ses paumes colle sa peau à celle de la vache qui a servi à fabriquer la banquette. Il peut presque sentir l'odeur de son cadavre mêlée à celle de chien mouillé qui émane de son corps trempé par l'orage. Les gouttes kamikazes s'écrasent avec fracas sur le pare-brise. Il est à l'abri. Il essaie de se raisonner.

Il pense à son déjeuner de demain. Il était presque sûr qu'elle aurait fermé la porte, qu'elle aurait peut-être changé d'avis quand l'invitation se serait faite plus précise. Mais elle viendra déjeuner à l'Élysée, avec lui. Il ne sait même pas ce qu'il va lui dire. Pierre Savidan est un grand romantique. On le lui a beaucoup reproché. « Le seul président qui ne baise jamais », lit-il régulièrement dans ces papiers mal informés sur les coulisses du Palais. Il a entendu ça, aussi : « Il n'y a que la planète pour le faire bander. » Parfois il soupçonne son épouse d'alimenter elle-même les journalistes politiques.

Il se demande ce qu'elle pense vraiment de lui, Sylvie, après toutes ces années. De ce petit coach qui vivotait dans une commune du Finistère, devenu un des plus gros influenceurs sur les réseaux sociaux puis porte-parole d'une cause qui le dépasse, et qu'il sert aujourd'hui au sommet. Au fond d'elle, est-ce qu'elle est fière ou est-ce qu'il la dégoûte ?

15

Mardi 11 mai

12h50

Mathilde Lascaux a mis une robe blanche trop épaisse pour la saison, elle appelle ça une « robe de nonne » parce qu'elle ne laisse paraître aucun bout de peau qui risquerait d'être jugé trop provocant. La doublure en coton se cramponne à son dos trempé par la sueur. Elle n'ose ni le regarder, ni prendre la parole, alors elle saisit machinalement le menu posé face à elle. La typographie utilisée est celle des mariages, comme si ce jour était particulièrement solennel. Il l'est pour elle, mais pour lui ? Elle lit mais oublie aussitôt et quand il lui demande, un sourire compassé aux lèvres, si cela lui convient, elle fait « oui » d'un signe de tête.

Ravioles ouvertes de seitan à la catalane, risotto au safran et aux champignons, millassou, fromages et fondue au chocolat chaud… oui, cela conviendra très bien.

— Vous êtes végétarienne ?

Mathilde Lascaux acquiesce. Elle l'est. C'est venu petit à

petit et puis c'est devenu une conviction inébranlable. Elle lui sourit. Elle ne se sent pas en danger, mais elle ne se sent pas à sa place.

À son cou, elle porte un collier Paris by Paris de Flavie Joaillerie, un cadeau de ses parents pour fêter son diplôme de Sciences Po l'année passée. Il l'a remarqué, évidemment. Il lui dit :

— Celui qui vous a offert ce collier doit beaucoup vous aimer.

Elle rit, un peu bêtement sans doute, sans lui expliquer, sans comprendre ce qu'elle est venue faire là, assise en face de lui, son cul de petite stagiaire collé sur une chaise sans doute issue du mobilier national et les mains jointes d'une bonne élève sur ses cuisses, comme si cela suffisait à les protéger.

Il n'a aucun geste équivoque, n'a aucun propos grivois, ne fait aucune allusion sexuelle. Il parle, c'est tout. Il parle de tout, de rien, de lui, de ses convictions.

— Il vous arrive d'avoir des doutes ? demande Mathilde Lascaux.

Il sourit, porte la serviette à sa bouche, s'essuie délicatement les lèvres. « Est-ce qu'il était aussi guindé à table *avant* ? » pense-t-elle fugacement.

— On ne peut pas se permettre d'avoir des doutes, répond Pierre Savidan. L'époque est trop radicale pour ça. Douter, aujourd'hui, c'est être faible. Si j'avais douté, est-ce que j'aurais mis fin, dès mon arrivée, à ces « crédits carbone » qui étaient en fait des permis de continuer à polluer pour les entreprises les plus riches ? Non. On m'avait promis la plus grande récession depuis la crise financière. Si j'avais douté, j'aurais dit : « Oui, restons-en à l'incitation, vous avez raison. » Et puis, reprend-il après un silence, si j'avais douté, vous ne seriez pas là. J'avais mille raisons de ne pas vous inviter. La première d'entre elles, c'est l'éventualité de votre refus. Ça m'aurait mortifié.

Mathilde Lascaux laisse échapper un rire nerveux.

— Mortifié, répète-t-elle. Vous n'en faites pas un peu trop ?

Il a un sourire gêné, lui aussi. Elle se dit qu'il est très bon acteur, à jouer les timides un peu prudes. D'autres se seraient déjà jetés sur elle. Même si à la fin, c'est toujours la même histoire. Les hommes veulent vous faire passer à la casserole. Elle n'est pas contre par principe, mais elle préfère avoir toutes les cartes en main pour se décider.

— Je me rappelle très bien la première fois que je vous ai vue. C'était le lendemain de l'affaire de Lisieux. Vous vous en souvenez, j'imagine ? Sacrée entrée en matière.

Bien sûr, elle s'en souvient. Mathilde Lascaux était arrivée une semaine plus tôt au service de communication. La séquence de Lisieux, ça avait été son baptême du feu. Trois jours sans dormir, ou presque.

— Ensuite, je suis venu beaucoup plus souvent dans le bureau. Peut-être l'avez-vous remarqué.

Elle n'y avait pas prêté attention. Elle n'avait aucune référence, de toute façon. Elle ne savait pas ce qu'était la fréquence « normale ». Il n'avait jamais eu vraiment l'air de s'intéresser aux petites mains du service. Il parlait à Lisa Viansson, essentiellement, et si elle n'était pas dans le bureau, il se contentait de demander qu'on la prévienne qu'il était passé. Maintenant qu'elle sait tout cela, oui c'est vrai, il avait peut-être eu davantage d'égards pour elle que pour les autres. Mais si peu : un sourire, un bonjour plus marqué, un regard plus appuyé.

Elle n'est rien, à côté de lui. Assise en face de cet homme, à mesure qu'elle l'écoute et qu'arrivent les majordomes qui servent et desservent, elle se surprend à penser qu'il pourrait faire d'elle ce qu'il veut, quelle que soit sa réaction à cette proposition qu'il n'a pas encore formulée. Elle dépose sa fourchette, s'essuie comme lui les lèvres avec la serviette qu'elle a étendue sur ses cuisses, et se passe la main dans les cheveux. Elle n'entend plus tellement les mots de Pierre Savidan, ou comme un bruit de fond, lointain, qui ne la concernerait pas. Elle se rend compte qu'elle a peur.

Elle est difficile à définir, cette peur. Ce n'est pas une peur physique. Quand elle le regarde, elle n'a pas peur de Pierre Savidan. Elle pourrait même être attirée par lui, par son visage, même s'il commence à se rider doucement, ou peut-être à cause de ça, ses joues creusées, l'éclat de ses yeux, le son de sa voix, surtout : une voix faussement timide, sûre d'elle en même temps, prudente et patiente, mais qui semble pouvoir surmonter tous les obstacles.

— Je vous cherchais. Je cherchais un prétexte pour vous regarder. Même quelques secondes. Vous voir, ça égayait mes journées. Alors quand Lisa m'a dit que vous étiez partie… Je me suis dit qu'il fallait que je vous le dise.

Il marque un silence. Il la regarde. Elle baisse les yeux. Elle ne le trouve pas spécialement beau, mais il a une forme d'élégance, dans ce costume qu'il porte sans cravate, bien ajusté à sa silhouette. Il doit être à peine plus lourd qu'elle. Non, elle n'a pas peur de Pierre Savidan. Elle a peur de ce qu'il est, de ce qu'il représente, de la puissance qui s'incarne dans cet homme qui semble par ailleurs si ordinaire. Elle a peur parce qu'elle ne comprend pas pourquoi le président de la République s'intéresse à une ancienne stagiaire qui a la moitié de son âge.

Qu'il essaie de l'embrasser, qu'il s'approche pour la toucher, qu'il la brusque, même, elle le comprendrait. Elle lui dirait non, ou peut-être oui, il s'intéresserait à une autre, il se servirait dans le cheptel du service de presse où Lisa Vianssson recrute surtout des jeunes femmes, et fin de l'histoire. Mais quand le jeune serveur apporte la fondue au chocolat, elle a déjà compris : il ne fera rien de tout ça.

— Vous êtes intelligente. Plus intelligente que les autres. Je crois que vous avez deviné ce que je voulais vous dire.

Il la regarde comme aucun homme ne l'a jamais regardée, il lui parle comme personne. Elle scrute son visage, en ayant peur de comprendre. Elle acquiesce. Il a quasiment l'air de s'excuser quand il murmure, pour être certain qu'il n'y ait aucune ambiguïté :

— Je suis amoureux de vous.

Elle a un rire nerveux, encore, sans penser qu'elle le vexe sans doute. Elle n'est qu'une jeune femme de vingt-quatre ans. Née après le 11-Septembre. Jacques Chirac, pour elle, c'est de l'Histoire. Le président en a quarante-cinq. Le double, ou presque. Né à l'époque où Internet n'existait pas et où le candidat écologiste à la présidentielle faisait à peine plus de 1 % des voix.

Elle le lui dit, sans agressivité, sincèrement surprise, éberluée, même, par l'aveu désarmant d'un président qu'elle espérait presque voir pour un emploi et pas pour autre chose :

— Vous êtes marié, presque cinquante ans… Vous êtes en train de transformer le pays. Vous avez cinquante mille sujets de préoccupation. Pourquoi moi ?

Elle pose la question, mais elle sait très bien qu'il n'y a pas de réponse à cela. Il rit aussi, comme si c'était évident, mais aussi comme si ça n'avait pas d'importance. Il ne répond pas.

Un président, ça parle d'écologie, de lutte contre la pollution et contre le chômage, de croissance et de décroissance, de transition verte à accélérer, de sécurité à rétablir, ça parle de pouvoir, de la Russie, de « concorde nationale » et de « défis à relever ensemble », ça parle d'unité à reconstruire et d'idéal à rebâtir, d'ambition et d'envie. C'est en partie pour ça qu'elle avait voté pour lui. Mais un président, ça ne devrait pas parler d'amour à n'importe quelle jeune femme, ça ne devrait pas s'enticher de la première venue, ça devrait rester lointain et asexué.

Au lieu d'inventer une excuse pour refermer doucement la porte qu'il a tenté d'entrouvrir, au lieu de lui dire n'importe quel mensonge pour gagner un répit, au lieu de lui dire « merci, c'est gentil, j'ai déjà quelqu'un », que ce soit vrai ou faux, elle balbutie :

— Je crois que j'ai besoin de temps pour digérer la nouvelle. Je ne suis pas obligée de vous donner une réponse tout de suite ?

Une réponse… Quelle cruche. Il n'a posé aucune question. Il n'y a aucune réponse à donner quand le président de la République croit qu'il est amoureux de vous.

« La seule réponse, se dit Mathilde Lascaux en se levant, c'est de finir par lui offrir mon cul en attendant qu'il se lasse. » Elle se surprend à en avoir peut-être envie.

Il la raccompagne, en discutant d'un ton badin de l'actualité, en gardant ses distances, comme s'il s'agissait de n'importe quel invité, davantage même, sans doute. Alors qu'on lui remet son sac à main, qu'elle avait déposé au vestiaire, elle ne sait pas comment lui dire au revoir. Il lui sourit, et il lui serre la main. Il la serre de façon peut-être un peu trop prolongée comme s'il ne voulait pas la laisser partir.

Elle descend l'escalier, seule, récupère son passeport auprès des officiers de sécurité et quand enfin, elle se retrouve sur le trottoir de la rue du Faubourg-Saint-Honoré, dans l'étuve du début d'après-midi, elle se met à suffoquer. Elle voudrait appeler ses parents mais si c'est pour s'effondrer au téléphone, ça ne sert à rien. Elle est seule à devoir supporter l'amour de l'homme le plus détesté de France.

DEUXIÈME PARTIE

Quand donc finira cette société abâtardie par toutes les débauches, débauches d'esprit, de corps et d'âme ? Alors, il y aura sans doute une joie sur la terre, quand ce vampire menteur et hypocrite qu'on appelle civilisation viendra à mourir. On quittera le manteau royal, le sceptre, les diamants, le palais qui s'écroule, la ville qui tombe, pour aller rejoindre la cavale et la louve. Après avoir passé sa vie dans les palais et usé ses pieds sur les dalles des grandes villes, l'homme ira mourir dans les bois. (…) Alors, la mer sans digues battra en repos les rivages et ira baigner ses flots sur la cendre encore fumante des cités ; les arbres pousseront, verdiront, sans une main pour les casser et les briser ; les fleuves couleront dans des prairies émaillées ; la nature sera libre, sans homme pour la contraindre, et cette race sera éteinte, car elle était maudite dès son enfance.

GUSTAVE FLAUBERT,
Mémoires d'un fou, 1838

16

Quelques jours plus tard, jeudi 20 mai

7 h 17

— J'ai vu les images, Pierre. Il n'y a aucun doute.

Face à Lisa Viansson, le président est affalé sur sa chaise. Il se redresse, et s'avachit de nouveau, en avant, pour passer ses mains sur le bureau, dans la direction de sa conseillère. Il finit par redresser le cou comme un serpent prêt à mordre. Ses lèvres se pincent en un rictus aussi ridicule que glaçant.

— Tu les as, les images ? Montre-les-moi.

— Non, je ne les ai pas. Je les ai juste vues, sur le téléphone du type. Il ne me les a pas envoyées.

— Et tu dis qu'il bosse où ?

— Il est pigiste. Il peut vendre ça à n'importe quel journal.

— Il veut quoi ? Du fric ?

— Tu n'as pas l'air de comprendre, Pierre. On n'est pas en Russie, ici. Il veut avoir un commentaire de l'Élysée, c'est tout. La question n'est pas de savoir si ça va sortir, mais *quand* ça va sortir. Dans une heure, un jour. Une semaine, au mieux.

Pierre Savidan scrute avec attention le visage de sa collaboratrice. Il ne l'a jamais trouvée particulièrement séduisante, mais les hommes apprécient ce genre de physique : un carré long, blond, assez sophistiqué, des yeux bleu-gris, un peu de bajoues mais pas trop pour son âge… Ce qui l'attriste dans ce visage, c'est le petit sourire qu'il devine derrière les lèvres closes. Il n'a jamais été dupe. Fanny Roussel et Lisa Viansson, c'était un mariage de raison. Il a voulu croire que c'était ceux qui duraient le plus longtemps, ceux où chacun se respectait à défaut de s'adorer. Les règles tacites, c'était que personne ne se tirait dans les pattes.

— On voit quoi, sur ces images ?

— C'est de dos. Ça vient de la vidéosurveillance du couloir. On voit ses cheveux, sa silhouette. On voit son moignon. Elle est avec…

— Elle n'est pas la seule femme à avoir un moignon.

— Ça ne peut pas être une ligne de défense, Pierre.

— Et qu'est-ce que tu veux que je fasse ?

Lisa Viansson le fixe, sceptique et dédaigneuse. Elle hausse les épaules, ouvre les mains en signe d'impuissance.

— Mais moi, je ne veux rien, Pierre. N'inverse pas les rôles. Je n'étais pas à la Muette, moi. Tu savais qu'elle y était, d'ailleurs ?

Il le savait, oui. Fanny Roussel ne le lui avait pas dit, mais il le savait, évidemment. Il ne dit rien, parce qu'il n'a pas de comptes à rendre à Lisa Viansson.

— Tu veux que je la vire, c'est ça ?

— Tu ne vas pas juste la mettre à pied quinze jours. Il y

a deux personnes qui sont mortes, Pierre. Et pas n'importe laquelle.

Cette façon qu'elle a de l'appeler « Pierre » à chaque phrase, comme si elle lui faisait la leçon.

— Parce que tu crois que la famille d'Olivier Fleurance vaut davantage qu'une autre ?

Lisa Viansson a la tête baissée. Elle triture les lanières de son sac, posé sur ses genoux. Un sac minuscule, décoré de carreaux vichy. La lumière du jour naissant se reflète sur les paillettes. Elle se redresse subitement et prend la direction de la porte, sans même daigner le regarder.

— Je ne crois rien, Pierre. Juste qu'à force de nier la réalité, tu vas te prendre un mur. *On* va se prendre un mur.

Elle se retourne vers lui, la main sur la poignée.

— On voit son moignon, soupire Lisa Viansson. Son putain de moignon, Pierre. Et si tu crois que ça me réjouit, tu te trompes.

Pierre Savidan la laisse partir, et se lève à son tour. Il marche dans le salon doré, comme surpris, encore, par sa propre présence ici, cette improbable opportunité que les Français lui ont donnée de tout changer et que, depuis, ils semblent parfois regretter. Les sondeurs, tous ces experts de l'opinion, le lui disent : il n'a pas été élu pour appliquer sa politique, mais parce que c'est lui qui faisait le moins peur. Le directeur de l'IFOP le serine depuis quatre ans, et se répand dans les médias comme s'il menait contre lui une croisade en illégitimité : « La France est conservatrice et peu aventureuse. Pierre Savidan ne devrait pas être là. »

Et pourtant, il est là. « Tu vois, la réalité, dit-il tout bas comme s'il parlait à Lisa Viansson, est toute relative. »

Balancer quelqu'un dans le vide ? Il sait que Fanny Roussel est capable de ça. Est-ce qu'il condamne ce geste-là ? Il y a tant d'autres innocents qui crèvent chaque jour à cause de gens comme Olivier Fleurance et ceux qu'il nourrit et protège. Il faudrait tout condamner, alors. On passerait son temps à ça. Condamner, condamner, condamner… ça ne fait pas une politique, condamner.

Il se demande ce qu'elle en penserait, Mathilde, de tout ça. Après tout, avec son diplôme de Sciences Po, elle est plus proche du monde de Lisa Viansson que de celui de Fanny. Est-ce que ça le décevrait, d'entendre dans sa bouche les mêmes mots que ceux de sa conseillère ?

Il sort son téléphone et lui écrit un petit mot, comme chaque matin : « Comment allez-vous ? » « Avez-vous bien dormi ? » « Je pense à vous. » « J'ai pensé à vous. » « Vous me manquez. » « J'aimerais vous voir. » Il varie les formules, elle aussi. Ils ne se sont pas revus depuis le déjeuner, mais ils ont déjà leur petite routine. Parfois la conversation prend un tour un peu plus ambigu, mais il ne dépasse jamais la limite de la bienséance. Il la voudrait un peu plus *allumeuse* sans doute, mais cette retenue lui plaît aussi. Il sait que le jour viendra où il la trouvera nue, face à lui, offerte. Ce sera un moment magique de découvrir son corps et il a presque envie de le repousser *ad vitam*, d'être débarrassé du reste pour profiter pleinement de son rire et de son odeur qui ne seront rien qu'à lui pendant ces quelques secondes.

Mais on ne se débarrasse pas du reste, parce que le reste est suintant et collant, parce que le reste pue et qu'on ne peut pas faire autrement que de marcher dedans, à chaque pas sur le chemin de cette rédemption qu'il essaie d'offrir à l'humanité, mais dont elle ne semble pas vouloir se saisir.

L'humanité… « Rien que ça », diraient ses opposants qui le traitent constamment de mégalomane. Ils ricanent parce qu'ils n'ont aucune autre ambition qu'eux-mêmes. À être gouvernée par ces singes et ces zouaves, elle n'a aucune chance de s'en sortir, l'humanité. Elle disparaîtra, dans cent ans, dans deux cents ans. Elle ne tiendra pas mille ans en tout cas, à ce rythme-là. Les Français le savent, inconsciemment, il en est sûr. Sinon, ils ne l'auraient pas élu. Ils l'ont mis là pour qu'il pense contre leurs propres intérêts immédiats, contre les siens aussi.

Qu'elle sorte, cette vidéo, après tout. Et que le déluge de haine commence, s'il faut ça pour laver l'âme noire des saccageurs.

17

Jeudi 20 mai

10 h 55

Dans la cour de l'établissement se dresse une scène vide, placée à l'ombre des tours. Le directeur a fait venir tous les stagiaires du programme PAIRE, qui attendent maintenant depuis dix minutes, en plein soleil, alors que Sacha Delcourt marche de long en large, les mains derrière le dos. Gabriel Cormeray plisse les yeux pour l'observer. Il n'a pas l'air inquiet, ni stressé, et ça le rassure un peu. La veille, quand il a commencé à entendre les premiers coups de marteau pour monter l'édifice, il a pensé de façon fugace à l'installation d'une guillotine dans la cour d'une prison. Il a rêvé qu'on le faisait sortir à l'aube de sa chambre pour l'emmener ici. Il freinait comme il pouvait, il s'agitait, il criait mais rien n'y faisait, il se retrouvait sur cette scène, tenaillé par l'angoisse.

C'est Louis Cressent qui l'avait réveillé.

— Tu criais dans ton sommeil.

Gabriel Cormeray s'était redressé, le dos trempé par la sueur. Il voyait le visage de son colocataire dans la pénombre. Il l'avait trouvé rassurant.

— Excuse-moi.

— C'est rien, tu sais. C'est la dernière nuit. Ce soir, je retrouve mon vrai lit. Alors, que je dorme ou que je ne dorme pas…

— Il est quelle heure ?

— Quatre heures et quart.

Il n'était pas parvenu à se rendormir. Il se sent fatigué de cette nuit agitée, ses jambes sont lourdes et la station debout, dans la chaleur du soleil montant, lui devient difficilement supportable. Il aimerait s'allonger, au lieu d'attendre au milieu de tous les autres qu'on leur explique ce qu'ils font là. Le soleil donne directement sur son visage. Il sent ses joues, son front, ses avant-bras chauffer. Au début, la sensation était agréable mais maintenant, il sent qu'il brûle, comme s'il se mettait à gonfler. Des gouttes de sueur s'agglutinent dans ses sourcils. Il aimerait trouver un peu d'ombre, mais il n'y a pas d'ombre là où on leur a demandé de rester et, curieusement, personne ne proteste. Lui non plus, d'ailleurs. Il subit et il attend. Il part du principe que ce ne sera pas long.

La femme du bus est toujours là, pas très loin de lui. Elle regarde droit devant elle, comme si elle fixait un point à l'horizon. Son bracelet en forme de panthère reflète la lumière du soleil. On pourrait sans doute y faire cuire un œuf. Il ne sait pas pourquoi cette image lui vient, parce qu'il ne la trouve plus aussi excitante qu'au premier jour : il se voit agenouillé face à elle, il lui lèche le poignet et avale l'omelette qui s'y est formée. Il ferme les yeux, secoue son crâne comme pour se débarrasser d'une migraine naissante.

Un bruit de larsen, et Sacha Delcourt est au micro, sur la scène. Il sourit.

— Mesdames, messieurs. Merci d'être tous là. C'est une matinée un peu particulière dans notre centre aujourd'hui, puisqu'il n'y aura ni cours théoriques, ni travaux pratiques. Non, ce matin, j'ai le plaisir de vous présenter Pacôme Romelo et sa troupe. Pacôme est un artiste et metteur en scène connu et reconnu, qui sensibilise le public depuis des années à la cause environnementale, à travers ses *happenings* et ses pièces de théâtre. Et il a choisi notre centre pour la première de son nouveau spectacle. Mesdames, messieurs… faites un triomphe à Pacôme et sa troupe.

Le soleil écrasant se brise en morceaux sur le bitume de la cour et les façades du bâtiment. Quelques applaudissements transpercent à grand-peine l'apathie générale alors que retentit une musique vaporeuse pour accompagner les premiers comédiens. Gabriel Cormeray a envie de rire en les voyant affublés de costumes improbables qui lui rappellent *La soupe aux choux*. Sans doute est-il de mauvaise foi mais le décalage est tel entre le sérieux avec lequel jouent les acteurs et le ridicule du scénario qu'il en ressort un comique involontaire.

La femme du bus pouffe ostensiblement en écoutant ces grands types déguisés en aliens s'acharner sur un énorme globe terrestre, arrachant les forêts, vidant les océans à la petite cuillère, empoisonnant les sols et les hommes. Une femme fait irruption sur la scène et déclame : « Si des extraterrestres avaient envahi la planète, construit des barrages sur toutes les rivières, modifié le climat, contaminé la chair de vos enfants, de vos compagnes, de vos compagnons, la vôtre, avec de la dioxine et d'autres toxines... Jusqu'à quel point les laisseriez-vous faire avant que vous ne vous décidiez à les arrêter ? »

La suite est une succession de saynètes qui se veulent autant de métaphores pour montrer la supposée absurdité des comportements humains, avec à chaque fois cette narratrice qui surgit pour faire la morale. « C'est lourd et niais comme un conte pour enfants », se dit Gabriel Cormeray. Ce qui le frappe, c'est le sérieux avec lequel cette troupe, sans doute subventionnée à grands frais par les pouvoirs publics, joue ce spectacle médiocre et pitoyable.

La fournaise est de plus en plus difficilement supportable. C'est comme si le bitume surchauffé faisait fondre ses semelles. Il peut presque sentir la plante de ses pieds brûler. Le soleil se réverbère sur la façade blanche et ne laisse aucun répit aux visages qui rougissent quasiment à vue d'œil. Tout le monde est immobile comme si tout se refermait autour, comme si la journée n'avançait plus.

« Nous nous sommes pris pour des dieux, assène la narratrice. Nous sommes capables de faire tout et n'importe quoi jusqu'à nous autodétruire. Mais ce n'est pas la nature humaine qui est mauvaise, c'est notre système économique. »

Le ricanement de la femme du bus se cogne aux parois de son crâne, et Gabriel Cormeray sent sa peau se boursoufler. Ses veines sont prêtes à éclater sa peau, gorgées d'un sang trop chaud. Un halo se dessine derrière la femme qui récite son texte d'une voix atrocement surjouée.

« Notre tropisme anthropocentré nous a conduits à tout

détruire ou tyranniser sans nous arracher une larme d'émotion, poursuit-elle. L'obsession de l'humain pour l'humain est incompatible avec toute forme de résilience. Si nous refusons de prendre conscience que nous appartenons à la nature, si nous n'apprenons pas à respecter le non-humain, nous persisterons à tout exploiter jusqu'à dépasser des points de non-retour. »

Gabriel Cormeray sent la fureur qui n'en finit pas de monter, la fureur d'être coincé ici, dans ce centre, dans cette cour chauffée à blanc, la fureur de devoir approuver ces discours qui tirent un trait sur ce qui a fait la fierté de l'humanité au siècle dernier, la fureur de devoir se réjouir de la fin du progrès, de devoir souhaiter le retour aux siècles d'avant. Cette fureur le submerge. Il veut juste que ça s'arrête et sans savoir pourquoi, il fonce vers la scène et, avant que quiconque l'ait arrêté, il se rue sur l'actrice stupéfaite et crie :

— Tais-toi, putain ! Tais-toi !

Lorsqu'il se réveille, il éprouve une sensation de fraîcheur et de calme. Il perçoit vaguement le pépiement des oiseaux à travers la fenêtre, sans être capable d'entrouvrir les yeux, et l'odeur agréable d'un corps comme imbibé d'un léger parfum. Il met de longues minutes à émerger, comme suspendu dans un ciel infini, et pour la première fois depuis longtemps, il a envie que le temps s'arrête. Il revoit les yeux écarquillés de la narratrice sur la scène, ses cris étouffés au moment où il saisit sa gorge. Il se demande s'il l'a tuée, puis se reprend aussitôt. Bien sûr que non. Il sourit.

— Vous avez l'air mieux, Gabriel, murmure une voix rassurante.

Ça lui rappelle la voix de sa mère. Une voix grave, comme abîmée par la cigarette.

— Plus apaisé, reprend-elle.

Il ne répond pas tout de suite. Il sent une main qui se serre sur la sienne, une main bienveillante et sereine. Il respire un grand coup. Il ouvre les yeux. La première chose qu'il voit, c'est ce bracelet en forme de panthère. La main de la femme du bus est parsemée de taches brunâtres. Il s'attarde sur son visage, bien plus ridé qu'il pensait. Elle a toujours ses lunettes de soleil, vissées sur le haut du crâne, comme un serre-tête inutile. Il lui sourit.

— Vous avez l'air béat, ou bête, reprend-elle plus durement. Ce qui est à peu près la même chose. Si vous êtes avec moi, c'est que vous n'êtes pas près de sortir d'ici, croyez-moi.

Gabriel Cormeray se redresse péniblement. Il se fait l'effet d'un vieillard, ravagé par les frissons et les courbatures.

— Vous ne m'êtes pas antipathique, mais je n'ai pas l'intention de moisir ici trop longtemps, lâche-t-il en grimaçant.

Elle part d'un grand rire, sans cesser de le fixer, sans cesser de lui tenir la main. Un rire méprisant et cassant qu'il subit sans rien dire. Le visage de la femme se fige tout à coup.

— La plupart des gens ici ne pensent qu'à partir, le plus vite possible. Pour ça, ils sont prêts à tout. Se courber comme des larves et ânonner des discours prémâchés qu'on leur demandera de recracher une fois à l'extérieur. Et ils le feront, parce qu'ils veulent avoir la paix. Mais ce qu'ils ne comprennent pas, c'est que ceux qui ont imaginé ces centres PAIRE nous font la guerre. Et pour faire la guerre, il faut rester debout. Face à eux. C'est ce que vous avez fait. Alors, croyez-moi, non, vous n'allez pas sortir d'ici tout de suite.

18

Jeudi 20 mai

18 h 50

Les effluves de viande grillée flottent jusqu'au jardin, même si le cordon de sécurité a été établi au plus large, reléguant les manifestants vers la rue du Cirque et le métro Franklin-Roosevelt. Pierre Savidan fixe l'écran de télévision avec une grimace de dégoût, avant de se diriger vers la fenêtre, mais au moment où il attrape la poignée pour la refermer, Fanny Roussel lance :

— Laisse, Pierre. On va étouffer sinon.

Il se retourne, lâche la poignée et s'essuie le front avec le dessus de la main. Son téléphone bipe. Il sourit, tape quelques mots, le remet dans son holster.

— Regarde-les, reprend-il en désignant les images de BFM TV. Le sourire qu'ils ont. Barbecue et pastis, c'est ça leur France. Toutes ces carcasses sanguinolentes. Et les gens sont contents, ils s'arrêtent, ils bouffent à l'œil. C'est la kermesse. Je ne pensais pas qu'ils oseraient, quand même.

Des centaines d'éleveurs et des milliers de bouchers se sont regroupés le plus près possible de l'Élysée pour ce qu'ils appellent « le plus grand barbecue de tous les temps ». L'événement a été monté en moins d'une semaine et des dizaines de milliers de Parisiens sont venus s'asseoir aux immenses tablées dressées contre le projet du gouvernement de réduire drastiquement la production et la consommation de viande. Un jeune homme en marcel, qui arbore les muscles du travailleur de force et porte une fine moustache comme dans les années 30, vocifère au micro de la journaliste :

— Nous, notre truc, c'est la convivialité. Une bonne bidoche, un bidon de rouge. On rend les gens heureux, avec des plaisirs simples, et on ne veut pas qu'on les prive de ces plaisirs simples. Moi je ne suis pas contre l'écologie. Mais à partir du moment où on veut nous interdire de bouffer ce qu'on a envie de bouffer, je crois qu'il faut se lever. C'est la liberté qui se joue là, je ne sais pas si vous voyez.

— La liberté, répète Fanny Roussel en soupirant. La liberté d'être con et celle d'être complètement bouché, oui. On n'arrivera à rien avec ces gens-là, Pierre.

— Ça me donne envie de vomir, cette odeur, répond Savidan en se dirigeant à nouveau vers la fenêtre.

Son téléphone bipe encore. Une fois, deux fois, trois fois. Il se penche vers son holster, découvre les messages. Il sourit en tapant sa réponse et referme la fenêtre. Cette fois, Fanny Roussel ne dit rien. Elle confie juste, quelques secondes plus tard :

— Ce n'est pas en cachant le problème qu'on le résoudra. Tu peux fermer la fenêtre. Tu peux te boucher le nez. Fermer les yeux. Tu peux ne pas voir la réalité. Mais la réalité, c'est que les gens, ils ne comprennent pas ce qui se joue. Ils ne comprennent pas la chance de t'avoir élu. Ils ne comprennent pas que ce que tu fais, ce n'est pas encore assez. Ils croient que tu en fais trop.

Pierre Savidan inspire, les yeux clos. Elle sent que quelque chose ne va pas. Il faut le connaître pour pouvoir déceler sur son visage un léger frémissement. Une lèvre qui se tord à peine, un regard qui se met à fuir.

— Toi, la fenêtre, c'est sûr que tu ne l'as pas fermée. Quel besoin tu avais de faire ça, Fanny ?

Et lui, quel besoin a-t-il de poser la question, à part celui de la ramener encore à ce qu'elle a toujours été pour lui ?

— Il y a une vidéo, Fanny. On te voit.

Oui, il la voit. Il la voit comme une femme qu'il aurait achetée par son silence il y a longtemps. Il la voit comme une femme qu'il tient prisonnière de ses décisions. Il la voit comme une muse dont il ne retient que ce dont il a besoin. Mais ce qu'il ne voit pas, c'est qu'avec elle il faut tout prendre, ou rien. Il ne peut pas se contenter de lui voler ses intuitions pour les édulcorer. Il ne peut pas la jeter, là. Pas maintenant.

Pierre Savidan s'approche d'elle, à petits pas. Son visage est presque collé à celui de Fanny. Elle bouillonne, mais elle reste impassible. Il lui caresse la joue, comme on le ferait pour un animal qu'on console après l'avoir dressé. Sa peau est recouverte d'une petite pellicule humide qui se mêle à la moiteur de sa paume. Elle se laisse faire.

— Je préfère que tu le saches maintenant, reprend-il. Pour qu'on s'organise.

— Pour qu'on s'organise, répète-t-elle avec dédain.

Le téléphone de Pierre Savidan n'arrête pas de biper. Il répond, malgré Fanny Roussel. Il essaie de garder un air grave en tapotant sur le clavier, mais elle voit bien qu'il contient un sourire. Il va la virer et il n'en a rien à foutre.

— Il n'y a rien à organiser, Pierre. Cette vidéo ne peut rien prouver, parce que je n'ai rien fait. Elle s'est jetée elle-même par la fenêtre, la petite. Tout le monde l'a vu.

— Mais tu étais là, Fanny. Tu n'avais rien à faire là.

— Tu n'as pas encore interdit le droit de manifester, Pierre. J'avais le droit d'être là. J'ai le droit d'être où je veux. Et même ici.

Elle lui sourit, elle y met de la tendresse et de la fermeté, comme quand on parle à un enfant, qu'on lui explique quelque chose d'important, un peu solennellement. Elle devine dans ses yeux une forme de lassitude, de l'inquiétude aussi mais n'y décèle aucune colère.

— Ce sera intenable, quand ça sortira, et tu le sais.

— Intenable ? Plus intenable que le sort de ces pauvres vaches brûlées vives à trois cents mètres de ton palais ? Tu acceptes ça mais tu plieras face à trois articles qui m'accuseront de quelque chose que je n'ai pas fait ?

— Et tu veux que je fasse quoi, Fanny ? Que j'envoie les chars écraser ces pauvres connards de viandards ?

— À tout prendre, je préférerais ce genre de charogne, oui. Et tu pourrais aussi les envoyer dans le XVe écraser BFM, France Télévisions, *L'Express* et toute la clique. Il reste moins de deux ans, Pierre. Tu n'as plus le temps de tergiverser.

Elle le voit se figer, se pincer les lèvres. Elle devine ce qu'il pense, qu'elle est froide et sans cœur, une petite salope qui se fout des flétrissures.

Elle lui tourne le dos, ramasse son sac de sport qu'elle avait laissé dans un coin, et quitte le salon doré, lui faisant un signe de la main sans même le regarder. Elle descend rapidement les marches. Une pensée lui traverse l'esprit, celle de dizaines de cadavres étalés dans l'escalier, dont le sang colore le marbre blanc. Elle traverse la cour et salue les officiers de sécurité. Des volutes de fumée montent vers le ciel, les odeurs de merguez brûlées et des côtes de bœuf fumées la prennent à la gorge, ça lui rappelle les abords des stades ou les tournois de foot où ses parents la traînaient pour voir jouer son frère. À l'intersection de la rue Saint-Honoré, bloquée par un cordon de CRS, et de la rue du Cirque, on lui ouvre l'accès.

Elle a aussitôt le sentiment d'être avalée par une foule animale. À mesure qu'elle se fraie un passage, Fanny Roussel sent son crâne envahi par les beuglements dissonants d'une meute chauffée à blanc. Il lui est impossible de tracer. Elle est engluée dans la masse, comme si ses semelles collaient au goudron. Des voitures sont garées sur le côté, des hommes discutent entre eux, adossés à la porte, les bras croisés comme s'ils attendaient quelque chose.

La chaleur des braseros l'enserre, ses épaules nues et ses joues déjà rougies par le soleil crient grâce. Chaque pas est une souffrance parmi ces gens qui l'observent avec dédain comme pour lui faire remarquer qu'elle n'est pas des leurs, parce qu'elle ne participe pas à la fête. Non, elle n'a pas envie de danser comme ces trois couples de sexagénaires qui se sont fait une place et se déhanchent au rythme d'un accordéon qui croit singer les bals musettes d'autrefois. Non, elle n'a pas envie de croquer dans la barbaque affichée sur les étals de fortune, au-dessus desquels est écrit : « Servez-vous, derniers plaisirs avant la fin du monde. » Non, elle n'a pas envie d'attraper le verre en plastique que lui tend cette jeune femme avec ce sourire factice des solidarités de circonstance. D'un geste brusque du poignet, elle envoie valdinguer le verre sur le corsage de la jeune femme, soudainement maculé de vin rouge, en lui lâchant :

— Garde ta vinasse pour plus tard, tu en auras besoin.

Elle l'entend à peine crier :

— Connasse ! Mal baisée ! Espèce de gouine !

La voie est désormais un peu plus dégagée et elle peut bifurquer sans encombre rue Laure-Diebold. Elle respire un peu mieux quand elle entre enfin dans la salle au pas de course, son sac en bandoulière, sans saluer personne. L'odeur de pied, de transpiration, la saisit tout de suite, comme à chaque fois et c'est seulement à ce moment-là qu'elle a l'impression d'être débarrassée de la puanteur de graillon qui lui colle à la peau. Comme elle est soulagée de retrouver l'odeur caractéristique des dojos, amplifiée par la canicule que l'orage de la veille n'a pas fait disparaître... Les relents de l'effort macèrent encore sur un tatami où s'exercent quelques vieux. Elle se sent bien, à l'abri, loin du flux des bouffeurs de viande dans lequel elle a été prise à sa sortie de l'Élysée.

Dans le vestiaire, Fanny Roussel retrouve quelques habituées à qui elle adresse un bref signe de la main. Elle enlève son T-shirt, faisant apparaître un soutien-gorge noir que certains effleureront à travers son débardeur, par inadvertance ou par opportunisme. En général, ceux-là, elle les remet vite à leur place en leur réservant sa spéciale, *tai otoshi*. Ils se retrouvent à terre avant même d'avoir compris ce qui leur est arrivé, humiliés par une infirme qu'ils ont prise de haut.

Elle baisse son jean trop serré en tortillant un peu des fesses, puis le plie soigneusement. Elle regarde les cuisses de la jeune femme en face d'elle, minces et musclées. Les siennes sont de vrais jambons, mais cela ne la peine pas. Cela fait longtemps qu'elle sait que le charme d'une femme réside dans sa puissance autant que dans sa beauté. Fanny Roussel n'a jamais été belle, à proprement parler. Son bras incomplet l'en aurait de toute façon empêchée. Mais on n'a pas besoin d'être belle pour être vivante.

Elle enfile son judogi – d'abord le pantalon, puis la veste – et noue sa ceinture noire autour du bassin. Elle toise la femme qui vient d'entrer, une cadre dirigeante de la Société Générale qui lui sourit de façon trop affectée. Elle lui avait adressé la parole pour la première fois après avoir cru comprendre qu'elle travaillait à l'Élysée.

Mais Fanny Roussel ne travaille pas à l'Élysée. Pas officiellement, du moins. Elle y dispose d'un bureau, sous les toits, dans lequel elle ne se rend que rarement, et elle assiste à beaucoup de réunions auprès de Pierre Savidan, durant lesquelles elle garde le silence la plupart du temps. Elle lui réserve ses réflexions lors de tête-à-tête où elle peut lui parler librement, comme elle le fait depuis toujours parce que, entre eux, il ne peut y avoir ni secrets ni non-dits.

Pierre Savidan la rémunère irrégulièrement en liquide, au gré de ses besoins et de ses envies, sans qu'elle sache exactement d'où sort cet argent puisque les fonds secrets sont censés avoir disparu. Cela fait autant d'argent en moins à dépenser pour Vitalise, dont elle n'est plus salariée. Mais elle y gagne au change.

Les bras le long du corps, elle salue avant d'entrer sur le tatami, puis elle attrape sa ceinture avec sa main valide et s'avance crânement vers le fond du tapis où semble l'attendre un homme au corps sec et noueux, le visage fermé, piqueté par une barbe récente et hirsute. Des poils noirs parcourent son torse et ses épaules. Il renifle ostensiblement :

— Tu sens encore la bidoche.

— M'en parle pas, Pedro. Comment ça se passe, à Montfort ?

— Cormeray a pété un câble, on l'a isolé. Mais sinon… personne n'en chie vraiment, là-bas. C'est un camp de vacances. Le directeur est une couille molle. Et c'est pareil dans les autres centres. On les culpabilise, on les instruit, on essaie de leur ouvrir les yeux. Y en a qui disent « oui oui », d'autres qui s'en branlent ouvertement. Cormeray fait partie de la deuxième catégorie. Il a craqué, bon, ça permet de le punir un peu. Mais tout ce qu'on fait, c'est faire traîner. Et au final, ils sortiront tous avec leur SEI remis à flot. On n'arrivera à rien, comme ça. Je l'ai dit à Philippe Lorrain : Cormeray, il ne sortira pas. Le type se fout de nous. Il va comprendre ce que c'est, ce monde de merde qu'il veut préserver.

Pedro Etchepare est un des piliers de Vitalise, où il assure les formations théoriques sur la résilience et l'effondrement à venir. Il a accepté de faire la tournée des centres du PAIRE, à la demande de Fanny Roussel et de Pierre Savidan, pour mettre les pensionnaires sous pression. Gabriel Cormeray est la cible prioritaire. À moins de deux ans des prochaines élections, ils veulent faire de lui un exemple pour inciter la haute fonction publique à rester dans les clous. Les technocrates ont une fâcheuse tendance à manquer de zèle au fur et à mesure que les échéances électorales approchent. Le moment clé du quinquennat est là, celui où l'on a le choix : se contenter de ce qui a déjà été fait – si peu – ou accélérer, quitte à défourailler tout autour de soi.

— C'est contagieux, la couillemollite, répond Fanny Roussel. J'ai bien peur que Pierre l'ait attrapée. Je le sens ailleurs, en ce moment. Comme si rien ne l'atteignait, presque comme s'il s'en foutait.

Deux mains claquent au milieu du tatami qui s'est rempli d'une trentaine de judokas déjà à l'échauffement. Tous se dirigent vers le côté droit du tapis, face au portrait de Jigoro Kano.

Alors que s'élève le timbre guttural du professeur, Fanny Roussel, comme les autres, s'agenouille pour saluer le fondateur du judo. Mais ce soir, elle a plutôt envie de boxer comme Mike Tyson.

19

Jeudi 20 mai

20 h 10

Les mains derrière le dos, un petit sourire aux lèvres, Pierre Savidan observe les fumées des braseros monter dans le ciel à peine bleuté du soir. Même Fanny Roussel n'est pas parvenue à troubler sa quiétude. Vingt ans après, cette femme l'émeut et le fascine encore. Il l'aime, à sa façon. Il a toujours essayé de la protéger de ce monde qui condamne les innocents et protège les coupables. Mais quand il la voit si hargneuse et si combative, il se demande si elle a vraiment besoin de lui.

Il se sent étrangement serein, comme si les Fossés étaient derrière lui. Jusqu'ici, tout tournait autour de ce petit empire qu'il avait bâti au début du siècle, autour de Vitalise, et il n'avait qu'une envie, au fond de lui, une fois qu'il aurait fait ce qu'il pouvait pour le pays et la planète : revenir aux abers pour y cultiver son jardin.

C'est curieux mais pour la première fois, ce soir, il se dit qu'il se sent bien ici, même si tout autour de lui s'excitent des dizaines de milliers de gens qui ne voient pas plus loin que le contenu de leur prochaine assiette. Si tous ces imbéciles voulaient bien comprendre que manger moins de viande ne les transformerait pas en individus faiblards et neurasthéniques… Les combats de l'époque sont si médiocres qu'il faut se résoudre à les étouffer et à prendre des décisions à la place de ces masses incultes et biberonnées à l'égoïsme et à la bêtise.

Le téléphone posé sur son bureau bipe une nouvelle fois. Il se retourne et saisit l'appareil pour lire le message de Mathilde Lascaux.

Je peux faire quelque chose pour vous ?

Juste avant, il lui avait décrit avec une grandiloquence affectée la drôle d'ambiance sous ses fenêtres.

C'est une sorte de kermesse où brûlent les restes du monde d'avant. Où s'envoleront les cendres de ces habitudes en ruine ? J'aimerais être sûr qu'elles se disperseront sans haine ni violence, mais seront-ils capables de comprendre la nécessité de faire le deuil de leurs bons plaisirs ? Je ne suis pas sûr d'avoir la clé.

« Faire quelque chose pour vous » : il n'est pas non plus sûr de comprendre. Est-ce qu'elle lui propose vraiment son aide pour faire avaler la pilule aux viandards ? Le soleil lui chauffe le dos. Il se sent bien. Il répond :

Quoi donc ?

Son cœur se serre pendant que s'agitent les trois points de suspension dans la bulle de l'appli Telegram, par laquelle ils communiquent depuis dix jours. Ils ne se sont pas revus mais ils se sont échangé des centaines de messages. Plus le temps passe et plus cette fille l'obsède. Elle n'est pourtant qu'une « stagiaire de vingt-quatre ans », comme elle le dit elle-même en rigolant, en feignant de ne pas comprendre l'intérêt qu'il lui porte.

Elle est belle à se damner. Est-ce que cela suffit à lui faire tout oublier ? Il n'a parlé d'elle à personne. À qui aurait-il pu le faire, d'ailleurs ? Mathilde Lascaux n'existe pas dans cette vie-là. Elle n'existe que dans une vie parallèle, une vie fantasmée, cloisonnée. Enfin, le message apparaît.

Vous n'avez pas beaucoup d'imagination…

Il sent un éclair parcourir fugacement son sexe flasque à la lecture de cette phrase en suspens. Il respire, savoure. Il écrit :

Je pourrais venir vous chercher, on partirait dans un endroit tranquille.

Elle répond immédiatement :

Et après ?

Il tape comme il peut, enchaîne les fautes de frappe, corrige son message :

Et après, vous me laisseriez vous embrasser.

Et après ?

Elle s'amuse avec lui comme s'il était n'importe quel jeune homme de son âge, n'importe quel mâle rencontré n'importe où, qu'on chauffe un peu pour jauger son intérêt. Il a envie de répondre : « Et après, tu t'agenouilles et tu me suces comme si ta vie en dépendait. »

Son sexe se dresse dans son boxer, il le sent prêt à transpercer son pantalon en flanelle. Il s'assoit à son bureau, face au jardin. Il se déboutonne, saisit sa verge. Il a l'impression que cela fait des années qu'il n'a pas été aussi dur. Il la voit, nue, sans pudeur, debout, les mains le long du corps, les paumes retournées comme pour dire : « Fais de moi ce que tu veux. » Il secoue son pénis, le caresse, doucement, imaginant la langue de Mathilde Lascaux lui lécher le gland, l'avaler. Il a envie de la prendre. Il est prêt à envoyer une voiture la chercher pour qu'elle vienne s'offrir à lui, tout de suite, à quatre pattes sur les tapis du salon doré. Il tape, avec un seul doigt, tout en secouant de l'autre main son sexe dur comme du bois :

J'ai hâte de vous voir.

Il sent l'orgasme s'annoncer, cherche un mouchoir, un tissu mais ne trouve rien. Il entend le fracas d'une porte qui claque et voit surgir dans la pièce deux officiers de sécurité.

— On évacue, monsieur le président. Vite.

Pierre Savidan reste assis. Il ne comprend pas. Il sent le sperme qui, par petites poussées tièdes et furtives, vient éclabousser son boxer. Il n'a pas le temps de se demander si les gardes du corps ont remarqué sa braguette ouverte. Il se lève et les suit à travers les couloirs, sans poser de questions, l'un devant, l'autre derrière. Il sait où ils vont.

— Par ici, monsieur le président. Une voiture a foncé sur le barrage rue du Cirque. La situation est confuse.

Ils courent à travers des escaliers qui lui semblent interminables. Le bunker est situé soixante-dix mètres sous terre. L'officier de sécurité tourne le volant d'une porte blindée. Pierre Savidan se retrouve face à face avec le militaire en faction, le visage impassible. Au bout du couloir, il aperçoit trois silhouettes en uniforme, au garde-à-vous. Il sent son ventre se tordre. Il n'a pas peur des bouchers, mais il ne fait pas confiance aux militaires. L'espace d'un instant, il se dit qu'il va être mis aux arrêts. C'est drôle, ce qui l'embête le plus avec cette éventualité, c'est qu'il ne pourra plus communiquer avec Mathilde Lascaux.

Il ferme les yeux, secoue brièvement la tête comme pour se réveiller, s'approche des trois hommes au fond. Il reconnaît son aide de camp.

— Par ici, monsieur le président. Voilà. Entrez. Vous êtes en communication avec madame la Première ministre.

Pierre Savidan pénètre dans la pièce où il a tenu quelques rares conseils de défense. Il n'a jamais aimé descendre dans les entrailles du Palais. Il a l'impression que les hommes enfouissent dans le sous-sol de la planète leurs secrets les plus honteux. Il se souvient de cette angoisse qui le tenaillait, enfant, quand il fallait descendre au garage chercher une bouteille de vin pour son père ou des bûches pour alimenter le feu. Il y avait ce petit escalier, près des toilettes, et le noir et le silence au bout.

Il voit le visage grave d'Amélie Duscault sur l'écran. La Première ministre est plutôt falote mais elle n'a jamais été déloyale. Elle tient avec brio la majorité très ténue à l'Assemblée et on ne lui en demande pas davantage. Matignon n'est qu'une gare de triage. Elle le sait et n'a pas d'autre prétention.

— Il y a actuellement des affrontements entre quelques excités et les forces de l'ordre à l'angle de Marigny et du Faubourg-Saint-Honoré.

— Des victimes ?

— Deux policiers ont été renversés par la voiture qui a forcé le premier barrage rue du Cirque. Ça a ouvert une brèche, deux autres véhicules s'y sont engouffrés. Tout ça était préparé, sans doute. Il y a trois voitures, quelques centaines de personnes. On ne les laissera pas forcer le deuxième barrage.

— Ce qui veut dire ?

— Ce qui veut dire, répond Amélie Duscault d'une voix blême, que les policiers ont reçu l'ordre de tirer s'ils estiment qu'il y a une menace contre le Palais.

20

Jeudi 20 mai

20 h 25

Elle regarde son téléphone, posé sur le canapé à côté d'elle, prête à l'attraper s'il se met à biper. Elle attend depuis dix minutes la réponse à sa question, mais c'est comme si Pierre Savidan avait décidé de la ghoster. Elle se demande si elle n'est pas allée trop loin mais elle se rassure en se disant que ni elle ni lui ne sont des enfants. Elle se sent frustrée par cette conversation qui s'est terminée trop abruptement. Elle aurait voulu continuer à recevoir des textos du président de la République, peut-être même des sextos, mais sans doute est-il incapable d'en écrire. Peut-être est-il simplement prudent, ou méfiant. Peut-être joue-t-il avec elle.

Mathilde Lascaux n'a pas le sentiment de jouer. Elle a envie de creuser. Elle a envie de voir qui est l'homme derrière le masque du président. Elle a envie de le voir nu pour ne plus être terrorisée. Elle voudrait donner sa chance à une histoire qui n'en a aucune, comprendre si elle n'est qu'un fantasme de passage, une femme parmi tant d'autres, passées et à venir, ou si, comme il le dit, il est vraiment amoureux d'elle – ce qui lui paraît totalement incongru même si, évidemment, ça la flatte.

« Amoureux… » Même le mot est un peu ridicule, enfantin. À l'école primaire, elle était amoureuse, oui, on disait ça, au collège aussi, peut-être. Il y a dans le terme une suggestion de pureté, une absence de sexe et, de fait, elle n'a jamais vu aucun désir dans le regard de Pierre Savidan. Sans doute cache-t-il bien son jeu. Peut-être est-il simplement respectueux. Mais de fait, lors de leur déjeuner, elle ne s'est jamais sentie soupesée, jaugée, évaluée. Le président n'est pas un porc, elle est prête à en prendre le pari.

C'est à lui qu'elle pense en s'allongeant sur le lit. Elle n'a pas enlevé son pantalon et préfère se caresser à travers le jean, regardant le plafond en y projetant des images de Pierre Savidan torse nu, face à elle, les mains prêtes à enlever sa ceinture, s'apprêtant à fondre sur elle. Elle tire sur sa fermeture éclair, baisse son pantalon jusqu'à mi-cuisses, puis l'enlève, se doigte en écartant sa culotte humide. L'un titille le clitoris, l'autre caresse les lèvres et s'enfonce un peu dans sa chatte. Elle ferme les yeux, essaie d'oublier le président de la République pour se concentrer sur son plaisir, mais elle n'arrive pas à faire abstraction de lui, qui l'excite et l'inhibe en même temps. Elle s'arrête, ouvre les yeux. Il y a quelque chose qui ne va pas dans cette relation qui commence, une lumière, une alarme qui s'allume en elle pour lui dire d'arrêter de flirter avec le premier personnage de l'État comme s'il s'agissait d'un vulgaire *date* liké sur Tinder. Mais il y a aussi comme une fierté d'avoir en quelque sorte été « choisie », cette arrogance de croire qu'elle a été élue par le Roi pour le satisfaire et qu'elle est capable d'être digne de ça.

Il faudrait reculer, tout arrêter. Elle le sait mais elle sait aussi qu'elle ne le fera pas. Elle respire fort. Elle a peur, un peu, même si elle sait qu'elle peut soumettre n'importe quel homme rien qu'avec sa bouche. Elle s'imagine en train de le sucer, elle l'entend qui gémit, elle voit ses yeux qui l'implorent de continuer, et plus elle le voit soumis et à sa merci, plus elle mouille. Son clitoris se gonfle et elle ne prête pas tout de suite attention aux bips de son téléphone. Mais ils sont trop nombreux et ils se succèdent trop rapidement pour qu'elle puisse en faire abstraction et petit à petit, elle se fait à l'idée de renoncer à son orgasme, murmurant pour elle-même : « J'y arriverai pas. »

Le jour perce encore à travers les persiennes et l'air chaud vient fouetter son visage et, à travers sa chemise entrouverte, sa poitrine constellée de sueur. Sa peau est une éponge, elle ferme les yeux en pensant au message qu'elle lui enverra dès qu'elle se lèvera. « C'est inutile d'être sage tout le temps » : voilà ce qu'elle lui écrira, pour l'encourager. Elle le voudrait auprès d'elle, là, maintenant, même si elle abhorre le cliché du mâle mûr et dominant qui séduit sa Galatée.

Le radio-réveil sur sa table de nuit indique 20 h 33. Elle l'allume d'un geste las, les paupières toujours closes et le sourire aux lèvres.

... il semblerait qu'au moins deux personnes soient mortes lors des affrontements qui sont toujours en cours à quelques

dizaines de mètres à peine de l'Élysée. Deux manifestants qui auraient été visés par la police…

Mathilde Lascaux se redresse, place l'oreiller derrière son dos et écoute plus attentivement.

Des témoins ont distinctement entendu des sommations, à plusieurs reprises, mais aussi des tirs. Il semblerait, j'emploie bien le conditionnel, que ces tirs aient été à balles réelles…

Elle se lève, marche jusqu'au salon où elle récupère son téléphone. L'écran d'accueil est envahi par les alertes infos. Tout semble s'être accéléré si rapidement. Il y a une demi-heure à peine, elle badinait au téléphone avec le président de la République, qui se moquait gentiment de la merguez-party organisée sous ses fenêtres. Elle déverrouille le téléphone pour découvrir, sans surprise, qu'il ne lui a pas envoyé de message. Elle ouvre l'application de BFM TV et, après trente secondes interminables de publicité, regarde en direct des images de la rue du Faubourg-Saint-Honoré tournées par drones. Plusieurs cadavres gisent sur le trottoir, en tout cas des corps inertes. La voix du commentateur couvre désormais celle du journaliste de France Info à l'autre bout de l'appartement.

Le bilan est difficile à établir, mais il est déjà lourd. La panique était telle que, selon nos informations, le président de la République, Pierre Savidan, a été emmené à l'abri dans le bunker de l'Élysée où il se trouverait toujours avec son épouse. Au cas où, sans doute, la police aurait été débordée par la foule.

Cela ne semble pas être le cas. Le calme revient progressivement aux abords de l'Élysée. La scène n'a duré que quelques minutes mais encore une fois, il semble que l'on doive déplorer plusieurs victimes dont deux blessés graves, je vous le rappelle, parmi les forces de l'ordre.

Mathilde Lascaux tient le téléphone dans la main, sans pouvoir le lâcher, elle le regarde en tremblant comme un objet maudit qu'elle aurait envie de balancer par la fenêtre si cela permettait d'effacer tout ce qu'elle venait d'entendre. Elle se trouve tellement bête, debout au milieu du salon, à moitié nue, vêtue d'une simple chemise, la peau encore rougie par la quête de l'orgasme, à attendre un homme qui a tellement d'autres priorités.

21

Jeudi 20 mai

23 h 45

Il se lève, s'étire et fait quelques pas jusqu'à la fenêtre. Aucune étoile n'arrive à percer le ciel. Il a fait éteindre les lampadaires de l'Élysée dès son premier jour au pouvoir, mais en dehors du Palais, les rues sont toujours éclairées la nuit et les halos de lumière se reflètent dans les carreaux fermés, comme des petites lucioles sauvages et insaisissables. Tout est tellement calme, après le chaos de la fin de journée.

Pierre Savidan est resté à peine deux heures dans le bunker. C'est peu mais déjà suffisant pour qu'il soit la risée de toute la presse.

— On passe pour des guignols, incapables de contenir une foule hostile. Qu'est-ce que ça aurait été s'ils avaient eu des armes…

Sa voix est étrangement douce. Il a l'air de n'en vouloir à personne. Il constate, juste.

— S'ils avaient eu des armes, répond Amélie Duscault,

la police aurait riposté à balles réelles, et ça aurait fait un carnage.

— J'ose espérer, lance Vincent Quéméner.

Le ministre de l'Intérieur est un homme à la silhouette longiligne, à la diction maladroite. Son accent breton le dessert aussi parfois, mais sa carrière dans la gendarmerie a forcé le respect des agents des forces de l'ordre. Il est le garant de leur loyauté à l'égard de Pierre Savidan qui, dans la police comme dans la gendarmerie, a fait des scores ridicules. Vincent Quéméner est venu dans les bagages de Lisa Viansson, lui aussi. Chez Vitalise, les uniformes n'étaient pas tellement en odeur de sainteté.

— Espérer un carnage ? demande Amélie Duscault sans comprendre.

— Non. Espérer qu'ils auraient riposté. Qu'ils auraient suivi les ordres, quoi. Parce que la presse a beau dire qu'il y a eu des tirs à balles réelles, moi, ce n'est pas ce que j'ai entendu. Et oui, pardonnez-moi d'être franc, mais dans la police, on aime la bidoche. Il peut y avoir des sympathies avec les manifestants.

— Allons, allons, Vincent, lance Pierre Savidan. Pas quand l'Élysée est attaqué, quand même. La loyauté à l'égard de l'État ne se négocie pas avec une entrecôte.

Vincent Quéméner sourit.

— Les flics sont fatigués, monsieur le président. Il y a des manifestations tout le temps. C'est de plus en plus tendu. Ça tape, ça hurle. Ça meurt aussi, et même pour un flic, un macchabée, c'est jamais anodin. Il serait temps de faire un geste pour eux.

Pierre Savidan sait que les flics ne l'aiment pas. C'est

réciproque. En termes de geste, il serait parfois tenté par le doigt d'honneur. Mais jusqu'ici, il n'a pas eu à se plaindre. Il est protégé et se sent en sécurité grâce à des flics, alors…

— Je vais y réfléchir. Amélie, il va sans dire que je veux la démission de Pereira sur mon bureau dès demain.

La Première ministre, qui fait les cent pas dans le salon doré, hoche la tête. Elle désigne Vincent Quéméner d'un geste du menton. Le ministre de l'Intérieur baisse légèrement la tête.

— Vincent a déjà fait ce qu'il faut. André Pereira n'était pas spécialement un ami. Il va falloir lui trouver un remplaçant qui soit plus proche de nous, et sans états d'âme.

Pierre Savidan observe Lisa Viansson. Elle a l'air gênée, mal à l'aise. Cela fait dix minutes qu'elle est assise dans un des fauteuils disposés autour de la table basse où ont lieu les conciliabules de la garde rapprochée du président, sans rien dire, à consulter son smartphone. Face à elle, Laurent Valognes, le secrétaire général de l'Élysée, mutique lui aussi. Fanny Roussel se tient à l'écart, dans un coin de la pièce. Elle leur tourne le dos. Il règne un drôle de silence, comme si tout le monde était pétrifié par les événements de la soirée.

Pierre Savidan se rassoit derrière son bureau, triture le cadre photo dans lequel il a glissé une vue aérienne de l'aber Wrac'h. Paysage nu et désert, sauvage sans être hostile. La Nature à l'état brut. Il reste des coins comme ça. Des sanctuaires inviolés. Il aimerait bien l'emmener là-bas, Mathilde Lascaux.

— Bon, qu'est-ce qu'on fait avec ce projet de loi ?

La voix de Laurent Valognes est presque paternelle. Il a près de soixante ans. Toute sa carrière dans l'administration du ministère de l'Environnement. Un « écolo-techno »... Pierre Savidan ne le connaissait que très peu avant de le nommer à ce poste stratégique, sur la recommandation de Lisa Viansson. « Une perle rare. » C'est ainsi qu'elle l'avait vanté. De fait, depuis trois ans, il fait tourner la machine. Mais il ne faut pas vraiment compter sur lui pour avoir des idées révolutionnaires.

— On a deux solutions, reprend-il. Soit on continue, mais on risque d'avoir très régulièrement ce genre de manifestations. Et je ne suis pas sûr qu'on ait une majorité pour le voter...

— C'est difficile à dire, répond Amélie Duscault. Tout dépend où on mettra le curseur. Mais tel quel, avec l'avis négatif du Conseil d'État, ça risque d'être compliqué, effectivement.

— Soit on suspend, poursuit Laurent Valognes. Et on édulcore en bossant avec les parlementaires. Mais on risque de vider le projet de loi de son objectif. Tout dépend si on en fait une priorité ou pas.

Pierre Savidan entend la voix du secrétaire général, mais c'est comme si elle flottait, évanescente, dans la pièce et qu'il ne pouvait pas l'attraper, pas la comprendre. Il est ailleurs, avec elle, avec Mathilde Lascaux, en dehors du temps. Il ne voit plus l'Élysée comme un palais assiégé par l'ingratitude et l'autolâtrie des Français, mais comme un château où il pourra bientôt la baiser dans toutes les pièces. Il est juste bien, comme si le reste n'existait pas.

— Il y a ça, et puis il y a les victimes, dit enfin Lisa Viansson. Il faut qu'on marque de la compassion. Il faut calmer le jeu. Pierre, tu es avec nous ? lance-t-elle en remarquant son air absent.

Pierre Savidan imaginait Mathilde Lascaux devant lui. Il n'a jamais vu son corps. Il voudrait juste la regarder, comme on admire une toile de maître. Elle est forcément magnifique.

— Oui, je suis là. Je suis à vous, pardon.

— Alors ? demande Lisa Viansson. Tu irais leur rendre visite à l'hôpital ? Ou tu passerais voir la famille des deux hommes qui ont été tués ?

— Non, bien sûr que non, je n'irai pas, répond Pierre Savidan. On a tout à y perdre, Lisa. C'est comme à chaque fois. On va me traiter d'hypocrite, dire que j'ai attisé le feu avec ma politique, que j'ai provoqué les manifestants. On le dit déjà d'ailleurs. Et puis ils ont quand même défoncé un barrage, il y a deux flics blessés. Ils auraient pu faire un massacre, bordel. Les flics se sont sentis menacés, on n'a rien à leur reprocher. Je préfère leur rendre visite à eux.

— Tu peux faire les deux. Je ne crois pas que tu puisses t'abstenir de faire un geste envers les manifestants. Deux morts, Pierre. Si tu ne mets pas le holà tout de suite, ce n'est que le début. Une petite visite à la famille, quelques photos autour de la cheminée, une condamnation de la violence des deux côtés, la justice qui se prononcera sereinement, blabla et puis voilà, ça ne coûte rien. On le fera sans journalistes, et on diffusera nous-mêmes les images.

— Un partout, la balle au centre, c'est ça, hein, Lisa ?

La voix de Fanny Roussel est ironique et cassante, comme elle sait le faire, mais elle déraille légèrement. Son bras atrophié tremble un peu. Elle se rapproche de la table basse, attrape le dos d'un fauteuil et s'installe face à Lisa Viansson, très proche d'elle. Elle pourrait la toucher si elle se penchait.

— On a fait beaucoup de compromis, déjà, reprend Fanny Roussel. Beaucoup trop. Et on n'avance pas. Je ne vois pas pourquoi Pierre devrait s'excuser auprès de connards de viandards qui l'accueilleront avec des merguez et des insultes. Tu sais ce que je pense, Lisa. C'est comme avec Rémy Maillard. Tu voulais que Pierre aille voir la famille. Il n'y est pas allé parce qu'on estimait que le type avait payé pour sa connerie. Les excités du volant comme lui sont responsables de centaines de morts tous les ans. Si ce Rémy Maillard est mort, c'est parce qu'il a poussé les gens à bout, ils ont voulu exprimer leur haine de la bagnole à travers lui, leur haine pour l'irrespect de ces gens qui veulent continuer à faire comme avant. Utiliser la bagnole pour tout et n'importe quoi. C'est comme bouffer de la viande à tous les repas. Ou nourrir nos vaches avec des pesticides. Il faut que ça cesse. Tout simplement. Sinon on aura échoué. On n'aura pas fait mieux que les autres.

Lisa Viansson se lève et fait quelques pas. Elle se plante devant Pierre Savidan, appuyant les paumes de ses mains sur le jacaranda du bureau.

— Tu dis quoi de tout ça, Pierre ? Tu veux passer pour un salaud, comme le suggère Fanny ?

Passer pour un salaud aux yeux des uns, pour un couard aux yeux des autres… cela fait longtemps qu'il a compris que l'Histoire ne lui donnera que plus tard le statut de héros qu'il mérite. L'impopularité fait partie de la fonction. Elle est même un devoir.

— Les résistants aussi passaient pour des salauds quand

on était collabo, commente Fanny Roussel. On est en guerre, Lisa. On ne gagne pas la guerre avec de la pitié pour les ennemis.

— Si on tire trop sur la corde, rétorque Lisa Viansson, on ne pourra plus rien faire, parce qu'on va se la prendre en pleine gueule.

— Lisa, ils ont voulu prendre l'Élysée d'assaut. On ne peut pas ne pas riposter. Je crois qu'il est temps de faire ce qu'on aurait dû faire dès le premier jour, et qui nous aurait permis d'aller plus loin, plus vite.

— Tu parles de quoi, Pierre ?

— Il faut en finir avec ce climat de guerre civile. Je ne veux plus voir de manifestations pour un oui, pour un non. Je parle de ce qui s'est passé ce soir, bien sûr, mais aussi des rassemblements contre les avions ou contre les maternités.

Il se tourne vers Fanny Roussel. Il lui sourit un peu amèrement en se pinçant les lèvres avant de compléter :

— C'est trop dangereux, ces rassemblements. On a beaucoup à y perdre. On va compter les morts et les morts ont toujours raison. Vous voulez mon avis ? On peut décréter l'état d'urgence écologique en Conseil des ministres. Ou activer l'article 16.

Lisa Viansson lève les yeux au ciel.

— Activer l'article 16, répète-t-elle en soupirant. Tu n'y penses pas sérieusement, quand même ?

— C'est tentant, j'avoue, sourit-il. Mais l'état d'urgence suffira peut-être.

— Il n'y aura pas de majorité pour voter ça, tempère Amélie Duscault.

— Qu'est-ce qui te fait dire ça, Amélie ?

— On bataille pour chaque projet de loi. De plus en plus de députés du Mouvement vital quittent le groupe. Donner les pleins pouvoirs à l'exécutif, ça donnera un prétexte à d'autres. Je te le garantis : c'est une chose que les parlementaires ne feront pas.

— On n'a pas besoin d'une loi pour ça, dit Fanny Roussel.

— Techniquement, c'est vrai, Fanny a raison, indique Laurent Valognes. Pas pendant le premier mois... Après, il faut que les parlementaires se prononcent, oui. Et effectivement, je doute qu'ils le fassent.

— Vous doutez trop, mes amis, affirme Pierre Savidan. Ce dont je suis sûr, c'est que ça ne peut pas continuer comme ça. Des mois et des morts à chaque fois qu'on veut faire adopter une loi...

— Tu es encore choqué par ce qui s'est passé, Pierre, c'est normal, lâche Lisa Viansson. Demain matin, tu auras réfléchi et tu comprendras l'absurdité de cette proposition.

Elle se lève, ramasse son sac à main et quitte la pièce, sans un mot de plus. Amélie Duscault et Laurent Valognes lui emboîtent le pas, comme s'ils avaient compris que la discussion était close. Seule, Fanny Roussel reste auprès de Pierre Savidan.

— Merci, Pierre, dit-elle. Il est temps que cette conne arrête de se prendre pour Dieu le Père. Elle est venue nous lécher les bottes et maintenant, elle nous crache à la gueule ? Vire-la elle, plutôt.

22

Nuit du jeudi 20 au vendredi 21 mai

00 h 35

Un bruit de verre qui se brise le fait sursauter. Il sent un léger frisson lui parcourir l'échine. Il quitte le bar de la cuisine où il était en train de se confectionner une assiette froide avec les restes du réfrigérateur et se dirige sans précipitation vers le salon, ridiculement sur le qui-vive.

Olivier Fleurance le sait : il ne ferait pas le poids face à des professionnels, barbouzes ou autres flics en tournée privée. Il se rassure en se disant qu'il est parano, mais depuis son arrestation et sa mise sous contrôle judiciaire, il n'est pas complètement persuadé d'être un citoyen ordinaire. Officiellement, il a dû se mettre en retrait de la présidence de la Compagnie du Lait, mais il continue à la diriger par procuration, à distance. Son numéro deux gère les affaires courantes, et Olivier Fleurance est là en cas de besoin. Il passe tous les jours quelques heures à se soucier du groupe, mais cette situation surréaliste lui permet aussi de prendre du recul.

Il a reçu de nombreux messages de soutien de la classe politique – en privé, bien sûr : ces gens-là ne sont pas fous et ne veulent en aucun cas obérer le destin qu'ils s'imaginent en affichant leur amitié avec un futur repris de justice. Sur les réseaux sociaux, certains font de lui le symbole de la résistance à Pierre Savidan. Un hashtag #FleuranceàlÉlysée s'est même hissé parmi les *trending topics* sur Twitter.

Les rideaux s'agitent comme des vaguelettes, laissant apparaître derrière la porte-fenêtre ouverte les lumières des immeubles en face. Au sol s'est écrasé le cadre dans lequel il avait glissé la photo d'Anaïs, celle qu'il avait choisie pour l'enterrement, la plus belle qu'il avait d'elle. Elle a un petit air de Lauren Bacall dans la pose, un sourire triste et des yeux glacés, mais elle est magnifique, comme toujours. Elle restera figée dans cette beauté désormais, tandis que lui continuera à décrépir. Charles est étrangement absent du discret mausolée qu'il a bâti à la hâte sur le buffet pour Anaïs. Il a bien dans son téléphone plusieurs dizaines de photos de lui dans les bras de sa mère, mais, dans cette chambre qu'elle jugeait trop bien pour elle, Anaïs a l'air épuisée et il ne veut pas garder ce souvenir d'elle.

Il se met à genoux, ramasse la photo, enlève avec sa manche la poussière et les bris de verre puis la pose délicatement sur le buffet. Il cueille un à un les éclats sur le parquet avec le bout de ses doigts. Il se relève et jette le cadre cassé et les morceaux de verre dans la poubelle de la cuisine. Certains, minuscules, se sont fichés dans la peau fine de sa paume, parsemant les lignes de sa main de petits points rouges d'où coule un peu de sang. Il s'essuie sur son jean et se passe les mains sous l'eau chaude, qu'il regarde couler dans le siphon.

Olivier Fleurance poursuit machinalement la préparation de son dîner tardif au rabais. Il n'a même pas eu la force de commander quoi que ce soit sur Uber Eats. Il saupoudre des pâtes froides de tomates séchées coupées et de parmesan, et ça suffira largement. Il aurait bien aimé accompagner ça d'un peu de viande, mais sortir une poêle pour faire cuire un steak lui est apparu comme une tâche insurmontable. De toute façon, il n'a pas faim. Il demandera demain à Rosalie, sa domestique, d'acheter chez le boucher une bonne entrecôte et du filet mignon, et de lui préparer ses repas pour le week-end. Qui aurait cru qu'un jour on puisse contester le pouvoir en mangeant de la bidoche ?

Olivier Fleurance a du mal à se réjouir des émeutes qui ont eu lieu ce soir, mais il doit avouer qu'imaginer Savidan forcé de se terrer comme un rat dans son bunker lui procure un indicible sentiment de satisfaction. Il ne comprend toujours pas comment le pays a pu en arriver là mais il a d'autres préoccupations pour le moment. La Compagnie du Lait résiste tant bien que mal aux soubresauts qu'elle subit à travers sa martyrisation, mais il doit envisager toutes les hypothèses et, parmi elles, celle d'une détention qui l'obligerait à déléguer pour de bon un pouvoir qu'il a hérité de sa famille et dont aucune de ses deux filles n'a jamais voulu.

Une fois qu'il a été notifié de sa mise en examen, il a échappé de peu à la prison grâce à un juge d'instruction qui a gardé un peu d'indépendance par rapport au pouvoir – il en reste quelques-uns, fort heureusement. Mais s'ils le veulent, ils peuvent trouver mille et une raisons pour le faire atterrir en prison et l'écarter du jeu quand s'ouvrira le procès pour écocide qui menace la Compagnie.

Son avocat personnel, Gabriel Cormeray, est toujours retenu par le programme PAIRE. Il n'a pas réussi à lui parler depuis la mort d'Anaïs. Cormeray n'a plus guère d'utilité, ni pour lui, ni pour l'entreprise. Heureusement, la Compagnie a d'autres professionnels pour la défendre face aux échéances judiciaires qui s'annoncent. Il faudra augmenter les honoraires pour compenser les malus subis par les avocats, mais l'essentiel n'est pas là. Le procès sera un combat pour l'image, et pour l'avenir.

On frappe à la porte. Olivier Fleurance sent son cœur se serrer. Il reste immobile au-dessus de son assiette, se masse le visage. Il n'attend personne. Il n'a pas envie de se lever du tabouret. Il veut juste dormir et oublier tout ça, le temps d'une nuit, au moins. Cela fait trois semaines qu'il ne dort pas, ou si peu. Trois semaines qu'il voit dans ses cauchemars des flics venir l'arrêter, des tortionnaires lui faire subir toutes sortes de sévices, des foules entières le lyncher ou le jeter par le hublot de son Gulfstream. Trois semaines qu'il croit pouvoir toucher du doigt le corps d'Anaïs, qui se dérobe à chaque fois au réveil.

Trois coups encore, un peu plus fort. Ce n'est pas la police. Ils auraient déjà défoncé la porte. Il marche sans bruit jusqu'à l'entrée. Planté devant la porte, aux aguets, il n'entend que sa propre respiration. Il observe par le judas l'homme qui attend, impassible, dans le couloir. Il ne le connaît pas. Il ne comprend pas comment il a pu monter sans sonner dans le vestibule, en bas. Il hésite. La main de l'homme, déformée par l'œilleton, s'abat à nouveau sur l'acier.

— Qui êtes-vous ? finit-il par lâcher.

— Je viens de la part de Gabriel Cormeray.

Olivier Fleurance tire le verrou, tourne la clé. L'homme reste sur le pas de la porte et le salue d'un signe de tête.

— Je suis Paul Hernan.

Le nom lui dit quelque chose. Olivier Fleurance le regarde attentivement. Il a l'air d'un inoffensif grand-père, avec sa couronne de cheveux blancs, son teint rosi de bon vivant et ces petites lunettes rondes comme on les portait au début des années 2000.

— Entrez.

Paul Herman fait quelques pas, contourne la table basse du salon.

— On se connaît, monsieur Hernan ?

— Non, pas que je sache. Mais nous connaissons tous les deux Gabriel. Gabriel ne va pas très bien, d'ailleurs. À vrai dire, c'est tout le pays qui ne va pas très bien, monsieur Fleurance. Vous avez vu ce qui s'est passé ce soir ?

— Évidemment.

— On est proches de l'insurrection. Il y a ceux qui veulent abattre le pouvoir en place, et ceux qui trouvent qu'il ne va pas assez vite. Tous ces gens qui bloquent les avions, qui bloquent les automobilistes… Les gens vont finir par s'entretuer.

— Vous êtes venu parler politique, monsieur Hernan ?

— En quelque sorte, monsieur Fleurance. En quelque sorte.

— Non, parce que… Ce n'est pas que je n'aime pas parler

politique avec des inconnus, monsieur Hernan. Mais voyez-vous, ce qui m'arrive en ce moment... C'est...

— Je sais très bien ce qui vous arrive, monsieur Fleurance. Et j'en suis profondément, sincèrement, désolé. Non, à vrai dire, je ne suis pas venu pour parler politique. Je suis venu vous parler de Gabriel.

— Bon, asseyez-vous.

Paul Hernan semble gêné. Il tourne le dos à Olivier Fleurance et observe les titres des livres dans la bibliothèque, avant de se laisser tomber dans un fauteuil.

— Je suis un serviteur de l'État depuis plus de trente ans, monsieur Fleurance. Les Français ne me connaissent pas, mais j'occupe une des fonctions les plus importantes dans cette République. Je suis vice-président du Conseil d'État. La loyauté est inscrite dans mes gènes.

Olivier Fleurance avait oublié ce nom, mais sa nomination avait fait du bruit à l'époque. Il avait été surnommé « le pantin du président » par les différents partis d'opposition. Il a face à lui l'un des responsables des lois pourries qui ont été adoptées depuis l'élection de Pierre Savidan. Olivier Fleurance ne peut s'empêcher d'émettre un petit ricanement.

— Oh, je me doute de ce que vous pensez. Mais laissez-moi terminer, pour que vous compreniez bien ce que je suis venu vous dire, et à quel point cela me coûte de le dire. Depuis trois ans, nous avons eu quantité de lois, d'ordonnances, de décrets qui ont transformé la vie des Français. Le SEI bien sûr, le programme PAIRE, la loi sur le covoiturage, bientôt la limitation de la viande... Face à la diversité des requêtes qui lui ont été adressées, le Conseil d'État est resté constant dans son contrôle : nous avons veillé à concilier les objectifs écologiques poursuivis par le gouvernement avec la protection des droits et des libertés. Mais aujourd'hui, plusieurs indices nous mettent la puce à l'oreille, à nous autres, les vieux serviteurs de l'État. Votre arrestation en fait partie. Le sort réservé à Gabriel Cormeray aussi. Les libertés sont menacées et elles risquent de l'être encore davantage si on ne fait rien.

— Qu'est-ce que vous voulez que je fasse ? Personne n'est mieux placé que vous pour agir. Si la situation n'était pas aussi triste, vous me feriez presque rire.

— Mais nous agissons, monsieur Fleurance, nous agissons. C'est à nous qu'est revenue la lourde tâche d'apprécier, au cas par cas, le bien-fondé des politiques gouvernementales parfois, disons, iconoclastes, mises en place depuis l'élection de Pierre Savidan. Le nombre impressionnant de requêtes dont nous avons été saisis par les citoyens a fait du Conseil d'État le réceptacle de toutes les peurs et les frustrations générées par la crise écologique et les réponses apportées par ce pouvoir. Des peurs et des frustrations souvent légitimes, certes parfois teintées de militantisme, dans un sens ou dans l'autre, d'ailleurs, mais c'est le jeu. Nous avons réussi à rester le garant principal de la continuité de l'État de droit.

Olivier Fleurance ne peut s'empêcher de rire.

— On dirait que vous êtes venu justifier votre action, monsieur Hernan. Mais je ne suis pas juge, moi, je ne vous reproche rien.

— Eh bien, vous devriez. Parce que je crois que nous sommes au bout du chemin. Après ce qui s'est passé ce soir, le président de la République pourrait bien prendre très vite des airs de despote. Et vous serez parmi les premiers ennemis d'État, vous et votre avocat. Lequel expérimente déjà le nouveau régime, en avant-première.

— Comment ça ?

— Gabriel Cormeray n'est pas libre de ses mouvements. Je crois même qu'on peut dire qu'il est retenu contre son gré. Il est temps de vous exprimer, monsieur Fleurance. Il est temps d'utiliser les médias. Tant qu'ils sont libres, ou à peu près.

23

Samedi 22 mai

7 h 10

La lueur de l'aube transperce les persiennes, et le réveil de son téléphone s'est enclenché sur une vieille chanson de U2, *I Still Haven't Found What I'm Looking for*. Une pesanteur énorme l'empêche de s'extirper du lit, comme si une force incompressible s'exerçait sur son dos trempé et collait son ventre au matelas. Lisa Viansson a la tête tournée sur le côté de l'oreiller, mais elle est incapable de se relever. Une odeur âcre flotte dans l'air. C'est la sienne, celle de son corps, celle de la peur diffuse qui s'est emparée d'elle. Elle baigne littéralement dans sa sueur. La mélodie envahit son crâne jusqu'à la nausée, elle voudrait la faire cesser, elle tend péniblement son bras mais le téléphone est trop éloigné.

Elle reste les yeux clos, comme si ne pas les ouvrir pouvait encore la préserver un peu, gommer ces phrases et ces regards, cette rhétorique de l'affrontement qui devrait être bannie du vocabulaire élyséen. La présence de Fanny Roussel était si intense dans le salon doré qu'elle a presque l'impression qu'elle est encore là, auprès d'elle, que ses mains pressent ses épaules et la maintiennent allongée.

Elle aurait voulu se réveiller auprès de son mari, la tête sur sa poitrine, dans l'odeur rassurante des draps d'un couple où la confiance est un acquis sur lequel, chaque jour, on peut bâtir. Elle aurait voulu entendre, alors qu'elle serait en train d'émerger d'un sommeil apaisant, les bruits des enfants déjà levés à l'autre bout de l'appartement, des cris, des rires et des disputes qui rendent les matins vivants. Au lieu de ça, elle n'arrive même plus à s'extirper d'un lit trop grand et trop humide où il n'y a de place que pour les doutes.

One, With or without you... Il doit déjà être 7 h 20. Les minutes défilent au rythme des accords de ce groupe qu'elle a tant aimé dans sa jeunesse, mais qui aujourd'hui lui fait l'effet d'une époque achevée. La musique stoppe pour faire place à la sonnerie du smartphone. Elle tend le bras encore comme s'il avait grandi, elle essaie d'imaginer qui l'appelle, si c'est le président qui vient lui demander pardon ou son mari qui vient la chercher pour l'emmener loin d'ici. Elle laisse s'évanouir la sonnerie et reprendre la musique des Irlandais, mais trouve enfin la force de pousser sur les avant-bras et de se reposer sur les genoux, comme une position de prière qui précéderait l'action. Elle se lève, trop vite, voit de minuscules étoiles noires danser devant ses yeux.

C'est Laurent Valognes qui a tenté de la joindre. Il a dû passer une mauvaise nuit lui aussi. Un serviteur de l'État qui s'est toujours effacé devant l'intérêt général ne peut pas cautionner les projets absurdes de Pierre Savidan. Elle rejoint la salle de bains et enjambe la baignoire, puis tire le rideau de douche. Sa bouche est comme du papier mâché et ses idées sont trop embrouillées. L'eau froide la pique d'abord un peu. Au fur et à mesure qu'elle tiédit, Lisa Viansson laisse sa vessie se vider. Ça la brûle un peu, ça fait comme une rivière d'or qui s'écoule dans le siphon, nimbée d'une odeur qui lui soulève le cœur. Elle met le pommeau de douche face à elle et boit pendant de longues secondes l'eau qui jaillit, avant de se frotter le corps avec l'informe savon de Marseille qui traîne sur le rebord.

Elle se souvient de ce que lui avait dit le président précédent, quand elle avait été nommée ministre de la Transition solidaire. Un président ordinaire, élu, respectueux des institutions.

— Vous avalerez des couleuvres, parce que c'est l'essence de la politique. La politique, c'est comme un hamac, disait Clemenceau, et vous savez pourquoi ?

— Non, avait-elle répondu.

— Parce qu'on a du mal à grimper dedans, et une fois qu'on y est, on est ballotté de droite à gauche, et de gauche à droite. Et on se casse la gueule en sortant.

Ils avaient ri tous les deux. Elle avait été virée trois ans après, sans avoir pu faire quoi que ce soit, ou presque. La politique à l'ancienne, inefficace et dangereuse à force d'être rongée par les compromis qui ne satisfont personne. Elle avait voulu changer ça et le seul en position de le faire, c'était Pierre Savidan.

Elle est nue, enveloppée dans sa serviette, quand elle rappelle Laurent Valognes.

— Il va faire quoi, toi à ton avis ?

— Je ne sais pas, Lisa. Cet homme est un mystère. Il

pourrait faire comme si la conversation d'hier n'avait pas existé et il pourrait me virer pour mettre Fanny Roussel à ma place. Pierre Savidan n'a pas de culture politique. Les institutions, pour lui, c'est au mieux abstrait et inutile, au pire néfaste. Les contre-pouvoirs, le Parlement, le Conseil constitutionnel, le Conseil d'État, c'est juste des freins pour aller contre la volonté du peuple.

Lisa Viansson enfile une culotte en dentelle et agrafe son soutien-gorge. Hier soir, elle a compris qu'elle s'était laissé griser, depuis trois ans, par une volonté de revanche malsaine et un désir d'action qui s'étaient rejoints dans des purges qui ne disaient pas leur nom. Elle s'entend encore prononcer ces mots à l'oreille de Pierre Savidan : « C'est là-dedans qu'il faudra frapper. Il y a au moins une cinquantaine de bonshommes à dégommer au sommet. » Elle n'est pas innocente mais au moins se rend-elle compte que tout cela va trop loin. La fête est finie, place à la gueule de bois.

— Est-ce qu'il n'est pas temps de partir, Laurent ? Il va nous emmener avec lui si on reste.

— Partir, c'est une tentation, Lisa. Mais ce serait de la lâcheté. Et de l'inconscience. Depuis trois ans, on essaie de garder un équilibre pour que les grandes réformes ne se fassent pas au détriment des libertés. Je crois qu'on n'a pas trop mal réussi, Lisa. Le SEI tel qu'il a été conçu est un coup de génie, parce qu'il concilie justice sociale et objectifs écologiques. Le monde regarde l'expérience Savidan avec intérêt, même si officiellement personne ne peut l'avouer.

Depuis trois ans, c'est vrai, il y a eu des réussites, malgré les inévitables compromis, et peut-être grâce à eux. Pierre Savidan a accepté ces compromis, il les a même érigés en art parce qu'ils sont intervenus au bon moment, au moment où le rapport de force était en faveur des idées qu'il défendait, et Lisa Viansson avec lui. Le terrain avait été préparé pendant toute la campagne, pendant toutes les années qui avaient précédé, depuis dix ans, même plus, et Pierre Savidan, avec son culot, sa fraîcheur, avait raflé la mise. Mais le rapport de force est en train de tourner. Le pays est fatigué des efforts qu'on lui demande et le projet de loi pour limiter le commerce de la viande est comme un symbole de cette lassitude.

— Laurent, je n'ai pas honte de ce qu'on a fait. J'ai peur de ce qu'on va faire, c'est tout. Il y a eu des morts pour défendre le droit de bouffer de la bidoche, tu te rends compte de ça ?

— Raison de plus pour rester. On ne peut pas laisser Savidan seul au pouvoir avec Roussel. Il faut rester pour les canaliser. Les plus grands hauts fonctionnaires ont été remplacés, mais ceux qui sont encore là sont des serviteurs de l'État. Ils ne cautionneront pas qu'on s'essuie les pieds sur la République. Il faut rester pour ne pas que, petit à petit, cette République soit submergée.

Lisa Viansson attrape un jean dans son placard et se tortille pour rentrer dedans. Elle a pris quelques kilos. Elle se demande pourquoi. Trop de biscuits entre les repas, trop de sucre, trop de stress.

— Mais l'eau monte, Laurent. Elle monte vite.

— Oui, je sais, je vois tout ça, moi aussi. On voit tous ça. Mais les digues, c'est nous, c'est la haute administration. Si on part, si on abdique, tout sera englouti. Il faut rester pour sauver ce qui peut encore l'être. Et il y a beaucoup à sauver. Je suis confiant, Lisa. Il faut tenir jusqu'aux prochaines élections.

— Il ne faut pas rester pour de mauvaises raisons, Laurent. Si on est plus utiles dehors que dedans, alors il faut partir.

— Tu vas me laisser seul avec ces fous, Lisa ? plaisante Laurent Valognes.

Elle ne sait pas. C'est curieux, elle pense à Gabriel Cormeray. C'est fou comme elle a pu le détester. Elle devrait se réjouir de le voir enfermé au centre de Montfort-sur-Meu, incapable de faire le moindre effort pour retrouver un semblant de vie normale, multipliant les faux pas et tombant dans les pièges les plus grossiers. Mais elle ne peut s'empêcher de penser que la place de Gabriel Cormeray n'est plus là-bas.

24

Samedi 22 mai

11 h 20

La radio diffuse un bruit de fond apaisant. Juliette est enfermée dans sa chambre, comme d'habitude, et après avoir passé l'aspirateur et nettoyé la salle de bains, Adeline Cormeray peut se poser quelques minutes dans la cuisine, avec un expresso et un morceau de chocolat noir qu'elle aime tremper dedans. La rue, qu'elle observe à travers la fenêtre où se cassent les rayons du soleil, est étrangement calme mais ce n'est pas ce qui interpelle Adeline Cormeray.

« Les carreaux sont dégueulasses, se dit-elle. Je les ferai le week-end prochain. »

Sur son iPad, elle lit un récit du *Parisien* qui retrace « ces longues minutes où la République a failli basculer ». Il faut toujours que les journalistes dramatisent. Ce n'est pas la première manifestation de l'histoire de France, ni de la Ve, ni même du quinquennat Savidan, et qu'il y ait eu des morts ne change rien à l'affaire. Des morts, il y en a toujours eu, et leurs fantômes n'ont jamais fait trembler les institutions. Gabriel l'a toujours dit, et elle l'a toujours cru : il ne peut y avoir de France sans République. Si le président a été emmené dans son bunker, c'est parce qu'il est entouré de pétochards et que derrière ses airs de tribun exalté, il est aussi couard que les autres. Jamais le général de Gaulle ne se serait caché à soixante-dix mètres sous terre, sous prétexte que quelques excités se seraient approchés du Palais.

Elle monte le son de la radio. Sur France Info, un invité appelle le président de la République à abandonner son projet de loi. Adeline Cormeray croit reconnaître sa voix, sans parvenir à mettre un nom sur ces éructations qui tournent à vide. Cela fait des années que le débat politique est d'une pauvreté à pleurer. Quand il était aux affaires, Gabriel lui disait : « La moitié des ministres n'ont aucune envergure. Je les vois autour de la table, le mercredi matin, comme des gamins, juste heureux d'être là. Ils pourraient défendre un projet un jour, et le contraire le lendemain, si ça leur permettait de conserver leur rond de serviette. » Gabriel a toujours été sévère, et méprisant envers les politiques. Il les traitait d'« aventuriers » et, dans sa bouche, ce n'était pas un compliment. « Des gens qui transgressent les règles en permanence avec eux-mêmes comme but ultime. Le contraire de l'impératif catégorique : l'intérêt général est vu comme un moyen, jamais comme une fin. S'il faut s'essuyer les pieds dessus, ils le feront. »

C'est drôle, mais elle commence à se demander ce qu'il devient. Les premiers jours, ne plus entendre parler de lui, c'était un soulagement. Depuis qu'il avait quitté ses fonctions de secrétaire général du gouvernement, et encore plus depuis qu'il avait quitté la fonction publique, Gabriel Cormeray était exécrable et plutôt que la dispute, Adeline avait opté pour la fuite. Ils formaient un vieux couple, dont la solidité était façonnée par l'habitude, comme beaucoup, mais où chacun rêvait de liberté.

Tout de même, trois semaines sans aucune nouvelle, ça commence à faire beaucoup. Elle sait que c'est le jeu du programme PAIRE. Pas de téléphone portable autorisé, des appels soumis à l'autorisation du directeur, un pensionnaire tout entier tourné vers son rachat… En entrant, on signe un contrat. Les renoncements sont volontaires. On peut renoncer aux renoncements, sans doute, mais au prix d'un SEI qui dégringole… Personne ne le fait.

Qu'est-ce qui se passera, quand il reviendra ? Elle appréhende un peu ce moment, le huis clos à trois avec Juliette et les débats sur Savidan. Elle ne peut pas croire qu'il se sera converti au programme de revitalisation écologique. Elle rit à cette idée. Gabriel sera toujours Gabriel, avec ses qualités et ses défauts, mais le populisme vert, non, c'est quelque chose qu'il ne pourra jamais légitimer, à moins d'être totalement lobotomisé.

La petite musique de l'interphone la fait sursauter. Elle n'a pas envie de se traîner jusqu'à la porte.

— Juliette, crie-t-elle, Juliette ! Tu attends quelqu'un ?

Sa fille n'entend sans doute rien de ce qu'elle lui dit, enfermée dans sa chambre avec sa musique pour seule compagnie. Adeline Cormeray laisse son café sur la table et marche jusqu'à la porte, en arpentant un long couloir où des photos d'eux trois sont affichées, qu'elle ne regarde plus. Sur l'une d'elles, Juliette est sur les épaules de son père. Elle a peut-être cinq ans. Les deux rient aux éclats. Comme quoi, il y a eu des moments de complicité dans cette famille, avant que tout le monde ne vieillisse. Aujourd'hui, chacun vit dans son monde. Des vies parallèles où on essaie de ne pas regarder derrière soi. On devrait : peut-être est-ce là qu'on trouverait de quoi supporter cette époque où tout semble s'écrouler.

Le visage qui l'attend sur l'écran de l'interphone est écrasé par la perspective, mais elle n'a aucun mal à reconnaître Olivier Fleurance. Elle ne peut s'empêcher de se regarder dans le miroir et de se recoiffer à la hâte pendant qu'il prend l'ascenseur, enfilant sur son T-shirt un élégant cardigan, malgré la chaleur qui règne dans l'appartement – et au-dehors. La coquetterie est pour elle comme un instinct de survie dès qu'elle sort du cocon de son foyer – ou qu'y pénètre un étranger.

Elle n'ose pas demander au P-DG de la Compagnie du Lait de se déchausser, mais il le fait de lui-même en voyant toutes les chaussures alignées à l'entrée de l'appartement.

— Excusez-moi si je ne me suis pas annoncé, Adeline, dit-il en dénouant ses lacets.

Elle lui fait signe de le suivre jusqu'au salon, où elle lui sert un café. Il s'installe sur le canapé, sans dire un mot. Il attrape la tasse, la porte à ses lèvres, regarde autour de lui. Adeline Cormeray a l'impression qu'il juge la façon dont est décoré son intérieur, ces bibliothèques qui débordent, les bibelots rapportés de leurs différents voyages sur les étagères, les photos au mur comme autant d'exposition de soi, et l'immense toile abstraite au-dessus de la télévision, dominée par des teintes rouges et chaudes.

— Avez-vous des nouvelles de votre mari, Adeline ?

Elle plonge ses yeux dans les siens. Olivier Fleurance a l'air triste et en même temps, elle sent qu'il bout à l'intérieur. Il connaît la réponse à la question qu'il a posée, bien sûr.

— Aucune, Olivier.

— Et ça vous inquiète ?

— Ce serait exagéré de dire cela. Les programmes PAIRE sont ce qu'ils sont et on en connaît les règles. Et puis, Gabriel et moi, nous avons toujours été assez indépendants. Alors, non, ça ne m'inquiète pas. Ça ne veut pas dire que ça ne fait pas bizarre. Trois semaines, c'est quand même long.

— Depuis trois semaines, moi, j'ai perdu ma femme et mon fils. J'ai été arrêté par la police au moment de leur enterrement, la même police qui n'a cherché aucun coupable à la mort d'Anaïs et de Charles. J'ai subi quarante-huit heures de garde à vue pour une soi-disant affaire de pollution industrielle dont on s'apercevra bientôt qu'elle n'a aucune réalité. Et j'ai été privé de mon avocat. De votre mari. Celui qui connaît par cœur tout le dossier.

Il plonge son regard dans le sien. Adeline le soutient quelques secondes, mais que peut-elle répondre à cela ? S'il est venu chercher de la pitié, elle peut la lui apporter, mais sinon ?

— Depuis trois semaines, Adeline, la vie n'a peut-être pas beaucoup changé pour la plupart de nos compatriotes mais moi, je n'ai plus l'impression de vivre en démocratie. Tous mes droits ont été bafoués. Le droit d'être protégé, le droit d'être défendu, mon droit à la dignité. J'ai encore le droit d'aller et de venir comme bon me semble, mais pour combien de temps ? Et ce droit-là, il semble que Gabriel ne l'ait plus.

— Comment ça ?

— Un homme est venu me voir hier soir. Un homme qui a eu des nouvelles de votre mari. Votre mari est enfermé, Adeline. Si j'étais vous, j'irais à Montfort-sur-Meu demander de ses nouvelles et exiger qu'il sorte de ce centre à la porte duquel le droit semble s'être arrêté.

Dans l'embrasure de la porte, derrière Olivier Fleurance, Adeline Cormeray fixe le visage de Juliette. Elle arbore un masque de reproches, sans qu'elle sache si sa fille désapprouve la présence de Fleurance ici ou si elle est en colère à cause de ce qu'il vient de dire. Juliette a eu des différends avec son père, mais elle l'aime, ça, elle en est sûre.

— Si on va là-bas récupérer papa, notre SEI va encore plonger. Déjà qu'il est pas bien haut…

Olivier Fleurance se retourne, observe Juliette quelques secondes, puis fait à nouveau face à sa mère.

— C'est ma fille. Juliette, je te présente Olivier Fleurance, un client de ton père.

— Je sais qui vous êtes, lâche Juliette. On parle beaucoup de vous, dans les médias.

— Malheureusement, soupire Olivier Fleurance. Et ce n'est pas terminé. Je me suis beaucoup tu, trop sans doute. Je vais parler, maintenant. Parce qu'il n'y a pas que le SEI dans la vie, jeune fille, il y a la démocratie, aussi. Et plus on sera nombreux à comprendre ça, mieux ça ira.

25

Dimanche 23 mai

15 h 15

Il n'a pas voulu d'escorte officielle, évidemment. À travers les vitres teintées, il observe l'agitation des rues dans lesquelles roule tranquillement la DS3 Crossback électrique. Un véhicule parmi d'autres, presque ordinaire. Pierre Savidan connaît mal la capitale. Il n'y a jamais habité et il ne sort que très peu des quartiers des ministères. Les arrondissements populaires sont à mille lieues de son univers. Il est toujours étonné de voir en pleine journée des putes alignées le long des trottoirs du boulevard de la Villette, devant qui passent des couples de bobos qui promènent leur gosse en poussette, des jeunes vendre des cigarettes à la sauvette à des hipsters désargentés, et ces hommes qui font griller du maïs sur des braseros encrassés par les grillades lui évoquent plutôt Dakar ou Ouagadougou que Paris.

Pierre Savidan n'aime pas la capitale. Il la trouve sale et polluée, surpeuplée, insupportable à vivre avec ces canicules qui se multiplient et il constate que dans ce XIXe arrondissement qu'il traverse en ce moment, il y a beaucoup de Noirs et d'Arabes. Ce n'est pas un problème pour lui. La plupart de ces gens ont un SEI bien plus bas que tous les connards des beaux quartiers. Le problème, c'est tous ces gens entassés, ces villes enveloppées d'un dôme de particules fines, ce poison qui s'entasse dans les poumons et tue à petit feu. Tout le monde ne peut pas vivre autour des abers mais il ne comprend pas le plaisir qu'ont les Parisiens à vivre dans cette crasse où la nature se résume à trois arbres plantés sur du bitume. Il faudrait raser la capitale et gouverner depuis les Fossés.

La voiture s'arrête pour laisser passer trois femmes en boubou, avec leurs gosses emmitouflés dans le dos, assommés par la chaleur. Elles le rendent un peu nerveux. Il n'aime pas voir ces enfants bringuebalés, dépendants de leur mère, inconscients du monde qui les attend. Il a l'impression que les gens ne savent pas dépasser leurs envies, leurs pulsions, pour se projeter sur leur intérêt à long terme.

Avoir un enfant est presque un devoir si on veut afficher son bonheur, une case à cocher dans la liste des choses à réussir. C'est quasiment devenu un droit, même pour ceux qui ne peuvent pas en avoir. Il faudrait renverser cette logique, faire de l'enfant un poids, quelque chose de honteux. En vingt ans, on a bien réussi à changer l'image de la cigarette, pourquoi pas celle de la maternité ? Il faut être courageux pour dire non à tout ça. Il essaie de s'en persuader, en tout cas. Il n'a pas le choix : on peut vivre avec l'idée qu'on a été courageux, plus difficilement avec celle qu'on n'a pas été à la hauteur du moment, ou pire, celle qu'on a été incapable de dompter ses démons intérieurs.

La DS3 Crossback s'arrête devant l'immeuble de Mathilde Lascaux. Deux officiers de sécurité vérifient l'entrée avant que Pierre Savidan ne descende du véhicule, entouré de deux autres gardes du corps. Un devant, qui tient un bouquet de pivoines, l'autre derrière, pendant qu'il monte l'escalier. Ce n'est pas lui qui frappe à la porte. Quand Mathilde Lascaux ouvre, l'officier de sécurité l'écarte d'un geste.

— Vous permettez ?

Et sans attendre vraiment la réponse, il entre dans l'appartement, dont il inspecte chaque pièce.

— Ce sera rapide, sourit Mathilde Lascaux. Il fait vingt mètres carrés à tout casser.

Pierre Savidan sourit lui aussi. Il est un peu crispé. Il n'a pas l'habitude de ces rendez-vous clandestins au milieu des foules. Les abers lui semblent plus indiqués pour se dissimuler. Il a un peu peur d'être reconnu. Il a un peu peur que Sylvie l'apprenne, aussi. Il a un peu peur d'elle, surtout. Mathilde Lascaux, pour lui tout seul.

— Je vous appelle au moment de partir, indique-t-il à ses officiers de sécurité.

— Ça rigole pas, sourit Mathilde Lascaux alors qu'il lui tend les fleurs.

Elle a l'air crispée.

— Merci. Merci beaucoup. Entrez, chuchote-t-elle.

Elle remplit d'eau un vase effilé, découpe le ruban qui entoure les pivoines, les dépose, puis, l'air satisfait, s'assoit sur le canapé. Il observe tout autour de lui, dans un silence gêné, avant de prendre place en face d'elle, dans un fauteuil en rotin. Dans sa bibliothèque, il distingue les classiques de la littérature écologiste et effondriste. Pablo Servigne, Arthur Keller, Yves Cochet, Isabelle Attard, Pierre Rabhi, Cyril Dion… Il faut de tout pour faire avancer la cause, même des idiots utiles. Quelques cadres montrent Mathilde Lascaux entourée de ses parents, de ses amis. Sur le plan de travail de la cuisine traîne la vaisselle du midi. Au-dessus du canapé, il y a une photo en noir et blanc de Jean-Paul Belmondo au mur, époque *À bout de souffle*. L'appartement ordinaire d'une jeune fille cultivée et optimiste.

Elle lui propose un verre de champagne. Il se pince les lèvres. L'alcool ne fait plus partie de sa vie, depuis longtemps. Il n'a jamais parlé à personne de cette partie-là de son passé. L'alcool est quelque chose de trop ordinaire, dans le Finistère, pour pouvoir espérer en faire le terreau d'une renaissance. Son premier verre, il l'avait bu à douze ans. À quatorze ans, il consommait déjà plusieurs bières par jour. Il buvait avec son père, il buvait avec ses potes, il buvait seul, il buvait tout ce qui lui passait sous la main. Même s'il faisait beaucoup de sport dans ces années-là, comme si cela suffisait à évacuer les toxines, son corps commençait à souffrir.

Une lecture l'avait particulièrement marqué à cette époque où il désespérait de se débarrasser de son addiction : *Surviving the 21st Century*, un ouvrage aujourd'hui oublié écrit par Viktor Kazinskas, fondateur d'un institut américain qui formait au crudivorisme et surtout, autoproclamé ministre de l'Église essénienne du Christ. Pierre Savidan a toujours été un autodidacte : il a pioché un peu partout pour construire sa propre doctrine, et il n'a pas honte de son parcours, même s'il en a gommé de lui-même les aspects les plus inutiles et les plus néfastes. Il s'était vite rendu compte qu'il crèverait aussi vite en ne bouffant que des concombres et des tomates qu'en s'abîmant dans l'alcool et il en était venu petit à petit à un régime alimentaire plus simple et plus « présentable », le régime végétarien, qu'il avait adapté.

Tout cela, il ne le raconte pas à Mathilde Lascaux. Il lui dit juste :

— Je ne bois pas.

Elle a l'air déçue. Elle lui sert un jus d'orange.

— Je l'ai pressé moi-même, précise-t-elle.

Il sourit. Est-ce qu'il aurait bu un jus industriel si elle le lui avait proposé ? Mais est-ce qu'elle aurait seulement *pu* le lui proposer, lui qui a bâti une partie de sa notoriété avec des extracteurs de jus ? C'est drôle comme il a un peu honte d'être lui-même, intransigeant dans ses principes, rigide comme un vieil homme, face à la légèreté qu'il devine chez la jeune femme.

— Vous ne me regardez pas comme un satyre, rit-elle. Vous ne vous êtes pas jeté sur moi. Vous auriez pu ?

— Est-ce que ça vous aurait plu ?

— Je ne sais pas, minaude-t-elle. Je ne crois pas. Ce ne serait pas vous, je crois.

— Et qu'est-ce qui serait moi, selon vous ?

— Je ne sais pas trop. Je ne vous connais pas, mais pas ça, en tout cas. Je vous admire beaucoup, vous savez. Je me demande encore pourquoi vous vous intéressez à moi.

Il rit, il se force un peu. Cette question le gêne, parce qu'il n'a pas la réponse. Il n'en sait rien, pourquoi elle l'obsède. Il élude.

— Parfois je me demande, reprend-elle… Excusez-moi

mais… Comment vous trouvez le temps de penser à moi, avec tout ce que vous avez à faire ?

Il se pose la question, aussi. C'est difficile à expliquer. C'est comme si elle était devenue sa priorité. Le pays peut partir en vrille, si elle est là, il a l'impression que tout ira bien. Il sait que c'est absurde et sans doute temporaire, et pourtant, il ne lutte pas contre cette tentation. Il est là, face à elle, alors que tout, absolument tout, lui commande de la laisser de côté. Cet amour-là va le rendre vulnérable, à un moment où sa situation politique est fragilisée, où il est pris en tenaille entre deux violences, celle de ses partisans et celle de ses opposants. Il voudrait lui dire qu'il ne ment pas, qu'il est sincère. Il n'est pas là juste pour la baiser, et s'en aller, et c'est pourtant ce qui va se passer. Il s'entend dire :

— Vous en pensez quoi, vous, de la situation actuelle, Mathilde ?

Elle fait une drôle de moue, comme si elle était surprise qu'il lui demande son avis.

— Vous avez vu l'Élysée de l'intérieur, reprend-il. Vous pensez qu'on attise le feu ? Que notre politique est trop… trop dure ?

En réalité, il n'accorde pas tellement d'importance à ce qu'elle pense. Le chemin politique, il le trace seul, avec Fanny Roussel. Suit qui veut, mais sans conditions. Ça l'attristerait que Mathilde Lascaux ne soit pas derrière lui.

— J'ai une amie qui dit que, parfois, Pierre Savidan, « ça fait un peu fasciste », dit-elle en souriant. Je ne suis pas d'accord. Je n'aurais pas travaillé six mois pour un fasciste. Je suis fière d'avoir travaillée pour vous. Et je pense qu'on ne transforme pas un pays drogué par le consumérisme sans un peu de fermeté. Après, c'est le degré d'acceptation…

Le « degré d'acceptation ». Elle est mignonne, à réciter ces concepts appris sans doute sur les bancs de Sciences Po. Après tout, c'est Lisa Viansson qui l'a recrutée. Les institutions, la démocratie… est-ce que tout cela est plus important que l'avenir de la planète et de l'humanité ? Pierre Savidan essaie de choisir ses mots pour ne pas la blesser. Il n'a pas envie d'écraser cette jeune femme avec ses bottes de « fasciste ».

— Oui, répond-il, le degré d'acceptation. Quand on voit ma courbe de popularité, on peut penser qu'il est dépassé. La question, c'est : faut-il s'arrêter pour autant ? Peut-on faire le bien des gens malgré eux ? C'est une question philosophique. Les grands leaders en démocratie n'ont jamais été capables de ça. Ils se sont toujours arrêtés au… degré d'acceptation.

Il observe le visage de Mathilde. Il croit y lire de l'incompréhension, de la peur, peut-être. Il ajoute :

— Une autre question philosophique : imaginez que pour sauver l'humanité, il faille en sacrifier la moitié ? Soit vous ne le faites pas, et l'humanité disparaît. Soit vous le faites, et l'humanité est préservée. Cruel dilemme, n'est-ce pas ? Quel dirigeant serait capable d'assumer ça ?

— Vous en seriez capable ? demande Mathilde.

Il soupire en souriant, gêné.

— Je ne crois pas. Ce serait un péché originel bien lourd à porter, vous ne croyez pas ?

Elle rit.

— Heureusement, on n'en est pas là.

Non, on n'en est pas là. Mais combien de temps avant que cette question ne se pose vraiment, si on n'agit pas dès maintenant ? Une génération ? Deux avec de la chance. Mathilde Lascaux pourrait voir ça de son vivant. Même lui, peut-être. L'agonie de la race humaine.

Ils parlent encore, beaucoup. Pierre Savidan ne voit pas le temps passer, quand Mathilde Lascaux lui demande s'il veut bien s'asseoir à côté d'elle, sur le canapé. Il se lève, un peu gauche, il ne sait pas trop quoi faire de ses bras, il contourne la table basse et s'installe, le plus loin possible d'elle. Elle se met à côté de lui, sa tête sur sa poitrine. Une mouche bourdonne autour de lui, il la chasse d'un geste de la main. Il enserre Mathilde Lascaux. Ils restent comme ça quelques minutes, ses lèvres s'approchent de ses cheveux, effleurent ses joues, ses doigts caressent ses bras. Elle est douce comme le souvenir de la première fois. Elle tourne son visage vers le sien. Ses lèvres se collent aux siennes.

— Vous êtes gentil avec moi, murmure-t-elle.

Elle a la voix douce et suppliante. Il écarte son chemisier, doucement. Elle le laisse faire. Pierre Savidan passe sa main sous son soutien-gorge, frôle ses tétons, laisse traîner ses doigts tout autour de l'aréole sur sa peau moite. La mouche se pose sur le cou de Mathilde Lascaux. Il l'évacue d'une pichenette.

Mathilde Lascaux inspire, doucement. Il sent son sexe durcir. Il descend sa main sur son pubis, la pose sur sa culotte, il sent comme elle mouille, il balade son doigt entre les lèvres, cherche son clitoris, mais elle lui dit :

— Attendez.

Elle se laisse glisser sur le sol, déboutonne son pantalon,

le baisse en même temps qu'elle baisse son boxer. Le sexe de Pierre Savidan apparaît tel qu'il ne lui est pas apparu depuis des années, gorgé de sang, les veines saillantes. Mathilde Lascaux l'engloutit aussitôt dans sa bouche. Agenouillée par terre, elle le suce comme il ne s'est jamais fait sucer, ni par Sylvie, ni par Fanny, ni par personne. Elle le regarde pendant qu'elle le suce. Il lui caresse la joue, les cheveux. Il a l'impression d'être dans un film porno, avec ces yeux incroyablement excitants qui évaluent son plaisir pendant que la langue tourne autour du gland.

— Vous voulez me baiser ? demande-t-elle après quelques minutes.

Il fait oui de la tête. Elle lui prend la main, il se débarrasse maladroitement de son pantalon et de son boxer, récupère les deux préservatifs qu'il avait pris soin de glisser dans sa poche, et il la suit dans la chambre. Elle lui tourne le dos, se déshabille seule et s'allonge, les jambes légèrement écartées. Elle a la chatte intégralement épilée, rasée de frais. Il voit encore les marques rouges de l'irritation du rasoir. Il déchire l'emballage du préservatif, le déroule sur son sexe. Il n'y arrive pas, elle se redresse, elle l'aide. Il s'allonge sur elle et la pénètre, les paumes de ses mains plantées sur le drap. Il va et vient, il ne cesse de la regarder et ne prête plus attention à la mouche qui vrombit autour de son oreille. Mathilde Lascaux gémit. Il a du mal à lire en elle, ce qu'elle ressent.

— Je peux venir sur vous ?

Il obéit, s'allonge sur le dos, elle s'empale sur son sexe, les cuisses autour de ses jambes. Les mains de Mathilde Lascaux appuient sur son torse, elle monte et descend, se frotte d'avant en arrière, elle lui dit :

— Ne me regardez pas.

Alors il ferme les yeux, il sent ses seins ballottés sur sa peau, il se penche en avant pour les lécher, enfonce le visage dans sa poitrine, il remarque plusieurs grains de beauté sur le téton droit, il lèche, il lèche sans s'arrêter, les mains derrière son dos humide, mais c'est elle qui, au bout d'un moment, se retire et se met à quatre pattes. Elle a un énorme bleu sur le cul, ça le trouble quelques instants mais il s'enfonce en elle. Il la baise fort, aussi fort qu'il peut, il entend que ça claque, elle se retourne et lui crie :

— Défonce-moi !

Elle le répète plusieurs fois, comme si elle le lui ordonnait.

— Oh oui, plus fort !

Il sent qu'il va jouir, il le lui dit, elle accélère les va-et-vient de son cul sur lequel se pose la mouche. Il n'a pas le temps de la chasser, il éjacule, elle s'envole, il sent ses jambes qui tremblent, son cerveau qui explose, son corps qui se vide. Il se retire, s'allonge à côté d'elle. Il s'aperçoit que sa bite est à nu, gluante. Le préservatif est resté coincé entre les lèvres de Mathilde Lascaux.

— Attends, lui dit-il.

Il le retire doucement. Elle grimace, il le ferme en le nouant autour de son doigt. Mathilde Lascaux vient se coller à lui. Ils regardent le plafond, tous les deux, les moulures autour de l'ampoule nue qui pend au bout d'un fil.

— Vous avez beaucoup de grains de beauté, dit-il pour éviter que le silence ne se transforme en malaise.

Il n'y en a pas un, ni dix, mais des centaines, sur le visage, sur le ventre, sur le dos. Sur le sein. Elle acquiesce.

— Vous les avez déjà comptés ? demande-t-il en en caressant un au hasard.

— Non, rit-elle, mais une fois un mec m'a juré qu'en les reliant dans un certain ordre ils formeraient… je ne sais pas si je peux le dire… enfin, vous voyez, quoi.

Non, il ne voit pas. Une bite ? Un cœur ? Il ne sait pas. Elle rit, mais elle ne dit rien de plus. Il adore quand elle rit. Il aimerait que ce moment suspendu dure toujours. Son sexe est toujours dur. Il a à peine débandé après l'éjaculation. Il a l'impression de bander en permanence depuis qu'il l'a embrassée, depuis qu'elle s'est un peu laissé approcher, l'impression que sa bite a gagné deux ou trois centimètres. Il pourrait la baiser encore. Il s'approche d'elle, mais elle se lève, et se rhabille. Elle propose :

— Vous voulez prendre une douche ?

Il se lave rapidement sous l'eau tiède, attrape une serviette. Quand il arrive dans le salon, nu, elle est déjà là, en nuisette, sur le canapé. Elle le regarde en souriant.

— Vous êtes musclé, sourit-elle.

Il voudrait la croire. Il ramasse son pantalon, ses chaussettes. Il l'admire, béat. Elle est belle comme une statue grecque. Il envoie un message à son garde du corps.

— Vous savez, reprend-elle, vous pourriez le faire refaire, votre tatouage. Il est un peu fatigué, là.

Il n'y a jamais pensé. Ce tatouage raté fait partie de son histoire, de son mythe. Sans lui, il ne serait peut-être pas là. Elle le rejoint dans le couloir. Il la serre contre lui, observe leur reflet dans le miroir, sans rien dire.

On frappe à la porte. Ça doit être Francis. Il dépose un dernier baiser sur les lèvres de Mathilde Lascaux, avant de suivre son officier de sécurité dans l'escalier. Un autre le suit. C'est le protocole le plus allégé. Pendant qu'il descend les quatre étages, encadré par les deux hommes en costume, il sent la mélancolie l'envahir, comme s'il venait de s'engouffrer dans une voie sans issue. C'est seulement dans la voiture qu'il comprend ce qui le rend triste à ce point. Il l'a si mal baisée qu'elle en a eu assez. « Défonce-moi », « Plus fort », ça voulait juste dire « Dépêche-toi », « J'en ai marre ».

26

Dimanche 23 mai

19 h 10

« J'ai fait l'amour avec le président. »

La nuisette de Mathilde Lascaux traîne sur le parquet. Dès qu'il est parti, elle a enfilé une petite culotte et un vieux T-shirt sur lequel l'inscription « New York » est à peine lisible, effacée par des lavages multiples. Elle traîne sur Instagram et imagine ce que ferait l'effet de cette simple phrase, lettres roses sur fond blanc, avec emoji cœur ou gouttes, si elle la postait en story. Elle se ferait traiter de mytho, de collabo, de salope. Si elle écrivait plutôt : « Le président m'a baisée », on lui enverrait des emoji mort de rire et des commentaires du style : « T'en fais pas, moi aussi », « Il a baisé tout le pays, ce connard ».

Bien sûr, elle n'écrira rien. Elle observe le préservatif usagé, noué à la va-vite, d'où se sont écoulées quelques gouttes de sperme de Pierre Savidan, qu'elle a été chercher dans la chambre pour le poser sur l'accoudoir du canapé, sur un mouchoir en papier. Elle a une pensée étrange, elle se dit qu'elle devrait le garder. Le mettre dans un pot de yaourt, dans le bac à congélation. On ne sait jamais. C'est la seule preuve qu'elle a d'avoir été pénétrée par le président.

Mathilde Lascaux aimerait bien raconter son après-midi à Juliette et à Salomé. Elle pense à ce qu'elle leur dirait. « Il est doux et attentionné, mais ce n'est pas un très bon coup. » Elle pourrait avoir des petites punchlines comme : « Il doigte comme un pied » ou encore : « Je te confirme qu'il est végétarien, il ne m'a pas bouffé la chatte. » Elle imagine les likes et les cœurs, et elle sourit un peu. Si elle avait envie de rire, voilà ce qu'elle pourrait leur dire, à Juliette et à Salomé. Ça pourrait même la rendre célèbre sur les réseaux sociaux.

Mais elle a plutôt envie de pleurer et pour ne pas sombrer dans la torpeur et la mélancolie d'un dimanche soir où elle se sent encore plus seule que d'habitude, elle continue à faire défiler son *feed* sur Instagram. La haine contre Pierre Savidan, déjà omniprésente sur Twitter, a envahi aussi Insta. Elle se demande si un jour, elle aussi, elle le détestera.

Elle a du respect et de l'admiration pour lui. Mais est-ce une bonne idée d'entamer une relation avec l'homme le plus puissant du pays ? Ou est-ce que c'est une illusion et que tout est déjà fini maintenant qu'il a eu ce qu'il voulait ? Elle se surprend à l'espérer, elle se surprend aussi à le redouter. Elle a envie de le revoir, et envie de l'oublier. Ce n'est pas elle qui décidera et c'est bien cela qui la gêne, au fond d'elle. Mathilde Lascaux a peur de devenir celle qu'on appelle à toute heure du jour et de la nuit, de devoir être disponible pour lui quand il l'exigera, de ne pas savoir lui dire non si un jour elle veut que tout s'arrête. Une maîtresse soumise et dépendante, à son corps défendant, elle qui a toujours fait de son autonomie vis-à-vis des hommes une quête, un absolu.

Pourtant, elle l'a voulu. Elle l'a *vraiment* voulu. Rien n'est sain et tout est beau, dans ce qui vient de se passer. Mathilde Lascaux sent son corps qui frémit à l'idée d'avoir eu la peau du président contre la sienne, et se rend compte qu'elle mouille encore. Il ne l'a pas rassasiée, il ne l'a pas laissée exsangue et vide comme on l'est parfois après l'amour. Elle laisse son téléphone à côté du préservatif et se lève pour se rendre dans sa chambre. Elle ouvre son armoire, au fond de laquelle, derrière ses survêtements et ses pyjamas, elle range ses préservatifs et ses sex toys.

Elle s'allonge en travers du lit et sous ses doigts, alors qu'elle regarde au plafond son abat-jour qui tangue à cause d'un courant d'air, elle sent ses lèvres gonfler. Elle les écarte, applique le Satisfyer Liberty sur son clitoris, sous intensité faible. Elle sent l'air qui l'aspire, qui le masse, elle monte la puissance de l'appareil au fur et à mesure des contractions de son vagin, elle sent les muscles qui se contractent, les vagues et le ressac du plaisir qui monte inexorablement comme une marée prête à tout engloutir.

Elle se met sur le côté, caresse ses fesses avec les doigts de l'autre main, effleure son anus qui se serre lui aussi. Elle gémit sans penser à rien ni personne, concentrée sur son plaisir, attendant la vague qui va la submerger. Elle arrive et Mathilde Lascaux halète sans s'arrêter, sans se censurer, c'est comme une longue glissade, une chute libre, une arrivée dans un bain aveuglant de lumière qui la traverse et la tétanise pendant quelques secondes où elle oublie tout.

Le soleil déclinant chauffe son corps nu sur les draps, où l'odeur du président est restée flotter. Il faudrait pouvoir encapsuler ces fragrances dans lesquelles on se vautre d'abord avec excitation, pour ne pas les oublier avant qu'elles ne se mêlent à celles des jours et des nuits qui défilent, et faisandent comme des viandes avariées.

Après sa douche, Mathilde Lascaux retrouve le canapé, le téléphone et le préservatif sur l'accoudoir, qu'elle regarde avec incrédulité. Comment tout cela a-t-il pu arriver ? Elle voudrait appeler ses parents, entendre parler de Montbéliard, la famille et les voisins, quelque chose de normal, mais elle a basculé dans un autre monde qui n'a plus rien à voir avec ça.

Elle ouvre Twitter, machinalement. Elle déteste ce réseau qui amplifie le pire de notre époque, mais quelque chose au fond d'elle la pousse à vérifier que personne ne parle de ce qu'elle a fait avec le président. Comme ses prédécesseurs, Pierre Savidan est constamment traqué par les paparazzis et on pourrait très bien le voir entrer dans le hall de son immeuble, entouré de ses deux gardes du corps. Elle imagine la mention de la presse people sur la photo floue du président, de dos, la tête rentrée dans les épaules pour ne pas se faire repérer : « Pierre Savidan et son amour clandestine, deux heures et sept minutes montre en main. »

Il n'y a rien, mais ça viendra peut-être, et ça la terrifie. Mais il y a autre chose. Cette vidéo insoutenable qui apparaît régulièrement et qu'elle finit par regarder, où l'on voit, où l'on imagine, plutôt, tant l'image est mauvaise, le visage apeuré de la femme d'Olivier Fleurance avant qu'elle ne bascule dans le vide avec son bébé. Et face à elle, de dos, une femme au moignon que la France entière va apprendre à connaître, malgré la discrétion dont elle fait preuve depuis le début du quinquennat.

Mathilde Lascaux sait qui elle est, comme tous ceux qui ont gravité autour de l'Élysée ces dernières années. Personne ne voyait jamais Fanny Roussel. Peut-être Mathilde Lascaux l'a-t-elle aperçue une ou deux fois. Elle était une légende et un fantasme, un nom qu'on prononçait toujours avec précaution, elle est devenue un hashtag qui en quelques heures s'est hissé à la hauteur de #Savidandehors ou #Savidandémission.

27

Lundi 24 mai

5 h 15

Ce ne sont pas les premières lueurs du soleil qui réveillent Gabriel Cormeray, mais la sécheresse dans sa gorge. Il tend le bras vers le sol, cherchant sa gourde à tâtons. Il finit par se redresser, ouvre les yeux et, sur le lit en face de lui, à quelques mètres, il devine dans la pénombre le visage de Charlène Ricci qui l'observe en souriant. Elle tient sa gourde rouge, estampillée « PAIRE » comme un trophée. À son poignet, le bracelet scintille curieusement dans le noir.

— J'ai soif, murmure Gabriel Cormeray en tendant le bras. Très soif.

Charlène Ricci le fixe intensément, et quand elle a bien attrapé son regard, avec une grimace de dépit, elle ouvre la gourde et la renverse. Une goutte se détache lentement du goulot et s'écrase sur le sol avec un petit bruit sec. Gabriel Cormeray se pince les lèvres, inspire, ferme les yeux. Il sait qu'il ne doit pas s'énerver, ni s'agiter. Il aura encore plus soif, et il s'énervera encore plus. C'est un cercle vicieux. Il s'allonge, regarde sa montre. Encore six heures à attendre qu'ils apportent le plateau-repas de la journée.

Les murs, le carrelage au sol, même l'ossature de la fenêtre... Depuis quatre jours, son seul univers, c'est cette pièce toute blanche dont il n'a pas le droit de sortir. Terminé les cours et les conférences, les visites de Philippe Lorrain, les promenades au soleil dans la cour. Une fois par jour, vers onze heures, la porte s'ouvre, un homme dépose dans la pièce un plateau-repas pour lui, un autre pour Charlène Ricci, avec deux gourdes d'un litre et demi qui doivent leur permettre de tenir vingt-quatre heures. Par cette chaleur, c'est juste assez pour ne pas mourir de soif mais largement insuffisant pour satisfaire les besoins de son corps. Surtout si on lui vole son eau pendant la nuit.

Depuis quatre jours qu'il cohabite avec Charlène Ricci, il a appris à ne pas se formaliser de ses facéties. Elle ne parle pas, ou très peu. Elle ne fait que rire beaucoup, elle ricane, plutôt, comme si elle se moquait de tout en permanence. Il a le sentiment d'être enfermé avec une folle, mais une folle qui ne l'a pas toujours été. On ne peut pas être folle avec des jambes si lisses et glabres, des seins si parfaitement ronds dont les tétons percent le corsage, et un visage de star de cinéma, à mi-chemin entre Isabelle Adjani et Eva Green. On ne peut pas être folle avec un bracelet à 10 000 euros au poignet et une malle Louis Vuitton au pied du lit.

Depuis quatre jours, elle n'a pas quitté ses lunettes de soleil, qu'elle les garde en serre-tête au-dessus du front, ou qu'elle cache ses yeux foncés comme des billes noires. Son humeur est tantôt grave et triste, tantôt inexplicablement euphorique ou même simplement joyeuse. Elle a parfois des gestes et des paroles qu'on dirait sortis d'un esprit d'enfant, des attitudes marquées par une absence totale d'inhibition, comme si toutes les règles de politesse et de sociabilité s'étaient fracassées devant elle. Les tentatives de Gabriel Cormeray pour lui parler à peu près normalement ne se sont pourtant pas soldées par un échec. Il a réussi à s'immiscer dans ses interstices de lucidité, même si elle passe le plus clair de son temps sur son lit ou à la fenêtre, marmonnant pour elle-même des mots que Gabriel Cormeray a renoncé à comprendre. Pendant ces quatre jours, il lui est arrivé, pourtant, de vouloir parler. Gabriel Cormeray a d'abord appris qu'elle avait un SEI à deux chiffres – il ne savait même pas que c'était possible. Et puis, petit à petit, il a reconstitué à grands traits le parcours qui a mené Charlène Ricci dans cette chambre, à ses côtés. Elle est la veuve d'un entrepreneur qui, deux ou trois ans avant le début du quinquennat Savidan, avait lancé une start-up à succès baptisée D-Carbo.

Bruno Ricci conseillait les grands groupes dans leur stratégie de décarbonisation de leurs activités. Très concrètement, il les aidait à obtenir des droits à polluer pour leurs nouveaux projets et, en cas d'incapacité à le faire, leur permettait d'acheter ces droits à d'autres entreprises grâce à sa branche de trading de crédit carbone.

« On était multimillionnaires en quelques années. Déjà qu'on gagnait bien notre vie avant, alors là… » Charlène Ricci avait des étoiles dans les yeux quand elle parlait de cette époque. « Bruno est devenu le champion des plantations d'arbres, même si je ne suis jamais allée vérifier en Norvège ou au Salvador si ça se faisait vraiment, avait-elle ri. Et puis Savidan a interdit aux entreprises françaises d'échanger sur ce marché des droits à polluer. Des concurrents étrangers à D-Carbo sont nés. »

Gabriel Cormeray n'avait jamais entendu parler de D-Carbo ni de Bruno Ricci. Pourtant il se souvenait, évidemment, de la loi qui avait fermé le marché des crédits carbone. La Première ministre, Amélie Duscault, l'avait baptisée « la loi des indulgences », en référence aux pratiques de l'Église catholique au XVe siècle, qui permettait aux riches pécheurs de raccourcir leur temps d'attente au purgatoire en faisant don d'une partie de leur fortune. « On ne polluera plus la conscience tranquille », avait expliqué la Première ministre à la télévision.

Le pari était réussi. Le *name and shame* avait fait des millions d'adeptes en France, notamment dans la presse et sur les réseaux sociaux. Les entreprises pouvaient encore polluer, mais il fallait payer. Beaucoup d'argent, « ce qu'il faudra pour inciter à ne plus le faire ». Les amendes atteignaient des sommes colossales, qui venaient remplir les caisses de l'État, mais plombaient la croissance du pays. Des Bruno Ricci, il y en avait sans doute des dizaines et des dizaines. La France était devenue un pays honteux de lui-même et de la réussite de ses citoyens les plus talentueux. Gabriel Cormeray considère qu'il en fait partie, lui aussi.

Allongé sur le dos, les yeux clos, il entend Charlène Ricci respirer. Il imagine sa poitrine se soulever, de petites gouttes de sueur naître au creux de son cou et s'échouer sur son pubis après avoir traversé lentement tout son torse, il s'occupe comme il peut à essayer de sexualiser une femme qu'il avait repérée dès le premier jour, qu'il aurait d'ordinaire certainement invitée à dîner mais dont l'étrangeté le rebute désormais. Gabriel Cormeray ne se rappelle pas avoir bandé depuis son arrivée au centre PAIRE de Montfort-sur-Meu et ses tentatives absurdes pour érotiser son enfermement s'avèrent de plus en plus vaines. Curieusement, il pense à ça, plus qu'à ces semaines qui s'étirent comme un jour sans fin, dans la fiction d'une « réaffiliation » volontaire qui s'est transformée sans explication en emprisonnement clandestin.

Gabriel Cormeray connaît suffisamment la loi, même si elle a pris des atours plutôt baroques depuis l'élection de Savidan, pour savoir qu'il est, dans cette pièce, dans une zone de non-droit. Il veut bien admettre que l'agression qu'il a fait subir à cette comédienne déguisée en alien de mauvaise qualité relève du tribunal correctionnel et il aurait presque été soulagé de passer quarante-huit heures en garde à vue dans un commissariat où on lui aurait permis de consulter un avocat.

Au lieu de ça, on l'a installé là, avec une femme qui a l'air d'un cas désespéré, sans rien lui dire d'autre que : « Votre départ n'est pas pour tout de suite. » Philippe Lorrain s'est évaporé et ceux qui apportent les repas ne répondent pas à ses questions. Il n'est même pas sûr d'être encore au centre de Montfort-sur-Meu, si ce n'est que cette pièce ressemble beaucoup à celle qu'il occupait avec Louis Cressent. On ne lui a pas formellement expliqué pourquoi on le retient : est-ce parce qu'il s'est jeté sur la comédienne ou parce qu'il s'est montré trop réfractaire aux techniques employées pour remettre son SEI à un niveau acceptable ? Il n'ose envisager qu'il soit considéré comme un opposant par nature, étant donné ses fonctions au sein des gouvernements précédents, dont l'État aurait à s'occuper particulièrement, mais il se souvient de la violence avec laquelle ces deux femmes l'avaient évincé, le soir de la victoire de Savidan et il sait que Satan est peut-être capable de tout. Gabriel Comeray aimerait tellement parler à des êtres normaux, à Adeline et Juliette. Il aimerait les voir, retrouver la vie qu'il avait avant de mettre les pieds ici.

Le jour est totalement levé maintenant, il doit être huit heures au moins. La lumière baigne la pièce et Gabriel Cormeray s'assoit sur le matelas, il se prend la tête dans les mains comme pour se réveiller d'un cauchemar. Son sexe le brûle, sa gorge est tellement sèche qu'on pourrait aisément y craquer une allumette, sa bouche et son palais sont comme du carton, du papier mâché, et il a du mal à articuler quand il demande à Charlène Ricci, à l'autre bout de la pièce :

— Il vous reste un peu d'eau ? S'il vous plaît…

Il se déteste à devoir supplier, mais il est las de tout cela. Il a envie que ça finisse, mais il a surtout besoin de boire, vite.

Charlène Ricci lui sourit. C'est un sourire dont elle ne se départ pas en fixant Gabriel Cormeray alors qu'elle fait glisser sa culotte le long de ses jambes. Elle s'accroupit par terre et relève un peu sa jupe. Gabriel Cormeray l'observe sans réagir, comme hypnotisé, devinant dans l'ombre du tissu les plis de sa cuisse et les contours de sa vulve. Sans le quitter du regard, elle attrape la gourde de Gabriel Cormeray qu'elle avait laissée à côté du lit, et la place entre ses jambes. L'urine se déverse dans un écho sourd à l'intérieur de la gourde mais rebondit aussi sur les parois de plastique, éclaboussant le carrelage sous la femme du bus.

Quand elle a terminé, elle laisse retomber sa jupe et se

lève, pour verser le contenu de la gourde dans les toilettes. Gabriel Cormeray détourne le regard. Il la sent qui s'avance, doucement, pour finir par s'asseoir à côté de lui. Charlène Ricci sort une photo de sa poche, celle d'un homme musclé, biceps saillants, sourire enjôleur, début de calvitie et barbe de trois jours.

— Voilà, c'est Bruno, dit-elle. Je l'ai retrouvé dans le garage, pendu à la barre de traction.

Et elle raconte, comme si elle lisait un texte sans conviction. Le harcèlement sur les réseaux sociaux, les meutes inspirées par Savidan traitant Bruno Ricci de « planètophobe », l'accusant de se moquer des activistes du climat, leurs appels au meurtre. « Un robinet de violence ininterrompu. Ça plus la déliquescence de notre start-up. Ça a débordé. »

Gabriel Cormeray éprouve une envie irrépressible de la serrer dans ses bras. Il la frôle, approche son visage du sien. Il tremble au moment où il met ses lèvres sur celles de Charlène, qui les maintient fermées, les yeux clos, faisant « non » de la tête, sans qu'il sache bien si c'est à lui qu'elle s'adresse ou aux cauchemars qui semblent tourner en boucle dans son cerveau.

— Quitte à crever, pourquoi pas baiser un petit fonctionnaire avant, lâche-t-elle en pleurant. Mais pas maintenant. Maintenant, j'ai envie de rester seule. Seule avec Bruno.

28

Mardi 25 mai

19h37

Le miroir entouré de spots est cruel et lui renvoie sans aucune pitié l'image d'un vieillard revanchard. La maquilleuse qui s'affaire autour de lui a beau lui assurer que « tout est parfait », il a le sentiment qu'elle lui parle comme à un pensionnaire d'Ehpad, avec fragilité, comme si elle avait peur de le casser. Il n'a pas vraiment eu le temps de se poser depuis la mort d'Anaïs et de Charles mais là, tendu comme la corde d'un arc, dans ce fauteuil moelleux où il s'enfonce sans le vouloir, Olivier Fleurance n'a rien d'autre à faire que de se contempler. Il ne desserre pas les lèvres, serre les dents mais ne quitte pas des yeux son reflet sévère qui semble lui dire : « Regarde-toi. Regarde ce que tu es devenu. Regarde où tu en es. »

La salle de maquillage a des allures de purgatoire pour lui qui s'était fait une fierté de ne jamais passer à la télévision. La glace lui donne à voir, assis derrière son dos, le corps voûté de son attaché de presse absorbé sur son téléphone. En vingt ans, un peu plus en vérité, le travail d'Emmanuel Sanganol a essentiellement consisté à tenir les journalistes à l'écart des activités de la Compagnie du Lait.

— C'est un autre métier, monsieur, avait plaisanté Sanganol. Je ne vais pas pouvoir vous conseiller, là.

— Je n'ai pas besoin de *media training*, avait répondu Olivier Fleurance. J'y vais pour rugir et pour taper, à l'instinct.

L'entreprise familiale est devenue, en l'espace de trois générations, un géant mondial des produits laitiers, mais elle n'a jamais abandonné le goût de la discrétion cher à son fondateur, Louis Fleurance. Son petit-fils donne bien une ou deux interviews par an à la presse écrite spécialisée, notamment aux *Échos*, un journal qu'il estime, mais guère davantage. Le groupe n'est pas coté en Bourse et la structure de son capital n'était même pas connue avec exactitude avant le lancement de son OPA sur un groupe italien, quelques années auparavant. L'utilisation des *equity swaps** pour racheter les dettes de L'Azienda de Latte et monter discrètement au capital de l'entreprise l'avait obligé à publier les comptes de la Compagnie du Lait. Olivier Fleurance s'en était accommodé mais n'avait jamais répondu aux demandes d'interviews qui avaient suivi cette opération.

« Pour vivre heureux, vivons cachés », lui répétait souvent son père, qui se serait certainement étranglé en le voyant

* Cette technique permet d'éviter d'avoir à déclarer au gendarme de la Bourse des franchissements de seuil, tout en étant juridiquement propriétaire des titres de la cible.

dans cette pièce, prêt à sortir dans l'arène, à offrir son visage et sa peine à des millions de téléspectateurs qui, chaque matin au petit-déjeuner, puis tout au long de la journée, consomment ses produits sans même savoir que c'est lui, au final, qu'ils enrichissent en déposant ce paquet de yaourts ou ce sachet de gruyère râpé dans leur caddie.

Il n'apprécie pas vraiment les coups de pinceau sur ses joues, et la couche de fond de teint lui fait l'effet d'une crème mal étalée.

— J'en mets un peu beaucoup, c'est à cause de votre barbe, elle est très drue, explique en pouffant la maquilleuse. Allez, on est bon. Ça vous va ?

Il se pince les lèvres, incline légèrement la tête en guise de merci. Une jeune femme, un microcasque vissé à l'oreille, vient le chercher en souriant. Le couloir qui mène au plateau est assez long. Olivier Fleurance marche droit. Il essaie de ne penser à rien. Il sait que s'il pense à Anaïs, s'il pense à Charles, il pourrait se mettre à pleurer. Il se demande si ça ne pourrait pas le servir, de pleurer. Il se demande aussi si c'est vraiment une bonne idée, d'apparaître faible face à un pouvoir qui ne cherche qu'à se renforcer. Il ferme les yeux, serre les poings au fond de ses poches, essaie de chasser sa femme et son fils de son esprit. Lorsqu'il entre sur le plateau, il aperçoit l'heure qui défile au-dessus de Victor Rasisty – 19 h 54 –, le présentateur du journal le plus regardé d'Europe. Un journal censé résister encore à la propagande gouvernementale, mais pour combien de temps ?

Victor Rasisty se lève et contourne la table pour lui serrer la main.

— Merci d'avoir accepté notre invitation, monsieur

Fleurance. Votre parole est rare. D'autant plus dans un moment très difficile.

Olivier Fleurance esquisse un sourire poli, pour signifier qu'il prend acte des formules de politesse et de l'empathie de son interlocuteur, mais il est déjà concentré sur autre chose.

À 20 h pile, le journal est lancé. Sa présence sur le plateau est annoncée d'emblée, mais il ne parle pas tout de suite. Le journal évoque d'abord les derniers développements de ce que la presse appelle désormais l'« affaire Fanny Roussel » : une enquête préliminaire a été ouverte sur ordre du parquet. Le ton est d'une neutralité froide et trop austère pour un sujet aussi grave, estime Olivier Fleurance, qui bout intérieurement en écoutant le reportage suivant, tourné à Bouchamps-lès-Craon, où les ouvriers qui refusent de parler à la sortie de son usine ont l'air de conspirateurs, et où les habitants qui n'y travaillent pas se lâchent sur « ces pollueurs qui détruisent notre joli coin de campagne ». Il a créé 550 emplois pour sortir ces bouseux de la misère et ils le remercient en venant manifester devant les grilles du site.

— Olivier Fleurance, merci d'être avec nous, embraye Victor Rasisty. C'est la première fois que vous vous exprimez à la télévision. D'abord une question très... personnelle. Qu'avez-vous ressenti en voyant les images tournées par les caméras de surveillance de la clinique de la Muette ?

— Je crois que ce que j'ai ressenti n'intéresse pas les Français, monsieur Rasisty, répond Olivier Fleurance d'un ton glacial. Ce qui les intéresse, c'est la vérité. Comment mon épouse est-elle morte ? Comment mon fils est-il mort ? Mes émotions ? Elles n'appartiennent qu'à moi.

— Vous pensez que l'ouverture d'une enquête pourra faire émerger cette vérité ?

— Je l'espère. La France a beaucoup changé depuis l'élection de Pierre Savidan, mais à ma connaissance, la justice est – encore – indépendante du pouvoir. Il ne faut donc pas désespérer. Mais au-delà de cette vérité, ces images montrent, a minima, quelque chose d'indiscutable : une proche conseillère du président – la plus proche, même, si je lis bien la presse – était présente aux avant-postes d'une des manifestations les plus violentes du quinquennat. Est-ce sa place ? Est-ce à dire que ces manifestations sont organisées, ou soutenues même, par l'Élysée ? Je crois que cela intéressera les Français. La division du pays, si souvent dénoncée par un président qui simule le désir d'unité, est peut-être entretenue. À dessein. Nous verrons bien.

— Monsieur Fleurance, ces images sont diffusées alors même que vous et votre groupe êtes en difficulté. La Compagnie du Lait est accusée d'avoir déversé des substances toxiques dans l'environnement autour de la plupart de ses usines dans le pays, et vous-même avez été récemment mis en examen pour écocide et mise en danger de la vie d'autrui. Qu'avez-vous envie de dire à nos téléspectateurs ?

— J'ai envie de leur dire que l'heure est grave, répond Olivier Fleurance. Mais elle n'est pas grave pour moi. J'ai perdu ma femme et mon fils et rien ne peut être comparé à cela en termes de douleur. Non, l'heure est grave pour nous tous. L'heure est grave pour la France. Je ne suis pas venu ce soir pour m'apitoyer sur mon sort ou pour faire pleurer dans les chaumières. Je suis venu ce soir pour vous parler de politique.

— De politique, monsieur Fleurance ?

— Oui, de politique. La politique, monsieur Rasisty, ça peut être quelque chose de noble, même si on l'a un peu oublié dans ce pays depuis quelques années. Laissez-moi vous expliquer ce qui se joue en ce moment. Je suis poursuivi par la justice, grand bien lui fasse. Mais cette justice me refuse mes droits les plus élémentaires. Je n'ai pas le droit d'être défendu par mon avocat. Celui-ci a disparu dans la nature, dans un de ces programmes PAIRE d'où on ne sait jamais quand on ressort. Cette justice m'a fait arrêter à la sortie des funérailles de ma femme et de mon fils, comme si j'allais me soustraire à mes obligations ou fuir dans je ne sais quel pays d'Amérique du Sud. Il suffisait de me convoquer, mais non, il a fallu que je sois humilié dans un moment de deuil et de chagrin. Et c'est la même justice qui enquête – enfin, après tant et tant de jours – sur la mort de ma femme et de mon fils : aucun juge d'instruction n'avait été désigné après l'invasion de la clinique de la Muette par des excités chauffés à blanc par la politique menée par le président de la République. Il a fallu attendre que sortent des images pour que la justice consente à bouger. J'aimerais lui faire confiance, à cette justice, mais quand elle ressemble à ça, excusez-moi, oui, quand c'est ça, la justice, on est obligé de parler de politique. Notre pays ne vaut pas mieux aujourd'hui que la Russie ou la Turquie.

— Vous comparez la France à des pays que l'on qualifie d'autocratiques.

— Oui, et je pèse mes mots. Souvenez-vous de qui est Pierre Savidan, au départ. Une espèce de gourou, condamné pour dérives sectaires, propulsé en politique par la grâce du populisme et des réseaux sociaux, et qui se retrouve à l'Élysée sur un malentendu. Pierre Savidan n'a aucune culture politique, aucune culture démocratique, aucune culture du compromis. Il raisonne et agit comme s'il avait les pleins pouvoirs. Pour le moment, notre vieux pays résiste. Mais je le dis à nos concitoyens : attention. Aujourd'hui, c'est à un patron plein aux as qu'on nie ses droits les plus élémentaires. Cela ne vous fait peut-être ni chaud ni froid, cela vous fait même peut-être plaisir. Après tout, les Français aiment prendre les riches comme boucs émissaires aux difficultés du pays. Mais demain, ça pourrait être vous.

Olivier Fleurance s'arrête un instant, attrape un gobelet rempli d'eau et le porte doucement à ses lèvres pendant que Victor Rasisty le relance.

— Quel objectif poursuivez-vous désormais, monsieur Fleurance ?

— Depuis son élection, Pierre Savidan n'a eu de cesse de rogner les libertés des Français. La plupart ne s'en aperçoivent pas encore, parce que chacun mène sa petite vie et ne se rend pas compte que la politique de M. Savidan est menée au nom du Bien. C'est lui qui nous dit ce qu'est le Bien et ce qu'est le Mal et nous devons nous y conformer. Prendre la voiture ? C'est mal. Prendre l'avion ? C'est mal. Manger de la viande ? C'est mal. Boire de l'alcool ? C'est mal. Et même faire un enfant, c'est mal.

— Vous exagérez, monsieur Fleurance. Je ne suis pas le défenseur de Pierre Savidan, mais la vérité m'oblige à dire que ce que vous affirmez n'est étayé par rien, absolument rien.

— Rien, hein ? Ma femme et mon fils sont morts parce

que des gens ont cru bon d'attaquer une maternité au nom du Bien. Mon avion a été cloué au sol parce que des gens en ont décidé ainsi, au nom du Bien.

— Attendez. On peut encore prendre l'avion en France, monsieur Fleurance. On peut prendre sa voiture, faire des enfants…

— On peut. Mais c'est risqué et j'en sais quelque chose. Souvenez-vous de Rémy Maillard. Ce qui était encore anodin il y a quelques années est devenu dangereux parce que les gens qui sont au pouvoir sont des moralisateurs. On n'a pas besoin de morale, mais de justice. Ce sont des passéistes. Ils ne combattent pas pour l'avenir de la planète mais pour son passé. Ils n'aiment pas la civilisation libérale qui nous apporte la technologie, les voyages, ils ont peur du progrès et de la croissance. Pierre Savidan a décidé d'interdire, d'interdire, interdire encore, de tout attendre de l'État avec ce mal très français : attendre que ça vienne d'en haut, que le Roi se prononce et indique le chemin à suivre. Mais nous n'avons pas besoin de vous, monsieur Savidan, de votre SEI ou de votre programme PAIRE qui sont des relents du communisme dans ce qu'il avait de plus horrible. Dans la plupart des pays occidentaux, le découplage entre la croissance et les émissions de CO_2 est déjà enclenché : on peut continuer à produire en polluant moins. Et face à la crise climatique, il faut amplifier ce mouvement : davantage de nucléaire pour de l'énergie décarbonée, davantage de recherche et développement pour l'écoconception, davantage d'investissements dans les centres de tri, de la 5G pour pouvoir faire des *smart city* et pour relocaliser. Les écologistes-Potemkine comme

Pierre Savidan nous font croire que la modernité est coupable alors qu'elle est la solution.

— La présidentielle aura lieu dans moins de deux ans. Vous allez entrer en politique, monsieur Fleurance ? Votre propos a des allures de manifeste. Face à des oppositions perdues, qui semblent tétanisé, est-ce que vous tentez de combler le vide ?

Olivier Fleurance se contente de sourire. Entrer en politique… Son grand-père et son père ont toujours tenu les politiques à distance et, surtout, la droite et la gauche à équidistance. Ils ont toujours tenu à n'embêter personne pour ne pas se faire embêter et, jusqu'ici, lui-même avait gardé cette ligne. Les politiques, avant, comprenaient qu'une usine était quelque chose de complexe et ils préféraient aider plutôt qu'empêcher. Les maires des communes où s'implantait la Compagnie du Lait, les dirigeants des conseils départementaux, des conseils régionaux avaient toujours compris où était leur intérêt : exactement au même endroit que celui de la Compagnie. Produire, créer de l'emploi, baisser la pauvreté dans les campagnes françaises. Alors oui, il y avait parfois des rejets dans les rivières. Alors oui, il y avait parfois des bugs dans le process industriel. Mais on ne poursuivait pas les gens en justice pour ça.

— Est-ce que vous auriez envie de vous lancer en politique en Russie ou en Turquie, monsieur Rasisty ? répond simplement Olivier Fleurance.

29

Mercredi 26 mai

21 h 35

C'est un endroit un peu crasseux. Ça pue la vase, et le rat mort par moments, ça sent le pétrole au loin et puis le lendemain, l'eau noire est devenue turquoise et les libellules volettent à la place des corbeaux. C'est un endroit qu'on peut aimer, ou qu'on peut détester. Fanny Roussel, elle, ne ressent rien. Elle est là parce qu'elle y revient, comme un pendule finit toujours par retourner à l'équilibre quand on cesse de le secouer. Ce soir, la brise est douce au bord du pont du Diable, l'aber n'est qu'un petit ruisseau qui coule sous ses jambes, gauche et timide comme s'il avait peur de cette nuit qui tombe.

Elle n'a pas peur, ni de la police, ni de la justice, ni d'Olivier Fleurance, ni même de Pierre Savidan. Elle n'a pas peur, parce que la mort d'Anaïs Fleurance l'indiffère. En tout cas, elle ne l'affecte pas. Elle dirait même qu'elle l'apaise. Elle aurait pu la raisonner, lui expliquer pourquoi c'était une si mauvaise idée, de vouloir faire un enfant. Personne ici ne veut faire d'enfant. Personne, ni ici ni ailleurs, ne devrait même pouvoir faire un enfant dans le monde tel qu'il est, un monde pollué et surpeuplé où l'on ne sait déjà pas quoi faire des millions d'orphelins. Personne et encore moins les riches, dont la progéniture continuera la destruction méthodique et exponentielle des ressources de la Terre. Oui, elle aurait préféré qu'Anaïs Fleurance balance elle-même son bébé par la fenêtre et la rejoigne dans ce combat pour sauver le monde. Au lieu de ça, comme tant d'autres, elle a préféré fabriquer son petit humain à elle, pour pouvoir le posséder, pour le façonner comme elle veut. Elle a préféré lui donner la vie pour pouvoir la lui enlever aussitôt. Peut-être un éclair de lucidité.

Il faut savoir le coût des décisions qu'on prend. Ce n'est pas anodin, de tuer de sang-froid. Fanny Roussel aurait pu se tuer, elle aussi, comme Anaïs Fleurance, si quelqu'un l'avait aidée. Mais Pierre Savidan l'avait plutôt aidée à rester vivante.

Alors, c'est pour ne pas oublier qu'elle s'oblige à revenir là, pour penser à lui, à cet enfant qu'elle a abandonné, qu'elle a déposé vivant à ses pieds, juste là, et qu'elle a regardé se noyer avant de dériver. De toute façon, si elle avait oublié pourquoi elle avait fait ça, Olivier Fleurance venait de le lui rappeler, en s'invitant à la télévision pour faire pleurer le pays sur son sort de veuf éploré. Il avait oublié de préciser tellement de choses.

Cet homme fabriquait de la merde et la faisait bouffer au pays entier. À chaque fois qu'un scandale alimentaire éclatait, la Compagnie du Lait était dans les parages. Avant la pollution des rivières, il y avait eu le lait à la salmonelle. Et encore avant, les yaourts aux pesticides. Sa malformation, c'était à cause des gens comme Olivier Fleurance. Peut-être même à cause de lui, directement, qui pouvait le savoir ? Qui pouvait savoir ce que sa mère avait bouffé pendant sa grossesse ? Elle se souvient très bien que chez elle, le petit chat en salopette de la marque Milky était présent partout. Il y avait des porte-clés, des assiettes, des verres à son effigie. Elle l'adorait, jusqu'à ce qu'un juge d'instruction commande des analyses sur les produits laitiers de la Compagnie, dans le cadre d'une plainte déposée par une association de consommateurs. Dans les boîtes Milky, on avait retrouvé du DDT, du fipronil et du lindane en quantités dix à cent fois plus élevées que le seuil toléré. Ça faisait peut-être des années que ça durait. Peut-être avait-elle été nourrie de pesticides, *in utero*, puis pendant ses premières années, peut-être avait-elle à son tour contaminé cet enfant, peut-être la famille Roussel était-elle maudite, de génération en génération ? Elle pouvait presque sentir voguer dans ses veines et sa chair des molécules mortifères qui la condamnaient, elle et toute sa descendance. Elle avait juste voulu briser la malédiction en noyant cet enfant, et que le sort arrête de s'acharner.

Elle dénoue ses lacets, retire ses baskets et se laisse tomber du pont, à pieds joints. L'eau de la ria la saisit aux chevilles. La roche griffe la plante de ses pieds à mesure qu'elle remonte le courant et elle manque parfois de glisser sur des galets polis dissimulés sous le goémon. Ici, Paris semble loin et elle pourrait presque être tentée de rester et d'attendre, à l'abri, que tout finisse et que ce monde s'écroule, et pendant ce temps, elle ferait ce qu'elle fait ce soir, observer, regarder, écouter, elle se rendrait disponible à l'histoire que la nature veut lui raconter. Après tout, c'est ce que professe Oma Moon, dont elle suit les séances sur Instagram depuis tant d'années qu'elle a cessé de les compter, et qu'elle a eu la chance de pouvoir inviter plusieurs fois en France depuis l'élection de Pierre Savidan. Mais si elle se contentait de ça, elle renierait sa promesse. Dompter le monde plutôt que se laisser engloutir par lui… C'est trop lourd à porter seul. On tombe, parfois, et il faut bien quelqu'un pour se relever afin de poursuivre la lutte, et cette lutte, c'est à Paris qu'elle se mène.

Ses chaussures pendouillent à sa main, bringuebalées par les lacets qu'elle a noués entre eux. Elle marche dos au soleil couchant, le chant des goélands au loin l'accompagne. Ils chantaient aussi le soir où elle s'est séparée de son bébé comme on se sépare de son ancienne vie, celle où elle pensait pouvoir cloisonner son destin et celui de la planète.

La nuit tombe mais elle n'a pas peur de la nuit. Elle l'a apprivoisée au fil de ses années de cheminement intérieur et ce qu'elle préfère, c'est marcher dans l'obscurité, être à l'affût des bruits et des ombres portées, se fondre dans ces crépuscules qui effraient les âmes renfermées sur elles-mêmes. Le bruit régulier de ses pas lents rythme ses pensées. Elle avance mais ne regarde même plus devant, elle lève le cou pour observer dans le bleu pétrole qui s'étale dans le ciel les premiers scintillements des étoiles. Ses premières marches méditatives, elle les avait faites avec la voix d'Oma Moon au casque qui répétait : « L'obscurité, c'est la terre, c'est le sol, c'est la nature. N'en ayez pas peur parce que la lumière n'est rien sans elle. Ne la craignez pas parce qu'elle alimente la vie. Une bonne terre riche est obscure, un utérus est obscur et dedans, pourtant, ça grouille. La lumière et l'obscurité sont toujours en équilibre. Nous avons besoin du jour, et nous avons besoin de la nuit, de la lumière et de l'obscurité. Nous avons besoin de la Terre et ceux qui la saccagent ne méritent pas le cycle de la Lune ou celui des saisons. Nous avons besoin d'aimer et de haïr, de violence et de douceur, de désespoir et de joie. Le monde est comme vous : il n'est pas coupé en deux, il est un, il est unique. »

Être fort, c'est être faible, et être faible, c'est être fort. Elle l'avait compris ce soir où elle avait emmené Pierre Savidan au pont du Diable. Il lui avait paru fort, sûr de lui, impérial presque, dans cette façon qu'il avait eue de l'obliger à éclater ses bouteilles de bière contre les rochers. Mais elle connaissait sa faiblesse aussi, elle l'avait sentie encore quand il l'avait tenue dans ses bras, même brièvement, même si elle en avait eu besoin à l'époque. Ça l'avait dégoûtée et ça l'avait réconfortée. Ils étaient dans le cycle, tous les deux. La lumière et l'obscurité.

Elle était restée longtemps auprès de Pierre Savidan. Elle se sentait bien, aussi bien que possible. Toutes ses économies y étaient passées et Pierre Savidan avait fini par ne plus la faire payer. Elle le remboursait en se laissant baiser. Ça ne lui faisait ni chaud ni froid, ce n'était même pas désagréable, alors… Pourquoi pas ? Le problème, c'était sa propre faiblesse à elle, celle qui l'avait amenée à tout lui avouer.

Elle l'avait compris cet autre soir où, alors qu'il venait de la prendre sans égards sur le sol marécageux à proximité d'ici, de ce pont du Diable qui allait devenir le carrefour de leurs égarements, il lui avait lâché dans l'euphorie d'un coït sans doute plus réussi que les autres : « Avec ce que je sais, finalement, c'est comme si tu m'appartenais pour toujours. »

L'« affaire Fanny Roussel » venait lui rappeler que le contraire était tout aussi vrai. Si l'un chute, l'autre aussi et c'est pour ça qu'il ne la laissera jamais tomber.

Elle approche de son corps de ferme. Cela fait des années qu'elle a les clés. Elle ouvre le petit portail, celui qui est destiné aux marcheurs, pas celui qui accueillait autrefois les chariots et les tracteurs, et longe le premier bâtiment, celui où ont toujours lieu les stages de Vitalise. L'élection de Pierre Savidan n'a pas entraîné l'arrêt de l'activité de l'association. D'autres ont pris le relais tandis que le « gourou » montait à Paris avec son « âme damnée ». Elle sait ce que pensent les gens, ce que pensent les proches, ce que pense la presse. Elle devine qui est derrière quelle parole dans ces articles qu'on lui envoie par mail ou par Signal. Peu lui importe. Ce qui lui importe, c'est ce qui est en train de se jouer maintenant, à l'Élysée, dans l'esprit de Pierre Savidan.

Elle tourne la clé dans la serrure du second bâtiment. Elle n'a même pas besoin d'enclencher l'interrupteur pour aller jusqu'à la chambre qui lui est réservée depuis tant d'années. La courtisane près de son Roi, au vu et au su de la Reine, c'est comme ça qu'on les voit parfois. Elle en rit.

Elle se déshabille dans la pénombre de cette pièce qui est devenue son domicile sans que personne ne le dise jamais officiellement. Elle n'a pas d'autre endroit à elle, à part ce studio que l'Élysée lui paie à Paris mais où elle fait tout pour ne pas s'éterniser. Chez elle, c'est ici, face à la nature et face à elle-même.

Elle connaît bien ce visage qui se reflète dans le miroir

piqué au mur du cabinet de toilette. Il lui arrive de craindre que Pierre Savidan ne résiste pas à la pression. Qu'il ne fasse rien, qu'il n'en fasse pas assez alors que c'est maintenant qu'il faut frapper. Elle se demande s'il a bien compris que parfois le peuple ne comprend pas son intérêt et qu'alors on est bien obligée de l'aider, qu'il le veuille ou non. Elle le sait, elle : les addictions ne se traitent pas dans la demi-mesure mais dans la souffrance du manque. Pourquoi en serait-il autrement pour ces millions de Français qui sont, sans même s'en rendre compte, sous perfusion permanente de petits plaisirs engendrés par un mode de vie devenu dément ?

30

Vendredi 28 mai

18 h 57

— Mets une cravate, au moins.

Pierre Savidan a hésité, mais il n'a pas suivi l'avis de Sylvie. Il n'en met jamais et ne veut pas donner le sentiment que la solennité du moment doit se fondre dans le *dress code* de ce vieux monde qu'il tente d'abattre. Sylvie a encore des relents petits-bourgeois qui l'exaspèrent souvent et il doute que sa compagne partage vraiment sa foi. Elle n'a jamais digéré son engagement politique et l'Élysée la rebute. Elle le lui a suffisamment fait comprendre : elle aurait préféré rester près des abers et cultiver son jardin. Mais on ne gouverne pas le pays depuis la campagne. Pas aujourd'hui, pas maintenant.

Pierre Savidan se présente en chemise blanche, avec une veste de travailleur en moleskine. Il a juste accepté que le coiffeur de l'Élysée lui taille un peu les cheveux. Est-ce la chaleur des spots ou le sentiment angoissant d'écrire enfin l'Histoire ? La sueur s'étend comme une tache d'huile autour de ses aisselles et quand on lui donne le go, sa voix déraille un peu, l'obligeant à lever la main pour réclamer un verre d'eau. Il se racle la gorge, sourit, dit simplement :

— On reprend.

Et il commence à lire le prompteur, pour être sûr de ne pas se tromper dans ces mots qu'il a écrits lui-même jusqu'à très tard la veille au soir et qui seront diffusés dans une heure sur toutes les chaînes de télévision.

~

Françaises, Français, mes chers compatriotes,

Je prends la parole ce soir, devant vous. J'aurais pu le faire il y a trois mois, ou dans un mois. Mais c'était devenu inévitable. Depuis que j'ai été élu, le pays a pris à bras-le-corps le problème du changement climatique. Beaucoup a été réalisé par mon gouvernement, bien plus que ce qui avait été fait par mes prédécesseurs : le SEI, le programme PAIRE, la limitation des voyages en avion, la loi sur la commercialisation de la viande. Je ne reviens pas sur tout cela car le but de l'adresse que je vous fais n'est pas de me tresser des lauriers. Ce serait indécent, au vu de tout ce qui reste à faire.

J'ai conscience, bien sûr, que c'est difficile, car ces nouvelles règles bouleversent vos vies, bouleversent *nos* vies. Et c'est pourquoi, ce soir, je veux aussi saluer le sang-froid dont la majorité d'entre vous fait preuve depuis plusieurs années. Face à cet immense défi qui se dresse devant notre génération, et aux solutions que je vous ai proposées, vous avez pu ressentir pour vous-mêmes, pour vos proches, de l'inquiétude, voire de l'angoisse, et c'est bien légitime. Mais vous comprenez, je le sais, la nécessité de ces sacrifices pour une cause qui nous dépasse tous : celle de notre propre survie. Non pas la vôtre, non pas la mienne, en tant qu'individus. La nôtre, en tant qu'espèce. Peut-être, dans le futur, se dira-t-on que c'est ici, et maintenant, qu'a eu lieu la véritable prise de conscience. Et ces générations qui auront la chance de vivre sur une planète réparée nous remercieront d'avoir été capables de préserver, pour elles, les conditions de la vie.

Je le sais, tout cela est vertigineux. Mais vous avez su faire face en ne cédant ni à la colère, ni à la panique. C'est cela, une grande Nation. Des femmes et des hommes capables de placer l'intérêt collectif au-dessus de tout, une communauté humaine qui a conscience qu'elle peut créer les conditions de sa propre immortalité.

Toutefois, une minorité agissante et bruyante refuse de s'adapter. Bruyante et même violente. J'en ai moi-même fait l'expérience puisqu'un quarteron de négationnistes mus par leur narcissisme et leur aveuglement a tenté de prendre d'assaut l'Élysée. Vaine tentative, en vérité. Mais ils nous rappellent qu'il faut craindre l'égoïsme et la sécheresse de cœur de ces individus qui se comportent volontiers en vandales sadiques refusant le moindre sacrifice. Certains se plaignent qu'on ne puisse plus rien faire et me dépeignent en fossoyeur des libertés. C'est non seulement faux mais outrancier et injurieux. La première des libertés est celle de vivre et c'est celle que je veux garantir.

Une autre minorité trouve, elle, que je ne vais pas assez vite. Elle s'exprime avec ses armes, parfois avec une certaine virulence. Elle crie haut et fort et peut parfois faire peur, je le concède. Certains de mes proches en font partie et je ne les blâmerai jamais pour cela. Ce sont des lanceurs d'alerte sans qui nous en serions toujours au même stade : attendre passivement la fin de notre espèce en regardant Netflix et en mangeant du saucisson industriel. Ils portent un message : il faut aller plus vite, plus loin, plus fort. Et c'est dans notre intérêt à tous.

Mes chers compatriotes, nous n'avons longtemps fait que marcher. Depuis mon élection, nous nous sommes mis à courir, mais le dérèglement climatique, lui, voyage en chevauchant la foudre. À la vitesse de l'éclair. Il creuse l'écart, jour après jour.

~

Sans Anaïs, l'appartement est vide et trop silencieux. Seul le bruit de la voix du président de la République, ou de celui qui prétend l'être, trouble le calme triste et creux qui s'est abattu sur Olivier Fleurance depuis un mois. « La liberté de vivre », soupire-t-il. Le culot de Savidan est décidément sans limites.

Il est planté devant la porte de la chambre qui avait été préparée pour Charles, écoutant le discours comme on écoute une sentence sans suspense, au bout de laquelle on le déclarera de toute façon coupable. Absent et résigné, ce serait la solution de facilité. Sur la porte, restée fermée depuis la mort de son fils, Olivier Fleurance avait accroché les lettres du prénom qu'il avait choisi avec Anaïs. Le C est un zèbre, le H un ours, le A une grenouille… Le R, il ne sait toujours pas. Il sourit, parce qu'il se souvient d'une discussion sans fin pour tenter d'identifier le reptile – « mais non, c'est un poisson », assurait Anaïs. Le L était un loup, aussi sûr que le E était une vache. Mais le problème s'était reposé avec le S. « S comme serpent », avait décrété Anaïs et il avait cédé…

Il les avait commandées lui-même sur Internet, ces lettres en bois, pour montrer à sa femme que cet enfant était aussi le sien, qu'il le voulait autant qu'elle et qu'il serait un père comme doit l'être un père du XXIe siècle : aimant et surtout, présent. Il ne sait pas s'il aurait pu le faire, mais en caressant chaque lettre, il se dit qu'il aurait été heureux d'essayer.

Sa main tremble un peu quand il la pose sur la poignée. La chambre ressemble à une chambre d'enfant d'un magazine de décoration ou d'un catalogue Vertbaudet. Tout y est parfait. Le berceau en bois, à l'ancienne, avec toutes les sécurités de la technologie moderne et le *babyphone* intégré. Le mobile avec des hérissons de toutes sortes qui flottent, comme en apesanteur. L'armoire chinée par Anaïs pendant des heures sur Internet, pour s'arrêter sur un modèle sobre où des nuages en plexiglas laissent entrevoir, parfaitement pliés, tous les vêtements achetés à l'avance. Les cadres fleuris au mur et le miroir en forme de tête de lapin et puis surtout les peluches disséminées un peu partout, comme autant de compagnons qu'il n'aura jamais connus, qu'il n'aura jamais l'occasion de mordiller, de lécher, de déchirer. En passant le doigt sur les rangées de la bibliothèque encore vide qu'il avait attachée au mur, Olivier Fleurance se souvient de ce doudou que Laure avait gardé jusqu'à son entrée en cinquième : un monstre souriant transformé en une épave informe et malodorante dont il ne restait plus qu'une patte identifiable, que la femme de ménage avait d'abord confondu avec un vieux torchon.

On lui a volé sa deuxième vie. Il était prêt à se ranger, mettre un peu le travail de côté, déléguer davantage, passer la main, peut-être, à terme, essayer de se recentrer sur ce que les gens appelaient l'essentiel. L'essentiel n'existe plus, désormais. Mais c'est comme si le destin était venu le chercher pour remplir cette vie qui a commencé avec la mort de ceux qui lui étaient le plus chers, et avec la persécution que ce pouvoir a décidé de lui infliger sans lui dire pourquoi il en était la cible. Il ne s'est jamais laissé faire et cela ne commencera pas aujourd'hui. Qu'a-t-il à perdre, après tout ?

~

Vous le savez : le climat se réchauffe, et vous en connaissez aussi les conséquences. La montée des eaux, les canicules, les catastrophes naturelles… Notre pays paie déjà un lourd tribut. Un principe me guide pour définir mes actions et celles de mon gouvernement, il nous guide depuis le début du quinquennat : c'est la lucidité. La lucidité consiste à regarder la réalité bien en face et à ne pas la nier. La lucidité consiste à accepter l'idée que le pire est possible, parce que celles et ceux qui savent nous alertent depuis des années. La lucidité consiste aussi à avoir confiance en nous, parce que nous avons encore toutes les armes pour éviter la catastrophe.

Ce n'est pas la division qui permettra de répondre à ce qui est une crise mondiale, mais bien notre capacité à voir juste et tôt, ensemble, et à agir, ensemble. Ensemble entre Français d'abord, ensemble entre Européens ensuite, ensemble sur toute la planète, enfin. Nous avons été les premiers, non pas à voir juste, mais à agir juste. L'Europe a été ce qu'elle est depuis des dizaines d'années, méfiante et paralysée. Mais cela commence à changer. Certains pays, comme le Danemark, la Norvège, bientôt, espérons-le, l'Allemagne, s'inspirent de nos solutions. Bien sûr, cela ne se fait pas sans heurts ni incompréhension, mais l'Europe peut se mettre dans les pas de la France. Et si l'Europe s'y met, alors le monde entier suivra. Ce serait historique mais pour cela, il ne faut pas abandonner ce que nous avons commencé.

Le changement que nous vous demandons est tellement immense… Mais notre devoir est de le poursuivre, et de l'amplifier pour éviter d'être engagés dans un chemin sans retour. C'est pourquoi je vais vous demander de continuer à faire des sacrifices et même d'en faire davantage qu'aujourd'hui, toujours pour notre intérêt collectif.

Car le changement ne se fait pas en un claquement de doigts. Au moment où nous apercevons l'iceberg, il est déjà trop tard. Quand le *Titanic* s'est rendu compte qu'il lui fallait environ cinq kilomètres pour ralentir et rediriger le navire, il était déjà condamné parce qu'il était à trois kilomètres de la montagne de glace. Mon rôle, en tant que président de la République, en tant que leader du pays, c'est de voir l'iceberg avant tout le monde pour dérouter à temps notre navire. Et je vous le dis, mes chers compatriotes : il est encore temps. Mais vous devez me faire une absolue confiance.

~

Mathilde Lascaux est hypnotisée par ce visage sur l'écran. Ces yeux qui fixent la caméra, ce sont les mêmes que ceux qui la fixaient encore, l'autre jour, sur ce lit où elle est maintenant allongée, l'iPad en équilibre précaire sur ses genoux. Ces yeux qui regardaient son sexe glabre, ouvert sans pudeur entre ses cuisses. Il avait encore le préservatif enroulé sur son pénis ramolli, et il contemplait sa vulve comme un enfant émerveillé devant un paquet de bonbons, en murmurant : « C'est l'origine du monde. » Mathilde Lascaux avait ajouté : « Avec moins de poils », et ils avaient ri tous les deux.

Mathilde Lascaux rit moins, maintenant. Elle n'a pas revu le président depuis qu'il est venu chez elle, mais ils se sont beaucoup écrit. Quelqu'un qui lirait leurs messages serait sans doute affligé par les mièvreries et les banalités qu'ils s'échangent des dizaines de fois par jour. Mais il ne trouverait dans leur correspondance aucun secret d'État, aucune confession politique. C'est comme s'il essayait de construire autour d'elle et lui une bulle que rien d'extérieur ne pourrait transpercer. Mais Mathilde Lascaux ne vit pas recluse, à l'attendre. À l'extérieur, on parle de Pierre Savidan. On ne parle même que de lui, en ce moment. Qu'est-elle censée répondre au directeur général d'Ogilvy Public relations quand il lui demande ce qu'elle ferait, si elle était toujours en poste, pour gérer l'« affaire Fanny Roussel » ? Qu'est-elle censée dire à Juliette lorsqu'elle bitche sur Salomé en la traitant de « sociale-traître » à la cause écologique ? Qu'est-elle censée dire à ses parents qui, au téléphone, qualifient désormais ouvertement le président de « fou furieux » ? Qu'est-ce qu'elle leur dira, à Montbéliard, quand elle redescendra au bras de Pierre Savidan ?

Ça n'arrivera jamais, et elle le sait. Tant mieux : que ferait-elle avec un homme capable de protéger une femme si en colère qu'elle est capable de s'en prendre à des enfants ? Et pourtant, elle alimente ce fantasme de la bulle qu'il lui façonne jour après jour, heure après heure. Elle a aimé le sentir à l'intérieur de son corps. Elle ne s'est à aucun moment sentie humiliée, utilisée, forcée et c'est ça qui l'intrigue, cette empathie qu'il a, cette attention étrange qu'il lui porte comme si elle était un petit oiseau blessé dans la paume de sa main. Elle n'est ni faible ni blessée, mais elle aime qu'il le pense, elle aime qu'il puisse trouver dans son agenda de président une heure ou deux à consacrer à une jeune femme qui ne lui est rien. Il n'est ni très beau, ni très viril, mais elle l'admet : elle adore qu'il l'adore. Elle a l'impression qu'au moment où il jouit elle pourrait faire de lui ce qu'elle veut. Pierre Savidan se transformerait en petit chien bien dressé. Son petit chien de l'Élysée. Et alors le rapport de force se retournerait, et elle n'aurait plus peur.

Car c'est cela, la vérité. Elle est terrifiée à l'idée d'avoir un rôle dans l'Histoire qu'il est en train de façonner pour le pays. Il lui a même demandé son avis sur certains passages du discours qu'il est en train de prononcer. L'image du *Titanic*, c'est elle qui la lui a suggérée, avec un GIF de Leonardo DiCaprio. Il a écrit : « Oui, ça parle bien aux gens » et elle a répondu avec un emoji mort de rire : « Prends, tu sais, je ne demanderai pas de droits d'auteur ! »

Elle voudrait s'effacer, mais lui seul a le pouvoir de faire ça.

~

Alors, oui, certains d'entre vous ne voient pas l'iceberg et se demandent pourquoi on leur demande de consentir à autant d'efforts. Accueillir cette longue urgence comme certains l'ont fait depuis tant d'années, s'installer dedans, attendre le pire, accepter la disparition de tous nos repères… et voir que rien ne vient encore, oui, cela est difficile car on passe facilement pour un fou aux yeux de ceux qui refusent de voir. Mais cette crise climatique n'est pas comme les autres crises auxquelles l'humanité a eu à faire face jusqu'ici. Il s'agit d'une crise existentielle, une affaire de vie et de mort et nous ne pouvons pas affronter ces questions avec seulement de la science, des faits et de la raison. Il en faut et j'ai expliqué pourquoi. La science nous alerte et nous donne des solutions. Mais la science n'est pas suffisante. La science sans la conscience, c'est la ruine de l'âme. Il faut savoir explorer ce qui fait la singularité de notre espèce pour pouvoir sauver toutes les autres espèces, c'est-à-dire l'amour, la joie, la conscience de la mort et le rejet de la souffrance.

En ces temps de noirceur et de désespoir, on peut avoir une fâcheuse tendance à douter de l'entreprise humaine. Je vois bien que la colère submerge parfois les cœurs, et la violence aussi. Mais ni la colère ni la violence ne peuvent gommer le réel. Le réel, c'est quand on se cogne, et croyez-moi, la planète nous cogne fort. Il faut se débarrasser de la colère et de la violence, parce qu'il est parfaitement possible d'être conscient de ce que l'on traverse et, en dépit de cela, de vivre dans la joie. C'est même cette joie qui nous permet de continuer, de tenir debout, de croire encore en l'espèce humaine même quand elle agit contre sa propre survie.

Beaucoup se sont gaussés de mon parcours, mais la vérité c'est que sans un travail psychologique pour éclaircir les nuages qui voilent votre ciel intérieur, sans réfléchir à vos addictions, celles que cette société a engendrées année après année, qui consistent à dominer les autres, à réussir, à écraser, sans cette spiritualité, il est impossible de comprendre ce que nous faisons et ce que nous allons continuer à faire. Il faut savoir sentir la douleur, la douleur liée à la perte, pour pouvoir sentir la joie. On croit que la douleur nous affaiblit, en réalité elle nous renforce parce qu'elle nous met sur le seul chemin qui vaille, celui de l'abandon et de l'action, du destin collectif. Si nous n'y arrivons pas, nous ne survivrons pas. C'est aussi simple et triste que cela.

~

La pluie s'est mise à tomber dru, comme une pluie tropicale, presque tiède, comme si enfin les outres lourdes qui flottent dans le ciel depuis la fin de l'après-midi avaient été percées. Elle claque la porte sans même écouter la fin du discours et se met à sautiller dans la cour de la longère comme une enfant sous les gouttes, pieds nus dans la mélasse.

Fanny Roussel est hilare, elle rit, elle rit aux éclats, elle danse, gagnée par la joie, oui, la joie de constater qu'il n'a pas menti. Pierre Savidan n'est pas un faible, elle s'en veut d'avoir douté même si au fond d'elle, elle le savait.

Tout va pouvoir vraiment commencer.

~

Mes chers compatriotes, nous étions fragiles à nous croire forts. Désormais les plus forts seront ceux qui accepteront leurs fragilités ainsi que celle de l'environnement, et qui sauront faire avec plutôt que contre. Nous pouvons continuer sur notre lancée et précipiter le pire, emporter le monde entier dans le suicide inconscient d'une minorité d'humains décidant du sort de tous. Ou alors il est temps de voir que le monde appelle une révolution. Une révolution contre la mort, contre la bêtise, contre la suffisance. Une révolution bienveillante, aimante, consolante. Une révolution qui sauvera l'humanité et qui durera peut-être dix ou cent ans. Il est temps de vouloir plus que les quelques thérapies ciblées que j'ai entamées depuis mon arrivée à l'Élysée : il est temps de guérir à travers une ligne droite et fière dont nous ne dévierons pas, quel qu'en soit le prix.

Il y a ceux qui regardent le monde tel qu'il est en se demandant « pourquoi ? » et il y a ceux qui imaginent le monde tel qu'il devrait être et qui se disent « pourquoi pas ? ». Je fais partie de la seconde catégorie et je suis sûr que vous aussi. Il faut penser à l'avenir avant qu'il n'y ait plus d'avenir. Il faut agir.

C'est pourquoi je veux éviter que le désordre s'empare du pays au nom d'un statu quo ou d'un retour en arrière aussi inacceptables l'un que l'autre. Je veux éviter que ce désordre ne freine une action qu'il faut au contraire amplifier. Je veux me donner les moyens d'amplifier cette action.

Ayant pris l'avis officiel du Conseil constitutionnel, de la Première ministre, du président du Sénat, du président de l'Assemblée nationale, j'ai décidé de mettre en œuvre l'article 16 de notre Constitution.

À partir d'aujourd'hui, je prendrai, au besoin directement, les mesures qui paraîtront exigées par les circonstances. Je suis, pour aujourd'hui et pour demain, jusqu'à ce que me manquent soit les forces, soit la vie, l'incarnation de la République, par la légitimité que la nation m'a conférée.

~

De rage, Paul Hernan ne peut s'empêcher de taper du poing sur le plateau en verre du guéridon. Alors que son whisky se déverse sur le coussin moutarde, il reste bouche bée devant l'écran de la télévision, incrédule.

— Il a osé. Putain, Lisa, il a osé.

Le téléphone, posé sur le guéridon, crépite. Lisa Viansson l'attrape mais ses gestes sont gauches et elle le relâche comme s'il brûlait, dans une chorégraphie ridicule rythmée par les « Putain de merde » lâchés par Paul Hernan. L'appareil tombe à terre. Sa chute est amortie par le tapis. Lisa Viansson le ramasse, observe les alertes qui s'accumulent sur l'écran d'accueil.

Paul Hernan saisit l'appareil, sans prendre le temps de les consulter, et l'envoie valdinguer contre la vitre, qui résiste. Le téléphone tombe à nouveau à terre, intact.

— PUTAIN DE MERDE, crie encore Paul Hernan.

Lisa Viansson le connaît depuis des années. Ils en ont vécu, des épreuves, ensemble. Les coups de pute qui leur ont été faits lors du quinquennat précédent, lorsqu'elle était ministre de la Transition solidaire, n'avaient jamais entamé le flegme de celui qui était alors son directeur de cabinet, son plus proche collaborateur, auprès duquel elle passait la moitié de ses journées. Elle ne l'a jamais vu comme ça.

— C'est un coup d'État, Lisa. Un putain de coup d'État, pour faire oublier Fanny Roussel.

Lisa Viansson s'avachit dans le fauteuil, la tête baissée, entourée de ses mains. Les yeux fermés, elle se remémore ces trois dernières années. Elle se demande pourquoi elle n'a pas vu venir tout ça. Elle se demande ce qu'elle fait encore là. Elle est sonnée, et entend à peine Paul Hernan qui vocifère dans le téléphone :

— Il est où, là, le «péril imminent»? Quatre clampins qui tentent de forcer un barrage c'est une «atteinte grave à l'ordre public»? C'est une fiotte, notre président, là ou quoi?

Elle a perdu l'affrontement. Encore une fois. On la jugeait trop radicale lorsqu'elle était ministre. On la juge trop molle maintenant qu'elle est conseillère du prince.

Elle se sent nauséeuse. Elle se lève péniblement, s'avance vers la fenêtre. Elle tire le voilage, déverrouille le vantail. Un courant d'air chaud emplit la pièce. Un gamin est juché sur une des colonnes de Buren. Elle se demande ce qu'il fait là, seul, à cette heure, et aperçoit la mère un peu plus loin, pendue au téléphone.

— Ce n'est pas pour faire oublier Fanny Roussel, Paul, lâche Lisa Viansson.

— C'est pour quoi, alors?

— Pour mettre en œuvre un programme qui ne serait jamais voté par le Parlement. Pierre Savidan a toujours considéré que les contre-pouvoirs étaient néfastes. Il s'est toujours targué de parler au nom du peuple. Et il est persuadé que le peuple est avec lui, même s'il est à moins de 10 % d'intentions de vote. Dans son cerveau, tout cela est logique, Paul.

— Il faut déloger ce malade de l'Élysée, Lisa.

— Le déloger, soupire-t-elle. Là, comme ça ? mime-t-elle en claquant des doigts. Je vais déjà commencer par me déloger moi-même. Je n'aurais jamais pensé qu'il irait jusque-là, je te le jure.

— Personne n'aurait pu le penser, Lisa. Ce type est un psychopathe. Mais on n'est pas en Russie, ici. La France aime peut-être les hommes providentiels, mais elle sait se défendre.

— Tu sais bien que le Conseil d'État ne peut rien, Paul. L'arrêt Rubin de Servens*… Révise tes classiques.

Paul Hernan se met à rire, d'un rire factice et goguenard, et s'approche de Lisa Viansson.

— Je sais bien que le Conseil d'État n'a jamais brillé par son courage, et que le légitimisme a servi bien des fois comme paravent à la lâcheté. Personne ici ne souhaite entraver l'action d'un gouvernement démocratiquement élu. Mais quand tout cela est foulé aux pieds… Je connais le droit, Lisa. Le Conseil constitutionnel va donner son avis. Il sera négatif. Le président n'en aura rien à foutre. Mais cet avis sera publié. L'article 16 est peut-être un chèque en blanc

---

* Dans son arrêt Rubin de Servens du 2 mars 1962, le Conseil d'État précise que la décision de mettre en œuvre les pouvoirs exceptionnels est un « acte de gouvernement dont il n'appartient pas au Conseil d'État d'apprécier la légalité ni de contrôler la durée d'application ».

donné au président, mais ça ne durera que trente jours, soixante au maximum*. Au-delà, c'est de haute trahison qu'on parlera.

~

Françaises, Français, aidez-moi et hissons-nous, individuellement et collectivement, à la hauteur d'un moment qui n'épargnera pas les réfractaires.

Vive la République, vive la France…

Et vive la Terre, notre planète !

~

L'eau tombe sur ses cheveux en pluie fine et ruisselle sur ce corps qu'il a longtemps détesté, trop maigre, pas assez musclé. Squelettique, même, à certains moments de sa vie. Pierre Savidan a eu droit à tout cela mais maintenant il a même un peu de ventre, elle dit qu'elle a senti ses abdominaux, il ne sait pas si elle ment mais peu importe. Le savon à l'amande dans sa main droite court sur sa peau mouillée,

---

* Obligatoirement saisi par le président dans le cadre de l'activation de l'article 16, le Conseil constitutionnel se réunit immédiatement et « émet un avis sur la réunion des conditions exigées par le texte visé à l'article précédent ». Cet avis est publié. Dans l'hypothèse où le Conseil constitutionnel estimerait que les conditions de la mise en œuvre de l'article 16 ne sont pas, ou plus, remplies après trente ou soixante jours, et qu'il donne un avis négatif à son instauration ou à son maintien, l'avis étant publié, la procédure de l'article 68 pourrait être enclenchée. Cet article 68 de la Constitution prévoit les conditions de destitution du président de la République et les modalités de la procédure devant la Haute Cour.

et dans le miroir en face, il se regarde, envahi par la mousse. Son sexe pend entre ses jambes, il le trouve changé, ce n'est plus ce sexe recroquevillé par le froid, l'angoisse ou l'atonie du désir, c'est le sexe d'avant, puissant et conquérant.

Il ne s'en lasse pas, de se voir à moitié dévoré par la buée. Il ne se sourit pas et garde l'air austère qu'il affecte en permanence depuis tant d'années, cette attitude intimidante qu'il s'efforce de cultiver pour empêcher que l'on puisse contester la gravité de la situation. Il ne se sourit pas mais il se dit que oui, de la force, de la volonté, de la puissance, tout cela se dégage de ce corps qui semble encore capable de tant de prouesses.

Pierre Savidan se sent vivant, tout simplement.

TROISIÈME PARTIE

C'est une absurdité incroyable. De savoir que le « moi je » qui est le seul bien que je possède, qui est tout, à un moment, il n'est rien, rien dans l'histoire humaine, il n'est rien dans l'histoire de la vie, il est moins que rien dans l'histoire de l'univers... Je sais que je ne suis rien et que je suis tout, c'est aussi un paradoxe.

EDGAR MORIN, *Entretien avec Pablo Servigne, Revue Yggdrasil, numéro 1,* juillet-août-septembre 2019

31

Samedi 29 mai

7 h 15

Lisa Viansson a préparé la table aussi bien qu'elle a pu. Une assiette avec des croissants et des pains au chocolat, achetés à la boulangerie en bas, du pain frais avec plusieurs pots de confiture et quelques fruits coupés parce qu'elle sait que Julien Kerr fait attention à sa ligne. Elle a positionné plusieurs sachets de thé et quelques capsules de café dans une boîte en bois. Il pourra choisir.

Julien Kerr est ponctuel et sonne alors qu'elle se recoiffe face au miroir posé dans l'entrée. Une douleur atroce lui tord le ventre. Elle a envie de pisser mais elle y est déjà allée trois fois depuis qu'elle s'est réveillée, à l'aube. Elle lui ouvre et en l'attendant, regarde la photo de sa famille sur le bahut. Cela fait un mois qu'elle n'est pas descendue à Nantes. Elle a son mari au téléphone tous les soirs, il l'écoute plus qu'il ne la rassure. Il lui dit de tout plaquer et de revenir habiter avec eux. Il comprend sans comprendre ce qui se joue ici, mais oui, il a sans doute raison. Il n'y a plus que la démission quand l'impuissance est à ce point étalée au grand jour.

Dans l'embrasure de la porte, le visage de Julien Kerr est triste et fermé. Il entre en silence. Lisa Viansson lui indique le chemin du salon. Il se laisse tomber dans le canapé et, avant même d'y être invité, pioche dans les viennoiseries.

— Ce n'est pas aussi faste qu'au Conseil, Julien, sourit-elle, mais j'ai improvisé aussi bien que j'ai pu.

— C'est parfait, Lisa. C'est parfait, répète-t-il, un peu absent en examinant les sachets de thé.

— Je préfère qu'on se voie ici. À L'Élysée, c'est hors de question. Et au Conseil, ou dans un café… je ne voulais pas qu'on nous voie ensemble. Je ne voulais pas te mettre en difficulté. Je préfère prendre toutes les précautions. On entre dans une ère étrange où la paranoïa va devenir une vertu.

Julien Kerr se redresse. Il a de longues jambes et le canapé est plutôt bas, si bien que ses genoux arrivent presque à hauteur de son visage. On dirait qu'il est assis sur un siège pour enfant. Il verse l'eau chaude sur un thé noir de Ceylan, puis joint les mains. Lisa Viansson attend qu'il parle, mais il hésite.

— Lisa, j'ai accepté de venir au nom de notre vieille amitié. Mais tu sais que la situation est un cauchemar. C'est un cauchemar, répète-t-il plus doucement.

Elle ne l'a jamais vu si atteint, et pourtant, Julien Kerr n'est pas un *newbie* en politique. Il a coché toutes les cases du *cursus honorum* à l'ancienne. Maire, député, sénateur, il affiche fièrement un quart de siècle de mandats électifs. Ministre des Finances, puis ministre de l'Intérieur, il était l'un des piliers du gouvernement auquel elle appartenait lorsqu'elle était à la Transition solidaire. Ils s'étaient tout de suite bien entendus. Julien Kerr avait avec elle une relation parfois un peu trop paternaliste, mais qu'elle n'avait jamais jugée malsaine. Il lui avait prodigué de nombreux conseils et avait été l'un des seuls à l'appeler lorsqu'elle avait été écartée de l'équipe gouvernementale. Un véritable *gentleman*, que le président de la République avait nommé à la présidence du Conseil constitutionnel, un an avant la présidentielle qui avait vu la victoire de Pierre Savidan.

Lorsqu'elle avait rallié ce dernier, il l'avait prévenue. « Tu fais une erreur, avait-il dit, et tu sais pourquoi ? Parce que tu es guidée par l'esprit de vengeance. Or en politique, la vengeance n'est jamais bonne conseillère. Elle amène à faire n'importe quoi, parce que derrière, il y a la haine. La haine de ceux qui t'ont écartée. Mais il ne faut pas les haïr. Il faut juste montrer que tu es meilleure. Prendre ta revanche, oui, parce qu'avec la revanche, on reste dans l'esprit républicain, on joue avec des règles communes. Mais là, tu veux les faire payer. Et il n'en ressortira rien de bon. Tu vaux mieux que ça. »

— Mais cette entrevue n'a jamais eu lieu, Lisa, on est bien d'accord ? Parce que dans ce cauchemar, tu as une responsabilité.

Il la fixe dans les yeux, l'air las et préoccupé. Il ne l'accuse pas, il constate.

— Je le sais, Julien. Savidan m'écoutait, au départ. Il prenait mon avis en compte. On a avancé, quand même. Mais au fur et à mesure du temps, il a de moins en moins accepté les contraintes, les garde-fous. Il s'est enivré, jusqu'à ce discours surréaliste. J'étais avec Paul Hernan, hier soir. Tu l'aurais vu…

— Tu vas faire quoi, Lisa ? Tu ne vas pas rester auprès de ce fou furieux ?

Rester n'aurait de sens que si elle avait encore l'espoir de peser. Elle a fait le deuil de son influence. Elle sait qu'elle n'est plus audible. Bien sûr, elle va partir. Mais la vérité, c'est qu'elle a peur de le faire.

— Je vais démissionner, oui. Je ne sais pas si je vais le faire avec fracas, ou en catimini, par contre. J'hésite à aller à la manifestation. Il y aura du monde. Beaucoup de monde, je pense.

— À l'instant même où tu te montreras, où tu parleras dans la presse ou à la télévision, tu deviendras une opposante politique. Il faut du courage pour ça.

Il se pince les lèvres, la regarde d'un air maussade, boitune gorgée de thé, repose la tasse en tremblant un peu. Quelques gouttes tombent sur la table, qu'il essuie du revers de sa manche.

— Et tu sais pourquoi il faut du courage ?

Elle ne répond pas. Elle attend qu'il le lui dise, qu'il dise ce qu'il pense, qu'il lui dise qu'il a ce courage, lui, mais au lieu de ça, il sort un petit sachet de sa veste et le pose sur la table basse. À l'intérieur, il y a une balle.

— Je n'y connais rien en arme à feu, mais je sais ce que ça veut dire, Lisa. C'est un avertissement. Ça veut dire qu'on est entrés dans une autre dimension. Je vais la faire analyser, mais on ne saura jamais qui est le fils de pute qui a déposé ça dans ma boîte aux lettres, hier soir. Mais peu importe *qui*, parce que je sais très bien *pourquoi* on a fait ça. Je vais te raconter mon coup de fil avec Savidan. Ça va être rapide, ça a duré trente secondes. Il était 18 h 30. Il m'a dit : « Monsieur

Kerr, conformément à la Constitution, je vous informe que je vais déclencher l'article 16. » Il m'a expliqué en trois phrases pourquoi. Je lui ai répondu que le Conseil allait se réunir dans l'heure qui suivrait, et qu'il allait émettre un avis. Voilà ce qu'a été sa réponse : « Réunissez-vous si ça vous chante, émettez un avis puisque c'est ce que dit la Constitution. Mais je tiens à ce que vous le sachiez : je me contrefous par avance de cet avis. » Je lui ai rappelé que cet avis serait rendu public. Il a ri et il a raccroché.

Cela n'avait pas empêché les neuf membres du Conseil constitutionnel de se réunir. Trois d'entre eux seulement avaient été nommés depuis le début du mandat et tiraient leur légitimité du pouvoir en place.

— Même eux étaient gênés. Mais tout le monde avait à l'esprit les conséquences qu'aurait un avis négatif, explique Julien Kerr.

Les débats avaient été âpres. L'attaque avortée de l'Élysée pouvait bien être présentée comme un « péril imminent » et la multiplication des manifestations violentes comme une « calamité publique ».

— J'ai essayé de peser, Lisa, d'argumenter dans le sens de l'abus de pouvoir, parce que pour moi, évidemment, les conditions pour déclencher l'article 16 ne sont pas réunies. Pour les autres non plus, d'ailleurs. Si on émettait un avis négatif, on ouvrait la possibilité de déclencher l'article 68.

— Oui, c'est ce que Paul m'a dit tout de suite.

— Ah, Paul Hernan… Il aime donner des leçons, mais il préfère que ce soient les autres qui portent leurs couilles. Enfin, lui ou n'importe quel conseiller d'État. Ils sont tous de la même engeance, depuis Vichy. Tu peux être certaine qu'on ne les verra pas dans la rue cet après-midi, eux. Des lâches qui se sont retranchés derrière le droit et se sont dessaisis de toute compétence pour apprécier cette histoire de pouvoirs exceptionnels. Ils préfèrent nous laisser cette responsabilité. Alors oui, on aurait pu le donner, cet avis négatif, et on aurait pu trouver à l'Assemblée et au Sénat une majorité pour réunir la Haute Cour et destituer Savidan. Mais ça n'est pas ce qui s'est passé. Et tu sais pourquoi ?

Lisa Viansson se tait. Ses oreilles bourdonnent. Elle n'arrive pas à identifier ce bruit de fond qui emplit tout l'espace. Elle se demande si Julien Kerr l'entend aussi ou si ce ne sont que des acouphènes. Elle se demande si ce silence épais, presque palpable, peut être transpercé. Julien Kerr fait tinter sa petite cuillère contre le rebord de sa tasse, trois coups brefs comme s'il entrait en scène.

— Parce qu'ils ont eu peur. Ils ont tous reçu une balle dans leur boîte aux lettres. Tous. Dans cette drôle d'époque, il n'y a pas de mort héroïque. On ne meurt pas sous les balles d'un soldat allemand ou sous la torture de la Gestapo. On est éliminé sans que ça se voie. Et personne n'a envie de mourir d'un accident de la circulation ou d'une agression ordinaire parce qu'il a défendu les institutions de la République. Personne ne sait où on va, on se dit que ça passera, que c'est temporaire, tout ça, on se cache les yeux mais ça n'empêche pas le mur de se rapprocher. Alors oui, Lisa, c'est pas glorieux mais l'avis du Conseil constitutionnel est positif. Il en faudra plus pour que mes collègues aient le courage de dire non. Ça dépendra de ce que fera Savidan pendant les jours ou les semaines à venir. Mais pour le moment nous non plus, tu vois, on n'est pas dans la rue. On ne vaut pas mieux que le Conseil d'État, finalement.

Le soleil donne par la fenêtre du salon. Une vague odeur de sueur flotte dans la pièce. Julien Kerr se lève, tire sur les plis de son pantalon et se dirige vers la porte. Lisa Viansson le suit.

— Tu seras peut-être plus courageuse que nous, Lisa, dit-il, la main sur la poignée. Ou peut-être pas. Mais personne ne t'en voudra. Les serviteurs de l'État auraient bien du mal à donner des leçons en ce moment, malheureusement.

Lisa Viansson ferme la porte derrière lui. Elle entend ses pas résonner dans l'escalier. Elle se retrouve seule avec ce silence, et seule avec cette décision à prendre. Quitter le navire, oui, mais si c'est pour se noyer, à quoi bon ? Personne n'est là pour lui lancer une bouée.

32

Dimanche 30 mai

10 h 20

Malgré cette pluie qui tombe à flots continus depuis l'aube, il est sorti dans la cour de la longère dès qu'il a entendu le bruit des pales de l'hélicoptère. Il veut être aux premières loges en cas de crash. Ce n'est pas qu'il le souhaite, non, il ne peut pas dire ça. Le spectacle de ces gens assistant en direct à leur mort sociale vaut bien mieux que celui de leurs cadavres sur lesquels l'opinion serait foutue de s'apitoyer.

Les faire venir aux Fossés, plutôt que les recevoir à l'Élysée, c'était une idée de Fanny Roussel.

— Ces gens-là ne connaissent que Paris, et l'Élysée, c'est chez eux. Ils y étaient avant toi et ils espèrent y être après toi. Il faut qu'ils jouent à l'extérieur. Ça habillera leur déchéance avec un peu d'exotisme.

L'hélicoptère se pose tant bien que mal, bringuebalé par le vent. De loin, Pierre Savidan voit ressortir plusieurs silhouettes.

Il reconnaît ce grand échalas d'Édouard Darimolès, le patron du *Monde*, flanqué de sa rédactrice en chef, Julie Descouart, une harpie qui poursuit l'exécutif de sa haine. Ce journal est devenu au fil du temps son opposant numéro un et l'éditorial de la veille lui reste en travers de la gorge : « La France est-elle encore une démocratie ? »

Parce qu'elle l'était, sans doute, avant qu'il n'arrive ? Elle l'était lorsqu'à la tête de l'État, s'agitait le pantin des banques ? Elle l'était quand des partis qui faisaient 30 % aux élections avaient quatre ou cinq élus à peine ? Les journalistes sont si englués dans ce monde en voie de disparition qu'ils sont incapables de changer de focale. Il a voulu être pédagogue, au début. Mais il a bien vu qu'il s'agissait pour eux d'un enjeu idéologique. Quand la liberté est érigée en valeur cardinale, il n'y a pas de discussion possible.

Le petit groupe se fait plus net à mesure qu'il avance vers lui. Le P-DG de TF1 a l'air inquiet. Pascal Passague lève au-dessus de lui un parapluie qui abrite aussi Victor Rasisty, son présentateur vedette. Pierre Savidan n'a pas non plus digéré l'apparition d'Olivier Fleurance au 20 h et le flot d'insultes et de mensonges qu'on l'a autorisé à déverser. Ce soir-là, la chaîne a signé son arrêt de mort.

Derrière eux, deux femmes s'abritent sous leur imperméable. Il aime bien les appeler « les Versaillaises ». Léopoldine Kaplan, la patronne, et Valérie Almirodeau, la directrice de la rédaction, ont exactement la même allure : bottines, foulard, sac de luxe et permanente à trois cents balles.

— *Le Figaro* restera toujours *Le Figaro*, ricane Pierre Savidan en voyant les deux siamoises galérer dans la boue.

Il rentre avant qu'ils n'arrivent. Il n'a pas l'intention de les accueillir en personne et préfère les faire un peu attendre. Dans le bureau où doit avoir lieu l'entrevue, Fanny Roussel a juste posé quelques verres et un pichet d'eau. Quelques fruits du verger aussi, déposés dans une coupelle. Brut et nature, à leur image. Elle est là, face à lui, un sourire aux lèvres. Il suffit de la voir, et elle lui ôte ses derniers doutes. Fanny Roussel a le don de l'emmener sur des chemins sans retour. Mais ces chemins sont de ceux qui forgent un destin. Il n'a pas pu lui refuser le plaisir d'assister à cet entretien.

Les salutations sont froides lorsque les invités débarquent dans la pièce, les uns derrière les autres, comme des touristes un peu perdus dans un endroit qu'ils découvrent pour la première fois. Certains journalistes connaissent le corps de ferme, mais ils sont peu nombreux. Pierre Savidan n'aime pas particulièrement dévoiler son intimité.

— Vous êtes des privilégiés, leur lance-t-il. Vous êtes ici chez moi, et vous le savez, je peux être un peu sauvage. Mais l'Élysée, ça ne convenait pas pour ce que j'ai à vous dire. On est entrés dans une nouvelle ère.

— Monsieur le président, quelle est la nature de cet entretien ? demande Julie Descouart. C'est du *off*, du semi-*off* ? Qu'est-ce qu'on fait là, exactement ?

Pierre Savidan secoue la tête, sans cacher son mépris. Il se tourne vers Fanny Roussel, qui répond à sa place :

— Le président ne vous a pas fait venir jusqu'ici pour du *off*. Vous ferez ce que vous voulez de tout ça, ça nous est bien égal. Vous écrivez tellement de conneries, de toute façon.

Pierre Savidan sort son smartphone du holster qu'il garde en permanence à son tibia, scrolle quelques secondes sur l'écran et se met à réciter : « Il n'y a pourtant ni péril imminent, ni atteintes graves à l'ordre public, ou alors cet article 16 aurait dû être utilisé bien des fois par les prédécesseurs de M. Savidan. Dans un pays qui a connu plusieurs épisodes de confiscation excessive du pouvoir dans son histoire récente, de la Terreur jacobine au maréchal Pétain, le discours de M. Savidan a des relents de 2 décembre 1851*. Si bien qu'il faut malheureusement poser la question : la France est-elle encore une démocratie ? »

Il garde le silence quelques secondes en fixant Julie Descouart. Le bleu intense de ses yeux ne le trouble pas et c'est elle qui baisse le regard la première.

— Vous aimez jouer à vous faire peur, j'ai l'impression ? « La démocratie en danger », tout ça. Le problème, c'est que vous avez des peurs aussi étriquées que votre esprit. Moi aussi, j'ai peur, mais je vois la peur en grand. Je vois le climat fondre tellement il se réchauffe, je vois la planète se disloquer, je vois la société se déliter, je vois ce que vous ne voyez pas parce que vous avez les yeux rivés sur ces préoccupations qui constituent votre fonds de commerce : la petite politique. Vous êtes des boutiquiers.

— Attendez… Le respect de la démocratie n'est plus une préoccupation pour vous ? lance Victor Rasisty. Voilà qui est quand même assez… Parce que si la démocratie n'a pas d'importance, d'où tirez-vous votre légitimité ?

— Mais du peuple, Victor. Du peuple. Et, s'il vous plaît,

* Ce jour-là, Louis-Napoléon Bonaparte, président de la République, démocratiquement élu trois ans auparavant, édicte une série de décrets pour conserver le pouvoir, à quelques mois de la fin de son mandat et alors que la Constitution lui interdit de se représenter.

ne confondez pas le peuple avec ce qui limite sa souveraineté, tous ces freins, là, qui sont censés faire contrepoids. Mais contrepoids à quoi, exactement ? Tous ces contre-pouvoirs, le Conseil d'État, le Conseil constitutionnel, même le Parlement, les juges, ne sont là que pour empêcher d'agir. L'ennemi, c'est cet impossibilisme légal qu'on m'oppose dès que je veux faire quelque chose. Il a fallu des mois pour faire passer le SEI, et le projet de loi sur le commerce de la viande traîne depuis des semaines sans espoir d'aboutir. J'ai été élu pour sauver ce qui peut encore l'être sur la question climatique. L'article 16 va simplement me permettre de mener cette tâche à bien sans perdre de temps. Je suis plus proche de Rousseau que de Montesquieu, si vous voulez. Vous voyez qu'un bouseux peut avoir des lettres…

— On n'en a jamais douté, monsieur le président, répond Léopoldine Kaplan en souriant. Mais il n'y a pas que le Conseil d'État, le Conseil constitutionnel ou le Parlement. Il y a les gens, les *vraies gens*, dans la rue. De plus en plus nombreux. Hier, plus de cent mille personnes entre République et Bastille.

Pierre Savidan se lève et se met face à la fenêtre. Il leur tourne le dos, à tous. Il regarde la pluie qui tombe sur les graviers de la cour.

— Cent mille, cinquante mille, dix mille… Je ne les ai pas comptés, vous non plus. Ce n'est rien, ça. Je lis vos journaux, vous savez, dit-il avec une voix froide et atone. Je sais ce que vous pensez de moi. Et ça m'en touche une sans faire bouger l'autre, comme on dit. Je m'en fous, à un point, si vous saviez. Par contre, il y a une chose qui m'importe, c'est de réussir. Et pour réussir, j'ai besoin de soutien. Je n'ai pas besoin de gens qui vont me dézinguer pour le plaisir de me dézinguer.

Il se retourne et fixe Victor Rasisty. Il arbore un petit sourire. Le présentateur du 20 h se tord les lèvres, et secoue la tête. Il a le petit air supérieur des gens de cette caste qui ne se mouillent jamais mais distribuent les bons et les mauvais points. Pierre Savidan déteste la télévision, qui rend les gens qui y travaillent ivres de leur image et de leur puissance.

— Je n'ai pas besoin de gens, reprend-il, qui offrent des tribunes à des criminels qui se piquent de faire de la politique. Inviter Olivier Fleurance, c'était plus qu'une erreur. C'était une faute. Vous êtes d'accord avec moi, bien sûr, monsieur Passague ?

Le P-DG de TF1 ne peut s'empêcher de lâcher un petit rire, gêné. Pierre Savidan se demande ce qu'il pense vraiment de son journaliste vedette, s'il serait prêt à l'abandonner, là, à l'euthanasier comme un chien enragé. Il sait bien que non. L'échange se retrouverait dans la presse et il passerait pour un lâche. Mais *c'est* un lâche. Un lâche comme tous ceux qui sont là et qui n'osent pas le soutenir dans son pari. Ils vont en payer le prix. Pierre Savidan ne pleurera pas sur leur sort. Il n'a jamais pleuré sur le sort d'aucun journaliste.

— Vous ne dites rien.

— Parce qu'il n'y a rien à dire, monsieur le président, répond Pascal Passague. Votre diatribe me laisse sans voix. Le métier de journaliste est ce qu'il est, et s'il ne vous plaît pas, ma foi…

— Ces attaques sont ridicules, monsieur le président, je suis désolée de vous le dire, lance Valérie Almirodeau d'une voix blême.

Elle a dû puiser dans ce qu'elle considère comme du courage pour prendre la parole et le défier ainsi.

— Si vous nous avez convoqués pour nous faire la leçon, poursuit-elle en tremblant de colère ou de peur, on va tous reprendre nos cliques et nos claques. Nous ne sommes pas des élèves que vous pouvez punir quand ça vous chante. On est venus pour que vous nous donniez de l'info.

Elle se tourne vers Fanny Roussel :

— Par exemple : vous n'avez pas réagi, depuis que la vidéo est sortie, madame Roussel. Vous avez déjà été entendue par la police ?

— Je ne vois pas en quoi cela vous regarde, rit Fanny Roussel. Ni en quoi ça regarde les Français. Si c'est ça que vous appelez de l'info, il ne faut pas s'étonner que les gens ne vous lisent plus, et ne vous croient plus. Mais nous, on va vous en donner, de l'info, ne vous inquiétez pas.

Elle peut voir le dégoût dans les yeux des journalistes. Elle a toujours vu du dégoût dans les yeux des autres, comme si ce bras informe avec lequel elle vit depuis sa naissance devait être une marque de honte. Elle est habituée aux yeux rivés sur ce bras qui manque, sur ce lambeau accroché à son épaule, mais aujourd'hui elle ne supporte plus ces regards.

— Première info, reprend-elle : l'état d'urgence écologique est décrété pour une durée indéterminée.

— On ne fait pas ça pour le plaisir, ajoute Pierre Savidan en se rasseyant. Mais les Français ne sont pas mûrs pour des actions indispensables à la lutte pour sauvegarder ce qui peut encore l'être. Nous ne sommes pas dans une époque où on peut se permettre de manifester pour avoir le droit de bouffer de la viande tous les jours. Donc l'état d'urgence va permettre d'assainir le débat, en interdisant les manifestations.

— « Assainir le débat », répète Julie Descouart en soupirant. Vous êtes sérieux, monsieur Le président ? Vous voulez assainir le débat en interdisant le débat ?

Pierre Savidan se cale au fond de son fauteuil et la fixe en silence, les doigts de ses deux mains entrelacés. Ces quelques secondes paraissent durer une éternité. Le bruit de son majeur qui craque fait sursauter Édouard Darimolès.

— C'est votre question qui n'est pas sérieuse, madame Descouart. Je ne sais pas si vous vous rendez compte de ce qui est en jeu : la survie de l'espèce. Alors oui, c'est un enjeu qui dépasse votre petite vision court-termiste, parce que je raisonne à cinquante ou cent ans, à une période où nous ne serons plus de ce monde, ni vous ni moi. Mais c'est le seul qui vaille, parce que sinon l'humanité va disparaître. Ce que je fais, c'est la première marche. D'autres pays nous emboîteront le pas. Et d'ici quelques années, toute la planète aura compris. La question de la liberté deviendra anecdotique, parce que celle de la survie l'aura supplantée. Tout le monde aura oublié les grands principes dans lesquels vous vous drapez. La liberté va tuer l'humanité, parce que l'humanité ne sait pas quoi faire de cette liberté.

Les invités de Pierre Savidan semblent sonnés. Léopoldine Kaplan et Pascal Passague se regardent. Ils ont l'air terrifiés.

— L'article 16 va aussi permettre d'adopter des décrets pour accélérer les réformes et faire passer celles qui ont, disons, un seuil d'acceptabilité plus faible.

— Décidément, monsieur le président, vous maniez à

merveille les euphémismes, lâche avec ironie Julie Descouart. Vous me faites penser à…

— À quoi, très chère ? la coupe Fanny Roussel. Vous allez nous sortir vos références éculées, celles que nous, pauvres gueux, ne sommes pas censés avoir, Orwell, Staline, Hitler même pourquoi pas ? Allez-y, faites-vous plaisir. Dites-nous en avant-première ce qu'il y aura dans vos éditoriaux dans les jours prochains. J'ai toujours aimé assister aux spectacles comiques en avant-première.

— C'est vous qui parlez d'Orwell, madame Roussel… Mais après tout, ça ne me paraît pas totalement inadapté. On nage en pleine folie, dit-elle en regardant tour à tour Édouard Darimolès, Valérie Almirodeau et Victor Rasisty.

Pierre Savidan éclate de rire, Fanny Roussel aussi. Le même rire, un rire bref et sec, presque triste.

— On n'est pas là pour parler philosophie, reprend le président. Vous vouliez de l'information, je vous en donne. Interdiction des manifestations, donc, dès aujourd'hui. Ça s'est déjà vu et les Français le comprennent. Les déplacements en voiture, en avion, et même en train, vont être très fortement encadrés. Le SEI va être rendu obligatoire pour accéder à certains services, certains avantages, qui sont en cours de définition par mes collaborateurs. Nous voulons en faire la pierre angulaire de la citoyenneté. Plus le SEI sera élevé, plus vous serez socialement valorisé. Le but, c'est que certaines attitudes ne soient plus acceptées, mais plutôt sanctionnées. Les programmes PAIRE vont être intensifiés et rendus obligatoires à partir d'un certain niveau de SEI. On a encore trop de personnes qui préfèrent payer plutôt que de comprendre l'enjeu de notre époque. Un plan démographique très, très ambitieux va être mis en place, pour faire décroître la population dans les décennies qui viennent.

— Vous allez faire comme la Chine ? demande Édouard Darimolès, interloqué. La politique de l'enfant unique ?

— On verra les modalités. Mais oui, Édouard, on ne peut plus continuer à faire des enfants selon notre bon vouloir. Un enfant ne doit pas être le fruit d'un désir, ou d'un caprice. Un gosse qui naît aujourd'hui, en France, va polluer tout au long de sa vie à un niveau hallucinant. Vous aurez beau renoncer aux transports, à la viande, si vous continuez à avoir des enfants, l'impact sera annulé. Il y a trop de monde sur Terre et il faut bien qu'un pays commence à montrer la voie.

Victor Rasisty se lève. Il écarquille les yeux, se pince les lèvres, inspire fortement.

— Pour ma part, j'en ai assez entendu. Tout ce que vous dites me paraît... surréaliste. Je n'aurai pas assez d'un JT pour expliquer tout ça aux Français. Vous pensez sincèrement qu'ils vont adhérer à ce que vous venez de dire ?

— Est-ce qu'on a le choix, monsieur Rasisty ? répond Pierre Savidan en se levant lui aussi. Vous ne voyez pas parce que vous ne voulez pas voir. Mais si on ne fait pas tout ce que je décris, il n'y aura plus d'humanité d'ici cent ou deux cents ans. *Pfiout*... Disparue, ajoute-t-il en agitant la main en l'air comme un enfant. Disparue, comme vous, d'ailleurs.

— Comme moi ?

Victor Rasisty le regarde, sans comprendre. Il a l'air paniqué, tout à coup. Pierre Savidan se délecte de la crainte qu'il devine dans ses yeux qui se baissent. Il peut presque entendre son cœur qui se met à battre de plus en plus vite, de plus en plus fort. Il sait ce qu'on ressent face à une peur primale, une peur qui vient du fond des âges.

— Oui, comme vous, sourit Pierre Savidan. N'est-ce pas, monsieur Passague ? Puisque votre chaîne va être nationalisée, il m'apparaît difficile de conserver M. Rasisty à son poste actuel.

Pascal Passague se lève d'un bond, comme poussé par une décharge électrique. Ses bras s'agitent de façon totalement désordonnée. Il essaie de parler, mais n'y arrive pas. Il commence des bouts de phrases qui se perdent et s'évaporent dans son affolement.

— On ne comprend rien à ce que vous dites. Mais vous, vous m'avez compris, conclut Pierre Savidan. Je ne vous raccompagne pas, vous connaissez la sortie.

33

Dimanche 30 mai

15 h 15

La pluie plaque ses cheveux contre son crâne et les gouttes tièdes ruissellent le long de son visage. L'acidité pique ses yeux rougis et l'oblige à s'essuyer régulièrement les paupières. L'imperméable qu'il s'est décidé à enfiler après avoir consulté les prévisions météo est gorgé d'eau et ne protège plus ni sa chemise, ni son jean. Il se demande si le smartphone qu'il a glissé à l'intérieur de sa poche résistera à ce déluge.

Olivier Fleurance est entouré par Steve Benzel, tout juste rentré de Caroline du Nord, et deux de ses officiers de sécurité. Le pilote de son Gulfstream a tenu à être là, auprès de son patron, dès son retour. Il a renoncé à s'allumer une clope après plusieurs essais infructueux et maugrée pour lui-même :

— Temps de merde. Pays de merde. Époque de merde. Président de merde. Si on m'avait dit qu'un jour je me retrouverais au beau milieu d'une manifestation. *Fuck*.

Tout autour d'eux, des gens à perte de vue. Malgré la pluie qui tombe en abondance depuis la fin de matinée, malgré l'interdiction de se rassembler, édictée dans la matinée avec effet immédiat, une foule immense s'est donné rendez-vous sur la place de la République et dans les rues autour. Les forces de l'ordre sont noyées, comme digérées, inexistantes, débordées par l'afflux. On dit que des barrages ont été forcés, que les policiers ont laissé faire sans riposter et que, face à l'afflux, ils ont desserré l'étau.

Dans le ciel gris et duveteux, des hélicoptères tournoient. Olivier Fleurance lève la tête de temps en temps pour les observer. André Pereira le lui a dit le matin même au téléphone :

— Il y aura un gros dispositif de maintien de l'ordre. Savoir quels ordres ils ont, par contre… et même s'ils obéiront aux ordres… Je crois que personne ne peut plus rien prévoir, Olivier.

La voix de l'ancien préfet de police de Paris était lasse et résignée. Viré quelques jours auparavant, André Pereira sait qu'il a payé le prix des incohérences du pouvoir. Mais il a gardé des amis qui lui ont décrit l'onde de choc de la manifestation de l'Élysée et de son éviction qui a suivi. Les forces de l'ordre sont désemparées.

— Il faut pas croire, a ajouté André Pereira. Les flics ont un cerveau, aussi. Ils se posent des questions. Je serais presque optimiste. Savidan est allé trop loin.

En observant cette foule, Olivier Fleurance serait presque optimiste, lui aussi. Curieusement, il a le sourire, malgré l'incongruité de la situation. Pas plus que Steve Benzel, un ancien de l'US Army où on n'est pas vraiment habitué à exprimer son mécontentement en public, le P-DG de la Compagnie du Lait n'aurait imaginé se mêler à ces dizaines de milliers d'anonymes, où se côtoient des porte-drapeaux de la CGT, des catholiques traditionalistes, des élus de l'extrême gauche et des figures de l'antiracisme, des dirigeants centristes et des retraités exaspérés d'être pointés du doigt. À se demander qui soutient encore Savidan.

Organiser une telle démonstration de force en deux jours tient presque du miracle. On n'a pas vu ça depuis la marche pour *Charlie Hebdo* le 11 janvier 2015, même si Olivier Fleurance préfère la référence au 30 mai 1968. Ceux qui avaient marché pour *Charlie* n'avaient pas inversé le cours de l'Histoire. Les gaullistes sur les Champs-Élysées, eux, avaient mis fin au désordre et redonné cinq ans à ceux qui les avaient encouragés à se montrer.

— Tu y seras ? avait demandé Olivier Fleurance.

André Pereira était parti dans un grand rire, un rire triste et spontané, comme résigné.

— Mon SEI a chuté d'un coup. Va comprendre le lien entre la planète et mon éviction… Je suis convoqué à huit heures lundi matin au centre PAIRE de Sully-sur-Loire. Si je ne veux pas y rester trop longtemps, non, je ne vais pas aller à la manif, Olivier.

Il le comprend. André Pereira a une femme, quatre enfants, beaucoup à perdre. Face à tout cela, la défense des principes démocratiques a ses limites. Lui-même, s'il est honnête, n'est pas là pour ça. Ou pas *seulement* pour ça. Il n'a jamais trop aimé cette propension des partis politiques à utiliser en permanence les grands mots, à tant les galvauder. Pendant des années, la gauche a crié au loup en parlant de « lois liberticides », de « démocratie en danger », de « République attaquée » et aujourd'hui que, peut-être, oui, sans doute, on pourrait les utiliser, ces mots sont usés et le peuple est anesthésié. Alors c'est vrai, il y a du monde, à la tribune les personnalités qui se succèdent peuvent se persuader que « le peuple est dans la rue ». Mais la vérité, c'est que pour protester contre ce coup d'État, il devrait y avoir dix fois, cent fois plus de monde que ça.

Voilà pourquoi il a accepté de venir, lui aussi, de dire oui à cette invitation étrange venue de la gauche, qui a pris en main l'organisation de la manifestation. « On vous a tous entendu à la télévision. On n'est pas du même monde, mais on défend les mêmes principes », lui a seriné Claude Maret, le vieux socialiste qu'ils ont sorti du placard pour prendre la tête de la contestation. Mitterrandien, historiquement à gauche, mais pas suffisamment pour dissuader des électeurs de droite de venir. Un centriste à même de faire la jonction entre les différentes branches de l'antisavidanisme.

Il pouvait presque sentir la naphtaline au téléphone. Le type avait l'air persuadé qu'Olivier Fleurance marcherait avec lui en tête du cortège.

— Jamais je ne ferai ça, monsieur Maret. Vous savez pourquoi ? Parce que je ne souscris à aucune des idées que vous défendez. Et surtout parce que votre parti s'est fourvoyé depuis trois ans dans une attitude trop ambiguë vis-à-vis de Savidan. Vous êtes une girouette. Ce qui se passe aujourd'hui, c'est vous qui l'avez préparé, pendant des années, avant même que Savidan apparaisse. Il est bien temps de se soucier de démocratie après être allé à la soupe. Je viendrai, mais seul, en mon nom propre. Je n'ai besoin de l'onction d'aucun parti.

La vérité, c'est qu'aucun parti n'est capable de donner l'onction à qui que ce soit aujourd'hui. Pour combattre Savidan, les partis sont inutiles et nocifs. C'est de leur faute s'il a été élu. Ils se sont couchés face à la déferlante et certains ont voulu surfer sur la crête. Maintenant, ils sont noyés. Ils peuvent mobiliser des centaines de milliers de personnes dans la rue. Mais à peine plus dans les urnes.

À travers la foule, Olivier Fleurance commence doucement à se frayer un chemin jusqu'à la tribune, installée à la hâte le matin même par des militants entourés d'un cordon censé faire écran aux policiers déployés depuis l'aube.

Au pied de l'estrade, trop près des baffles, Olivier Fleurance écoute sans y prêter vraiment attention les saillies d'une gauche qu'il exècre. Le vacarme des hélicoptères couvre à moitié le son métallique du discours.

En observant ces engins dans la brume, il pense à Anaïs et à Charles. Il s'est toujours moqué des gens qui croient voir leurs proches disparus dans l'éther ou le velouté des ciels, quels qu'ils soient, bleus ou chargés, plombants comme celui-ci. Les corps sont déjà décomposés et les visages ne sont plus que des images imprimées sur du papier photo qui jaunira plus vite qu'on ne croit, et finira par les faner, ou stockées dans le *cloud* de quelques fabricants de smartphones.

Ils restent en apesanteur dans les souvenirs, ces visages, mais où les chercher, si ce n'est au-dessus de soi ? Personne n'a envie de creuser pour constater que, de ces souvenirs, il ne reste plus rien de concret, de palpable, et que des parfums de leur peau ne subsiste que l'odeur répugnante de la charogne. Parfois, il est tenté de les rejoindre au plus vite. C'est comme un appel doux et calme qui tranche avec ce qu'est devenue sa vie, et c'est tentant. Mais Olivier Fleurance n'a aucune envie de mourir et la voie qu'il est en train de tracer, petit à petit, jour après jour, dessine plutôt les contours d'une revanche que ceux d'un renoncement. Il leur doit bien ça, à Anaïs et à Charles.

À quelques mètres de lui, il reconnaît Victor Rasisty. Il lui fait un discret signe de tête. L'ancien présentateur s'avance vers lui et le rejoint sous l'auvent où il s'est mis à l'abri. L'information de son départ de TF1 a été donnée en même temps que celle de la nationalisation prochaine de la chaîne, à la mi-journée. Est-ce l'absence de maquillage, ou celle des projecteurs ? Est-ce sa tenue, trop décontractée, presque négligée ? Olivier Fleurance lui donnerait dix ans de plus qu'il y a une semaine, lorsqu'il était sur son plateau. Ses traits sont creusés, ses cheveux ont blanchi. Il semble plus petit, comme ratatiné. Il a pris un coup sur la tête. Mais il est là.

— Alors, qui avait raison ? lui lance Olivier Fleurance.

— Je dois vous le concéder. Après coup, je me dis que cette interview va peut-être entrer dans l'Histoire.

— Vous savez quel est le problème, avec l'Histoire ? On se rend compte qu'on est dedans uniquement quand elle nous touche ici, dit Olivier Fleurance en désignant son cœur. Avant, on croit qu'elle va nous épargner. Je vous entends encore : « Je ne suis pas le défenseur de Pierre Savidan, mais… » Mais quoi, monsieur Rasisty ? Mais rien du tout.

— Certes. Ce type est fou. Mais il a bien caché son jeu.

— Il n'a rien caché du tout. Rien qu'à voir d'où il vient, on pouvait savoir qu'il était fou. Mais les gens n'ont pas voulu voir, c'est tout. Vous allez parler, là ?

Victor Rasisty sourit, puis il baisse la tête. Olivier Fleurance regarde les chaussures de l'ancienne star du 20 h, déjà déchu. Des Clarks en nubuck, détrempées, noircies par la pluie. Ses chaussettes doivent patauger dedans. Un cloaque.

— C'est tentant. Mais qu'est-ce que vous voulez que je dise ? Vous avez lu ce qu'on dit sur moi sur les réseaux sociaux ? Que j'ai léché le cul de Savidan pour éviter d'être viré, et que ça n'a pas suffi. Vous, vous êtes presque un héros, enfin pour certains. Moi… je suis vu comme un opportuniste.

Un silence, puis il reprend en se pinçant les lèvres :

— Et puis je n'ai pas envie de rester trois mois au PAIRE. Je suis convoqué mardi.

— Où ça ?

— Montfort-sur-Meu.

— Vous retrouverez mon avocat, là-bas. Je vous en ai parlé, lors de l'interview. Gabriel Cormeray. Aucune nouvelle de lui depuis des semaines.

— Vous allez me faire flipper.

— N'y allez pas, alors.

— Si je n'y vais pas, tout mon salaire va y passer.

— Vous n'avez plus de salaire.

— C'est vrai, soupire Victor Rasisty avant de reprendre : toutes mes allocations chômage, alors.

— Ils prélèvent à la source. Vous n'aurez rien, j'en prends le pari.

— Merci de me remonter le moral, monsieur Fleurance.

— Quitte à ne rien avoir, autant être libre.

— J'étais bien payé, monsieur Fleurance, mais je ne suis pas le patron d'une des plus grosses boîtes françaises. Je n'ai pas de quoi assurer mes arrières quoi qu'il m'arrive. Vous ne vous rendez pas compte de la situation.

— Oh si, je m'en rends compte. Et c'est bien pour ça que j'ai choisi d'être dans la lumière. Tout peut m'arriver, ils peuvent me confisquer la boîte, la nationaliser, que sais-je encore. Mais tant que je suis visible, je suis moins vulnérable. C'est ce que je crois. Vous, vous pensez qu'il faut vous terrer et obéir pour vous en sortir. C'est ce qui nous différencie.

Olivier Fleurance lui tend la main. L'autre la prend, par automatisme, mais il sent dans sa paume toute la faiblesse de Victor Rasisty. Il monte sur l'estrade où son tour vient d'être annoncé sans emphase ni entrain, comme s'il n'était qu'un invité embarrassant qu'on a vite envie de voir s'éclipser. Son bref échange avec l'ancien présentateur du 20 h l'a convaincu. Il faut continuer. Taper, taper, taper. C'est la condition de la survie dans ce pays de plus en plus hostile.

Le chapiteau semble ployer sous l'eau qui s'amoncelle. Le micro marche mal et le tonnerre couvre le son de sa voix. Olivier Fleurance se racle la gorge et lance un timide : « Bonjour à tous. » Il n'est pas habitué à parler à ce genre de foule anonyme. Normalement, le public lui est acquis d'avance. Là, il ne sait pas à qui il a affaire. Parmi eux, il y a sans doute des gens qui le détestent, lui et ce qu'il représente. La richesse, l'opulence, l'individualisme. La réussite. Il prend quelques secondes pour contempler ces hommes et ces femmes qui ont fait l'effort de venir malgré les risques et l'orage. Il voit des jeunes femmes qui ressemblent à Anaïs.

Il voit Anaïs. Il ferme les yeux. La silhouette de sa femme apparaît loin devant lui. C'est à elle qu'il s'adresse quand il dit :

— Jusqu'à vendredi, la France était une démocratie. Une démocratie imparfaite, puisqu'elle pouvait amener au pouvoir un homme comme Pierre Savidan. Mais une démocratie quand même. Depuis vendredi, la France n'est plus une démocratie. L'article 16 a été détourné de sa fonction pour imposer un programme politique aussi absurde que dangereux. Absurde, parce que ce programme ne marchera pas. La « vie simple » que veut nous imposer Pierre Savidan, à coups de commerce local, de transports en diligence et de loisirs « responsables », n'est qu'une vie triste et étriquée qui va à l'encontre de la soif d'absolu qui caractérise l'humanité. La « vie simple », c'est la mort. Ce qu'on devrait demander à nos dirigeants, c'est de penser un monde joyeux, ouvert, libre et prospère, et un monde où il fait bon respirer. Tout cela à la fois. Pas juste un monde où il ne nous reste plus que le droit de respirer, et encore... On ne demande pas à nos dirigeants de nous imposer de tout faire en plus petit pour que la pollution aussi soit plus petite, ou de ne plus faire d'enfants pour qu'il y ait moins d'humains pour polluer. Sauver la planète ne doit pas se faire dans le renoncement au bonheur, ni dans le renoncement à nos valeurs. Les valeurs de la France, au premier rang desquelles on trouve, je vous le rappelle, la liberté.

Olivier Fleurance reprend son souffle. La pluie continue de tomber. Devant lui, la foule semble atone, comme si elle était anesthésiée. Il reprend, en gueulant et en tendant le poing pour la réveiller :

— LA LIBERTÉ ! Celle qu'on ne voit pas quand elle est là, et qu'on regrette une fois seulement qu'on l'a perdue. Est-ce que vous voulez vivre sans cette liberté de vous regrouper, d'aller où vous voulez, de manger ce que vous voulez, de faire autant d'enfants que vous voulez ? Est-ce le prix que vous êtes prêts à payer pour sauver la planète ?

Personne n'est là pour faire la claque. Quelques sifflets fusent, des « non » lancés de façon éparse, mais rien ne semble prendre. À une trentaine de mètres devant lui, il voit s'agiter une femme. Il croit reconnaître Adeline Cormeray et c'est à ce moment-là que s'écroule avec fracas l'un des piliers sur la scène. Olivier Fleurance est projeté au sol, la toile de la tente s'enroule autour de lui alors qu'il valdingue sur le parquet. Il entend les cris de la foule comme s'il était au milieu d'elle.

34

Lundi 31 mai

5 h 50

Adeline Cormeray sent sur son dos un très léger souffle d'air frais, un frisson quand la brise lui frôle l'échine humide. Depuis qu'elle s'est réveillée – une heure, deux heures, difficile à dire quand la nuit vous enserre dans son éternité – elle se tourne et se retourne, laissant son visage posé sur le drap et ses bras qui pendent vers le sol, comme un pantin exténué. Ses seins macèrent dans la transpiration, son esprit flotte et vagabonde dans les vapeurs étranges de l'aube qui arrive enfin. Tout y passe mais tout revient toujours à cette époque qui déchire les sentiments.

Le dîner de la veille lui est resté sur l'estomac. Préparer des repas végétariens à sa fille ne suffit plus à Juliette, qui a voulu jeter à la poubelle le filet mignon qu'Adeline Cormeray s'était concocté. Petit plaisir qu'elle espérait sans conséquences, et ça a fini par une claque et des cris. Juliette justifie tout : l'état d'urgence, les programmes PAIRE, l'interdiction des manifestations, les nationalisations… La disparition de son père ne l'inquiète même pas.

— On n'est pas chez les nazis, maman. Tu connais les règles. Pas de nouvelles le temps que le SEI arrive à la jauge qui a été définie. Focus sur le programme. C'est un contrat. C'est comme un sevrage. Ça prend plus de temps avec papa qu'avec d'autres, bon, et alors ? Est-ce que ça t'étonne vraiment ? Je ne suis pas sûre qu'il y mette beaucoup de zèle.

Non, c'est certain, Gabriel n'y met pas de zèle. Adeline Cormeray connaît son mari, à quel point il peut être goguenard et méprisant, traîner des pieds s'il ne croit pas à ce qu'il fait. Et le programme PAIRE, il n'y croyait pas. Adeline Cormeray s'en veut un peu. Elle n'aurait peut-être pas dû insister. Mais si elle est honnête avec elle-même, elle doit bien avouer que ça lui fait du bien de ne plus le voir. Et si tout était fini avec lui ? Elle essaie d'imaginer la vie sans lui. Ce serait mieux, sans doute. Dire que son silence inquiète Adeline serait sans doute exagéré, mais il l'intrigue, au moins. La vie sans lui, pourquoi pas ? Mais s'il était mort ?

« Si j'étais vous, j'irai à Montfort-sur-Meu, exiger qu'il sorte de ce centre à la porte duquel le droit semble s'être arrêté » : elle n'a pas suivi le conseil d'Olivier Fleurance. Elle a laissé le temps décider pour elle. Pas tellement par lâcheté, plutôt par manque d'envie. Se battre pour Gabriel sans savoir s'il est vraiment en danger, ça ne lui a pas paru indispensable. Juliette a sans doute raison. Il faut attendre.

Dans son demi-sommeil, Adeline Cormeray entend le chant des oiseaux. Un chant timide et intermittent. Eux-mêmes ont l'air assommés par la chaleur. Les nuits dehors sont silencieuses, car la police fait respecter strictement le couvre-feu de 23 h à 7 h. Adeline Cormeray a lu sur Internet que certaines personnes arrêtées dans la rue ont été directement envoyées dans des centres PAIRE. Impossible de savoir si c'est vrai. Les journaux ne parlent que d'amendes à 135 euros. Des dizaines de milliers de contraventions ont été dressées, d'après le ministère de l'Intérieur.

Le bruit de deux portières qui claquent coup sur coup la fait sursauter. Elle ouvre les yeux mais il lui est impossible de se lever, comme si une force invisible la maintenait enfoncée dans son matelas. Ses paupières se referment, elle sent qu'elles sont gonflées par le manque de sommeil et la chaleur et elle retombe dans ses rêveries de surface et l'agencement aléatoire de ses pensées.

Si elle n'a pas suivi le conseil d'Olivier Fleurance, c'est aussi qu'elle a préféré le suivre, lui. Elle sent son ventre se tordre en repensant au pilier qui s'est effondré lors du meeting. Le cri qu'elle a lancé, et sa course à rebours de la foule. Alors que tout le monde fuyait la scène, elle essayait de s'en approcher. Le soulagement qu'elle avait ressenti quand elle l'avait vu se lever. Sans rien, à part une manche de costume déchirée et un trou dans le pantalon. Le bruit des sirènes et les médecins qui se frayaient un chemin jusqu'au chapiteau, pour constater leur inutilité. Pas de morts, pas de blessés.

Un miracle. Juste un clou mal fixé. Ou plusieurs. Ou autre chose. « Vous voyez, ils cherchent déjà à m'éliminer » : Olivier Fleurance avait pris le parti de l'ironie, lors de l'interview qu'il avait donnée à BFM au pied de la scène, en essayant de dédramatiser. Mais à voir son regard, Adeline Cormeray n'était pas si sûre qu'il s'agissait d'une blague. Il l'avait aperçue derrière les reporters. « Tiens, vous êtes là, vous ? avait-il lancé. Pas très prudent, si vous voulez mon avis. Mais vous ne cherchez peut-être pas à être prudente. »

Elle n'était pas tellement là par conviction, pour défendre quoi que ce soit. Adeline Cormeray ne s'est jamais tellement intéressée à la politique ou à la marche de l'État. Son mari aurait pu vendre n'importe quoi, des éoliennes ou du pétrole, des cosmétiques ou du bio, de l'huile de palme, même des armes, ça lui convenait tant qu'il la laissait profiter, et qu'il la laissait tranquille. Mais là, c'est étrange. Elle n'a pas envie qu'Olivier Fleurance la laisse tranquille. Elle secoue la tête, comme pour chasser le visage du patron de la Compagnie du Lait de son esprit.

Elle ouvre encore les yeux en entendant l'écho d'une porte qui claque et le bruit de pas rapides dans l'escalier en bois. Elle a à peine le temps de se lever que le fracas de sa porte arrachée la fait retomber sur le lit. Elle n'ose pas sortir de la chambre et se terre dans un coin, derrière la bibliothèque, comme si elle pouvait être avalée par le mur.

Deux hommes font irruption dans la pièce, l'arme au poing, mais elle sait qu'ils sont plus que ça, à avoir pénétré dans son appartement. Le plus âgé d'entre eux porte un blouson de cuir. Un pistolet est pointé sur elle. Il sort son insigne et gueule :

— Police !

Elle entend le même mot à l'autre bout de l'appartement, presque en même temps.

— Où est ma fille ? crie Adeline Cormeray.

— Calmez-vous.

Elle crie encore plus fort :

— Où est ma fille ?

L'autre flic range son arme, s'approche d'elle et lui assène une petite tape sur la nuque.

— Ta gueule. TA GUEULE.

Il la saisit par le poignet. Il serre très fort. Les larmes montent. Adeline Cormeray se retrouve dans son salon, sur le canapé, à côté de sa fille. Quatre hommes face à eux. Celui qui l'a braquée semble être leur chef. Il s'assoit. C'est lui qui prend la parole. Les autres restent debout. Elle sent le poids de leurs regards sur elle et Juliette.

— Vous n'avez pas le droit d'entrer chez les gens comme ça. C'est…

— On a tous les droits, madame, coupe le policier. C'est l'état d'urgence.

— L'état d'urgence pour enfoncer la porte des gens ? C'est à ça que ça sert ? Je croyais que c'était pour sauver la planète.

— Vous avez participé à un rassemblement non autorisé hier, madame. Vous confirmez ?

— Qu'est-ce que vous en savez ?

— Vous confirmez ?

— Non. Je ne sais pas de quoi vous parlez.

— Le meeting de République. Vous y étiez ? reprend le flic.

Adeline Cormeray sent la main de sa fille posée sur sa cuisse, moite. Elle entend sa respiration, plus forte, plus irrégulière que d'habitude. Quand elle se tourne vers Juliette, sa fille baisse les yeux.

— Vous y étiez ? répète le flic.

— Vous devriez avoir honte.

— On fait notre travail, madame. On vous voit sur les images de la télévision. Votre téléphone a borné à République.

Et sur Instagram, votre fille a exprimé sa honte de vous voir là-bas. Donc, que vous confirmiez ou pas, ma foi…

Elle chasse brusquement la main de sa fille, lui prend les deux joues et l'oblige à la regarder.

— Ma fille…

Elle voit les larmes de Juliette couler sur ses joues. Sa fille renifle, essaie de parler, mais les mots s'égarent en sons inaudibles. Elle prend le visage de sa fille et le pose sur son épaule, elle la laisse pleurer tandis qu'elle lâche au policier :

— On était des dizaines de milliers. Vous allez défoncer les portes de tous ces gens ?

— On obéit aux ordres. On va vous demander de nous suivre, madame. Sans faire d'histoires.

— Et je suis censée vous suivre où ?

— Prenez quelques affaires de rechange, une trousse de toilette, ça suffira. Une petite valise, genre bagage cabine.

Son estomac se tord, et une épouvantable nausée la cueille par surprise, comme si on lui annonçait que c'était l'heure, qu'elle allait mourir. Elle colle son visage à celui de sa fille. L'odeur des cheveux de Juliette. Emmener ça avec elle, au moins. Elle n'arrive pas à lâcher sa fille. Elle n'arrive pas à croire que c'est à cause d'elle, ces quatre énergumènes dans son salon.

— Je peux prendre une douche ?

— Non, madame.

— Dites-moi au moins où on va.

— Je ne peux pas vous le dire, madame Cormeray.

Elle sent les larmes monter, mais elle ne veut pas leur offrir ce spectacle. Elle leur sourit, mais ne dit rien. Elle se lève avec une dignité affectée, sans se retourner ni vers eux, ni vers Juliette et se dirige vers sa chambre, un flic derrière elle qui la surveille lorsqu'elle remplit à la hâte une valise Samsonite de petites culottes, de débardeurs et de crèmes de beauté, même si elle suppose qu'elle n'en aura sans doute pas besoin.

35

Lundi 31 mai

Au même moment

L'obscurité est atténuée par le clair de lune, pâle et luminescent. La fenêtre n'est qu'un imparfait chronomètre mais c'est la seule façon de se repérer dans le temps, de reconnaître le matin et le soir, le midi et la nuit. Gabriel Cormeray s'est résolu à creuser avec son ongle, sur le mur, près de la tête de lit, un bâton pour chaque jour qui passe. Les journées sont longues à mourir et pourtant, le temps file quand même et lui échappe.

La plupart du temps, tant qu'il ne bouge pas, tant qu'il ne franchit pas l'invisible frontière qui sépare la pièce en deux, Charlène Ricci vit comme s'il n'était pas là. Elle pisse et chie, elle mange, elle parle même parfois, elle dort aussi, comme si elle était seule, absolument seule. La plupart du temps seulement, car il y a de rares moments où elle s'approche de lui, comme si elle se rendait compte de sa présence et comme si elle était tentée de faire l'amour avec lui, le

« petit fonctionnaire ». Mais rien ne se passe. Rien ne pourrait se passer, d'ailleurs. Gabriel Cormeray est trop faible pour pouvoir faire naître une quelconque érection. Ce séjour à Montfort-sur-Meu s'est transformé en cauchemar mais le processus était à l'œuvre depuis plus longtemps. Le corps humain n'est pas fait pour durer, il pourrit lentement à partir de quarante ans. La carapace extérieure n'est qu'un cache-misère par rapport à ce qui se trame tout à l'intérieur, les artères bouchées, le cœur qui se rétrécit, les tripes fatiguées, l'estomac déboussolé. Ses selles témoignent de ce bouleversement. Il a honte quand il doit chier devant Charlène Ricci même si ni le bruit ni l'odeur ne lui arrachent une quelconque expression. À ses yeux, Gabriel Cormeray ne semble être qu'un faire-valoir, le seul spectateur disponible de son malheur. Dans les rares moments où elle l'accepte comme un interlocuteur capable d'interactivité, Charlène Ricci lui montre la photo de son mari et se lance toujours un peu dans le même récit. Il s'en contente et écoute la vie de Charlène Ricci avant le PAIRE. Après tout, il n'a que ça à faire. Elle lui parle encore et encore de Bruno Ricci, de leur réussite qui faisait tant d'envieux *avant* et qui a fait tant de haineux *après*, de D-Carbo qui était admirée pour sa contribution à la sauvegarde de la planète *avant* et qui était accusée d'inciter à polluer *après*, de Pierre Savidan qui avait accepté ses dons *avant*, et qui l'avait lâché *après*. Elle retombe ensuite dans une apathie entrecoupée de moments d'ironie féroce et de moqueries sur le centre PAIRE, dont elle a visiblement été l'une des premières pensionnaires.

Bruno Ricci avait juste laissé un feuillet écrit à la va-vite, accusant Pierre Savidan d'être responsable de sa mort.

Charlène Ricci l'avait posté sur les réseaux sociaux, s'exposant elle aussi à un déluge de haine – et à quelques soutiens, si elle est tout à fait honnête. « Le lendemain, raconte-t-elle, je recevais une convocation pour venir ici. J'y suis allée. Depuis, c'est un jour sans fin : je rentre, je sors, je reviens, je repars, je reviens encore. » Le PAIRE semble lui faire comme des trous dans le cerveau, et parfois, Gabriel Cormeray a le sentiment que Charlène Ricci lui tend un miroir, celui de sa propre destinée.

Il pense à Adeline, à Juliette, périodiquement, les questions reviennent. Que font-elles ? Est-ce qu'elles essaient de savoir où il est ? Est-ce qu'elles se démènent pour le faire sortir de là ? Ou est-ce qu'elles attendent, persuadées qu'il achèvera bientôt la reconquête d'un SEI décent qui leur permettra de laisser leurs soucis financiers de côté ?

Parfois, il s'imagine qu'il part d'ici, qu'à la sortie du centre Adeline est venue le chercher, qu'elle lui tend les bras, que tout ça, c'est terminé. Il laisse derrière lui le PAIRE et Charlène Ricci, ses fantasmes sans avenir, et il retrouve sa vie d'avant, la vie d'avant Pierre Savidan, intacte, l'odeur du parfum d'Adeline sur la taie d'oreiller, l'eau chaude de la douche qui ruisselle sur sa peau, le plaisir d'une pizza devant un match de Ligue des Champions, le départ en week-end dans un Relais & Châteaux réservé la veille sur un coup de tête, les costumes et les responsabilités, un peu de pouvoir aussi, même s'il comprend petit à petit que ce n'est plus l'essentiel.

Et puis parfois, il s'imagine qu'Adeline est mieux sans lui, qu'elle est enfin tranquille, et qu'elle n'a pas envie qu'il revienne. Il se dit que c'est elle qui a demandé à ce qu'il reste, qu'elle veut un SEI à 600, à 700, voire plus, qu'elle veut être une bonne citoyenne pour rattraper le standing disparu. Il se dit qu'il devient paranoïaque et la seconde d'après, il a le sentiment que tout est clair, que ce n'est pas un délire mais de la lucidité : tout le monde l'a abandonné et il ne rentrera jamais chez lui.

Gabriel Cormeray plonge alors dans des abîmes de tristesse et de désespoir dont il ne sort qu'en se raccrochant à des futilités, lambeaux curieusement perchés sur sa mémoire. L'ordre des livres dans sa bibliothèque, de gauche à droite, par exemple : *Les hommes protégés*, de Robert Merle, *Nocturne indien*, d'Antonio Tabucchi, *L'aveuglement*, de José Saramago, le coffret *Vernon Subutex*, de Virginie Despentes… En forçant, il peut reconstituer plusieurs rangées, sans être jamais sûr d'être dans le vrai.

Il aime aussi se rappeler le plan de sa maison d'enfance : à droite à l'entrée, le bureau de son père, avec le téléphone en haut d'un meuble fin et étroit, à côté, les toilettes, avec la tapisserie Sarah Bernhardt qu'il inspectait avec minutie à chaque fois qu'il était constipé, la cuisine en face et le martinet derrière le rideau, hantise d'enfant qui le ferait presque sourire aujourd'hui, la porte-fenêtre qui donnait sur le jardin, ce grand jardin où il voit son père juché sur le tracteur et l'odeur de l'herbe coupée… Il peut rester longtemps à se souvenir de tout et n'importe quoi, pourvu qu'il fixe son esprit sur autre chose que ceux qu'il aime. Gabriel Cormeray ne veut pas s'effondrer, alors il remplit les heures vides avec ce qu'il peut, ce qu'il attrape au vol de ses pensées, les photos de classe au collège, les visages, les prénoms, les noms de famille, à force de creuser, il reconstitue presque entièrement la 6e A du collège La Fontaine du Roy à Ville-d'Avray.

Il se redresse sur le lit et lutte quelques instants contre ces vertiges qui le saisissent dès qu'il quitte la position allongée. Il pose ses pieds nus sur le carrelage froid et marche quelques pas jusqu'à la fenêtre, en veillant à ne pas approcher du lit où dort encore Charlène Ricci. Il ne peut s'empêcher de la regarder, pourtant. Elle a rejeté les draps sur ses jambes. Il voit sa poitrine se soulever régulièrement. Sa respiration est calme et il a presque l'impression qu'elle sourit. Elle a l'air sereine et il a du mal à se dire qu'il s'agit de la femme qui a pissé dans sa gourde. Il se demande quelle folie s'est nichée dans ce corps magnifiquement imparfait. Il regarde le sien, son ventre flasque qu'il tient entre ses doigts, ses biceps fondus et son sexe inanimé, étrange pendule entre ses jambes, métronome du temps qui passe mais n'en finit jamais.

Il se colle à la fenêtre. Elle est à peine plus large qu'une meurtrière. Même si elle s'ouvrait, il pourrait y passer le bras, mais pas l'épaule. Un enfant s'y faufilerait à peine. Dans la cour, quelques hommes s'affairent à monter une sorte d'édifice en bois. Installés sur des escabeaux, ils tapent sans se soucier du sommeil des pensionnaires du PAIRE. D'abord il pense à une nouvelle scène pour une autre pièce de théâtre. Ils peuvent faire pire que les aliens. Il entend le bruit sourd des marteaux, comme un avertissement dans la nuit, et il comprend que la scène est bien trop petite et bien trop surélevée. Il comprend ce qu'ils sont en train de construire.

Une potence.

Ces cons sont en train de construire une potence.

Gabriel Cormeray sent sa trachée traversée par un courant

d'air glacé, qui se diffuse dans ses poumons comme un blizzard. Ils lui font l'effet d'être emprisonnés dans la glace, comprimés jusqu'à l'empêcher de reprendre son souffle. Ses jambes lui paraissent tout à coup incapables de le porter et quand il s'assoit sur son lit, il tremble sans pouvoir s'arrêter. Les acouphènes envahissent son cerveau, il ferme les yeux mais il n'entend plus que ça, ces bourdonnements qui lui percent les oreilles à mesure que sa gorge se rétracte. Il peut presque sentir la corde appuyer sur sa glotte. Il voudrait disparaître dans un coin, fondre pour devenir une flaque, une simple flaque et se faire absorber par le sol.

Gabriel Cormeray sait maintenant qu'il va mourir ici, même s'il ne comprend pas pourquoi. Comme Charlène Ricci, exactement comme elle.

36

Lundi 31 mai

22 h 10

Assise en tailleur sur le canapé, Juliette Cormeray la fixe de ses yeux ronds, sans éclat, comme anesthésiés déjà par l'alcool. Mathilde Lascaux écoute la logorrhée de son amie, qui, depuis qu'elle est arrivée, parle sans lui accorder de répit. Elle tend le bras vers la bouteille de bourgogne, un gevrey-chambertin qu'elle a trouvé par miracle au Franprix en bas, et remplit le verre de Juliette.

— Je ne sais pas comment te raconter ça, explique-t-elle pour la dixième fois à travers les hoquets. Comment *interpréter* ça. La police est venue arrêter ma mère parce qu'elle était à un rassemblement interdit, ça paraît normal. Mais je ne sais même pas si c'est ça. Je ne sais même pas où ils l'ont emmenée. C'est *moi* qui l'ai dénoncée. Moi. Ma propre mère. Tu te rends compte ? Est-ce que je suis une merde, Mathilde ?

Mathilde Lascaux vient s'asseoir tout contre elle, lui prend la main. Elle a du mal à visualiser la scène. Elle connaît un peu la mère de Juliette. Elle imagine le visage d'Adeline Cormeray, quand elle a compris que sa fille avait participé à réunir des preuves contre elle. Un visage de maman, qui disait sans doute « ne t'inquiète pas, ça va aller », un visage qui pardonnait déjà, qui se souciait uniquement que sa fille aille bien. Un visage sacrificiel qui disait aussi : « Je ne t'en veux pas. » C'est ce visage qu'aurait eu sa propre mère, sans doute. Mais est-ce que Mathilde aurait fait ça ? Renier sa mère, publiquement ? Non, sans doute pas.

— Ça va aller, meuf, tente Mathilde. Mais il va falloir que tu te lèves, demain, que t'ailles voir un médecin. Tu peux pas rester comme ça, couchée toute la journée.

C'est comme si Juliette ne l'entendait pas.

— C'est vrai, c'était brutal de venir chercher ma mère, là, comme ça. En vrai, ça m'a choquée. Et puis si tu y réfléchis... Elle a participé à un rassemblement interdit, son SEI est bas, trop bas. Je ne crois pas que personne lui veuille du mal. Ils l'ont sans doute juste emmenée dans un centre PAIRE. J'ai l'impression que oui, contraindre un peu les gens, ça peut les aider au final. Je ne dis pas que ça ne m'a pas fait mal de voir ma mère partir comme une criminelle. Mais si c'est le prix à payer pour que les gens changent... Je vois mes parents, c'est quand même des *boomers*, à la base. Pas très *woke*. Je sais pas comment sont les tiens. Bref... Cette génération-là, ils ne sautent pas de joie quand tu leur dis qu'il faut sacrifier un peu de leur confort pour sauver la planète. Il faut bien les forcer un peu. On a de la chance d'avoir Savidan. Ceux qui le critiquent, ils ont bon dos d'invoquer les libertés. La liberté, moi je veux bien. La liberté de saccager la planète, non merci. Je trouve que c'est l'homme qu'il nous faut, au moment où il le faut. J'avoue, je l'admire. Beaucoup. Je crois que s'il était là, je lui dirais merci. Merci mille fois. Il arrive peut-être un peu trop tard… mais il faut rester optimiste. On n'a pas le choix.

Si elle savait… se dit Mathilde. Si elle savait que Pierre Savidan s'était assis à la place où est installée Juliette, qu'ils avaient baisé, là, juste là. Il n'est pas revenu depuis. Il l'inonde de textos, il lui dit qu'il l'aime, qu'il veut la toucher, la sentir, l'embrasser, lui faire l'amour, la faire jouir, il le dit de dizaines et de dizaines de façons différentes mais jamais crûment ni vulgairement.

Elle se demande pourquoi elle entretient cette relation, cette ambiguïté qu'il pourrait, peut-être, y avoir une histoire entre eux deux, quelque chose de plus qu'un après-midi à baiser sur le canapé. Son instinct lui dit de se taire et de fuir, mais elle fait le contraire, elle reste là, aveuglée par la lumière de Pierre Savidan, à lui tendre la main, à l'encourager même. À ne pas le décourager, en tout cas, comme si elle avait peur de ce qu'il dirait si elle s'en allait. L'amour que lui voue Pierre Savidan oblitère son jugement.

Mathilde est, comme lui, sûre que la catastrophe écologique est inéluctable si on continue comme avant, mais elle ne sait pas s'il s'agit d'un « péril imminent » qui justifie le recours aux pleins pouvoirs. Et elle ne sait pas si Pierre Savidan est le genre d'homme à les utiliser avec la mesure nécessaire ou s'il cédera à l'outrance que peut conférer l'ivresse de la toute-puissance. Elle aimerait croire qu'il est un homme d'État mais elle ne sait pas ce qu'il est, au fond. Il lui donne parfois le sentiment d'être un homme trop ordinaire pour la mission qu'il s'est donnée, mais il faut dire que l'avoir vu nu, médiocre dans sa façon de faire l'amour, presque vulnérable, cela n'aide pas forcément à le maintenir sur le piédestal où le place Juliette.

Elle ne connaît pas Pierre Savidan. Elle ne sait pas s'il est cet homme doux et fou d'amour avec qui elle échange plusieurs fois par jour, ou s'il est cet affreux dictateur désormais dénoncé de la droite à la gauche. Il est les deux, sans doute, et elle ne sait lequel choisir. Elle a de plus en plus le sentiment d'être sa prisonnière.

Elle sourit à Juliette, mais elle ne l'entend plus. Elle triture son smartphone et au milieu des notifications, elle lit les textos de Pierre Savidan avec les paroles de son amie en fond sonore, impalpables, insaisissables. Elle se demande encore une fois comment il peut avoir le temps de penser autant à elle alors que le pays n'a jamais connu de crise politique aussi grave depuis, sans doute, le putsch des généraux à Alger.

— Tu vois, poursuit Juliette, je me rends compte à quel point ma relation avec mes parents est toxique depuis quelques années. Au début, quand t'es gosse, tu ne te rends pas compte, tu crois que c'est normal, de prendre l'avion pour partir en vacances, de manger de la viande à tous les repas. Je me souviens, ma grand-mère, elle me disait toujours que j'avais de la chance d'être née à cette époque. Elle me racontait la guerre, les privations, elle me disait toujours : « Faut finir ton assiette. » Bon, moi je veux bien mais ils se sont bien rattrapés après. Avec leurs enfants, en deux générations, ils ont pompé toutes les ressources de la planète. Et nous, on est là, on n'a pas le droit de se plaindre.

Mathilde acquiesce, même si elle n'est peut-être pas tout

à fait d'accord. Elle ne veut pas se lancer dans un débat « à qui la faute ? ». Juliette a juste besoin d'un psy, et elle ne connaît pas grand-chose à tout ça.

— Et puis à un moment, il y a un déclic. Tu te rends compte à quel point notre mode de vie est absurde. Là, c'est le début des emmerdes. Parce que tu veux agir et tu es impuissante. Parfois je me demande si je n'aurais pas préféré être une imbécile heureuse, soupire Juliette. Heureusement, il y a l'action collective. On est ensemble, on se bat ensemble, on a un ennemi, la vie redevient simple, un peu.

Mathilde se redresse. « Un ennemi », répète-t-elle pour elle-même, les yeux dans le vide. Elle a du mal à le définir, à l'identifier, à le visualiser, cet ennemi.

— Tu penses aussi qu'on est en guerre, alors ? demande-t-elle.

— Mais oui. C'est la guerre la plus importante de l'Histoire. Si on la perd, on disparaît. Tu te rends compte de ça ?

Mathilde se souvient de ce que lui avait dit Pierre Savidan, quand il était ici, à la place de Juliette. « Imaginez que pour sauver l'humanité, il faille en sacrifier la moitié ? Soit vous ne le faites pas, et l'humanité disparaît. Soit vous le faites, et l'humanité est préservée. » Elle pose la question à Juliette.

— Tu ferais quoi ?

Juliette ricane, un peu bêtement. Elle renifle, détourne le regard.

— Il faudrait le faire, j'imagine.

— « Le faire », c'est-à-dire ?

— Eh bien, éliminer la moitié de l'humanité. L'autre proposition est pire, non ?

— Elle est pire si ce n'est pas toi qui tues trois milliards d'êtres humains. Mais si c'est toi, si tu les vois agoniser, te maudire, s'accrocher avant de crever… ça change la donne, non ?

— C'est pour ça qu'on élit nos dirigeants. Pour pas avoir à faire nous-mêmes le sale boulot. Putain, quelle époque de merde.

Mathilde se met à rire. Oui, c'est la seule conclusion censée à tout cela. Une époque de merde, que la plupart des gens traversent en se bouchant le nez. Au moment où elle se lève pour aller faire bouillir de l'eau, l'interphone retentit. Elle se cabre, s'immobilise deux secondes. À cette heure, le couvre-feu est déjà bien entamé. Elle sent un frisson glacé lui parcourir l'échine, elle met un doigt sur ses lèvres à destination de Juliette. Son amie hausse les épaules et lui fait signe de répondre. Mathilde est dans un état second quand elle reconnaît la voix de Pierre Savidan et s'entend lui répondre comme une automate, d'une voix blanche :

— Je vous ouvre.

— C'est qui ? demande Juliette.

— Pierre Savidan.

Juliette l'observe deux ou trois secondes, mais Mathilde reste impassible.

— Putain, l'espace d'un instant, je t'ai crue, rigole Juliette.

Mathilde entend les pas du président qui résonnent dans l'escalier, précédés de ceux des membres du service de sécurité.

— J'avoue. T'es une grosse mytho, meuf.

Quand elle ouvre la porte, Mathilde Lascaux ne voit pas le visage de son amie se décomposer. Elle ne la voit pas se lever comme un ressort, se mettre à trembler. Elle fait juste face à Pierre Savidan, encadré par ses deux gardes du corps, et surpris de ne pas la trouver seule, qui lui lâche :

— Je vois que je vous dérange. Je suis désolé. Je pensais que vous étiez disponible.

37

Nuit du lundi 31 mai au mardi 1er juin

1 h 15

Les doigts de Pierre Savidan caressent son sperme, qui sèche sur la commissure des lèvres de Mathilde Lascaux. On dirait du sel ou de la peau morte. Du bout de son ongle, il gratte un peu. Il tient le visage de Mathilde Lascaux dans la moiteur de sa paume, le regard aimanté par ses yeux magnétiques qui l'ont supplié de lui éjaculer dans la bouche. Il a le goût âcre de sa chatte sur sa langue, et l'odeur du latex flotte encore curieusement dans l'atmosphère.

— À quoi vous pensez ? lui demande-t-elle.

Il pense à l'extase qu'elle lui a offerte. Plus rien n'existait autour de lui que les va-et-vient de sa bite et les cris de la jeune femme, jusqu'à ce qu'il sente les petites giclées s'échapper de son urètre, comme si elles avaient d'abord embrasé tout son corps. Il a joui sur ses lèvres comme il n'a jamais joui. Ses jambes tremblaient encore quand il s'est allongé derrière elle, en cuillère, les mains sur ses seins, le souffle court, un peu fier et un peu honteux. Oui, ce genre de sensation, il voudrait les revivre tout le temps. Parce que ça aide à se sentir *vivant*. La communion des corps.

Il pense à ce que dirait Fanny Roussel si elle apprenait sa relation. Peut-être éprouverait-elle de la jalousie, ou la peur d'être mise de côté, la peur qu'il soit influencé par « l'écolo-centrisme » dont il soupçonne Mathilde Lascaux d'être adepte.

Il pense à la communion d'esprit qu'il a avec Fanny Roussel, à cette complicité intellectuelle unique qu'il aimerait éprouver aussi avec Mathilde Lascaux. Il se sent libéré depuis qu'il s'est débarrassé des branches pourries du savidanisme. Lisa Viansson et tous les opportunistes à sa suite lui ont sans doute permis de prendre le pouvoir et de l'exercer un temps sans craindre d'être freiné par l'appareil d'État. Mais maintenant, dans cette nouvelle étape, l'administration doit se contenter d'appliquer ce qu'il décide, et surtout ne pas l'interpréter. Les contre-pouvoirs ne peuvent pas subitement l'empêcher de faire ce que le peuple a décidé qu'il fasse : sauver le pays, sauver la planète. Il est temps d'envoyer les Julien Kerr, les Paul Hernan, toute cette clique, dans des centres PAIRE où ils comprendront enfin que si la démocratie est trop lente pour prendre la crise climatique à bras-le-corps, alors la seule solution est de la mettre entre parenthèses.

Il pense aux derniers gardiens des institutions, au-delà des conseils aux mains des hauts fonctionnaires et des énarques : les forces de l'ordre et l'armée, ceux qui ont le monopole de la violence légitime et qui pourraient bien, après tout, décider de l'utiliser contre lui. Il pense à son ministre de l'Intérieur, Vincent Quéméner, et au ministre de la Défense, Martin Malia, et se demande s'ils le suivront là où il veut aller, ou s'il faudrait les virer dès maintenant. Il se demande comment faire pour être certain de leur fidélité sans se lier les mains auprès d'officines qu'il sait par idéologie plus proches de Violaine Roy, sa rivale d'extrême droite, que de lui. Il se demande aussi s'il devient paranoïaque ou si ça complote de plus belle tout autour de lui.

Il pense à l'autre femme de sa vie, à Sylvie. Quelle place peut-il lui offrir dans cette fuite en avant ?

Il pense à Juliette Cormeray, mais il ne peut pas le lui dire. Elle n'aurait jamais dû être là. Quand Mathilde Lascaux lui a dit de qui il s'agissait, il s'est mordu les lèvres en se disant qu'il aurait dû la faire coffrer, par précaution, et ne pas la laisser s'en aller, comme si de rien n'était : non-respect du couvre-feu, une garde à vue, quarante-huit heures de réflexion pour savoir ce qu'on en fait, si on l'envoie rejoindre son père et sa mère… Si elle se met à baver et à raconter ce que fait le président de ses nuits. Il se fout de savoir si Sylvie se doute de quelque chose. Mais Fanny Roussel… Fanny Roussel, c'est différent. Il ne sait pas comment elle réagira. Ce n'est pas une question de jalousie. C'est une question d'emprise. Elle aime bien avoir le monopole de l'influence. C'est ridicule. Il n'est pas influencé par Mathilde Lascaux, il ne peut pas l'être car c'est lui qui influence, et personne d'autre. C'est lui qui doit la persuader, et tout le pays avec, que l'état d'urgence est inévitable, que c'est sans doute la décision la plus courageuse d'un homme politique depuis l'appel du 18-Juin. Il n'y a que des emmerdes à ramasser. Il aurait pu aller tranquillement vers la fin de son mandat comme tous les autres, se faire réélire en faisant semblant d'être à jeu égal avec ses concurrents alors qu'il bénéficie de toute la machine étatique. Il a préféré utiliser cette machine pour autre chose que son bonheur personnel, quitte à le sacrifier. Son impopularité d'aujourd'hui est la condition de sa gloire à venir dans les livres d'Histoire.

Il pense à ce qu'on pourra y lire à l'avenir : traître ou sauveur ?

Il répond à Mathilde Lascaux :

— Je pense à nous.

— À nous ? s'esclaffe-t-elle. Et c'est quoi, *nous* ?

Il n'en sait rien. Il l'aime, oui. Ça ne veut pas dire qu'il va l'épouser demain et qu'elle emménagera à l'Élysée après-demain. Il pense qu'il aimerait ça, pourtant, qu'elle soit là, à ses côtés, tout le temps. Mais dans cette vie ou dans une autre, parallèle à la sienne, où la planète serait restée un Jardin d'Éden ?

— Ils se marièrent et eurent beaucoup d'enfants, c'est ça ? ironise gentiment Mathilde Lascaux, voyant qu'il ne répond pas.

Il se tait, détourne le regard, repose ses yeux sur elle. Il sent son propre visage se refermer et voit celui de Mathilde Lascaux s'emplir d'effroi, comme si elle s'en voulait à mort de l'avoir froissé, comme s'il allait tout à coup se mettre à la frapper. Il en a presque envie. Il triture son alliance.

Elle parle trop. Elle baise bien, mais elle parle trop, et elle pose trop de questions. Il ne faut pas poser trop de questions, ça finit par porter malheur. Il est amoureux d'elle, mais il voudrait qu'elle n'ait jamais existé parce que, au fond de lui, il n'a aucune envie de lui faire du mal.

Pierre Savidan se lève en silence. Il remet son pantalon à

la hâte, boutonne sa chemise, boucle sa ceinture. Il ne dit rien mais ne repousse pas les bras de Mathilde Lascaux qui l'entourent. Il sent son front dans le creux de son dos, ses cheveux qui chatouillent son cou.

— Excusez-moi si je vous ai blessé, murmure-t-elle.

Il se tourne vers elle et lui dit, aussi gentiment que possible :

— Le problème des enfants, tu sais, ce n'est pas de les vouloir, ni de les avoir.

— C'est quoi, alors ?

— C'est de s'en débarrasser, dit-il dans un grand éclat de rire. Sacrifier la moitié de l'humanité, tu te rappelles ?

Il ramasse ses chaussettes, les glisse dans sa poche, sort de la chambre et attrape un des macarons qu'il a apportés, un macaron au goût passion. Il a envie d'alcool, une envie irrépressible. Il ouvre le frigo. Rien. Ni bières, ni champagne au frais. Ce goût dans la gorge, qui irradie dans tout le corps. Cette euphorie. Cent fois, mille fois plus forte que l'orgasme. S'il avait bu, il l'aurait frappée, après ce qu'elle a dit, même si ça n'a pas de sens. Et puis, après, il se serait puni lui-même, pendant des jours et des jours, pour s'en libérer. Mais il se souvient de ce qu'il lui a répondu quand elle a fait mine de lui en servir : « Je ne bois pas. » C'est mieux d'en rester là.

Maintenant, il est temps de partir.

— À bientôt, Mathilde, glisse-t-il en ouvrant la porte, alors qu'elle est à demi nue dans l'embrasure de sa chambre.

Les deux gardes du corps sont là. Ils n'ont pas bougé depuis deux heures. Ils ont peut-être tout entendu, les cris de jouissance de Mathilde Lascaux – si elle a joui : il ne sait pas, après tout. Mais ces gens-là ne disent rien. Ils accompagnent l'Histoire comme son ombre, en silence, témoins discrets et, il faut le dire, serviles. Pierre Savidan les aime et les méprise à la fois. On a besoin de gens comme ça. On n'aurait même besoin que de ça, en ce moment.

Il s'engouffre dans la voiture, conduite par un autre témoin discret et servile. Les rues de Paris s'offrent à lui, désertes et bercées d'un clair de lune qui leur donne des allures de studio de cinéma. Il se surprend à trouver belle cette capitale qui s'apprête à capituler, même si rien ne remplacera jamais le mystère et l'énergie des Fossés.

38

Mardi 1er juin

7h55

Dans un demi-sommeil, Juliette Cormeray entend des bruits de couverts. De l'eau qui coule. Comme une porte de frigo qui s'ouvre et se referme, aussi. Elle ouvre les yeux, s'étire. Face à elle, Salomé Cassard esquisse une sorte de sourire.

— Salut ma belle, dit-elle. Bien dormi ?

Juliette sourit à son tour, goguenarde. Non, évidemment non, elle n'a pas bien dormi. Elle est arrivée chez Salomé sans prévenir, en plein couvre-feu, choquée par la scène qui venait de se dérouler dans l'appartement de Mathilde. Salomé lui a fait une place dans son lit et maintenant, elle petit-déjeune en lisant les infos sur son smartphone. Son appartement fait à peine vingt mètres carrés. Difficile d'avoir une intimité à deux. Elle s'assoit sur le bord du lit, la tête entre les mains. Ses doigts étirent la peau de son visage, comme si elle cherchait à enlever un masque. Mais il n'y a pas de masque.

— J'ai pas dormi de la nuit non plus, lance Salomé. J'y crois pas, quand même. Quelle… j'ai pas de mots, putain. Elle nous a rien dit. Elle m'a laissée dauber sur Savidan sans rien dire. Ah, je comprends mieux pourquoi elle le défend, putain ! Mais quelle petite arriviste, c'est pas possible !

— Attends, peut-être qu'on se fait des films. Qu'elle bosse encore avec lui en soum-soum et qu'ils avaient un dossier urgent à traiter.

— C'est ça, ouais. J'imagine le genre de dossiers. Non, il la baise, c'est tout. Y a pas d'autre raison pour qu'un président de la République débarque en pleine nuit chez une fille qui a bossé six mois pour lui. C'est pas non plus l'intellectuelle du siècle, Mathilde, à un point tel qu'il aurait besoin de la finesse de ses analyses en urgence. C'est surtout qu'il s'invite quand il veut se vider les couilles, à mon avis. Elle me dégoûte, putain ! Tiens, viens, je t'ai fait un thé.

— Tu l'aimes pas, hein ? dit Juliette en s'asseyant autour de la petite table.

— Qui ça ? Savidan ?

— Oui.

— C'est un fou. Pas un fou furieux comme l'autre, là, Fanny Roussel. Un fou calme. C'est les pires. Et qu'il baise notre pote, putain… ça me révolte. Et ça dit bien ce qu'est le bonhomme : un sale type qui profite de sa position. Là, tu vois qu'il est bien comme les autres.

— Je suis de plus en plus persuadée qu'il est notre seule chance, Salomé, répond Juliette en se brûlant la langue.

— Putain, mais réveille-toi, Juliette ! Le type vient de faire un coup d'État institutionnel. Toute l'Europe a condamné ça – enfin sauf les Pays-Bas où le gouvernement écologiste a l'air d'avoir envie de faire la même chose, et la Hongrie par pur opportunisme, parce que ça justifie l'autoritarisme en place depuis des années. Mais bon. Les institutions vont bien finir par se redresser. La Ve, c'est pas Weimar. Tu te souviens de ce prof qui répétait ça tout le temps, à Sciences Po ?

Elle s'en souvient, oui. Un beau mec, doctorant en histoire, spécialiste des relations franco-allemandes. Il était à peine plus âgé qu'elles, éloquent, charismatique. Mais homo. Ça les avait mises d'accord, toutes les trois, Juliette, Salomé et Mathilde, quand elles avaient vu son mec venir le chercher sur son Piaggio.

— Mais pour le moment, il s'arroge les pleins pouvoirs et toi tu applaudis ! reprend Salomé. Apparemment, les gens qui sont envoyés suivre les programmes PAIRE, plus ou moins volontairement, sont très nombreux depuis le discours de Savidan. Sur les réseaux sociaux, il y a beaucoup de témoignages. Et puis, ils ont ouvert une dizaine de centres de plus cette semaine. À se demander où ils trouvent les animateurs en si peu de temps. Bref, tout va très bien dans notre beau pays.

Juliette se tait. Elle sent les larmes monter. Elle a du mal à déglutir.

— J'applaudis pas, Salomé. J'essaie de voir où est le moindre mal. Les programmes PAIRE ne tuent personne. On apprend aux gens à se reformater pour voir les vraies priorités. On demande aux gens de vivre *autrement*.

— Tu ne t'inquiètes pas pour tes parents, alors ?

— Pas seulement. Je m'inquiète pour la planète.

— Oui enfin là, dans les jours qui viennent, tu peux plutôt te focaliser sur tes parents, je pense. La planète, elle peut attendre.

— C'est ça que tu ne comprends pas, j'ai l'impression. La planète, on croit toujours qu'elle peut attendre. Mais qu'est-ce qui va se passer si Savidan est éjecté du pouvoir ?

— On retrouvera un mode de vie un peu plus normal, c'est déjà ça. Les couvre-feux et l'interdiction de se rassembler, on a accepté ça pour le Covid, déjà ça a bien fait chier, mais là je ne vois pas en quoi ça va sauver la planète. Et puis on aura le droit d'être un peu plus libres. De faire des gosses, par exemple. Le décret est passé. Tu te rends compte : un gosse qui naît, à partir de maintenant, c'est un SEI à 200. D'office. Ça veut dire un matraquage fiscal et un passage par un centre PAIRE. Donc, bon, j'ai envie de te dire que ça suffit. Tu crois pas ?

— T'énerve pas. Je ne sais pas si ça suffit. Non, en fait, je crois que ça ne suffit pas. Je crois qu'on n'arrivera à rien, Salomé, avec les politiques qu'on a eus jusque-là. Je ne dis pas que Savidan n'a pas de défauts, mais si c'est pour retrouver les impuissants d'avant…

— Mais putain, Juliette, gueule Salomé, regarde la réalité en face ! Je veux bien être gentille, essayer de te ménager, mais quand même… Ta mère s'est fait interner d'office, et tu n'as pas de nouvelles de ton père depuis plus d'un mois ! Enfin, si, d'ailleurs… C'est ça que je voulais te montrer, aussi. Regarde.

Salomé Cassard sort son smartphone, fait quelques recherches et le tend à Juliette. C'est un article du site de TF1 intitulé :

« Une renaissance » : les stagiaires du programme PAIRE se confient

C'est un homme heureux qui sort du centre PAIRE de Sully-sur-Loire. Julien Richard, 35 ans, a passé cinq semaines à suivre des enseignements qu'il qualifie de « formidables ». « Ça m'a ouvert les yeux, explique le trentenaire, célibataire sans enfants. J'ai pu saisir les enjeux du réchauffement climatique, et comprendre que j'avais une responsabilité, moi aussi. » Ce salarié d'un fournisseur d'électricité va retrouver son épouse et ses parents, après une séparation pas toujours facile à vivre. « Il y a des hauts et des bas, confie Julien Richard, mais c'est comme partout et au final, je ne retiens que le meilleur. On va certainement revoir nos projets de vie. »

Alexis Frécomin, un autre stagiaire, renchérit : « Au début, comme beaucoup, j'étais réticent : retourner à l'école à 45 ans, non merci. En réalité, c'est bien plus riche que tout ce que j'ai appris à l'école. J'ai appris à devenir woke. »

Woke, c'est-à-dire « éveillé », un terme qui renvoyait d'abord au racisme et au féminisme pour désigner les personnes conscientes des enjeux et des solutions à apporter, et qui est désormais employé pour désigner ces nouveaux convertis à l'écologisme estampillé Pierre Savidan. Une politique et une méthode qu'on a vues contestées ces derniers temps par des activistes minoritaires.

Le débat sur l'article 16 ? « Accessoire, balaie Julien Richard. L'important, c'est que tout le monde puisse faire comme moi, que tout le monde ait cette opportunité-là. Parce que tout le monde en a besoin. » Fort d'un SEI remis à flot – 570, une très belle performance, de l'aveu même de son tuteur – ce natif de Marseille réfléchit à une reconversion et envisage un engagement citoyen dans une ONG de préservation des océans.

Pour d'autres, c'est plus difficile. Mais le programme PAIRE ne laisse personne au bord du chemin, ainsi que l'a voulu le président de la République. Les séjours peuvent être plus ou moins longs en fonction du profil des participants. Ainsi, au centre de Montfort-sur-Meu, Gabriel Cormeray ne voit toujours pas la fin du processus. Il faut dire que son cursus est ce que certains ici qualifient de « lourd ».

Ancien haut fonctionnaire, il a servi au plus haut niveau les précédents gouvernements avant de partir pantoufler dans le privé, où en tant qu'avocat, il s'est notamment mis au service d'industriels peu scrupuleux. Parmi eux, le patron de la Compagnie du Lait, Olivier Fleurance, actuellement poursuivi pour écocide et mise en danger de la vie d'autrui. Gabriel Cormeray est devenu woke, lui aussi. Conscient du chemin qui lui reste à parcourir, il a accepté de se confier dans cette vidéo.

Un sourire se dessine sur le visage de Juliette quand elle voit son père à l'écran. Il a un peu maigri, mais il en avait besoin. Elle reconnaît la chemise qu'il porte à l'écran. C'est elle qui l'avait mise dans sa valise. Elle le trouve beau. Elle réalise qu'il lui a manqué, finalement. L'image est magnifique, le fond est flouté mais on devine une forêt, une rivière. Le ton employé par Gabriel Cormeray est sérieux, mais il a l'air plutôt détendu. Elle a la larme à l'œil quand elle entend son père parler d'elle.

Je dois l'avouer, je suis venu ici un peu à reculons, au départ. C'est grâce à ma fille, surtout, que j'ai accepté ce séjour à Montfort-sur-Meu. Le centre est magnifique, niché dans un environnement verdoyant. Pour le Parisien que je suis, rien que ça, c'est un bon point. Surtout, le staff est impressionnant. D'une bienveillance rare, patient, pédagogue. Des cours, des discussions libres, des ateliers, des spectacles aussi : tout est fait pour élever le niveau de conscience des participants. Je n'étais pas dans les meilleurs élèves, parce que mon pedigree parle pour moi. J'ai servi des gouvernements antiécologistes, j'ai, dans mon mode de vie personnel, adopté des conduites contraires aux intérêts de la planète, trop roulé, trop pris l'avion, trop consommé et je ne me rends compte que maintenant à quel point j'étais aveuglé par une chose. Moi, moi, moi. Moi et les miens. Mais ici, j'ai réalisé que les miens, c'était bien plus que ce que je croyais. Ma femme, ma fille, bien sûr. Mais surtout, mes frères et mes sœurs humains, les arbres, les rivières, les montagnes, toute cette nature qu'on a cru pouvoir dompter, à tel point qu'on a oublié cette évidence : nous ne sommes que les locataires de la planète, nous n'en sommes pas les propriétaires. Une fois qu'on a compris ça, il faut le mettre en actes. Pour ça, j'ai encore un peu de travail, alors je reste. N'hésitez pas à me rejoindre.

— Je suis désolée pour toi, lance Salomé une fois que la vidéo est terminée.

Juliette la regarde sans comprendre. Elle a envie de lui demander pourquoi, pourquoi elle est désolée. Cette vidéo efface tous ses doutes. C'est inespéré. Son père était parti en leur disant : « OK, j'y vais, je le fais pour vous, pour qu'on soit plus à l'aise financièrement mais je vous préviens : dès que mon SEI est remonté, je pars. »

Et maintenant, elle comprend qu'il reste, non pas pour des raisons fiscales, honteusement pragmatiques et égoïstes, mais pour changer, vraiment changer. C'est un véritable tour de force d'avoir réussi à lui faire faire *sa* révolution. Elle-même n'y était jamais parvenue, et pourtant, elle avait essayé. Combien de repas interrompus, de disputes, de claquements de porte, d'insultes même – il l'avait traitée plus d'une fois de « Khmère verte », c'était une de ses expressions favorites. Ce discours, dans la bouche de son père, c'est un miracle.

— C'est tellement mal fait, lance Salomé. Aucune subtilité dans le discours. On dirait un otage qui récite un texte. On peut presque voir la Kalachnikov pointée sur son crâne, qui dépasse du cadre. Je suis désolée que ton père subisse ça. Ces centres PAIRE, il serait temps que la presse s'y intéresse vraiment.

Juliette reste sans voix. Elle connaît son père. Elle sait reconnaître quand il est heureux, contrarié, en colère, énervé, badin, léger. « Un otage qui récite un texte »... De quel droit se permet-elle de juger son père, de juger sa famille, de juger bientôt leurs idées ? Sa meilleure amie est aveuglée par le ressentiment.

— Merci pour tout, Salomé, dit Juliette en se levant. Je crois que je suis d'attaque, maintenant. Je vais rentrer chez moi.

39

Vendredi 4 juin

18 h 10

C'est donc ça, la vie d'une famille heureuse. Une maison coquette dans les faubourgs sans histoire d'une métropole d'où l'on regarde à la fois Paris et la campagne de haut - c'est Nantes mais ça pourrait être Bordeaux ou Lyon. Un jardin fleuri que l'on devine par-dessus la clôture récemment posée, un composteur fourni par la Ville et même un potager. Une berline et un SUV, électriques bien sûr, garés sur le trottoir pour pouvoir partir plus vite le matin. Et les enfants, leurs cris de joie et leurs disputes, le bruit du ballon qu'on tape jusqu'à l'épuisement même après l'entraînement de foot.

Depuis le trottoir en face, où elle est campée depuis plus d'une heure, elle n'a vu que huit personnes passer. La plupart l'ont dévisagée avec méfiance, l'une s'est écartée très ostensiblement. Peut-être a-t-elle même été signalée à la police. Ça la fait rire, tout ça, cette mascarade qui prétend croire que la vie continue. Elle observe, elle entend, elle sent ce bonheur simple et oui, sans doute, Fanny Roussel peut concevoir qu'ici on soit indifférent à la catastrophe qui arrive, on croit qu'elle sera pour les autres tout en se donnant bonne conscience en mangeant bio, en rationnant ses déchets et en plantant quelques légumes.

Elle peut le concevoir, mais pas l'accepter. Cette parodie de bonheur lui donne la nausée, parce qu'il est construit sur du sable, le sable qui s'écoule pour mesurer le temps qui reste – et il en reste peu. Il en reste aussi peu que de femmes et d'hommes prêts à tout donner pour sauver ce qui peut encore l'être, et assurément, Lisa Viansson n'en fait pas partie. Elle n'a pas donné signe de vie depuis le discours du président.

Fanny Roussel se décide à traverser la rue. Elle aurait pu venir accompagnée d'un escadron de police, défoncer la porte et troubler cette insupportable quiétude. Elle a préféré venir seule. Elle veut que Lisa Viansson comprenne d'elle-même, elle veut lui expliquer pourquoi le chemin suivi par Pierre Savidan est celui du bon sens et du courage, et que s'y opposer serait non seulement inutile, mais dangereux.

Elle sonne au portail. Un point vert s'allume. La caméra est enclenchée. Elle sait que Lisa Viansson la voit.

— Ouvre-moi, Lisa. Je sais que tu es là.

Le portail s'ouvre, Fanny Roussel fait quelques pas sur le dallage impeccablement entretenu. Un jardinier passe sans doute régulièrement car ni elle ni son mari n'ont le temps de faire ça. Les efforts par délégation, toujours. Dans l'embrasure de la porte d'entrée se tient Lisa Viansson. Elle porte un jean et un sweat, elle n'est pas maquillée, elle a les traits tirés, des cernes qui creusent son visage. On dirait qu'elle n'a pas dormi depuis trois jours.

— Tu me laisses entrer ?

En silence, Lisa Viansson s'écarte. Fanny Roussel pénètre dans le hall. Elle aperçoit une ribambelle de chaussures alignées le long d'un coffre en bois. Lisa Viansson est en chaussettes. On voit même un bout de son orteil qui a percé le tissu. L'ongle est verni. Fanny Roussel n'enlève pas ses chaussures et marche jusqu'au salon. Par la baie vitrée, elle voit les deux garçons jouer au foot sur un gazon mal entretenu.

— Assieds-toi, puisque tu es là. C'est presque l'heure de l'apéritif. Je te sers quoi ? Bière, whisky, Ricard...

Fanny Roussel ricane, parce que Lisa Viansson ne fait jamais rien par hasard. Elle sait appuyer là où ça pourrait faire mal. Mais elle est presque tentée. Un verre suffirait à la faire replonger. Elle sourit en pensant à ce qui pourrait se passer. Cette petite gueule satisfaite d'elle-même, elle la cognerait contre la vitre pour que les gosses puissent voir le visage de leur mère se déformer et se colorer d'hématomes et de sang. Elle ferait ça jusqu'à ce que la vitre se brise et, alors, elle laisserait Lisa Viansson pour s'occuper des enfants qui seraient sûrement en train de crier. Elle les attraperait tous les deux, elle les cognerait l'un contre l'autre et ensuite elle les étranglerait, l'un après l'autre. Il faudrait espérer que le mari arrive, et qu'elle voie dans ses yeux cette frayeur qui décuplerait sa ferveur. Elle le planterait à coups de couteau et avec son sang, sur la façade de la maison, elle écrirait, avant de s'en aller tranquillement :

ENNEMIS DE LA VIE

Fanny Roussel dit non, elle dit qu'elle se contentera d'un thé et elle sait déjà qu'elle ne le boira pas.

— On ne t'a pas vue à l'Élysée depuis longtemps, Lisa.

— Et ça t'étonne ?

Fanny Roussel sourit, ses yeux s'ouvrent en grand. Elle a les mains jointes devant le visage.

— Ça n'a étonné personne. Ça a déçu Pierre, peut-être. Il y croyait encore.

— Croire à quoi, Fanny ?

— Eh bien, au fait que tu aies changé, que tu aies compris les enjeux auxquels on est confrontés, que tu aies compris que la politique telle que tu l'as apprise ne sert plus à rien aujourd'hui.

— Je prends acte de sa dérive, c'est tout. Je vais lui adresser ma lettre de démission.

— Et après ?

— Je continuerai la politique telle que je l'ai apprise, comme tu dis.

— Tu passes officiellement dans l'autre camp, donc. Celui des ennemis de la planète. Moi, je n'avais pas de doutes là-dessus, Lisa. C'est Pierre qui voulait être sûr. Il t'a tirée du néant et toi tu ne lui parles plus. Ça ressemble quand même à de l'ingratitude, ça, non ?

— Arrête, Fanny. Il n'y a pas de place pour les sentiments, là. C'est un désaccord politique. Un désaccord sur les principes.

Fanny Roussel se lève. Elle se poste face à la vitre, son bras valide enserre l'autre dans son dos. Elle regarde quelques secondes les enfants jouer, sans rien dire. Elle leur sourit. Elle non plus, elle ne leur en veut pas personnellement, à ces gosses. Leur mort, ce serait juste un désaccord politique un peu anticipé.

La culture du compromis, il faudrait l'éradiquer à la racine. Cette culture, elle suinte de partout, dans cet endroit, dans ce milieu, dans cette famille. La culture de l'accommodement parce qu'on a trop à perdre, personnellement, à un brusque changement. Renoncer à son propre bonheur pour préserver plus grand que soi. Il faut être grand soi-même pour y arriver.

— L'affection et la politique, ça n'est pas forcément très différent. Ceux qui font de la politique en se basant seulement sur la raison, en négligeant les intuitions, les rêves, les révélations, même, ceux-là ne font jamais rien de grand. Toi et moi, on aurait pu s'entendre, peut-être. Quand tu es venue dans les abers, on sentait de la haine en toi, une envie de revanche, et au début c'est là-dessus que tu t'es appuyée. Tu te souviens ? Je n'ai rien eu à faire quand nous sommes allées voir Gabriel Cormeray. Tu t'es débrouillée toute seule. Tu l'as viré, tu lui as donné ce qu'il méritait.

Fanny Roussel se retourne. Elle fixe Lisa Viansson qui regarde le sol.

— Mais après, reprend-elle… Petit à petit, tu t'es laissé rattraper par les réflexes de ta caste. Être raisonnable. Ne pas froisser. Ne pas aller trop vite. C'est dommage, parce que ce n'est pas ce qu'exige notre époque. Parce que, dans ces cas-là, on finit par reculer. Paul Hernan, Julien Kerr, tous ceux qui faisaient semblant d'être avec nous ont montré qu'au premier obstacle d'envergure ils reculaient. Ils sont tous venus te voir. Pour te rappeler que vous êtes de la même famille. Ceux qui veulent que rien ne change. Ceux qui sont tellement désespérés qu'ils sont prêts à mettre l'avenir de la planète dans les mains d'un Olivier Fleurance.

Lisa Viansson croyait qu'on pouvait s'engager sur un chemin, et faire machine arrière si ça ne convient pas. Elle se croyait peut-être à l'abri, chez elle. Mais Fanny Roussel est venue lui dire qu'on n'est plus à l'abri, nulle part.

— Je ne te demande pas si tu es avec nous ou contre nous. Tu es forcément *avec* nous, parce que chez nous, la trahison n'existe pas. Ton SEI a été fixé à 150, sur décret présidentiel. Et dans ce cas-là, depuis lundi, le PAIRE est obligatoire. Voici ta convocation.

Elle jette un papier plié en deux sur la table.

— On aurait pu envoyer les flics. On le fait, de plus en plus. Mais j'ai tenu à te l'apporter en mains propres, comme tu vois. Pour t'expliquer. Pour te convaincre que c'est pour ton bien, et celui de ta famille.

Lisa Viansson se penche vers la table basse, saisit la convocation, comme si elle lui brûlait les doigts. Ses mains tremblent. Sa mâchoire se crispe. Elle inspire bruyamment et se lève de sa chaise pour rejoindre Fanny Roussel près de la baie vitrée. Dehors, les enfants jouent toujours au foot, infatigables. Lisa Viansson les observe, avec beaucoup de tendresse dans le regard. Elle arrive même à sourire, comme si elle leur disait adieu.

— Je crois qu'on se bat tous pour préserver l'avenir, Fanny, dit-elle. Celui de la planète, celui de l'humanité, appelons ça comme on veut. Mais si le prix à payer pour cet avenir, c'est de renoncer à nos principes, à nos valeurs, ceux pour lesquels nos grands-parents se sont battus, est-ce que ça vaut le coup ? Je ne crois pas. Et tu sais pourquoi ? Parce que l'avenir, pour moi, c'est très concret. C'est le monde dans lequel vivront mes enfants. L'avenir, pour moi, il a un visage. Il a des visages, ceux des deux petits gars que tu vois là. C'est la différence entre nous, Fanny. Pour toi, l'avenir est quelque chose d'abstrait. Tu peux laisser derrière toi un champ de ruine, peu importe, parce que les gens que tu aimes n'en souffriront pas. Et encore, je ne sais même pas s'il y a des gens que tu aimes, Fanny. Je te plains beaucoup et je te demande de partir, maintenant, parce que je t'ai assez vue.

Fanny Roussel sent comme un feu intérieur lui dévorer les entrailles, un feu puissant et soudain qui risque de tout calciner en elle si elle ne l'éteint pas. Elle sent des coups dans son ventre, des coups qui la plient en deux, des coups qui annoncent la mort avant même que la vie ait existé. L'avenir n'est pas du tout abstrait : il a le visage des estropiés à qui on a épargné de vivre, parce que leur vie à eux n'aurait jamais valu celle de toutes les Lisa Viansson, de leurs maris, de leurs enfants, de leur belle petite famille.

Alors pour se calmer, elle tape, elle tape et elle tape encore jusqu'à ce que Lisa Viansson tombe à terre et se taise. Ça dure moins d'une minute. Dehors, les enfants jouent toujours avec leur ballon. « L'avenir, murmure Fanny Roussel en s'essuyant le front. Tu parles d'un avenir. »

40

Vendredi 4 juin

19 h 15

C'est toujours comme s'il n'existait pas, pour Charlène Ricci. Comme s'il y avait entre elle et Gabriel Cormeray un mur de briques, sauf qu'elle est juste en face, à trois mètres de lui à peine et qu'il ne peut pas éviter de la regarder. Il n'arrive pas à faire abstraction de sa présence, comme elle y parvient apparemment. Elle paraît se rendre compte de sa présence quelques minutes par jour, à peine. Elle ne semble pas s'en plaindre, d'ailleurs.

L'un des derniers mots qu'elle a prononcés, c'est le mot « potence ». Elle a dit : « C'est bien une potence », comme si elle lisait dans l'esprit de Gabriel Cormeray, qui n'avait posé aucune question. Elle a dit aussi : « C'est pour nous faire peur. Comme si on avait peur de crever. »

Gabriel Cormeray a peur de crever, oui. Il n'arrête pas de regarder cette potence, par la fenêtre. L'autre jour, il est passé tout près. Il l'a frôlée, quand ils l'ont extrait de sa cellule pour réciter ce texte grotesque. Ça lui a fait du bien de prendre l'air mais sa réputation est souillée à jamais. Ils le prendront tous pour un collabo. Il va perdre ses clients, l'estime de ses pairs. Mais est-ce qu'il avait le choix, avec la menace de lui couper définitivement tout approvisionnement en eau. Il veut essayer de survivre jusqu'à ce que ce cauchemar se termine. Il aura bien une fin, veut-il se persuader.

Depuis que la potence a fini d'être installée, personne n'est monté dessus. Il a peur d'être le premier. Il n'en est pas encore au stade où il se dit qu'il vaut mieux en finir.

On frappe à la porte. C'est curieux. Depuis qu'il est enfermé dans cette pièce, personne n'a jamais frappé avant d'entrer. Même quand ils sont venus le chercher pour tourner cette vidéo d'autocritique, ils étaient entrés sans prévenir. « Allez lève-toi, on va faire un peu de cinéma », avait lâché un type qu'il n'avait jamais vu, et qu'il n'a jamais revu. La silhouette d'un des gardiens du centre se découpe dans l'embrasure. Il leur demande à tous les deux de le suivre.

Gabriel Cormeray a un instant d'hésitation. Instinctivement, il regarde Charlène Ricci, qui se lève docilement, un sourire aux lèvres. Il voudrait être capable de la même indifférence aux événements, mais la vérité, c'est qu'il arrive au bout de ses capacités de résistance. La résistance à l'enfermement, la résistance au silence, la résistance à l'isolement, la résistance à la soif, à la faim, la résistance à la peur, à l'angoisse et à l'inconnu des jours qui se succèdent. La résistance à la honte.

Alors il suit, lui aussi. Il suit le gardien dans les couloirs du centre, descend plusieurs escaliers pour se retrouver dans la cour, face au soleil du soir, suffisamment haut encore pour brûler les peaux. La cour où ils ont installé la potence. Et elle est là, solide et surplombante, avec ses quelques marches et son crochet pour faire passer la corde, à le toiser, lui et ses camarades d'infortune regroupés tout autour. Ils sont plusieurs centaines, sans doute.

Il sent son front se gonfler sous l'effet de la chaleur, cette chaleur qui s'appuie sur lui et l'enfonce dans le sol. Une brise tiède effleure son visage sans l'apaiser. Il pense à la bouteille d'eau qu'il a reçue ce matin, insuffisante, il se dit qu'il ne tiendra jamais jusqu'à demain, qu'il préférerait encore rester là-haut, dans sa chambre, un peu épargné par ce ciel qu'on dirait en train de bouillir.

Aveuglé par une pluie de lumière, il plisse les yeux et se tourne péniblement, à droite puis à gauche, pour scruter les visages autour. Des gouttes de sueur dégoulinent le long de ses tempes, certaines se fraient un chemin jusqu'aux cils et brouillent son regard, tirant devant ses yeux un rideau de mousseline, et c'est peut-être pourquoi Gabriel Cormeray a du mal à croire ce qu'il voit de l'autre côté de la potence.

Adeline, les yeux baissés, immobile comme un piquet planté au sol.

Il ouvre la bouche, mais rien ne sort. Il voudrait faire un geste, attirer son attention, mais rien qu'à l'idée de lever le bras ou de se mettre sur la pointe des pieds Gabriel Cormeray se sent épuisé. Personne ne bouge. Est-ce à cause de la chaleur, de l'absence de consignes, de la peur de désobéir ou de prendre des initiatives ? Gabriel Cormeray n'en sait rien, mais il est comme les autres. Il attend.

Il ne saurait dire combien de temps se passe avant que les

sons d'un tambour n'emplissent la cour comme le grondement d'un orage, d'abord lointain, à peine audible et puis dur et menaçant. Le soleil commence à se retirer, la chaleur est un peu moins pénible, mais cette mélopée l'envahit comme un poison. Toutes ses veines battent à l'unisson, avec une force telle qu'elles pourraient crever sa peau. Celles des tempes enserrent son crâne dans un étau qui se serre et se relâche en une infinie torture.

Personne ne prête attention à l'homme qui s'évanouit à quelques mètres de lui, ni au gloussement qui s'échappe de la bouche de Charlène Ricci, parce que la potence n'est plus vide. Une femme coiffée d'un Stetson arpente la scène comme s'il s'agissait d'un spectacle. Les premiers mots qu'elle lance, d'une voix claire et qui porte loin, et qu'elle répète plusieurs fois, sont pour eux : « BRAVO MES AMIS ! »

— Oui, bravo, reprend-elle. Bravo parce que vous êtes là. Et ce n'est pas facile d'être là. Le monde change. Il nous oblige à changer. Il vous oblige à changer. Changer d'habitudes, changer de comportement, changer de point de vue, changer de focale. S'élever, pour ne pas voir que soi, s'élever au-dessus de soi, surplomber, se voir tel que l'on est : un point, un minuscule point. Rien. Rien et tout à la fois. Je suis Oma Moon, je ne suis rien moi non plus, mais je suis là pour vous aider.

La vieille femme s'installe sur un fauteuil pliable et reprend la rythmique de sa derbouka. Derrière elle, des hommes, montés sur scène pendant son discours, installent des mannequins sur la potence, nouent la corde autour du cou de ces poupées de chiffon et se retirent, repliés sur eux-mêmes, comme s'ils cherchaient à se dissimuler. Gabriel Cormeray croit reconnaître un homme croisé lors de son arrivée. Il voudrait attirer l'attention d'Adeline, mais il est amorphe, assommé par la fatigue et la chaleur, par la peur aussi parce qu'il ne sait pas ce qu'on attend de lui, ce qu'on attend de tous les gens massés autour de cette femme aux allures de grande prêtresse.

Il se contente de fixer Adeline, comme si elle pouvait être aimantée par son regard vide et perdu, mais sa femme ne relève pas la tête. Elle semble groggy. Il voudrait la rassurer. Il se demande comment elle a pu atterrir ici. Est-ce qu'elle est venue le chercher ? Est-ce qu'*ils* sont venus la chercher ? Et Juliette, est-ce qu'elle est là, elle aussi ?

Le son du tambour s'arrête progressivement, et dans le silence jaillit une nouvelle fois la voix grave et chaude d'Oma Moon.

— Mes amis, merci encore d'être là, si nombreux. Si nombreux, si courageux. Car il en faut, du courage, pour accepter de tout remettre en question. Il en faut, du courage, pour prendre le temps de sentir tout ce que nous sommes en train de perdre. Il en faut, du courage, pour faire en sorte que de cette douleur finisse par naître de la joie. Vous avez refusé l'encéphalogramme plat de la société d'avant. Vous avez compris qu'il faut désormais tenir une coupe de douleur dans la main droite, une coupe de joie dans la main gauche, et équilibrer les deux. Vous avez compris que tout seuls, vous n'êtes rien, mais qu'ensemble nous sommes tout. Vous avez compris que dire « moi, je » ne suffit plus. Seul, vous n'êtes rien mais tous ensemble, « moi, je » multiplié par des millions, nous pouvons agir. Cet immense paradoxe, celui du rien et du tout, il est symbolisé là, juste derrière moi.

L'ombre qui descend sur la cour offre un répit à Gabriel Cormeray. Il est hors d'atteinte du soleil, désormais. Par-delà l'enceinte du centre, le soleil couchant illumine la potence. Gabriel Cormeray laisse les pulsations du tambour l'envahir. Il ne tient debout que par réflexe, mais ses jambes sont si faibles qu'elles pourraient le lâcher à tout moment. Malgré tout, il se surprend à se sentir bien, se sentir mieux, en tout cas, quand la voix stridente de Charlène Ricci perce la bulle dans laquelle il s'est enfermé pour supporter un spectacle avec lequel elle veut visiblement en finir. Elle tente de s'extraire de la foule et crie :

— MENTEUSE ! SALOPE ! FASCISTE !

Elle distribue les coups et tente de monter sur la potence. Le personnel de sécurité, disposé tout autour, essaie de l'en empêcher. Elle se retrouve ceinturée mais continue à avancer, les yeux rivés sur Oma Moon, crachant au sol et au visage de ceux qui la retiennent. Sur un geste d'Oma Moon, les gardes du corps la relâchent et elle monte le petit escalier, fière et déterminée. Gabriel Cormeray la fixe comme si elle montait à l'échafaud. Derrière elle, les pantins se balancent au gré de la brise.

— Alors c'est toi ? lance Oma Moon, sévère, presque maternelle. C'est toi, cette femme qui est là depuis si longtemps et qui refuse de voir ?

Un sourire étrange, très dérangeant, barre le visage de Charlène Ricci. Gabriel Cormeray se demande si lui aussi devra monter sur scène, tout à l'heure, si à lui aussi on dira : « Alors, c'est toi ? » Mais pour le moment, c'est à elle que s'en prend Oma Moon.

— Dans l'Histoire, dans les grands changements, il y a

ceux qui guident, ceux qui suivent, et ceux qui refusent d'avancer. Les réfractaires. Tu es une réfractaire, n'est-ce pas?

Pour seule réponse, Oma Moon obtient un crachat à ses pieds, et un ricanement en forme de défi.

— Tu es réfractaire parce que tu as souffert et que tu ne peux plus t'ouvrir à la joie. Tu es déséquilibrée, au sens propre. Approche. N'aie pas peur.

Charlène Ricci reste immobile, comme si elle n'avait rien entendu. Immobile avec son sourire figé. Gabriel Cormeray se tourne vers Adeline, la cherche au milieu de la foule, mais ne la trouve pas. Il ferme les yeux. Il les rouvre après quelques secondes. Il balaie l'assemblée du regard, retrouve sa femme qui, comme les autres, semble hypnotisée par la scène.

— Ce que tu as subi, ce que les femmes ont subi, c'est la même chose que ce que la Terre a subi. Le pillage, les abus, les extractions, les usages, l'instrumentalisation. Si on arrête de maltraiter la Terre, on arrêtera de maltraiter les femmes, les hommes et tu seras sauvée, comme les autres.

Oma Moon esquisse un grand geste en direction de la foule, mais au moment où son bras s'écarte de son corps, Charlène Ricci se jette sur elle, et lui serre le cou. Les agents de sécurité du centre ont à peine le temps de monter lui prêter secours qu'ils voient valdinguer au-dessus d'eux le corps de Charlène Ricci.

Gabriel Cormeray a tout vu, comme les autres, mais il n'a pas compris ce qui s'est passé, tellement tout est allé vite. Dès que Charlène Ricci a touché Oma Moon, elle a paru électrocutée, rejetée par une force surnaturelle.

Elle gît maintenant au pied de la potence, inconsciente. Un vide s'est fait autour d'elle, comme si elle était devenue contagieuse ou radioactive. Gabriel Cormeray puise dans ses dernières forces pour se mettre sur la pointe des pieds, mais il a du mal à distinguer son corps sur l'asphalte. Le bruit d'un claquement le fait sursauter.

Les mannequins ont été pendus et Oma Moon lance :

— Ces épouvantails symbolisent notre aveuglement. *Votre* aveuglement. Ils symbolisent notre avidité. *Votre* avidité. Ils symbolisent notre égoïsme. *Votre* égoïsme. Ils sont morts, désormais. *Vous* les avez tués. *Vous* les avez exécutés. Parce que *vous* avez gagné, déjà. Vous êtes engagés sur le bon chemin. Vous regarderez encore en arrière, oui, de temps en temps. Vous vous arrêterez, parfois, ça peut arriver. Mais vous ne ferez plus jamais demi-tour. Plus jamais. C'est impossible, désormais, parce que vous avez conscience qu'il faut arrêter ce suicide collectif et inconscient qui menace l'humanité. Vous êtes en passe de remporter la victoire sur vous-mêmes.

Quelques cris jaillissent de la foule, puis les vivats recouvrent la parole d'Oma Moon. Le vide autour de Charlène Ricci s'est résorbé. Son corps est piétiné par la foule qui applaudit et s'avance jusqu'à toucher la potence, sans y monter car Oma Moon, baignée de la lumière du soleil couchant, est comme une idole brûlante et fascinante qu'on sait dangereuse et inaccessible. Gabriel Cormeray se surprend à applaudir, et à crier. Il sent les larmes monter en voyant Adeline applaudir elle aussi, mais sans grande conviction, triste et éteinte, à rebours de ces visages envahis par la joie qui l'entourent. Il a envie de lui crier de s'enthousiasmer, parce que c'est la seule échappatoire qu'on leur offre.

— Vous allez maintenant monter chacun à votre tour sur

cette estrade et expliquer aux autres qui vous étiez, et qui vous êtes devenu maintenant. Vous êtes des dizaines, des centaines mais chacun a le devoir de parler. Car vous êtes les prophètes de ce monde nouveau, qui refuse de se laisser détruire.

Gabriel Cormeray sent un souffle glacé lui lacérer les poumons, vestige d'une timidité ancienne, celle de l'écolier qui devait réciter d'absurdes poésies devant la classe comme s'il y jouait sa vie, mais surtout reflet de la peur et de la honte, la peur de finir comme ces mannequins au bout d'une corde, la honte de devoir réciter une leçon qu'il a fini par apprendre à force d'être brisé.

41

Dimanche 6 juin

19 h 45

À chaque fois qu'on toque à la porte, à chaque fois qu'elle entend cette porte grincer, le bruit des pas sur le lino, les roues d'un chariot, Lisa Viansson sursaute et elle tremble. Le lit est dans un recoin et elle ne peut voir que la télévision accrochée au coin du plafond, ou la ville et la Loire, si elle se penche un peu par la fenêtre. Elle ne peut pas savoir qui entre dans la chambre.

Lisa Viansson ne se souvient même pas d'avoir vu Fanny Roussel lui porter le premier coup. Elle se souvient seulement d'un choc terrible sur son visage, comme si elle s'était cognée volontairement contre un mur, plusieurs fois de suite. Le poing de Fanny Roussel avait la dureté de la pierre et elle n'a dû sa survie qu'à son réflexe de se rouler en boule, à terre, et de protéger son visage tuméfié d'autres coups qui auraient pu lui être fatals. Elle n'a aucun doute là-dessus : Fanny Roussel a frappé pour tuer. Si c'était prémédité ou pas, elle n'en sait rien, mais elle est sûre d'une chose : ses poings et ses pieds ne cherchaient qu'à la démolir.

Elle n'a encore jamais vu l'aide-soignante qui lui apporte son dîner. La jeune femme, prénommée Julie, si elle en croit son badge, lui pose le plateau-repas et l'aide à se redresser. Des pommes au four écrasées, du tofu fumé, un yaourt, une banane. Lisa Viansson n'aime pas être seule avec le personnel de l'hôpital. Elle l'a dit à son mari, qui reste auprès d'elle autant qu'il peut. Mais le soir, il doit rentrer s'occuper des enfants.

C'est le plus grand, Baptiste, huit ans, qui l'a trouvée inanimée au sol, quelques minutes après l'agression. Lisa Viansson ne se souvient de rien. L'urgentiste arrivé rapidement sur les lieux a pris quelques minutes pour lui raconter, le lendemain. « Baptiste a réagi comme un adulte, il a eu un sang-froid extraordinaire. Il a appelé, il a expliqué ce qu'il voyait. Quand on est arrivés, il nous attendait sur le seuil de la porte. Il calmait son petit frère. Il a été incroyable. » Elle avait la rate perforée. Une hémorragie interne. Elle est fière de son fils. Elle lui doit peut-être la vie.

C'est un médecin qui lui a demandé en premier ce qui s'était passé. Elle a dit qu'elle ne se souvenait de rien, que l'agresseur l'avait attaquée par-derrière, en la prenant par surprise, et qu'elle n'avait rien pu voir. Il lui a demandé si son mari l'avait déjà frappée. Elle a secoué la tête, elle a dit « Non, non, bien sûr que non ». Il lui a affirmé qu'elle était en sécurité ici, qu'elle pouvait parler, mais Lisa Viansson sait bien qu'elle n'est en sécurité nulle part.

Son mari est le seul à savoir ce qui s'est passé. Il a voulu qu'elle porte plainte contre Fanny Roussel. « Il y a sûrement des témoins, des gens qui l'ont vue, avec son bras, là, on la remarque, cette folle. » Bien sûr, on la remarque. Fanny Roussel ne se cache même pas. Elle sait qu'elle est intouchable. Depuis le début du quinquennat, Lisa Viansson a eu le temps de s'en apercevoir. Elle sait que, quoi qu'il arrive, Pierre Savidan la protégera. Plus personne ne parle de l'affaire de la Muette. Lisa Viansson a essayé de joindre le président. Il ne l'a même pas prise au téléphone. Il l'a rayée de la carte, avant même qu'elle dise qu'elle s'en allait.

Maintenant, elle n'a peur que d'une chose : que Fanny Roussel vienne finir le travail, elle-même ou par procuration. On a déjà vu des commandos des services secrets déguisés en infirmiers. Lisa Viansson a travaillé trois années au cœur du pouvoir. Elle sait ce qui était possible, ce qui ne l'était pas, et ce qui l'est devenu depuis l'état d'urgence.

Ce qui est possible, maintenant, c'est l'intimidation, les menaces de mort, les violations de domicile, les internements forcés, les agressions. Comment appeler autrement ce qu'elle a subi chez elle ? Paul Hernan et Julien Kerr sont terrorisés d'avoir reçu un courrier avec une balle de revolver. Lisa Viansson, elle, a été battue. Elle s'en tire bien, mais pour combien de temps ? Si elle est là, dans cette chambre d'hôpital, est-ce à cause de la folie d'une personne ou de celle de tout un pays ?

Elle repousse le plateau-repas, se dégage des draps et se lève péniblement du lit. Comme chaque matin, comme chaque midi, comme chaque soir, elle vide consciencieusement chaque coupelle dans les toilettes et ouvre les bocaux en verre que Matthieu lui a apportés. C'est meilleur, et c'est plus *safe*. Une ratatouille froide, du jambon sec, un morceau de pain cuit par les enfants qu'elle coupe avec l'Opinel que lui a apporté son mari. Ça la réconforte de savoir qu'on pense à elle, qu'elle peut compter sur une famille. Au rythme où ça va, ce sera bientôt un luxe. Seuls les « bons » citoyens auront le droit de faire des enfants.

Lisa Viansson allume la télévision. Encore un reportage dans un centre PAIRE, où l'on montre des pensionnaires heureux d'être rééduqués. Quel est ce monde qu'elle a contribué à bâtir ? Il y a un mois encore, elle était fière de ce programme et se réjouissait d'y avoir envoyé Gabriel Cormeray. Elle a presque pitié de lui, maintenant. Sur la vidéo qui circule un peu partout, il a l'air fatigué, amaigri. Il répète un texte qu'on lui a écrit, avec plus ou moins de cœur à l'ouvrage. Elle le connaît bien. Elle sait qu'il est à bout.

« Tu es guidée par l'esprit de vengeance » : elle se souvient de ce que lui avait dit Julien Kerr. « La haine de ceux qui t'ont écartée. » C'est vrai. Son engagement auprès de Pierre Savidan, c'était un mélange de convictions et de haine. La haine de cette classe politique qui l'avait écrasée, qui ne voyait en elle qu'une simple caution écologique alors que c'était le combat de sa vie. Son impuissance à faire bouger les lignes, la frustration. Et puis, l'excitation, la conviction d'écrire le futur aux côtés de Pierre Savidan. Enfin, l'explosion, le sentiment d'être du mauvais côté de l'Histoire.

BFM diffuse des images de la visite d'Amélie Duscault dans une usine d'éoliennes nouvelle génération. « Le savoir-faire français en la matière, dit-elle en souriant, est reconnu partout en Europe, mais aussi au-delà. Le partenariat conclu entre le groupe Neville et le gouvernement est une première et permettra à l'entreprise de conquérir de nouveaux marchés. » La Première ministre est toujours à son poste. Laurent Valognes aussi. Elle ne sait pas quoi en penser. Elle était encore là, elle aussi, avant que Fanny Roussel vienne la cogner.

Elle était là *officiellement*. Dans l'organigramme. Mais dans sa tête ? Lisa Viansson essaie de dater le moment des premiers doutes. C'est venu petit à petit, mais c'était il n'y a pas si longtemps. La mort d'Anaïs Fleurance a été un point de bascule, parce qu'elle a compris à ce moment-là que Pierre Savidan n'était capable d'aucune empathie. Ce jour-là, Pierre Savidan a arrêté de faire de la politique. Faire des compromis, tendre la main, être magnanime. Tout cela est nécessaire quand on exerce le pouvoir. Il en est incapable.

Elle change de chaîne de façon frénétique. Elle tombe sur un match de football espagnol, Barcelone contre Villarreal. Lisa Viansson ne connaît rien au football, mais elle reste absorbée quelques minutes à regarder ces hommes insouciants se préoccuper uniquement du ballon, elle observe la fluidité et l'âpreté du jeu. Sur la chaîne suivante, un débat est organisé autour des nouvelles mesures liées à l'état d'urgence.

— *La politique de l'enfant unique a été plus ou moins réussie en Chine parce qu'elle était basée sur des méthodes autoritaires, lance une femme, la soixantaine, cheveux gris lâchés sur les épaules. La stérilisation, l'avortement... Rassurez-moi, messieurs, ce n'est pas vers là que vous voulez aller ?*

— *Vous voyez, madame, ce qui est dommage, c'est qu'on ne peut pas avoir de débat politique sans outrances, aujourd'hui, répond un homme.*

Elle le connaît. C'est Denis Salé, un député issu de la Normandie, vers Caen, lui semble-t-il, élu dans le sillage de la victoire de Savidan. Un illuminé qui avait travaillé un temps chez Vitalise.

— *Les outrances, monsieur, c'est l'instauration de l'état d'urgence. Ça oui, c'est une outrance.*

Lisa Viansson éprouve une forme d'admiration pour cette femme. Pouvoir dire ce qu'on pense, sans crainte. Être fidèle à soi et à ses convictions. Pourquoi a-t-elle l'impression que ce n'est déjà plus possible ? Elle monte le son.

— *Je ne relève pas. Si la catastrophe climatique n'est pas une urgence, alors le mot urgence n'existe pas. Le président de la République poursuit ce qu'il a toujours fait : convaincre et inciter. Le contrôle des naissances se fait par le SEI, sur le principe du pollueur-payeur. Avoir un enfant, oui, désolé de le dire, ça pollue.*

Elle pense à Baptiste et à Théo. Ses enfants. On les réduit à des émetteurs de CO_2, à des facteurs de pollution comme le kérozène ou les particules fines. Elle visualise leurs sourires, leurs rires, leurs pleurs. Le grain de leur peau, leur odeur. Pour ces gens, c'est la vie qui pollue. C'est la vie qu'ils veulent éradiquer.

— *Avoir un enfant, oui, désolé de le dire, c'est un choix,* reprend Denis Salé. *Un choix respectable, mais un choix qu'il faut assumer.*

— Vous avez des enfants, monsieur Salé ? demande l'universitaire aux cheveux gris.

Un sourire en coin se dessine sur le visage du député, plein de morgue et de mépris.

— Ça vous plairait, hein, que j'aie des enfants ? Vous pourriez souligner le fameux décalage entre la parole et les actes ? Et me ramener au rang des vieux politiciens. Eh bien, madame, je vais vous répondre. Nous travaillons pour l'avenir. Les mesures que nous édictons sont pour le futur. Nous ne prétendons pas effacer le passé. Chacun est là, aujourd'hui, avec son histoire et cette histoire reste comme un héritage. Nous ne retirons pas les enfants à ceux qui en ont déjà eu, madame, ne nous faites pas l'injure de nous faire passer pour des… pour des je-ne-sais-quoi. Pour ma part, oui, j'ai deux enfants, et je suis fier d'eux. Et mon SEI a baissé, oui. Et je l'assume, oui. Parce qu'on ne peut plus rester dans le déni. L'avenir de la planète, celui de l'humanité, c'est un enjeu trop important pour ça.

Lisa Viansson entend la porte grincer. Elle sursaute. Son premier réflexe est d'éteindre la télévision, comme si on la prenait en faute. Elle se cale contre le mur, les mains dans le dos, qui serrent l'Opinel.

— Vous avez terminé ? lance l'aide-soignante.

Lisa Viansson ne veut pas continuer à vivre dans cette terreur-là. Et pour éviter ça, éviter de se retrouver chassée, acculée, exécutée dans l'indifférence, le plus sûr, c'est peut-être de se montrer. Et d'aller à l'affrontement. Au moins, si elle doit retourner à l'hôpital, elle fera peut-être la une des journaux.

42

Mardi 8 juin

9h

Fanny Roussel l'a repéré tout de suite, parmi la dizaine de visages qui l'attendaient dans cette salle trop exiguë de l'Élysée. Son air juvénile, peut-être, cette façon guindée qu'il a de se tenir. Sa coiffure impeccable, avec la raie sur le côté. Le genre à avoir de bonnes manières depuis qu'il est né. Bonne famille, hauts fonctionnaires de père en fils, tout le contraire de ce qu'elle est, elle, ex-alcoolique et paumée, bonne à rien comme on le lui a tant répété. Et pourtant, c'est elle qui donne les ordres et les orientations ce matin, face à tous ces héritiers du système qui ont tout de même eu l'intelligence de se mettre au service de la politique de Pierre Savidan.

Aucun n'a eu l'air de vouloir démissionner après la mise en œuvre de l'article 16. Au contraire, ils semblent presque heureux d'être là, les directeurs des centres PAIRE qui ont ouvert dans toute la France depuis le début de l'année. Des couilles molles qui n'ont pris aucune initiative mais qui seront prêts à aller plus loin dès qu'on leur en donnera l'autorisation. Des hauts fonctionnaires qui ne sont en réalité que des ronds-de-cuir obnubilés par l'idée de « servir ».

— Quand nous avons lancé l'appel à candidature pour diriger les centres, vous avez répondu présent, leur lance Fanny Roussel. Vous avez été candidat, sélectionné et tout se passe très bien dans chacun de vos centres. Vous avez été détaché de vos administrations d'origine et vous avez servi le projet du président avec conscience et talent. Les choses avancent, des pensionnaires sortent, revigorés, rééduqués, si j'ose dire.

Face à elle, Sacha Delcourt se rengorge. Il peine à dissimuler un sourire satisfait. Elle sait qu'il a eu le président au téléphone après la mort de Charlène Ricci lors d'une session de motivation confiée à Oma Moon. Pierre Savidan l'a rassuré : non, il n'y aurait pas de sanction. La responsabilité de l'accident incombait entièrement à cette femme, et le terme de lynchage employé dans certains journaux, heureusement minoritaires, était tout à fait exagéré.

— Mais il faut qu'on aille plus loin, plus vite. Beaucoup plus loin, et beaucoup plus vite. C'est l'objectif poursuivi par le président quand il a enclenché l'article 16. Vous l'avez compris, bien sûr. J'ai compté, nous sommes aujourd'hui à 12 294 personnes passées par un centre PAIRE. C'est encore très peu. Nous ne sommes pas assez sévères avec le SEI et c'est pourquoi le président a décidé de réviser les barèmes. Mécaniquement, cela va provoquer un afflux dans les centres. Un afflux de volontaires, mais aussi des gens qui n'auront pas le choix. Des ennemis de l'écologie sur lesquels il faudra garder un œil attentif.

Sacha Delcourt la fixe intensément, et glisse quelques mots en aparté à son voisin, un homme qui a le même âge, le même visage, presque, le même costume, la même façon de se tenir : un clone. Elle devine qu'il lui parle de Gabriel Cormeray. L'autre sourit.

— L'objectif du président est d'arriver à multiplier par cent le nombre de pensionnaires de centres PAIRE.

Un murmure parcourt l'assemblée. Ils sont tous en train d'imaginer à quoi ressemblerait leur centre avec cent fois plus de monde. On leur a donné des bâtiments neufs ou refaits à neuf, des chambres individuelles ou, au pire, des chambres doubles où les résidents sont comme à l'hôtel, on leur a fourni la pédagogie et les intervenants pour les cours, les ateliers, les conférences et les animations. C'est un travail facile. Valorisé, et facile. Et voilà qu'on veut entasser chez eux les réfractaires par dizaines. L'une des directrices lève la main, sans parvenir à dissimuler le masque d'angoisse qui a remplacé son visage. Fanny Roussel lui fait signe d'attendre.

— Le président veut arriver à un million de personnes remises à niveau, dont les comportements posent aujourd'hui problème et qui ne devront plus en poser à l'avenir. C'est une évaluation, un objectif. Ce sera peut-être moins, peut-être plus. Mais c'est pour vous dire qu'on change d'échelle pour le programme PAIRE et c'est pour cela que j'ai été mandatée par le président. PAIRE n'est plus une variable d'ajustement, mais devient le centre de notre politique de changement. Et vous aussi, vous allez changer d'échelle. Si vous l'acceptez, évidemment.

La femme qui avait levé le bras tout à l'heure tente une nouvelle fois sa chance, mais cette fois son visage n'est plus le même. « C'est si simple de contenter les gens », se dit Fanny Roussel. Les flatter, et leur offrir des perspectives. Qu'ils se sentent exister, qu'ils se sentent utiles, qu'on le leur dise et qu'on le leur répète. Ces gens-là n'auront pas la vie facile dans les prochains mois. Il faut éviter de les voir flancher. Et pour ça, les honneurs et l'argent.

— En quoi ça va consister exactement, « changer d'échelle » ? demande la femme. Parce que cent fois plus, je vois l'intention, mais en l'état actuel des choses…

Fanny Roussel esquisse un petit sourire.

— En l'état actuel des choses, nous ne pourrions pas y parvenir, je vous le confirme. C'est pourquoi j'ai demandé ce matin, au nom du président, au ministère des Finances, de répertorier l'ensemble des bâtiments publics qui peuvent, en une semaine, être transformés en centres PAIRE, sur tout le territoire. Les centres PAIRE vont pousser comme des champignons. J'ai également lancé, toujours au nom du président, un programme de sélection des futurs directeurs de ces centres qu'il vous reviendra de finaliser, région par région. Vous êtes nommés, à partir d'aujourd'hui, adjoints au directeur du Renouveau écologique, au ministère de l'Écologie. Vous aurez chacun sous votre responsabilité une région entière : charge à vous d'y aménager les centres, d'en recruter le personnel et, au-delà de l'accueil des volontaires, de sélectionner les pensionnaires qui se doivent d'y être accueillis. Les fichiers détaillés des SEI des habitants de votre région vous seront évidemment accessibles, ainsi que tous les outils d'analyse indispensables à cette politique.

Un homme lève la main, lui aussi. Il a l'air nonchalant, pas tellement convaincu. Pas assez en tout cas, si elle en croit la question qu'il pose.

— Quand vous dites qu'il faudra sélectionner nous-mêmes des gens, ça veut dire qu'il faudra les identifier et ensuite les contraindre à se rendre dans le centre ? Parce que je doute qu'ils soient tous volontaires... J'en vois pas mal par chez moi, en Occitanie, qui ont des SEI à plat mais qui n'en ont pas grand-chose à foutre. Ils paient et ça leur va bien, même s'ils grognent et qu'ils menacent de partir à Bruxelles ou à Genève.

Fanny Roussel se dit qu'il faudra le surveiller. Ou l'écarter avant qu'il ne cause des ennuis. Elle a l'œil pour ce genre de types. Ils sont d'accord, mais c'est toujours « jusqu'à un certain point ». Le genre à avoir des remords ou à venir chialer en miaulant : « Je ne savais pas. »

— Oui, c'est exactement ce que je veux dire. Il y aura une loi, fixée par le président. L'état d'urgence est fait pour ça. Pour accélérer les réponses au péril qui menace notre planète. Et ces gens-là font partie du problème. Le programme PAIRE leur permet de faire partie de la solution. C'est une chance qu'on leur offre.

— M'est avis qu'ils auront du mal à voir ça comme ça, souffle l'homme en relevant une mèche qui lui tombe sur le front.

— On ne va pas leur laisser le choix. Vous aurez tous les pouvoirs de police nécessaires. Mais si ça vous gêne, monsieur Loisel, il faut le dire tout de suite. Vous avez le choix, vous. Votre SEI se porte très bien, vous êtes un citoyen engagé dans le changement. Même si tout ça peut aller très vite, c'est vrai.

Fanny Roussel les observe attentivement, un à un. Certains soutiennent son regard quelques secondes, neutres, sans rien laisser paraître, avant de baisser les yeux, par politesse ou par crainte. Chez d'autres, la fierté se lit sans difficulté. Thierry Loisel, lui, se pince les lèvres, conscient d'être allé trop loin.

— Le président compte sur vous pour accepter cette mission, conclut Fanny Roussel. Parce qu'on a besoin de gens comme vous. Vous êtes notre avant-garde.

43

Jeudi 10 juin

21 h 58

Des chiens aboient, au loin. La nuit tombée, peut-être, qui les excite, ou la chaleur. À une cinquantaine de mètres, dans l'obscurité, un halo rouge signale la présence humaine la plus proche. Le brasero d'un camp de Gitans, d'où s'échappent des odeurs de merguez et une musique jouée avec frénésie sur des guitares, qui leur parvient assourdie par la distance. Il fallait un lieu discret, sans témoin. Un lieu impossible à sonoriser. Un lieu improbable où personne ne viendrait les chercher.

C'est Olivier Fleurance qui a choisi le parking d'un fabricant de peinture dans cette zone industrielle au nord de Compiègne, déserte entre vingt heures et six heures. Il arrive le premier, un peu avant l'heure convenue. Il sort de sa voiture, la chemise trempée dans le dos, dans la moiteur lourde de la nuit. À vingt-deux heures, toujours personne. Il se dit qu'ils pourraient lui faire faux bond. Ça leur ressemblerait, de jouer les matamores et de reculer au dernier moment. Olivier Fleurance ne se fait guère d'illusion sur la classe politique.

Et puis les voitures arrivent. Quatre voitures, toutes en même temps, ou presque. Mais personne n'en descend. Les phares l'aveuglent, il ne peut pas voir qui est à l'intérieur. Il se demande si c'est bien eux, ou si c'est Pierre Savidan qui lui envoie ses sbires. Il se dit que seul contre une petite armada d'hommes de main, il ne pèse rien.

Quand il entend le claquement de la première portière, quand il voit la première silhouette en sortir, une nausée soudaine l'oblige à reculer pour crachoter, et il pense que, oui, peut-être, il va mourir là. Ça lui fait peur, mais ça ne le fait pas fuir, bien au contraire. La mort, il vit avec depuis plus d'un mois. Celle d'Anaïs, celle de Charles, celle de son pays.

Cette silhouette, c'est celle d'Amélie Duscault, la Première ministre. Elle est venue seule, sans chauffeur, sans garde du corps, au mépris de tous les protocoles. C'était la condition. Elle s'avance vers lui, lui fait un signe de tête. Les trois autres voitures se sont garées côte à côte, en épi. Les personnages les plus importants de l'État en descendent. Julien Kerr, le président du Conseil constitutionnel. Serge Serrane, le président de l'Assemblée nationale. Et Philippe Cardo, le président du Sénat.

— J'ai été obligé de prendre la voiture de ma femme, lance Serge Serrane en riant. Des années que je n'ai pas conduit, tout ça pour me retrouver dans un parking désert à proximité d'un camp de manouches. Je ne vous dis pas merci, monsieur Fleurance.

Assis sur le capot de sa voiture, le patron de la Compagnie du Lait esquisse un sourire.

— On ne peut pas éviter toute la surveillance, mais c'est sans doute l'un des endroits les plus tranquilles de ce point de vue-là. Il n'y a pas de caméra et si vous avez tous laissé vos portables dans vos voitures, on devrait être à peu près tranquilles. Sauf s'il y a un mouchard parmi vous, mais là... Je ne maîtrise pas. Je suis un novice dans vos petits jeux à la con.

— Un novice, mais qui apprend vite, sourit Philippe Cardo. On dirait bien que vous êtes en train de cristalliser sur votre personne une sorte d'opposition à notre petit dictateur.

— La politique, ça ne m'intéresse pas, monsieur Cardo. Ce n'est pas de ma faute si elle, elle s'est intéressée à moi. À moi, et à de plus en plus de monde. Un peu grâce à vous, madame Duscault. Dix jours d'état d'urgence, et déjà pas mal de dégâts.

Amélie Duscault n'a pas encore dit un mot. La Première ministre se tient voûtée, les bras croisés. Elle semble gênée. Gênée d'être là, ou gênée d'être elle-même, tout simplement. Pas fière, en tout cas. C'est ce que comprend Olivier Fleurance quand elle dit :

— Je me suis posé la question de rester. Et j'en ai conclu que j'étais mieux dedans que dehors. Pour le moment. J'aime mon pays. Je veux lui éviter le pire.

— Vous pensez vraiment qu'on peut faire pire que maintenant ?

Serge Serrane fait un pas en avant, les mains levées, tout sourire.

— Halte au feu ! On n'est pas venus là pour se faire donner la leçon, monsieur Fleurance. On est venus là entre gens de bonne volonté pour trouver une solution à notre problème. Déjà, merci d'avoir accepté, monsieur Fleurance.

L'invitation était arrivée par coursier. Sur une feuille en papier. Olivier Fleurance devait répondre sur une autre feuille en papier, qu'il devait déposer dans une boîte aux lettres au nom de Nicole Petit-Jean, dans un immeuble du XVIIIe dont on lui avait donné le code. Dire oui, ou non, et si oui, donner une date, un lieu, une heure de rendez-vous. Et les voilà, tous les quatre, qui veulent se transformer en pitoyables Brutus. Ils se déchireront ensuite pour savoir qui prend la place de César.

— Pour votre gouverne, monsieur Fleurance, j'ai pris tous les risques pour être ici, ajoute Amélie Duscault. Si le président apprend l'existence de cette réunion, je serai débarquée dans la seconde et envoyée en centre PAIRE dans la foulée. Personne n'a envie d'aller dans un centre PAIRE en ce moment, mais moi je sais que j'aurai droit à un traitement de faveur. Un peu comme celui de votre avocat. Les centres PAIRE ne valent parfois pas mieux que les prisons ces jours-ci, monsieur Fleurance.

— Les gens sont pourtant de plus en plus nombreux à s'y rendre. On nous dit même que tout cela se fait, je cite, « dans l'enthousiasme ».

Julien Kerr sort un mouchoir de sa poche, et s'éponge le front. Il prend la parole pour la première fois, très calmement.

— Ce que nous avons vécu, c'est un véritable coup d'État institutionnel. Nous autres, juristes, avons toujours su que la Constitution de la Ve portait en elle les germes d'une dérive autoritaire. Mais nous, collectivement, nous les Français, nous avons toujours cru que la culture démocratique du pays empêcherait cela. Pierre Savidan nous montre que nous avions tort. Avec le général de Gaulle, l'article 16 ne me pose pas de problème. Avec un gourou qui tire sa légitimité de YouTube et qui gouverne par impulsions, beaucoup plus.

Serge Serrane tire une cigarette de son paquet, sans en proposer à personne. Il l'allume et tourne la tête pour souffler la première bouffée. Olivier Fleurance les observe tour à tour, en écoutant Julien Kerr. Amélie Duscault regarde ses pieds. Philippe Cardo se tient contre sa voiture, les bras croisés, avec une nonchalance affectée. Ils ont l'air de conspirateurs d'opérette.

— Vous auriez pu ne pas l'approuver, le recours à l'article 16, dit Olivier Fleurance.

— C'est vrai, avoue Julien Kerr. On a été pris de court. Et puis surtout, ils ont eu peur. On a eu peur. On a tous reçu une balle de Kalachnikov dans notre boîte aux lettres. Et quand on voit ce qui est arrivé à Lisa Viansson, on peut supposer que ce n'étaient pas des menaces en l'air. Vous êtes au courant ?

Olivier Fleurance est au courant, oui. L'agression dont a été victime Lisa Viansson a tout de même fait l'objet de quelques articles dans la presse.

— Cette agression, ce n'est pas un hasard. Nous savons qu'il s'agit de Fanny Roussel. Mais Lisa ne veut pas porter plainte. Elle a peur, elle aussi. Tout le monde a peur, dit Julien Kerr.

— Tout le monde a peur, et il faut que ça cesse, complète Philippe Cardo. On ne peut pas faire de la politique dans la peur. Si on risque de crever pour avoir exprimé une idée, on ne trouvera plus grand monde pour faire de la politique, et nous aurons Savidan encore pendant longtemps.

— Pendant des années, il ne vous a pas tellement gênés. Vous avez envie de le dégager pour sauver votre peau, et votre poste, en somme.

— Il a été élu, monsieur Fleurance, je vous le rappelle, rétorque Julien Kerr. C'est une réalité qu'il fallait prendre en compte, tout de même, non ? La politique menée pouvait plaire ou ne pas plaire, mais elle s'inscrivait dans un cadre démocratique. Ce n'est plus le cas. Il faut revenir à l'intérieur du cadre. L'article 16 stipule que, dans les trente jours suivant son déclenchement, le Conseil constitutionnel peut être saisi par le Président de l'Assemblée nationale, le président du Sénat, soixante députés ou soixante sénateurs, pour examiner si les conditions sont toujours réunies. Philippe Cardo et Serge Serrane, ici présents, ne se feront pas prier pour le faire.

— Et vos amis du Conseil constitutionnel se seront fait greffer des couilles dans l'intervalle ?

— Je le crois, monsieur Fleurance, je le crois. Parce que la situation aujourd'hui n'est pas la même qu'il y a quinze jours. On frappe quasiment à mort une conseillère de l'Élysée. On transforme les centres PAIRE en usine à démolir la personnalité des pensionnaires. On compte déjà quatorze morts dans les centres depuis six jours. À chaque fois dans des circonstances différentes, d'accord. Qui pourraient toutes trouver une explication, d'accord. Mais quatorze morts, monsieur Fleurance ! On édicte des restrictions abracadabrantesques. Limiter le nombre des naissances, franchement. L'avis du Conseil sera négatif et le Parlement pourra se constituer en Haute Cour. Savidan sera jugé pour haute trahison. Philippe Cardo deviendra président de la République par intérim. Il lui faudra un Premier ministre, un homme de consensus, qui symbolise la rupture avec Pierre Savidan jusqu'aux élections suivantes. Pourquoi pas vous, monsieur Fleurance ?

Pourquoi pas lui, oui, après tout ? Il ferait certainement moins de dégâts que ces incapables. Philippe Cardo, le social-démocrate qui a loupé dix fois l'occasion de se présenter à la présidentielle et rêve de rentrer dans l'Histoire à bord de la voiture-balai. Serge Serrane, passé par toutes les chapelles de la gauche, communiste, socialiste, écologiste, les trois à la fois et aucune des trois pourvu qu'il puisse en permanence coller son cul sur n'importe quel strapontin. Amélie Duscault, ancienne ministre, femme de conviction mais aveuglée par l'ambition, marionnette et potiche dont s'est servi le président pour s'acheter une expérience politique. Julien Kerr est peut-être le plus respectable, mais c'est aussi le plus lâche.

C'est tout de même cocasse que, lui, une des plus grosses fortunes de France, stigmatisé pour son mode de vie, pourchassé par la justice pour de pseudo-affaires de pollution industrielle, devienne un recours aux yeux de cette clique de gauchistes qui ont cru pouvoir surfer sur la mode de l'écologiquement incorrect et qui, pendant trois ans, ont voté ou fait voter des lois qu'ils sont prêts à défaire une fois qu'ils auront réussi à éjecter Pierre Savidan.

— Haute trahison, hein ? Et vous croyez que, lancé comme il est, il se laissera faire ?

Amélie Duscault est maintenant assise sur le capot de sa voiture. Elle toise Olivier Fleurance et sort une cigarette de sa poche.

— Qu'est-ce que vous croyez, monsieur Fleurance ? souffle-t-elle après avoir aspiré une première bouffée. Qu'une fois la haute trahison votée les forces de l'ordre auront la moindre hésitation à procéder à l'arrestation du président ? Vous croyez que nos chers policiers, qui ont voté à plus de 70 % pour Violaine Roy, sont devenus, d'un coup de baguette magique, si radicalement écologistes qu'ils voudront défendre le président contre les institutions ? Croyez-moi, ils trépignent. Ils ne rêvent que de ça, de foutre Savidan au trou. On va leur en fournir l'occasion, c'est tout.

— J'aimerais croire que ce sera aussi simple, lâche Olivier Fleurance. Mais vous oubliez une chose : Quéméner est le ministre de l'Intérieur le plus apprécié par ses ouailles depuis Pasqua. Pendant quatre ans, il a pris soin de les brosser dans le sens du poil. L'ordre, ça s'achète. Leur salaire a été augmenté, bien davantage que sous la droite et vous le savez bien, puisque vous-même avez défendu la légitimité de cette mesure alors que les infirmiers défilaient dans la rue pour réclamer le même traitement. Vous vous souvenez ? Il y avait eu un mort, qui s'est pris un tir de flash-ball dans la gueule à bout portant. Quéméner les a même autorisés à tirer à balles réelles sur les Français, quand la foule s'est approchée de l'Élysée. Quéméner, c'est-à-dire vous, votre gouvernement. Le flic, il aime ça, en découdre. Peu importe avec qui. La castagne, la castagne, la castagne. Et Savidan au pouvoir, ça veut dire carte blanche pour cogner. Ça peut peser, le jour où il faudra se décider.

Amélie Duscault le fixe avec un regard empreint de mépris et de pitié. Il n'a aucune confiance en elle, mais il se dit que cette femme a beaucoup d'allure. Une posture de guerrière, alors que pendant toutes ces années, on l'a prise pour un ectoplasme, tout juste bonne à dire amen à Savidan.

— Vous avez une bien piètre idée de nos concitoyens, monsieur Fleurance. C'est ce qui nous différencie. Je vais vous laisser bien volontiers ma place à Matignon. Mais celle d'après, monsieur Fleurance, la place à l'Élysée, je serais ravie de vous la disputer à la loyale. Dans les urnes. Comme avant, dans le monde ringard de la démocratie.

Elle lui tend la main. Il l'attrape et la serre longuement, doucement, sous le regard des trois gardiens des institutions. « Si l'État ne tient plus qu'à nous cinq, pense-t-il avec une certaine amertume, c'est peut-être qu'il est déjà mort. »

44

Samedi 12 juin

13 h 05

La chaleur, humide et poisseuse, l'écrase littéralement. Mathilde Lascaux se sent compressée, comme tassée sur le bitume. Elle jette un coup d'œil à sa montre, sans parvenir à lire les chiffres exacts masqués par la buée, presse le pas mais sent tout de suite ses aisselles s'imbiber de sueur. La foule n'a pas déserté la rue et l'on pourrait croire à un week-end ordinaire sous le ciel de Paris. Le pays est en état d'urgence mais le jour, les magasins restent ouverts et les transports fonctionnent, on se prélasse dans les parcs et on déjeune toujours en terrasse.

Mathilde Lascaux porte une robe légère qui dévoile à peine ses bretelles de soutien-gorge, mais ce n'est pas à cause de sa tenue qu'elle sent les regards peser sur elle. Elle a l'impression que les passants la dévisagent en pensant : « C'est elle. » Celui-là, à l'air renfrogné, jean et baskets tombés du camion, la bouscule, l'air de rien, et elle croit entendre : « Salope ! » Ce vieux couple, assis sur un banc, la scrute comme un animal de foire. Quand elle passe devant eux, l'homme, les épaules ratatinées, engoncé dans un complet marronnasse depuis longtemps hors d'usage, soulève péniblement sa canne pour la désigner. Il rit, et sa femme aussi. Elle jurerait qu'ils ont lâché : « Petite traînée ! » Ce gamin, skate sous le bras, dix ou douze ans à peine – elle n'y connaît rien, à l'âge des enfants –, sourit comme un demeuré en consultant d'une main son portable : elle a un doute, comme s'il la prenait en photo. Il postera l'image sur les réseaux sociaux avec un hashtag #laputedeSavidan. Mathilde Lascaux a le sentiment que tout le monde est au courant.

Un secret ne se partage bien qu'à deux. Et quand elle fait le décompte de ceux qui savent, ça lui donne des suées qui rendent sa peau visqueuse et puante. Un, deux, trois, quatre, cinq… Plus encore. Bien davantage. Mathilde Lascaux ne peut pas en vouloir à Juliette. Qui aurait gardé sa langue ? Pas elle, en tout cas. Mais elle se demande ce qu'elle va dire à Salomé. Elle se demande aussi pourquoi elle a accepté de la voir. Plus elle approche du jardin du Luxembourg où son amie lui a donné rendez-vous, plus elle ralentit l'allure, anesthésiée par la chaleur mais aussi par l'appréhension. Elle ne voudra sûrement pas lire de la déception sur le visage de Salomé, mais comment pourrait-il en être autrement ? À cacher l'essentiel à ses proches, on finit par se retrouver tout seul. Elle se demande comment réagiraient ses parents, si elle leur disait, à propos de Pierre Savidan.

Chaque jour, des manifestations non autorisées se tiennent dans des dizaines de villes en France. Certaines sont ridiculement éparses, d'autres curieusement immenses. Il y avait hier davantage de personnes à Mont-de-Marsan qu'à Paris, et il y a eu plus de mobilisation lors d'une fête sauvage du porc à Langueux qu'à Lyon où des artistes protestataires ont tenté d'improviser une pièce de théâtre place Bellecour. La police laisse parfois faire, et charge d'autres fois, comme s'il n'existait pas de consigne claire. Certains journalistes prétendent même que la situation échappe au pouvoir et que les forces de l'ordre ne lui sont plus acquises. C'est vrai que les flics se joignent parfois aux festivités. On en a vu partager des hot dogs sur les ronds-points à l'entrée de Rennes ou de Lille.

Mathilde Lascaux s'arrête près du bassin, autour duquel de grands enfants qui ont l'âge de ses parents font tourner en rond leurs bateaux télécommandés. Elle s'empare d'une des rares chaises libres et s'installe devant le Sénat. À quelques mètres d'elle, deux vieux messieurs voûtés jouent à la pétanque en riant. Elle comprend vite pourquoi Salomé lui a donné rendez-vous, précisément ici, quand elle voit devant la grille une vingtaine de manifestants réclamer dans le calme la destitution du président, et parmi eux, son amie qui la toise et lui fait signe de les rejoindre en souriant. Elle se demande pourquoi Salomé fait preuve de tant de perversité. L'espace d'un court instant, elle a même un doute : et si Juliette ne lui avait rien dit ?

Elle reste le cul collé à la chaise, interdite. Mathilde Lascaux aimerait détester Pierre Savidan, elle aussi. Tout serait plus facile. Elle afficherait #nopasaran sur son compte twitter comme Salomé, ou le niveau de son SEI comme tous ces gens, en guise de protestation et de défi face à l'état d'urgence. Mais son SEI se porte trop bien et sa bio, ça serait plutôt :

Mathilde Lascaux
@mlascaux
Baisée par le président – SEI 899

Elle se ferait traiter de collabo, de pute à papa, d'arriviste, de nazie, de « salopolpot », et elle lirait à longueur de journée des amabilités comme « tu seras tondue », « va pourrir en enfer » ou « je te brûle le trou du cul ». Elle saurait au moins où elle se situe dans ce monde qui devient dément. Elle a le tournis comme si elle n'avait plus d'opinion, elle qui était si fière de ses convictions il y a un mois encore.

Salomé s'avance vers elle, seule. Elle a le visage trop sérieux, fermé. Mathilde Lascaux a presque peur de se faire engueuler. Comme si ça avait une quelconque importance.

— Je suis contente que tu sois venue. J'étais pas sûre.

Mathilde Lascaux regarde le sol et déglutit. Elle se rend compte qu'elle a honte. Mais honte de quoi ? Honte de n'avoir pas été raisonnable comme il aurait fallu l'être ? Elle l'a été tellement souvent, raisonnable, dans sa vie. Pas une seule heure de colle, ses anniversaires passés à bachoter pour les concours, jamais de rapport sans préservatif, pas d'alcool quand elle conduit, et quand un homme extraordinaire – au sens propre – s'intéresse à elle, il faudrait qu'elle dise non et s'excuse encore de le dire ?

— Juliette ne t'a rien dit ? murmure-t-elle.

— Si. Qu'est-ce qui t'a pris ?

— Laisse tomber.

— Tu es majeure et vaccinée, ma belle, après tout. Tu viens ? Reste pas plantée là !

— Tu crois vraiment que je peux venir avec vous, là, comme ça ? Pourquoi tu m'as pas dit, que c'était une manif contre Savidan ?

— Tu serais venue ?

— Je ne crois pas. Je ne sais pas…

— Ah, soupire Salomé, soulagée. Y a du progrès. Y a des doutes. C'est déjà ça. Parce que Juliette…

— Quoi, Juliette ?

— Elle a total vrillé, meuf. On dirait que Savidan lui a lavé le cerveau. Comme son père. Tu as vu la vidéo ?

Non, elle n'a pas regardé la vidéo. Elle n'a pas pu. Pas eu la force. Mais elle l'a vue tourner, sur les réseaux sociaux. Une parmi d'autres. Ça lui ferait peut-être du bien, à Mathilde Lascaux, un séjour en centre PAIRE. Pour que quelqu'un d'autre pense à sa place. Ça la reposerait.

Salomé s'accroupit à côté d'elle. Elle lui parle tout bas.

— C'est quoi, votre relation, exactement ?

— Je ne sais pas, Salomé. Je ne sais pas, putain ! Il n'est pas comme on pourrait croire qu'il est, je ne sais pas quoi te dire d'autre.

— Écoute, Mathilde. Je ne te juge pas. Mais on est à un moment où il faut choisir son camp.

« Choisir son camp. » Toujours les grands mots, avec en filigrane la mythologie inconsciente de la Résistance. Les opposants à Savidan se prennent pour Jean Moulin et croient éprouver le grand frisson de leur vie parce qu'ils manifestent à coups d'apéritifs publics. Mathilde Lascaux les observe, accrochés aux grilles comme s'ils risquaient quoi que ce soit d'autre qu'une amende de 135 euros pour participation à un rassemblement non autorisé. Même Salomé lui fait un peu pitié, à croire que l'heure du jugement est arrivée.

— Fuis-le, Mathilde. Fuis-le, crois-moi, parce que tout ça, on ne sait pas comment ça va finir.

Elle sourit à Salomé, l'air absent. Elle triture son smartphone et au milieu des notifications, elle lit des textos que Pierre Savidan vient de lui écrire avec les paroles de son amie en fond sonore, impalpables, insaisissables. Il se sentirait tellement trahi, s'il savait où elle était… Elle ferme les yeux.

— Oh putain, tu as vu ?

Elle entend, mais elle n'écoute pas.

— Mon Dieu, crie Salomé. Mais c'est un salopard, ton président ! C'est pire que ce qu'on pensait ! Mais putain…

Mathilde Lascaux voit son amie parler, mais son regard la transperce, elle voit à travers Salomé comme si elle était transparente. Elle lui sourit, pourtant.

— Mathilde ?

Elle sent ses jambes mollir, comme si elles se liquéfiaient. La sueur se met à couler le long de sa poitrine. Elle essaie de se lever.

— Mathilde, ça va ?

Salomé se lève d'un bond, l'attrape par le bras mais ne peut pas l'empêcher de tomber à genoux dans les graviers du parc où elle vomit trois fois de suite une bile qui lui brûle l'œsophage. « Mathilde, ça va ? » lui lance Salomé à plusieurs reprises, et pourtant Mathilde Lascaux ne répond pas, affalée dans la poussière du Luxembourg, avec ces mots venus du palais en face qui bourdonnent en elle, venus d'un groupe incrédule qui répète en boucle : « Ils ont tué Cardo ! »

45

Samedi 12 juin

21 h

Le prochain sur la liste. Il est le prochain sur la liste, il en est sûr. Ils l'ont loupé au meeting à République mais sa chance ne durera pas. Ils ont eu Philippe Cardo, ils l'auront, lui, comme ils auront Serge Serrane ou même Amélie Duscault. Ce n'est qu'une question de temps.

La rue est vide et silencieuse à cause du couvre-feu. De son balcon, il regarde les toits de Paris. N'importe quelle fenêtre pourrait abriter un *sniper.* Ce serait vite fait. Il ne s'en rendrait même pas compte. Un coup de feu furtif au crépuscule, alors qu'il boit une bière, au moment où il la porte à ses lèvres, et tout ça serait fini. Parfois, il se surprend à le souhaiter. Que tout ce cirque cesse… Mais la haine est plus forte. La haine, c'est ce qui le fait tenir.

Julien Kerr, lui, n'a pas la haine. Il a peur et ça se sent. Quand il l'a appelé, dans l'après-midi, sa voix tremblait. On aurait dit un enfant de six ans, enfermé à clé dans une chambre plongée dans le noir. La conversation avait été lugubre.

— Philippe Cardo a eu un accident. Il traversait la rue. Une voiture l'a fauché.

— Ce n'était pas un accident. Et vous le savez.

Un silence. Olivier Fleurance avait juste mis des mots sur ce que le président du Conseil constitutionnel n'arrivait pas à formuler.

— Le gars s'est arrêté ? avait repris Fleurance.

— Non, apparemment pas. Mon Dieu…

— Si ça avait été un accident, il se serait arrêté. En plein Paris… personne ne fuit, à part des pros.

— Ce n'est pas possible, Olivier. On nage en plein cauchemar. Je ne peux pas croire…

— Croire quoi ? Que Savidan puisse faire tuer un type qui le gêne ?

— Oui, avait murmuré Julien Kerr. Ce n'est pas possible. Pas en France, enfin.

— Si on vous avait dit qu'il y aurait des camps pour rééduquer les gens qui n'ont pas de compost, si on vous avait dit qu'on ferait des campagnes de promotion de l'avortement, si on vous avait dit qu'on ne pourrait plus sortir après vingt et une heures, si on vous avait dit… Je continue la liste, ou c'est bon ? Il faut tout croire, et surtout ce qui est incroyable.

— Serge Serrane est de votre avis. Il vient de passer la frontière. Il est en Espagne. Il m'a dit qu'il se sentait plus à l'abri là-bas. C'est son chauffeur qui l'a conduit. D'une traite. Mon Dieu, reprend Julien Kerr après un silence. J'ai peine à croire à ce que je dis.

— Vous savez, j'ai eu du mal à croire à la mort de ma

femme et de mon fils. Et pourtant, ils sont bien morts. Alors, Serrane, oui, il a sans doute bien fait de partir. Et vous feriez peut-être bien de faire pareil.

Julien Kerr n'avait pas répondu. Avoir peur, fuir, ça voulait dire abdiquer, d'une certaine manière. Julien Kerr était un lâche, ça se sentait, mais il était de ces hommes que la lâcheté paralyse. Lui, il ne fuirait pas, non. Il attendrait, en priant pour que ça passe.

— Les menaces de mort, c'est une chose, avait-il dit. Mais le passage à l'acte… Cardo est mort sur le coup, apparemment. Tant mieux pour lui. Il n'a pas eu le temps de voir venir. Il était tellement impliqué…

— Il était surtout soucieux de devenir président, l'avait coupé Olivier Fleurance.

— Il était soucieux de rétablir la démocratie. La démocratie, c'est la charpente. Le reste, ça vient après.

— Il n'est pas con, Savidan. D'une manière ou d'une autre, il se doute que personne n'a envie de le laisser devenir un petit Staline. Qu'il ait fait buter Cardo, ça a une logique. Tout tombe à l'eau, alors ?

— Si le Conseil constitutionnel émet un avis négatif au bout de trente jours, il faut être sûr que le Parlement suive pour enclencher l'article 68. Avec Cardo, il n'y avait aucun doute. Sans lui, la majorité des deux tiers pour faire tomber le président, il faut être sûr qu'elle sera acquise. Savidan est encore capable de faire élire un homme à lui à la tête du Sénat. Si on donne un avis négatif sur la prolongation des pleins pouvoirs et que derrière, Savidan reste président, tout ça n'a aucun sens.

En raccrochant, Olivier Fleurance avait compris qu'il était

seul. Ceux qui se targuaient d'être les piliers des institutions allaient éjecter le président, ils avaient besoin de lui à Matignon pour prouver que la parenthèse Savidan appartenait au passé, ils allaient rétablir la démocratie… Et puis ils se mettaient à douter.

« Tu parles », murmure-t-il pour lui-même en piochant dans le bol de tomates cerises qu'il a posé sur sa petite table en guise d'apéritif. La mort de Cardo les a tous pris au dépourvu, il peut le comprendre. Mais être si défaitiste, tout de suite. L'un se carapate à l'étranger, l'autre chiale presque comme un gosse. Amélie Duscault, elle, se montre toujours à la télévision en défendant l'indéfendable : il l'a encore entendue sur BFM tout à l'heure oser dire que la demande était forte pour intégrer les centres PAIRE et affirmer que la multiplication de ces centres était une « opportunité donnée à chacun pour se mettre en conformité avec la loi sans subir d'insupportables délais ». La Première ministre fait une si piètre agent double qu'Olivier Fleurance la soupçonne surtout d'être une excellente girouette.

La nuit tombe doucement mais la chaleur faiblit à peine. Olivier Fleurance se lève et jette un coup d'œil au thermomètre qui indique encore vingt-sept degrés. Il retourne à l'intérieur de l'appartement chercher une autre bière dans le frigo. Au moment de l'ouvrir, il croit entendre des bruits dans le couloir. Une pensée fugace le traverse. « Déjà », se dit-il. Il referme doucement le frigo, sa bière à la main, et ouvre le tiroir pour en tirer le couteau le plus aiguisé. Quitte à crever, autant essayer de se défendre.

Aucune de ses mains n'est libre. Il s'approche de la porte d'entrée. Il entend le bruit caractéristique de l'ascenseur qui s'arrête, la porte qui claque. Il a juste le temps de voir par le judas un homme en costume s'y engouffrer, avant de sentir sous ses pieds nus comme un bout de papier. Il baisse les yeux. Il s'agit d'une enveloppe, que ce type vient sans doute de déposer sous la porte. Il pose sa bière et le couteau sur le meuble, à gauche, et la déchire sans réfléchir. Elle contient une carte prépayée et un numéro.

Olivier Fleurance va chercher son iPhone, essaie de dénicher l'endroit où loge la carte SIM. Il se souvient qu'il faut une espèce de trombone pour l'ouvrir. Il a un coup de chaud soudain, ferme les yeux quelques secondes, sans être capable de se souvenir où il a mis l'outil fourni par Apple. La sueur coule le long de son dos. Il se rabat sur un pic pour les olives, le compartiment s'ouvre. Il en extrait la carte SIM et la remplace par celle qui vient de lui être fournie.

Que faire d'autre ? Il appelle le numéro. Il ne reconnaît pas la voix qui lui dit : « Vous avez fait vite » et qui part ensuite d'un grand rire.

— Serrane à l'appareil.

— Content de voir que vous êtes de bonne humeur. Dans le contexte, c'est rafraîchissant.

— Je suis à Barcelone. Il y a pire. Les tapas sont bonnes et la *cerveza* aussi.

Le cadavre de Philippe Cardo est encore chaud et ce guignol va bientôt lui recommander les meilleures putes de Catalogne. Olivier Fleurance joue les innocents.

— Qu'est-ce que vous faites là-bas ?

— J'évite les accidents de la route. Ça arrive vite, en ce moment. Ici les gens font plus attention. C'est rassurant.

— Et à part vous rassurer ?

— J'ai eu un voyage très instructif. J'ai beaucoup discuté avec mon chauffeur. Vous connaissez Didier ?

— Non, Serge, je ne connais pas Didier, lâche, exaspéré, Olivier Fleurance.

— Didier connaît beaucoup de monde, lui. C'est mon chauffeur, c'est mon garde du corps. Depuis plus de dix ans, alors vous pensez, on a une grande confiance l'un envers l'autre. Eh bien, Didier est très ami avec Francis. Vous connaissez Francis ?

— Est-ce que je dois vraiment répondre à cette question ?

— Francis est l'un des gardes du corps de Pierre Savidan.

— Et alors ?

— Et alors, on le tient, jubile Serge Serrane. On le tient, ce salopard.

— Et pourquoi ?

— Il a une maîtresse, cet enculé. Une jeune femme. Vingt-cinq ans à tout casser. Très belle, selon Francis. Il l'accompagne chez elle régulièrement. Et ça baise, apparemment, ça baise fort.

— Et qu'est-ce que vous voulez que ça me foute ?

— Eh bien, vous allez rendre une petite visite à Mlle Mathilde Lascaux, dans le XIXe arrondissement de Paris, vous verrez, c'est un coin exotique. Ce sera sûrement très instructif. Peut-être sera-t-elle d'accord pour prendre quelques photos du président en plein exercice ? Ou même pour mettre un peu de cyanure dans sa tisane, qui sait ? Trêve de plaisanterie, on le tient, Olivier. Je ne sais pas encore comment, mais on le tient. Je vous laisse réfléchir pour voir comment utiliser au mieux cette information, mais je n'ai pas pu la garder pour moi. C'est tellement savoureux.

46

Mardi 15 juin

13 h 10

Le halo jaunâtre autour de ses yeux commence à se résorber, mais elle porte toujours sur son nez cassé un pansement qui coupe en deux son visage. Elle supporte avec difficulté les douleurs récurrentes dans son dos, grâce à la codéine qu'on lui a prescrite à l'hôpital. Maintenant, elle se dit qu'elle a eu de la chance. Plus de chance que Philippe Cardo, qui n'a même pas eu le temps de voir la mort venir.

Elle aurait aimé retourner à la maison, mais dès qu'elle a franchi le seuil de la porte, dès qu'elle a vu le salon où Fanny Roussel avait porté les coups, avec tant de haine et de violence, Lisa Viansson a su qu'elle ne pourrait plus jamais vivre ici. « C'est pas grave, on vendra », lui a dit son mari avec une pointe de regret dans la voix. Cette maison, c'était leur ancrage. C'est devenu le lieu de son naufrage.

La voilà installée chez sa mère, dans un quartier pavillonnaire de Betton, dans la couronne rennaise, une maison ordinaire pour une vie qui ne l'est plus, dans la chambre de son enfance, vidée heureusement de tout souvenir. Lisa Viansson a toujours peur qu'ils reviennent finir le travail, mais ça n'a pas l'air d'inquiéter sa mère.

On dirait presque qu'elle les attend. « Qu'ils viennent, j'ai toujours le fusil de ton père », et c'est vrai, elle l'a sorti pour l'occasion, il trône là, dans un coin du salon. Lisa Viansson voit le regard de Julie Descouart s'attarder sur l'arme. Ses yeux sont bleus comme l'azur, à s'y perdre. La journaliste du *Monde* est plus âgée qu'elle mais elle n'a pas à rougir de la façon dont elle a vieilli. Les traits de son visage sont d'une finesse à rendre jalouse une adolescente et elle a beau être un peu ronde, elle pourrait sans doute séduire n'importe quel quinquagénaire mal à l'aise dans son mariage.

— C'est un vrai ? demande Julie Descouart.

Lisa Viansson hoche la tête.

— On en est là, alors, soupire la journaliste. De quand date notre dernière rencontre, madame Viansson ?

Lisa Viansson essaie de se souvenir. Rencontrer les journalistes n'a jamais été ce qu'elle préférait. Mais quand vous êtes ministre, la relation avec les médias, c'est un tiers, voire la moitié du temps. Elle avait gardé de cette époque un lien particulier avec quelques journalistes, qu'elle avait vus régulièrement de façon informelle pendant les premières années du quinquennat Savidan. Julie Descouart n'en faisait pas partie. Elle la trouvait froide et trop professionnelle, trop rigide, sans doute pas assez manipulable. Elle avait la réputation d'être incorruptible et elle l'était. Tant de vertu faisait presque peur à Lisa Viansson, mais c'est ce qu'elle cherche à présent. La vertu et le devoir de vérité dans un monde qui en manque de plus en plus.

— Je ne sais pas, dit-elle. C'est quand j'étais ministre, je crois.

— Oui, vous n'avez jamais voulu me recevoir quand vous étiez à l'Élysée.

— C'est vrai. Désolée si je vous ai froissée.

— Pas froissée, non, il m'en faut plus pour ça. Mais ça m'aurait permis de mieux comprendre ce qui se passe aujourd'hui. De mieux l'anticiper, peut-être. De mieux le décrire.

— Qu'est-ce que ça aurait changé ? Pierre Savidan conduit un TGV devenu fou. Il accélère au lieu de freiner. Il est habité par l'idée de sauver le monde. Et il est encouragé dans ce délire par toute sa clique d'illuminés, de Vitalise ou d'ailleurs.

— Et vous venez de vous en apercevoir ? Je veux dire, ça fait plus de trois ans que vous le connaissez... Vous avez été proche de lui.

Julie Descouart n'a aucun affect. Elle veut savoir, elle veut comprendre et si pour cela ses mots doivent blesser quelqu'un qui est déjà à terre, ça ne la dérangera pas.

— On ne s'est pas aperçu hier qu'il y a en Savidan une tentation bonapartiste, pour le dire gentiment, reprend Julie Descouart.

— En effet. Nous sommes un certain nombre à avoir essayé de la canaliser, cette tentation, comme vous dites. Il faut croire que nous avons échoué. La question, c'est pourquoi, et surtout comment on répare ça, maintenant. Comment on passe à la suite.

— Et vous avez les réponses ?

— Moi toute seule, non, bien sûr. Mais notre pays a des ressources démocratiques insoupçonnées.

— Il peut aussi tomber dans l'abîme très très vite. Vous auriez dû être là quand nous avons été reçus aux Fossés pour nous annoncer l'état d'urgence. Il était ivre de sa puissance, flanqué de son âme damnée... Il flottait dans l'air une atmosphère suffocante.

Julie Descouart fixe silencieusement Lisa Viansson. Elle la dévisage longuement, comme pour évaluer ses blessures, les marques sur sa peau. Son téléphone se met à vibrer, mais elle l'ignore. C'est comme un compte à rebours, avant qu'elle ne reprenne la parole.

— Vous pensez que votre agression est liée à votre défection ? Je veux dire, vous pensez que ce pouvoir-là peut utiliser ces méthodes-là ? Pour ma part, après l'épisode aux Fossés, je suis sûre que oui.

Lisa Viansson sent les larmes monter. Son souffle se saccade et sa main se met à trembler quand elle soulève la théière pour servir Julie Descouart. Elle revoit Fanny Roussel dans son salon, fière et sûre de son impunité, s'en prendre à elle comme elle pourrait s'en prendre à n'importe qui. Elle ne sait pas si Fanny Roussel n'est qu'une folle en liberté qui attend d'être internée, ou au contraire une exacerbation de ce pouvoir, si elle se confond avec lui dans toute sa violence et sa force.

— Je ne sais pas, ment Lisa Viansson. Mais ce que je sais, c'est que ce pouvoir n'a pas éteint tous les contre-feux. On peut encore s'exprimer comme on veut et la France n'est pas, et ne sera jamais, la Hongrie ou la Biélorussie.

— Vous me paraissez bien sûre de vous, rit tristement Julie Descouart alors que son téléphone vibre à nouveau. La haute administration a été mise au pas, les médias aussi et même s'il en reste quelques-uns de libres, il ne sera pas compliqué de les faire rentrer dans le rang. Je n'ai pas d'enfants, mais si l'on veut faire baisser mon SEI, on trouvera, vous savez. On trouvera. Et je ferai moi aussi mon petit séjour en centre PAIRE. C'est une machine redoutable, ce SEI. Redoutable. Les institutions comme *Le Monde* peuvent rester, mais si vous envoyez tous les journalistes dans leurs camps de rééducation et que vous les remplacez par d'autres qui seront immanquablement plus dociles, le journal ne sera plus qu'une coquille vide. Je ne m'attends pas à autre chose de Pierre Savidan. En revanche, j'aimerais entendre encore davantage les oppositions. Ils ont tous l'air groggy, à courir comme des poulets sans tête, à s'agiter et à brasser de l'air. Ils ne sont pas à la hauteur du moment.

— Moi, j'ai décidé de parler, en tout cas, lance Lisa Viansson. C'est pour ça que vous êtes là.

— Et vous voulez leur dire quoi, à ces Français qu'on veut priver de bidoche ? Ça a l'air de les émouvoir davantage que les camps qui vont se mettre à pousser comme des villes du Far West sur le chemin des chercheurs d'or…

Lisa Viansson sourit, malgré tout. Elle sourit parce qu'elle pense qu'on peut encore corriger tout ça. Elle sourit parce qu'elle a confiance en Julien Kerr, parce qu'elle pense que bientôt, Pierre Savidan sera rayé de la carte. Elle sourit parce qu'il faut être optimiste. Si on ne l'est pas, cette époque folle et bouffonne vous dévore et vous recrache en lambeaux.

— Je veux leur dire, d'abord, qu'il existe une alternative

politique à Pierre Savidan. La popularité d'Olivier Fleurance n'en finit pas de monter et je compte désormais parmi ses soutiens. On me fera le procès de la cohérence, poursuit-elle alors que vibre encore le portable de Julie Descouart. Mais je n'enterre pas mes idées. Je les dépose à terre comme on dépose les armes, le temps que l'on retrouve des règles communes au débat démocratique. Je ne partage pas les idées d'Olivier Fleurance, mais je veux pouvoir les combattre à la loyale. Et pour cela, nous devons sortir de l'article 16, tout de suite. Et sortir du quinquennat Savidan, tout de suite aussi.

— On vous jettera votre engagement à ses côtés à la figure.

— Mon engagement aujourd'hui a d'autant plus de valeur. Le désaccord est trop profond avec celui que j'ai soutenu hier pour que je continue à ses côtés. Et plus nous serons nombreux, à l'intérieur, à partir, à dire pourquoi on part, à le crier haut et fort, plus vite ce pouvoir se consumera dans son *hubris*. Tout ce que je souhaite, c'est que ma démission, ma prise de parole, en appelle d'autres. Des hauts fonctionnaires, des politiques, des ministres. À commencer par la première d'entre eux. Amélie Duscault partage mes idées. Elle n'a plus rien à faire à Matignon, mais elle a encore l'illusion qu'elle sauve les meubles. Quand elle sera sortie de ça, ça fera une alliée de poids. Tout ça, ce n'est pas de la trahison. C'est du bon sens. Le temps viendra, ensuite, pour trouver une alternative qui réconcilie écologie et libertés.

— Excusez-moi, lâche Julie Descouart en fouillant dans son sac alors que son téléphone vibre encore une fois. Ce truc m'agace, j'aurais dû l'éteindre, je suis désolée.

Elle attrape son smartphone, un Apple dernier cri, et jette un coup d'œil à l'écran d'accueil. Elle fait un signe à Lisa Viansson, se lève du canapé et s'écarte un peu, portant l'appareil à son oreille. Lisa Viansson la voit hocher la tête, bouche bée, en répétant : « Merde alors. » Elle raccroche et, la main refermée sur le téléphone, comme si elle se cramponnait à lui, lâche à Lisa Viansson :

— Ils vont installer des centres dédiés à l'avortement devant chacun des centres PAIRE, et augmenter à seize semaines le délai légal. Pour permettre aux femmes enceintes de remettre à flot leur SEI juste avant d'être internées, ou à tout moment pendant leur présence dans les camps. Un gosse ou la liberté. Mais c'est quoi la prochaine étape ? Des pelotons d'exécution ? Mon Dieu, ça devient cauchemardesque.

Lisa Viansson se dresse péniblement sur ses jambes. Elle ne voit même plus Julie Descouart qui enfile sa veste à la hâte. L'image de Baptiste et Théo s'incruste sur sa rétine. Ce sont eux, les vrais ennemis de Pierre Savidan. Il veut une société qui se meurt en une ou deux générations.

47

Jeudi 17 juin

10 h

Son dos est perclus de douleurs, comme s'il avait été battu à mort. Les vertèbres disloquées, les épaules lestées d'un poids, Gabriel Cormeray ne peut plus se tenir que voûté quand il parvient, par miracle, à s'asseoir sur le bord du lit. Sa jambe gauche tremble sans s'arrêter, incapable de répondre aux ordres de son cerveau narcosé. Son corps est envahi par la chaleur, comme une brûlure qui le consume de l'intérieur. Il n'a même plus la force d'attraper la bouteille posée sur le carrelage.

Sa routine est toujours la même. S'allonger, fermer les yeux, les ouvrir, s'asseoir, boire une gorgée, s'allonger, fermer les yeux, les ouvrir, s'asseoir, boire une gorgée… Jusqu'à hier, il se traînait encore jusqu'aux toilettes mais il est si déshydraté qu'il ne pisse plus, ou quelques gouttes de temps à autre, quelques gouttes couleur or qui lui grillent l'urètre. Dans cette cage baignée de lumière où le soleil cogne tout le matin, où la chaleur est prisonnière, son corps est comme une éponge inutilisée depuis trop longtemps, aride et desséché.

Il regrette la moiteur des premiers jours. Le manque d'eau est une torture. Il lui arrive de puiser dans celle des toilettes pour améliorer l'ordinaire, mais le chlore qu'ils y versent en surdose le fait dégueuler et la chasse d'eau ne peut être tirée qu'une fois par jour. Pas suffisant pour éviter de se transformer petit à petit en plante morte, faute d'avoir été entretenue.

Gabriel Cormeray a pourtant fait tout ce qu'ils voulaient, même de mauvaise grâce. Il a supporté la bienveillance factice d'un tuteur qui ne lui a laissé aucune chance au premier faux pas. Il a assisté à tous ces ateliers où on leur expliquait combien ils devaient être honteux d'être ce qu'ils étaient, et pourquoi ils devaient absolument changer. Il a subi de trop nombreux spectacles grotesques que même des enfants auraient trouvés ridicules. Il a accepté de se confier à des journalistes pour leur souffler que l'homme nouveau commençait à poindre sous sa carapace de paria du monde d'avant Pierre Savidan. Il s'est laissé enfermer avec une femme qui a sans doute été la seule à montrer du courage dans ce troupeau de gens qui ne pensaient qu'à une chose : sauver leur peau, sortir le plus vite possible avec un SEI qui leur permettrait de mener une vie à peu près similaire à celle d'avant.

Il aimerait croire qu'à l'intérieur il n'a jamais abdiqué, mais il sait que c'est faux. Au début, le sarcasme lui tenait lieu de bouclier. Puis la soumission apparente est devenue une stratégie, contrainte mais dont personne ici n'est dupe.

Et maintenant, cette soumission n'est plus un choix, mais une nécessité, sa seule chance de salut parce que Gabriel Cormeray n'a pas envie de mourir. Il n'a pas envie de finir comme Charlène Ricci. Sa mort lui a fait comprendre qu'il n'avait pas sa force, sa faculté de révolte, face à l'absurde des centres PAIRE.

Rien ne fonctionne, il est toujours là, seul, rationné, maltraité, torturé même si personne ne l'insulte ou ne le frappe. Personne ne lui parle. Personne ne le voit. La torture, c'est celle qui consiste à le laisser végéter et c'est pour cela qu'ils l'empêchent de voir Adeline, ne serait-ce que quelques minutes. Parce qu'ils savent que ces quelques minutes lui redonneraient de la vie, de l'espoir, une perspective.

Maintenant, Gabriel Cormeray ne sait plus quoi penser. Peut-être ont-ils raison, après tout ? Peut-être tous les gens comme lui ne sont-ils que les déchets d'une civilisation qui se cabre sur ses erreurs et ses fautes ? L'image de Lisa Viansson, triomphante, lui revient en mémoire. Il aurait dû se douter, dès ce jour-là, ce jour où ils ont voulu l'éliminer du paysage politique, que tout cela tournerait mal. Il aurait pu partir à l'étranger, avec Adeline, avec Juliette. Les États-Unis, ça aurait été bien. New York ou Boston. Il aurait trouvé du travail là-bas, même si son anglais n'est que celui d'un haut fonctionnaire français, celui d'un bon élève qui n'a jamais travaillé à l'étranger. Il se met à marmonner quelques mots, quelques phrases en anglais, il ouvre grand la bouche et fait valser ses lèvres de droite à gauche pour imiter l'accent des fermiers américains. Juliette aurait pu avoir un bon métier, au lieu de… au lieu de quoi, d'ailleurs ? Sa fille a réussi des études brillantes, mais elle n'en a rien fait. De son temps, on avançait, l'ENA, HEC, on devenait indépendant, important, on avait du pouvoir, vite, de l'influence, on avait de l'argent, on ne vivait plus aux crochets de ses parents. On se lançait. Juliette fait du surplace, à se lamenter sur le monde, à militer, convaincre, persuader de tout arrêter, de freiner la marche du monde. C'est à cause d'elle qu'il est là. *Grâce* à elle. Il ne sait pas. Il se prend la tête dans les mains. Il aimerait pleurer mais son cœur est comme son corps, sec à crever.

La porte s'ouvre doucement. Il n'a même pas la force de tourner la tête, mais dans l'embrasure, il devine la silhouette élégante de Philippe Lorrain qui s'avance dans la pièce. Il voit ses chaussures, impeccablement cirées, ses fines chaussettes noires et l'ourlet de son pantalon en lin. Son mentor se laisse tomber sur le lit vide, en face, et tâte le matelas en disant :

— C'est pas si inconfortable, finalement.

Gabriel Cormeray reste silencieux. Il n'a pas vu Philippe Lorrain depuis des jours et des jours. Il sait qu'il est considéré comme un cas désespéré. Ce qu'il ne sait pas, c'est combien ils sont comme lui, enfermés sans jugement, suppliciés au nom du Bien.

— C'est dur, hein, cette chaleur ? Ils disent qu'on en a encore pour quelques jours. Il a fait trente-sept degrés hier. À l'ombre. Et ce n'est que le début. Pour nos enfants, et leurs enfants, ce sera le quotidien, ce cauchemar. Et puis avec si peu d'eau… Comment vous faites pour tenir, Gabriel ?

Gabriel Cormeray ne relève toujours pas la tête. Il ne voit que les chevilles de Philippe Lorrain, ses deux pieds immobiles sur le carrelage, étonnamment calmes.

— L'eau, c'est un sacré truc, aussi. On pourrait tuer pour

avoir de l'eau, non ? Vous pourriez me tuer si vous étiez sûr, ensuite, d'avoir accès à de l'eau potable. Je me trompe ?

Même sans la promesse de pouvoir boire autant qu'il le souhaite, Gabriel Cormeray pourrait tuer Philippe Lorrain, oui. Il voudrait le faire, mais il n'en a pas la force. Il se ferait retourner, piétiner, dès qu'il ferait mine de le toucher. La simple perspective de se lever du lit le fatigue déjà, de toute façon.

— Non, je ne me trompe pas. Vous êtes comme tout le monde. Tuer pour survivre. Tout le monde est capable de ça. Demain, il y aura des guerres pour avoir accès à l'eau.

Ce sont les cours qui reviennent. Il pensait en avoir fini avec les discours sur l'avenir de la planète, mais même là, même dans cette chambre où on l'a abandonné, même au bord de la mort, on lui serine ces vérités catastrophistes auxquelles il ne veut pas croire. Il ne veut pas y croire parce qu'il a confiance en l'homme. Il a confiance en sa capacité à surmonter tous les défis, à se relever. Une espèce qui a survécu à Auschwitz et Hiroshima est aussi invincible qu'un tardigrade.

— Vous m'avez donné du fil à retordre, Gabriel. J'ai essayé de vous aider, de vous faire progresser, de vous protéger. C'était compliqué, hein, vous n'avez pas mis beaucoup de bonne volonté. On vous a infligé l'épreuve ultime. La privation d'eau. Dans cinquante ans, des dizaines, des centaines de millions d'hommes et de femmes seront dans le même état que vous. Et pourquoi ? Parce que des gens comme vous n'auront pas voulu renoncer à leur voyage aux Antilles, à leur monospace, à manger des mangues et des kiwis, des tomates en hiver, à streamer leurs séries préférées, à faire deux, trois, quatre enfants. Tout ce petit confort de la bourgeoisie occidentale qu'il aurait fallu déconstruire, petit à petit. Mais on n'a pas le temps de déconstruire, Gabriel. On n'a pas le temps. Alors on détruit. Ça fait plus de dégâts, je vous l'accorde. Mais on n'a pris personne en traître. Et surtout pas vous. Votre femme est plus intelligente. Moins têtue. Elle va s'en sortir.

Pour la première fois, Gabriel Cormeray relève la tête. C'est un réflexe, à l'évocation d'Adeline, mais un réflexe qui lui cause des douleurs atroces aux cervicales. Il essaie de parler, mais ses lèvres semblent scellées, il marmonne sans que Philippe Lorrain lui prête attention.

— Je vais quitter le centre, Gabriel. Je suis rappelé à Paris pour travailler auprès de Pierre Savidan, directement. Je vous abandonne à votre sort. Vous pouvez tenir encore, sans doute, si on continue à vous apporter un peu d'eau. Mais est-ce que mon successeur sera aussi patient ? J'en doute, Gabriel, j'en doute. C'est pour ça que je suis un peu triste aujourd'hui. Un peu triste de ne pas avoir pu vous ramener sur le bon chemin. Ce n'était pas un jeu, vous l'avez compris, mais trop tard. Vous êtes un échec personnel, pour moi. C'est un regret. Mais il n'y a absolument rien de personnel dans tout ça, Gabriel. Vous ou un autre, ça aurait été pareil. Exactement pareil.

Philippe Lorrain se lève, s'approche de lui. Il sent sur son épaule une petite pression, comme un dernier geste d'humanité avant que la porte ne se referme sur l'étuve dans laquelle il baigne depuis des jours et des jours, et qui va se transformer en cercueil. La seule différence, c'est qu'il peut entendre le fracas du couvercle.

48

Nuit du jeudi 17 au vendredi 18 juin

5 h 28

La rosée trempe la toile de ses chaussures à mesure qu'il s'enfonce dans le parc du Palais. Trois rouges-gorges sautillent sans crainte autour de lui. L'un campe sur ses pattes en forme de brindille, et, bizarrement bouffi, semble le fixer. Pierre Savidan l'écarte d'un geste brusque du bras et l'oiseau volette à quelques centimètres du sol avant d'atterrir un peu plus loin. Le ciel est constellé de nuages grisâtres et filandreux qui s'évanouissent avec l'aube.

Le président a regardé son téléphone portable il y a quelques minutes avant de s'habiller à la hâte pour descendre au jardin : il indiquait 5 h 22, le moment des silences et des naïvetés, celui où l'on peut faire semblant que tout est simple et facile. Oui, non, juste un choix à faire et il l'a fait, il a cru le faire en quittant la chambre et le corps chaud de son épouse à côté de lui qui ronflait légèrement, de ce ronflement rassurant qui a achevé de le convaincre après des nuits d'insomnie.

Les questions et les doutes viennent perturber son sommeil, de plus en plus fort à mesure qu'il enfonce le pays dans la crise politique. Il se désole des réactions des autres États de l'Union européenne qui, à part la Hongrie et le Danemark, ne parlent que sanctions et même, exclusion. Il aurait aimé davantage de soutien de la Chine dont il s'est inspiré, c'est vrai, mais qui semble désormais regarder la France comme une pâle copie d'un régime qu'il vomit. Le communisme a été l'une des idéologies les plus destructrices pour la planète, avec sa marche forcée vers le progrès industriel.

Il regrette la fracture du pays, bien sûr, mais il ne regrette aucune de ses décisions et encore moins l'instauration de l'état d'urgence. L'impopularité est une étape à assumer pour qu'un jour la bascule puisse se faire, la bascule vers un monde où ceux qui veulent poursuivre comme si de rien n'était deviendront d'abord minoritaires, puis seront pointés du doigt comme des parasites inconscients.

On n'en est pas là, malheureusement. Le système résiste et se cabre, derniers soubresauts avant sa destruction. Il n'a rien contre la démocratie *en soi*, même s'il juge qu'elle n'a jamais été à la hauteur face à l'urgence. Il n'est certainement pas un dictateur. Il refuse ce terme employé par certains journaux, au premier rang desquels toujours *Le Monde* qu'il tente d'étouffer en coupant le robinet des subventions publiques – sans succès, car à chaque fois, des mécènes improbables volent au secours du torchon de Julie Descouart. Il n'a pas violé la Constitution, il s'est assuré de la respecter à la lettre. L'article 16 n'est pas plus usurpé quand on parle de la survie de l'espèce que d'un putsch voué à l'échec, orchestré à des milliers de kilomètres de Paris par des généraux animés par la rancune.

Le ministre de la Défense, Martin Malia, et son chef d'état-major lui assurent qu'aucune défection n'est soupçonnée parmi les militaires de haut rang. C'est normal : le processus institutionnel est toujours en cours. Il reste dix jours avant que le Conseil constitutionnel approuve, ou désapprouve, la reconduction des pleins pouvoirs. Tant qu'il n'a pas voté contre, les apparences sont préservées et même s'il sent que ça craque un peu partout, des flics sur le terrain jusqu'aux ministres, en passant par les parlementaires, Pierre Savidan reste optimiste. Il veut croire qu'après la mort de Philippe Cardo, Julien Kerr se montrera raisonnable.

— Et si Julien Kerr se fait greffer des couilles ? lui a demandé Fanny Roussel.

— Alors il faudra que Serrane et le nouveau président du Sénat en commandent une paire chacun, a-t-il répondu. Et franchement, je ne crois pas que ce soit un produit qu'on trouve facilement sur le marché.

Elle a ri, mais il sait que Fanny Roussel ne partage pas son optimisme. Les tractations entamées par Philippe Cardo avec les sénateurs pour s'assurer de leur vote éventuel au moment d'une procédure de destitution ne vont pas s'arrêter avec sa mort. De plus en plus de manifestations se déroulent sans être dispersées, lors desquelles les flics regardent mais n'interviennent pas. D'autres sont réprimées dans la violence. « Je ne contrôle pas tout, lui a avoué Vincent Quéméner, mais on est obligés de laisser un peu de liberté aux forces de l'ordre. » Pierre Savidan s'interroge : est-ce que Vincent Quéméner ne préparerait pas sa sortie, lui aussi ?

Difficile de savoir s'ils misent sur son échec, tous ceux-là. Mais ils s'y préparent. C'est humain. Pourtant, Pierre Savidan ne peut pas envisager l'échec. Il est allé trop loin pour ça. Fanny Roussel lui dit de faire le ménage partout, dès maintenant, parce qu'il n'est entouré que de traîtres en devenir. Il n'est pas naïf. Amélie Duscault ne restera pas à Matignon. Mais il a encore besoin d'elle, parce qu'elle incarne la continuité de sa politique.

Tout chambouler maintenant, ce serait un aveu d'échec. On dirait : « Savidan fait le vide autour de lui et poursuit la politique de la terre brûlée. » Il faut, le plus longtemps possible, garder autour de lui des gens qui feront paratonnerre au moment voulu, même s'il sait bien qu'il ne peut leur faire aucune confiance. Ils le poignarderont dans le dos dès qu'il aura un genou à terre.

Il ne regrette pas la mort de Philippe Cardo, pas plus que celle annoncée de Gabriel Cormeray. Oui, il a ordonné de laisser crever cet imbécile incapable de montrer le moindre enthousiasme dans son sacrifice. Mais il ne l'a pas fait par plaisir, ni par haine du personnage. Il ne le connaît pas, ou si peu. Il l'a fait parce qu'il est temps que les gens comprennent que les centres PAIRE ne sont pas des colonies de vacances payées par le service public. Les séjours dans ces centres ne doivent pas non plus être considérés comme des mauvais moments à passer pour renflouer des SEI honteux, et tout recommencer ensuite à peu près comme avant. Il l'a fait pour que quelques torchons comme *Le Monde* racontent son histoire, que le pouvoir puisse la démentir, pour que flotte autour des centres PAIRE une atmosphère mystérieuse faite de mythes et de peurs qui est la seule propice à la transformation des individus. Il l'a fait pour qu'il y ait le moins possible de Gabriel Cormeray à l'avenir. Lui et Philippe Cardo ne sont que des cadavres abstraits, des dommages collatéraux sur le chemin de la rédemption du pays. C'est sans doute triste pour leurs familles, mais pas plus que pour celles des victimes des catastrophes naturelles passées et à venir.

Pierre Savidan dépasse le bassin où gisent des insectes et des larves que les jets d'eau chassent à l'infini, à proximité de la Grille du Coq, là où il a planté un chêne au début de son mandat. Il relit une nouvelle fois les derniers SMS de Mathilde Lascaux, les seuls qui comptent encore. Ils se font rares, ces derniers temps, comme si elle aussi prenait de la distance. Elle a le droit d'avoir peur, après tout, même si ça lui fait de la peine. Si elle doit tomber amoureuse, ce sera d'un homme d'État, pas d'un couard qui avance et recule à la moindre difficulté. Sans doute devrait-il les effacer, tous ses SMS, comme il devrait effacer de sa vie cette histoire incongrue. Il pense à elle, souvent, tout le temps. Elle n'a pas demandé à vivre avec le poids du pouvoir et les fantômes des sacrifiés à l'unique cause du quinquennat.

Il se racle la gorge pour s'éclaircir la voix, répète les quelques mots qu'il doit prononcer tout à l'heure pour convaincre le nouveau président du Sénat de ne pas se rallier à ceux que les journalistes amis appellent les « conjurés ». Il ne connaît pas si bien Olivier Cosse. Mais il va le lui répéter : on n'a rien sans efforts. Ses jambes tremblent un peu et ont du mal à le porter. Il sent monter dans sa poitrine un flux d'air qui le glace et l'oppresse. Il connaît ça, il sait que ça ne dure pas, cette peur qui envahit le corps et s'y diffuse comme si elle allait le faire fondre, et qui pourtant n'est ni une ennemie, ni un supplice, juste un signal : « Fuis. » Et une drogue, un peu. « Reste. »

Parfois, oui, il l'avoue, il voudrait escalader cette grille, comme dans un mauvais film comique, et s'enfuir à travers les rues sous les yeux éberlués des quelques passants, et courir en laissant tout ça derrière lui, courir jusque chez Mathilde Lascaux et s'enfermer avec elle pour des mois et des années. Mais il ne s'agit pas de lui. Il s'agit de quelque chose de beaucoup plus grand. La France, la planète.

Le monde le regarde et il ne peut pas lui offrir le spectacle d'un homme nu et désarmé. La rue est calme, à peine quelques klaxons et les sonneries des camions poubelles, comme des petites vagues qui s'agitent au-dessus du silence. Il sent son téléphone vibrer dans sa main. C'est elle. Il inspire profondément, et expire avant de répondre.

— Je pensais justement à vous, dit-il.

— J'ai un problème, lâche-t-elle.

Au son de sa voix, le corps de Pierre Savidan se fige.

— *On* a un problème, corrige-t-elle tout de suite avant de se mettre à pleurer. Je suis désolée. Tellement désolée.

49

Vendredi 18 juin

20 h 57

— C'est cocasse.

Elle répète ce mot, depuis tout à l'heure. « C'est cocasse. »

Elle le répète mais elle ne rit pas. Il n'est pas fier, Pierre Savidan, avachi sur son fauteuil de roitelet, dans son salon doré qu'il affecte de ne pas aimer, mais dans lequel il se réfugie dès qu'il peut.

— Et moi, j'ai rien vu.

Elle imagine Pierre Savidan se faire sucer sur ce fauteuil, les jambes écartées, en train de caresser la tête de la jeune femme. Elle n'a aucun souvenir d'elle. Elle ne sait même pas si elle l'a déjà croisée. Elle imagine Pierre Savidan en train de lui éjaculer à la gueule, sur un tapis classé. La prendre par-derrière sur la table. Elle connaît ses pratiques, ses préférences. Rien de délirant. Sexuellement, Pierre Savidan n'a rien de délirant, non. Elle essaie de se souvenir de la dernière fois, avec lui. Ça remonte à loin. Ça devait être aux Fossés. C'est flou.

Fanny Roussel n'est pas jalouse. Elle n'a jamais été jalouse de Sylvie, et ce n'est pas la première fois que Pierre Savidan a une maîtresse. Ce ne sont pas les jeux sexuels qui la dérangent, au contraire, si ça lui permet de mieux gérer ses états d'âme.

— Je n'ai même pas vu que tu avais changé. C'est vrai, quand j'y repense, tu étais un peu plus joyeux, plus détaché. Plus léger. Je trouvais ça bien. Si ça se trouve, c'est elle qui t'a permis de prendre ces décisions, c'est grâce à elle qu'on se retrouve là, à pouvoir enfin avoir les moyens de notre politique. Il faudra que je pense à la remercier.

— Arrête tes sarcasmes, Fanny, la coupe Pierre Savidan. On se connaît depuis suffisamment longtemps pour s'épargner tout ça. J'ai une vie privée, tu as une vie privée. On a toujours été d'accord avec ça. Si je te dis tout ça, c'est parce que ça devient un problème politique. Après tout, je ne la connais pas, cette fille. Si elle voulait le garder… Pire, si elle voulait parler à la presse.

Fanny Roussel se lève et fait le tour de la pièce. Elle s'arrête devant la fenêtre. Elle aimerait bien l'ouvrir, pour aérer un peu. Il fait encore chaud et l'ombre des hêtres et des chênes lui donne envie de s'allonger, le visage fouetté par la brise.

— Un sacré problème, même, dit-elle en agitant son moignon. Un sacré problème, reprend-elle plus bas. Vas-y, redis-moi : qu'est-ce qu'elle t'a dit exactement ?

— Exactement, j'en sais rien, moi. Comment veux-tu… ? En gros, qu'elle était enceinte, qu'il fallait qu'on se voie pour décider de ce qu'on faisait. Elle a dit *on*, comme si… comme si on était un couple.

— Ça t'a troublé ?

— Oui. Parce que ça m'a… ça m'a traversé l'esprit.

— Ça t'a traversé l'esprit ?

Fanny Roussel inspire fort, la tête légèrement en arrière, puis plante son regard dans celui de Pierre Savidan.

— Et ça ne t'a pas traversé l'esprit que quelqu'un l'ait foutue là exprès depuis le début, pour te piéger ?

— Ne sois pas ridicule. Qui peut prévoir ça, franchement ?

— Elle t'a allumé, tu es tombé dans le panneau. C'est pathétique, Pierre. Tu pourrais réfléchir un peu avant d'aller remplir des chattes avec ton foutre présidentiel, quand même.

— J'ai toujours mis un préservatif.

— Tu devrais changer de marque. Apparemment, ce n'est pas une marque performante.

— Et elle ne m'a pas « allumé », comme tu dis. Au contraire, c'était une fille discrète. C'est une fille bien.

— Mon pauvre. Qui l'a foutue dans tes pattes ? Qui l'a embauchée ?

Elle le voit qui se mord les lèvres. Il regarde le sol. Un vrai gosse. Elle sait très bien qui embauche les membres du service de communication. Mais elle veut le lui entendre dire. Elle murmure :

— Qui, Pierre ? Qui ?

Il lui tourne le dos. Toujours muet, il s'avance vers la fenêtre. La lumière est tombée sur le jardin. Les ombres s'allongent. Elle voit le reflet de Pierre Savidan sur la vitre.

Elle remarque que le carreau n'a pas été bien nettoyé. Elle a le temps de voir les cadavres d'insectes éparpillés près des tentures, à droite du visage du président.

— Qui ? se met-elle à gueuler. Qui ? crie-t-elle encore plus fort en s'approchant de lui.

Pierre Savidan se retourne brusquement, le bras levé, comme s'il allait la frapper.

— Tu sais très bien qui, répond-il d'une voix tremblante. Et ça ne change rien. Lisa n'est pas tordue. Elle n'aurait jamais fait ça.

— « Lisa », répète Fanny Roussel. Tu l'appelles par son petit nom, maintenant… Tu ne veux pas aller la voir dans sa convalescence, non plus ? Lui apporter des chocolats, à la pauvre petite victime de cette folle de Fanny Roussel, pour la féliciter de te chier allègrement dessus ? Si tu as peur, dis-le. Si tu n'assumes pas, dis-le. Plante ta queue où tu veux, après tout. Tu devrais le garder, le gosse. Pierre Savidan papa : comme c'est mignon. Tu vas t'attirer des sympathies, avec ça. La presse people va être aux anges. Ça pourra aider, qui sait ?

— Arrête tes conneries, Fanny, gueule Pierre Savidan en se levant à son tour. Elle ne va pas le garder et tu le sais très bien.

— Qu'est-ce que j'en sais, Pierre ? Elle fera ce qu'elle veut. Si elle veut le garder, elle le gardera. Et si elle veut avorter, elle avortera. C'est elle qui a la main, Pierre. Elle te tient. Elle peut faire de toi ce qu'elle veut, désormais. Juste parce que tu lui as éjaculé dans la chatte. Et tu veux me faire croire que Lisa Viansson n'est pas derrière tout ça ? Que Kerr, Hernan et toute la clique n'ont rien à voir avec ça ?

Il s'approche d'elle. Elle peut sentir son souffle, son haleine aux odeurs de café et de chocolat. Il n'est ni très fort, ni très lourd. Et il ne sait pas se battre. Elle n'en ferait qu'une bouchée, même avec un bras à demi mangé.

— Tu es mal placée pour me faire la leçon, Fanny. Si je me souviens bien, il y a pas mal de gens qui t'ont éjaculé dans la chatte, à toi aussi. Et ça a engendré pas mal de problèmes aussi.

Elle se met à rire. Il croit qu'il peut la blesser, avec ce type d'allusions. Mais ça fait longtemps qu'elle est passée à autre chose. L'instinct maternel, elle ne l'a jamais eu. C'est peut-être pour ça qu'elle n'a pas eu de remords non plus, d'ailleurs. Tuer un gosse avant ou après l'accouchement, elle ne voit pas trop la différence. Elle trouve ça légitime dans les deux cas. Il faut juste avoir le courage de le faire. Le courage d'assumer toutes les conséquences, aussi. Elle ne voit pas pourquoi elle aurait dû aller en taule parce qu'on lui avait « éjaculé dans la chatte » et qu'un enfant avait commencé à se développer en elle sans qu'elle s'en aperçoive.

— Sans ces problèmes, on n'en serait peut-être pas là, Pierre, dit-elle en désignant le salon doré. Que sont nos petits problèmes à nous face à ceux de l'humanité ? On essaie de les résoudre, c'est ça l'important. Donc, là, ce qui doit nous guider, c'est ça : résoudre le problème. Alors, juste, imagine ça : elle avorte. Bon. La presse finira par apprendre que tu as mis la gosse enceinte.

— C'est pas une gosse ! Elle a vingt-cinq ans, putain.

— OK, comme tu veux. Mais dès que tu cesseras de la voir – parce que tu vas arrêter de la voir, tu vas te lasser, tu le sais – elle parlera. Là aussi, ton image en prendra un coup. Sylvie te quittera, tu te retrouveras tout seul.

— Je ne serai pas le premier. Et puis ce sera cohérent avec ce que je prône.

— Tu pourrais faire un grand *mea culpa* à l'américaine. Avec Sylvie à tes côtés. « J'ai trompé ma femme, ce n'est pas bien. Ma maîtresse est tombée enceinte, et même si je n'ai pas d'enfants, nous avons décidé d'être cohérent avec ma politique, d'aller au-delà de la loi, et d'avorter. » Et on pourra médiatiser l'avortement, interviewer ta pute…

Pierre Savidan la regarde, furieux.

— Tu es inutilement blessante. Tu me donnes presque envie de…

— De quoi ? De le garder ? ricane Fanny Roussel. Ah, ce serait drôle. Tu te retrouves avec une gamine de vingt-cinq ans, un gosse alors que tu dis aux Français qu'il faut arrêter d'en faire. Tu diras adieu à ta crédibilité, adieu à ton mandat, adieu à la possibilité de faire bouger les choses. Donc elle ne doit ni avorter, ni le garder, parce qu'on ne sera jamais sûrs que cette histoire restera entre nous trois.

— Mathilde va avorter, Fanny, et personne ne l'apprendra jamais. Fin de l'histoire.

— Arrête de l'appeler « Mathilde » avec des étoiles dans les yeux, tu me fais pitié. Pourquoi elle t'a appelé, alors ? Elle aurait pu avorter toute seule, dans son coin, sans t'en parler. Si elle t'a appelé, c'est pour te faire savoir qu'elle te tient, Pierre. Qu'elle te tient par les couilles. Et quelqu'un lui a forcément dit de le faire. On a beau retourner le problème dans tous les sens, il n'y a qu'une solution. Tu le sais parce que sinon tu ne m'aurais pas appelée. Tu aurais géré tout seul comme un grand, mais là tu ne sais pas quoi faire. Alors tu as appelé Fanny, parce que Fanny sait ce qu'il faut faire, elle.

Elle s'approche de Pierre Savidan, lui caresse la joue, doucement. Elle sent les larmes couler le long de ses joues. Il doit être sacrément amoureux pour les laisser couler comme ça.

— Je vais m'occuper d'elle, Pierre, lâche-t-elle. Je vais faire ça bien.

50

Samedi 19 juin

19 h 15

La bile est comme de la lave en fusion qui, en remontant son œsophage, brûle tout sur son passage. Elle a dans la gorge un goût âcre qui ne la quitte plus. Dans la cuvette des toilettes, épuisée, tremblotante, elle observe le liquide visqueux et transparent flotter à la surface, comme des méduses. Elle se relève en s'appuyant sur la faïence et tire la chasse d'eau, avant de s'essuyer le menton.

C'est la quatrième fois qu'elle vomit aujourd'hui. Elle ne mange presque plus. Rien ne lui fait envie et elle ne supporte pas le peu qu'elle ingurgite. Elle se laisse tomber sur son lit, les bras en croix, dans la pénombre de sa chambre où elle laisse désormais les volets fermés toute la journée, dans l'espoir de ne pas faire entrer trop de chaleur.

Peine perdue. L'appartement est une étuve. Même en petite culotte, elle n'arrête pas de suer. De sa main collante, elle caresse son ventre, doucement.

— Quel enfer, murmure-t-elle.

Elle aimerait qu'il y ait quelqu'un à ses côtés, là, maintenant, qu'on la rassure et qu'on la cajole. Elle a besoin de ça. Mais personne ne peut le lui donner. Surtout pas le président.

Quand il a répondu, il était froid et sec, à rebours de la tendresse et de l'amour qu'il montrait quand il venait la voir :

— Comment c'est possible, Mathilde ? On a pris toutes les précautions.

C'est vrai. À chaque fois, il a mis un préservatif. Ce qu'il ne sait pas, c'est qu'elle a un stérilet. Ceinture et bretelles, comme on dit.

— Je ne peux pas me permettre ça, a-t-il dit. Tu ne peux pas le garder.

Évidemment, il ne peut pas se permettre d'avoir engrossé sa maîtresse. Aucun homme ne peut se permettre ça, et encore moins un président de la République qui vient de décréter que le contrôle des naissances était devenu une priorité de santé publique. Mais elle aurait voulu un premier réflexe différent, quelque chose qui aurait pu ressembler à de l'émotion, une émotion positive, même. Elle l'a admis : elle est devenue un poids pour lui.

C'était prévu, mais elle ne voulait pas y croire : depuis qu'elle lui a annoncé qu'elle est enceinte, Pierre Savidan est plus distant. Il met davantage de temps à répondre aux messages, il les écrit de façon plus abrupte, il ne l'appelle pas, comme si déjà il avait largué les amarres, comme s'il s'était suffisamment amusé comme ça et qu'il était temps de passer à autre chose. Elle peut concevoir qu'il ait plus important à faire, après tout. Il joue son avenir politique dans les jours qui viennent. Mais elle, elle attend, et elle trouve le temps long, d'attendre dans la peur.

Elle tend le bras vers son téléphone, cherche l'appli France info et se branche sur le direct, en haut-parleur. C'est une voix qu'elle connaît :

… Pierre Savidan est atteint par l'ivresse des sommets. Il faut que tout cela cesse rapidement, et je ne doute pas que le Conseil constitutionnel opposera son veto à la reconduction des pleins pouvoirs…

Mathilde Lascaux a beaucoup d'admiration pour Lisa Viansson. Cette femme s'en était pris plein la gueule lorsqu'elle était ministre, mais elle n'a jamais renoncé. On la taxait d'opportuniste parce qu'elle avait rallié Pierre Savidan, mais qu'y avait-il de honteux à cela ? Elle n'avait renié aucune de ses convictions.

L'interview donnée au *Monde* quelques jours plus tôt, dans laquelle elle expliquait les raisons de sa défection, a déclenché une véritable tempête médiatique. Les opposants à Pierre Savidan se sont réjouis de la voir revenir au bercail. Elle a été invitée partout, même dans les journaux contrôlés de près par le pouvoir.

… Madame Viansson, relance le journaliste, votre départ de l'équipe élyséenne a été mal compris d'une partie de la population. Vous donnez le sentiment de cracher dans la soupe. On vous a connue plus vindicative quand il s'agissait de défendre les politiques publiques destinées à préserver notre environnement…

Mathilde Lascaux se redresse sur le lit, aux aguets. Elle a cru entendre quelque chose. La cadence de son cœur s'accélère, sa cage thoracique se resserre, elle a l'impression de manquer d'air. Ses jambes ne la portent plus et elle est obligée de s'allonger. Son regard se tourne vers la fenêtre. Elle a une pensée pour Anaïs Fleurance. La peur la paralyse. Elle n'a pas envie de finir comme elle. Mathilde Lascaux se demande si elle a eu raison d'accepter. Est-ce qu'elle avait le choix, aussi ?

Elle ferme les yeux, secoue la tête, cherche le numéro qu'on lui a donné, laisse sonner. Personne ne répond. On frappe à sa porte. Elle se raidit. C'est maintenant. Elle a beau s'y attendre, essayer de s'y préparer, quand le moment arrive... c'est autre chose. Elle voudrait être ailleurs. À Montbéliard, avec ses parents.

On frappe encore. Elle se lève, comme une automate et demande :

— C'est pour quoi ?

— Je viens de la part de Pierre Savidan.

Elle met une main sur la poignée, ferme les yeux. Elle peut encore reculer, peut-être. Elle se dit ça, l'espace d'un instant, que rien ni personne ne l'oblige à ouvrir cette porte. Après, elle ne maîtrisera plus rien. Et pourtant, d'une main, elle tourne délicatement la clé dans la serrure, et de l'autre, elle pousse la poignée vers le bas.

Aussitôt, elle se trouve projetée en arrière. Elle glisse contre le mur, la plinthe heurte son coccyx. Elle entend la porte claquer. Quelques coups de pied l'atteignent au ventre avant qu'elle ait le temps de se mettre en boule. C'est tellement soudain qu'elle n'a le temps de penser à rien.

— Relève-toi, connasse.

Mathilde Lascaux tousse, crache de la bile. Elle ouvre les yeux. Face à elle se tient une femme trop grande et trop forte, qui lui fait l'effet d'un monstre. À son épaule pend un moignon. Elle n'a jamais vu Fanny Roussel, mais elle sait qui elle est, parce qu'elle est citée dans tous les portraits consacrés à Pierre Savidan. Son nom est cité, et pas grand-chose d'autre. Fanny Roussel est un fantôme. Les mots résonnent dans sa tête : « Elle est dangereuse. Très dangereuse. »

— Mets-toi debout, que je te voie un peu mieux.

Dans la chambre, le son de la radio leur parvient encore, un peu assourdi.

… Les centres PAIRE sont devenus des lieux d'enfermement en dehors de tout cadre légal…

Fanny Roussel l'évalue comme si elle était un bout de viande. C'est tout juste si elle n'inspecte pas sa dentition, comme elle le ferait avec un canasson.

— C'est vrai que tu es plutôt pas mal. Il a toujours eu bon goût, Pierre. Et je ne dis pas ça pour moi. Tu sais, j'ai été jeune, moi aussi. Et malgré ça, reprend-elle en désignant son membre atrophié, je n'étais pas laide, moi non plus, à l'époque. Allez, fous-toi là, dans le canapé.

… Ils viennent d'être placés sous la direction de Fanny Roussel. Et Fanny Roussel n'a aucune expérience de l'administration.

Par contre, c'est une idéologue pure et parfaite. Ce qui montre bien à quoi servent réellement ces centres : à laver les cerveaux…

Mathilde Lascaux obéit. Elle tremble et ne parvient pas à faire cesser le claquement de ses dents. Elle regarde tout autour d'elle, comme si un objet pouvait l'aider. Elle compte les pas jusqu'au balcon. Le temps d'ouvrir la fenêtre, elle se ferait rattraper. Il n'y a pas d'échappatoire. Les mots encore, elle s'en souvient : « Ne prenez aucune initiative. » .

Elle sent les larmes monter, respire, parvient à les arrêter.

— Tu nous poses un problème.

— C'est pas moi, lâche Mathilde Lascaux en sanglotant. J'ai pas voulu ça…

— Que tu l'aies voulu ou non, ça n'a pas d'importance. Tu n'as pas ton mot à dire. Tu ne vas *pas* le garder. Le problème, c'est pas tellement le gosse. Le problème, c'est toi. Comment tu as débarqué au milieu de tout ça. Tu vois, moi, j'ai du mal à croire au hasard.

… Mme Viansson est tout à coup très soucieuse des libertés. Mais c'est la même qui, en pleine campagne, nous disait qu'il faudrait renoncer à ce qu'elle appelait « le gras de nos libertés ». Vous vous souvenez de cette expression, n'est-ce pas…

— Qu'est-ce que tu cherches ? reprend Fanny Roussel.

— Rien, murmure Mathilde Lascaux en baissant la tête. Rien, s'entend-elle soupirer encore.

Elle ferme les yeux, comme si cela suffisait à effacer Fanny Roussel. Elle se demande jusqu'à quand le supplice va durer. Le temps lui semble suspendu, engourdi, d'une langueur infinie. Elle pense à son père. Pourquoi lui, précisément ? Elle le voit penché, le dos cassé, réparer la machine à laver dans le garage, en sifflotant. Il a toujours eu l'air heureux, son père.

— Sale menteuse, se met à gueuler Fanny Roussel en s'approchant d'elle. Sale petite menteuse, crie-t-elle encore en lui assénant deux claques qui la font valdinguer par terre.

… *De toute façon, je doute que deux tiers des parlementaires soient d'accord pour destituer le président. Nos députés et nos sénateurs savent la chance…*

— Il faut que tu dégages, Mathilde, dit-elle en lui décochant un coup de pied sur la tempe. Que tu dégages pour toujours. Parce que tu ne fais pas partie du paysage.

Alors que Fanny Roussel s'acharne sur elle à coups de pied, il lui semble entendre, par-delà le son de la radio devenu incompréhensible, des coups sourds, des éclats de voix. Ensuite, tout est flou. On la tient par les épaules en prononçant son prénom à plusieurs reprises, elle ouvre les yeux et, à travers le sang qui coule, elle voit un homme qui lui sourit et, à côté de lui, son vase préféré brisé en plusieurs morceaux à côté du corps inerte de Fanny Roussel. Par terre gisent les pivoines séchées que lui a offertes Pierre Savidan.

— C'est bon, murmure une voix. Bravo, Mathilde.

51

Samedi 19 juin

21 h 15

Mathilde Lascaux ne regarde pas Olivier Fleurance, elle regarde juste par la fenêtre, les yeux aussi vides qu'humides, comme si elle pouvait voir quoi que ce soit.

Il est assis en face d'elle. Il observe son visage. Des croûtes de sang séché parsèment sa peau, au-dessus des lèvres.

— Vous voyez qu'on avait raison, lâche tout de même Olivier Fleurance.

— Qu'est-ce que vous attendiez ? Elle a failli me tuer, constate froidement Mathilde Lascaux.

C'est probable. Fanny Roussel serait sans doute allée au bout, si on l'avait laissée faire. Olivier Fleurance pense à sa femme. Il aurait aimé qu'elle soit protégée comme l'a été Mathilde Lascaux. Elle n'a pas eu cette chance, alors il n'a pas forcément envie d'être tendre, ni gentil.

— Elle vous aurait tuée si on n'était pas venus vous voir.

C'était Serge Serrane qui avait eu l'idée. Il avait trouvé les trois membres du GIGN qui avaient accompagné Olivier Fleurance et Serge Kerr au domicile de Mathilde Lascaux. Ils n'avaient pas été difficiles à convaincre. Ils avaient tous participé à l'opération qui avait suivi la prise d'otages de Gommecourt, dans la campagne des Yvelines, au début du mandat. Une dizaine de militants « décroissants » avaient envahi la résidence secondaire d'un couple de cadres parisiens, haut placés chez Total. Ils les avaient séquestrés et exigé leur internement immédiat en centre PAIRE. Pierre Savidan avait d'abord refusé de faire intervenir le GIGN, laissant pourrir la situation. C'est seulement au bout de deux jours, sous la pression de l'opinion publique, qu'il avait donné son feu vert à l'opération. Un militant avait été tué et l'un des otages grièvement blessé. Dans les mois qui avaient suivi, les membres de l'unité qui avaient participé à l'opération avaient tous été mutés ou rétrogradés. Ça n'avait jamais été présenté comme une sanction directement inspirée de ce que la presse d'opposition avait appelé le « fiasco de Gommecourt », mais ils savaient ce qu'il en était : Pierre Savidan lui-même avait demandé leur tête. Seulement, il avait été assez malin pour le faire sans que ça se voie trop. Cet épisode avait été oublié assez vite, mais pas par les trois militaires. Alors, quand par l'intermédiaire d'un général à la retraite qui était l'un de ses meilleurs amis, Serge Serrane avait pris contact avec eux et leur avait expliqué ce qu'on leur demandait, ils n'avaient pas hésité.

La mission était simple. Dissimulés comme ils pouvaient à différents endroits du petit appartement, ils devaient neutraliser tout intrus qui se présenterait chez Mathilde Lascaux, après avoir reçu le feu vert d'Olivier Fleurance.

Aussi bien, personne ne serait venu. C'était ce que croyait Olivier Fleurance. Mais Serge Serrane était convaincu du contraire. C'est lui, avec Julien Kerr, qui avait manigancé cette fable de la grossesse de Mathilde Lascaux, et qui l'avait convaincue de servir d'appât. Bien sûr, il n'avait pas présenté les choses comme ça, mais Mathilde Lascaux l'avait très bien compris.

Olivier Fleurance et Julien Kerr avaient attendu en bas de chez elle, dans une 5008 aux vitres teintées conduite par le premier. Serge Serrane, qui était toujours en Catalogne, avait échangé avec eux auparavant. Il avait fallu plusieurs heures avant qu'elle se décide à sortir. Julien Kerr avait baissé sa vitre et lui avait juste dit :

— On sait, pour le président. Montez, mademoiselle.

Elle s'était installée à l'arrière du véhicule, elle les avait reconnus, et écoutés.

— On veut vous aider.

— M'aider ? avait-elle répondu, avec un air triste.

— On veut que vous nous aidiez à débarrasser le pays de Pierre Savidan. On a les mêmes intérêts. On veut voir de quel côté vous êtes.

— *On*, c'est qui, *on* ?

— *On*,c'est tous les gens sensés qui réfléchissent au meilleur moyen d'en finir avec notre apprenti dictateur, avant qu'il n'en devienne un vrai. Les gens qui sont à la tête des institutions de ce pays, les gens qui sont attachés à la République et à la démocratie, pour qui ce ne sont pas juste des mots, des gens qui pensent que rien n'est au-dessus de la liberté.

Ils lui avaient exposé le marché. Ils voulaient montrer de

quoi était capable Pierre Savidan pour régler un problème. Et obliger sa maîtresse à avorter, voire la faire avorter « à la sauvage » à coups de pied dans le ventre – ce qu'ils espéraient presque, parce que ça les aurait confortés dans leur dessein – c'était un sacré problème.

Julien Kerr lui avait tendu le téléphone. La voix de Lisa Viansson était douce et rassurante. Ils savaient que Mathilde Lascaux avait toujours eu confiance en elle, depuis le stage qu'elle avait effectué à l'Élysée.

— Ils sont devenus fous, Mathilde. L'important, là, dans l'immédiat, c'est de te sortir de là. Accepte la proposition d'Olivier et de Julien. Et on va bientôt en finir avec ce cauchemar, tous ensemble.

Ils ne lui avaient pas donné trop de temps pour répondre. Quelques minutes pour choisir son camp, en somme. Elle n'avait pas tellement le choix, en réalité.

— Et puis, si vous dites oui, madame Lascaux, avait appuyé Julien Kerr, nous saurons nous en souvenir quand la France sera redevenue une démocratie. Si vous dites non aussi, d'ailleurs.

Elle n'avait rien demandé en échange, curieusement. Olivier Fleurance ne l'aurait pas embauchée pour négocier le prix du lait. Elle était ressortie, un mouchard dans son téléphone. Ils l'avaient fait suivre pendant les jours qui avaient suivi pour vérifier qu'elle jouait le jeu. Elle était clean. Une fille sans histoire, littéralement gobée par la marche impitoyable du siècle.

Toute la scène a été filmée, grâce à une microcaméra dissimulée dans le pendentif de Mathilde Lascaux. Mathilde Lascaux qui se dirige vers la porte, hésite à l'ouvrir, l'irruption de Fanny Roussel. Olivier Fleurance était chez lui, dans son canapé, avachi devant BFM TV, quand son téléphone avait bipé, lui offrant en live la vidéo de l'agression de celle qu'il appelait pour lui-même « la pute du président ».

Il a été scotché quelques instants. Il n'y avait pas de *situation room*, où il aurait pu échanger avec des officiers militaires, avec des ministres. Il était tout seul. Il aurait pu la laisser crever. Il a eu ce pouvoir-là, de vie et de mort. Par procuration, mais il l'a eu. Il aurait pu faire mourir l'une, ou l'autre. Ou les deux.

Il aurait peut-être pu aussi donner le go plus tôt. Quelques secondes avant. C'est long, quelques secondes dans ces cas-là. Il a pensé à Anaïs et il a approché le micro de ses lèvres pour lâcher juste :

— Allez-y.

Ça a été très vite, ensuite. Fanny Roussel n'a pas fait le poids plus de deux ou trois secondes. Les images étaient très confuses, Olivier Fleurance n'a pas très bien compris la manière dont les anciens du GIGN s'y étaient pris.

Il est arrivé sur place une vingtaine de minutes plus tard. Julien Kerr était déjà là. Le président du Conseil constitutionnel toisait le corps de Fanny Roussel, immobile sur le parquet. Olivier Fleurance s'est approché, et a donné des petits coups de pied dedans.

— Efficace, votre anesthésiant, a dit Julien Kerr.

— On utilise ça pour les fauves, normalement, a répondu l'un des militaires.

Il portait toujours sa cagoule, comme les trois autres. Olivier Fleurance ne verrait jamais leur visage. Ça n'avait pas d'importance.

— On a mis la dose, avec une tigresse pareille, il valait mieux, a ri un membre du groupe en mimant l'attaque à la seringue directement au cou.

— Et maintenant, on en fait quoi, messieurs ?

Olivier Fleurance l'aurait bien butée sur place, lui. Mais Serge Serrane et Julien Kerr avaient raison : on ne peut pas asseoir le rétablissement de la démocratie sur un meurtre.

« Dommage », murmure Olivier Fleurance pour lui-même.

Le corps de Fanny Roussel a été abandonné dans une rue déserte, où elle passera la nuit. Olivier Fleurance aimerait être là quand elle se réveillera. Mais il est toujours dans l'appartement de Mathilde Lascaux. Seul. Il la trouve belle, même quand elle pleure. Émouvante, plutôt. Lui qui déteste s'apitoyer… Il comprendrait presque Pierre Savidan.

— Rappelez-vous toujours de ça. Cette femme qui a débarqué chez vous – Fanny Roussel – qui s'est mise à vous frapper… Elle a fait d'autres victimes avant vous. Elle était là pour vous tuer. Sur ordre. Sur ordre du président.

Elle fait non de la tête. Il ferme les yeux.

— Il nous reste une semaine pour éviter le pire au pays.

La date du 27 juin est dans tous les esprits. On en parle tous les jours à la télévision, dans la presse, sur Internet. La date à laquelle doit se prononcer le Conseil constitutionnel sur la prolongation de l'article 16.

— Il va falloir vous cacher, Mathilde.

52

Nuit du samedi 19 au dimanche 20 juin

5 h 15

Pierre Savidan observe sans émotion le visage de Jacques dans le rétroviseur. Son chauffeur a immobilisé la DS3 Crossback électrique dans la cour de l'institut médico-légal, mais le président de la République reste assis sur la banquette arrière, impassible. Il se demande si Jacques, qui sait tout de ses déplacements, bave auprès de ses opposants. Si Jacques, dévoué et discret en apparence, est capable de le trahir en renseignant ceux qui veulent sa peau. Si Jacques, en somme, fait partie des traîtres à la planète. Peu importe ce qui s'est passé exactement. Il faut croire que Pierre Savidan n'a pas été assez discret et que même son premier cercle est rempli de taupes. Jacques et tous ceux qui l'ont accompagné au moins une fois au 64 seront envoyés dès le lendemain en centre PAIRE.

Le regard de Pierre Savidan passe du rétroviseur aux trois silhouettes qui l'attendent à l'extérieur, à quelques mètres de là. À travers le pare-brise, découpés dans la lumière encore pâle de l'aube, il reconnaît Vincent Quéméner, Hubert Morizais, le successeur d'André Pereira à la préfecture de police et un homme en blouse blanche, ouverte sur son poitrail, qui a l'air de sortir d'un champ de bataille.

Il sort du véhicule et marche vers eux. Il leur serre la main à tour de rôle, pour les remercier plus que pour les saluer. Le légiste se présente. Dr Stéfanini, ou Stéfanoni. Peu importe.

— Je suis le directeur de l'institut médico-légal. C'est moi qui...

Pierre Savidan hoche la tête.

— Allons-y, soupire-t-il.

Les quatre hommes marchent silencieusement dans les couloirs vides de la morgue, encore fermée à cette heure. C'est Hubert Morizais qui prend l'initiative de parler.

— J'ai été prévenu un peu avant minuit. Des flics qui patrouillaient pour faire respecter le couvre-feu ont découvert une femme inanimée près du canal Saint-Martin. Elle ne respirait plus. Ils ont immédiatement appelé les secours. En attendant, ils l'ont fouillée et quand ils ont découvert son identité, j'ai été prévenu. J'ai avisé tout de suite M. le ministre.

Le bruit des pas résonne comme dans une cathédrale. Pierre Savidan a encore du mal à y croire. Il n'avait jamais envisagé que les choses puissent tourner comme cela. Comme si Fanny Roussel était immortelle, comme si elle ne *pouvait* pas mourir. Quand Vincent Quéméner l'a appelé, il dormait déjà, assommé par les anxiolytiques qu'il avait avalés. Sa première pensée n'a pas été pour Fanny Roussel, et il en a eu un peu honte après. Vingt ans d'intense compagnonnage pour être presque soulagé au moment où elle disparaît. Il s'est dit : « Peut-être que Mathilde s'en est sortie… » Il a immédiatement demandé à se faire accompagner par une équipe de policiers d'élite au 64 rue d'Hautpoul. Il a fantasmé le moment où elle se loverait dans ses bras. « Je t'attendais. J'ai eu si peur. » Non, décidément.

Quel imbécile. L'appartement était vide. Il y avait des traces de lutte. L'un des flics du Raid lui a dit :

— Ça s'est bagarré, ici. Ça se voit.

Il s'est penché, il a ramassé une seringue hypodermique.

— Ils n'ont même pas pris la peine d'effacer leurs traces. Ils devaient être très pressés de partir.

Mathilde Lascaux s'est évaporée comme un rêve. Elle n'a répondu à aucun de ses messages de la nuit, évidemment. C'est Fanny Roussel qui avait raison, comme toujours. Mathilde Lascaux est dans l'autre camp. Elle ne l'aime pas et ne l'a jamais aimé. Elle l'a utilisé. Il a presque du mal à se souvenir de son visage, de sa voix, de son rire. La douceur de sa peau n'est plus qu'un mirage et l'humidité de sa chatte la chimère d'un monde où le plaisir ne serait ni dangereux, ni néfaste. L'époque est à l'ascétisme, et pour l'avoir oublié dans les bras de cette jeune femme, Pierre Savidan risque d'en payer le prix politique.

Le légiste accélère le pas, et passe devant les trois hommes pour leur ouvrir une salle où est écrite la mention : « Entrée interdite à toute personne extérieure au service ».

L'odeur de javel et de formol saisit Pierre Savidan à la gorge. Il réprime un haut-le-cœur, inspire profondément. Le corps de Fanny Roussel est allongé sur une table en acier, une serviette au-dessus de la poitrine, jusqu'au-dessous des genoux. Une étiquette avec le numéro 71 est attachée à sa cheville gauche. La lumière de la lampe de chirurgie donne à sa peau une teinte curieuse, jaunâtre. Le visage est un peu abîmé, mais pas tellement. Un hématome sur la joue, et les lèvres gonflées, gercées, aussi. Il aurait dû l'empêcher de « régler le problème ». Mais ça n'aurait servi à rien. Dès qu'elle entendait parler d'enfant, Fanny Roussel ne pouvait plus se contrôler.

— Mme Roussel a reçu plusieurs coups au visage, qui ont occasionné un traumatisme crânien mineur, explique le légiste. Elle a aussi été lourdement frappée à l'estomac, ce qui a engendré une hémorragie digestive. Enfin, j'ai découvert à la base du cou une trace de piqûre. On lui a vraisemblablement injecté à cet endroit un anesthésique particulièrement puissant et c'est cet anesthésique qui a sans doute provoqué l'arrêt du cœur dont est décédée Mme Roussel.

— Vous pouvez me laisser ? demande Pierre Savidan.

— Bien sûr, répond le Dr Stéfanini en se retirant avec Hubert Morizais.

Vincent Quéméner les suit, après avoir passé une main dans le dos du président. Un geste de soutien maladroit mais touchant.

Les yeux de Pierre Savidan s'égarent sur la peinture des murs, craquelée par le temps. Leur couleur ressemble à celle des peaux des cadavres. Le sang n'y gicle pas, ou peu, contrairement au sol recouvert d'un lino marronnasse où se perdent les fluides corporels. Pierre Savidan frissonne, et éternue.

Il fait le tour de la table, pour se placer derrière la tête de Fanny Roussel. Il enveloppe son visage de ses mains. Il est surpris par la froideur de la peau, son aspect cireux, presque plastique. Malgré le dégoût que cela lui inspire, il se penche pour que ses lèvres effleurent celles de Fanny Roussel, sèches et blanchâtres.

— Tu ne verras pas la fin du monde, murmure Pierre Savidan. Je suis sûr que tu es déçue.

53

Lundi 21 juin

11 h

Le souffle qui manque, sa poitrine qui se comprime, le cœur qui bat et les jambes qui flanchent… Ça vient sans prévenir, alors que Mathilde Lascaux se balade au bord de l'étang et qu'elle aperçoit, au détour d'un virage, la silhouette d'un agent de sécurité, ça vient comme ça, quand elle veut téléphoner, et qu'il faut changer d'appareil, changer de carte SIM, pour la quatrième fois de la journée, ça vient la nuit, quand elle est blottie au fond de son lit et qu'elle croit entendre craquer l'escalier. Ça vient parce que les images de Fanny Roussel qui s'acharne sur elle avant de s'écrouler la hantent encore. Ça vient parce qu'elle se sent responsable de sa mort, aussi.

Depuis la veille, le décès de l'« éminence grise » ou l'« âme damnée » du président fait la une des chaînes info. Fanny Roussel n'était pourtant pas à proprement parler une personnalité publique. Mais sa mort aussi curieuse qu'inattendue, couplée à sa proximité avec Pierre Savidan, fournit aux médias un cocktail enivrant qu'ils servent jusqu'à l'écœurement. L'Élysée semble avoir soufflé le *storytelling* aux principales chaînes. « L'affaire de la Muette » est presque oubliée et Fanny Roussel est désormais présentée comme une pasionaria de la planète qui laisse le président orphelin mais l'incite à continuer à se battre. Seul *Le Monde* rappelle le côté sombre de Fanny Roussel et ses pulsions violentes, « mais plus personne, malheureusement, ne s'intéresse à ce que dit *Le Monde* », comme le rappelle Olivier Fleurance.

— Savidan est un salopard qui instrumentalise même ses plus proches, lui a dit aussi le futur Premier ministre. Vous n'avez pas à vous sentir coupable, c'est idiot. On n'a rien à voir avec ça. C'est le cœur qui a lâché. On ne pouvait pas prévoir. Et puis, c'était elle ou vous. Dans ce cas, le choix est vite fait, non ?

« Ça reste à prouver », pense Mathilde Lascaux depuis son arrivée à Bruxelles. Et puis en termes d'instrumentalisation, il faut dire qu'Olivier Fleurance se défend bien, lui aussi. Elle s'est retrouvée là sans y avoir réfléchi, ni même consenti, elle a juste hoché la tête comme une automate quand Olivier Fleurance lui a dit :

— On va rouler un peu. On va en Belgique. Là-bas, il ne pourra pas terminer le travail.

Il s'était installé à côté d'elle, à l'arrière. C'était confortable, une Tesla, plus que ce qu'elle aurait imaginé. Le chauffeur, un jeune homme à la barbe bien taillée, conduisait de manière sportive, mais sans dépasser les limitations de vitesse. fixait la route, droit devant lui. Il jetait trop souvent des coups d'œil dans les rétroviseurs.

— Vous allez être examinée à l'hôpital Érasme par quelqu'un en qui j'ai toute confiance. Ensuite vous resterez dans ma propriété, square du Bois, le temps que Pierre Savidan soit destitué, et qu'il perde les moyens de nuire qui vont avec la fonction.

Mathilde Lascaux doit l'avouer. Depuis qu'elle est arrivée ici, elle est comme dans un cocon. Un cocon dont elle ne peut percer l'enveloppe et dont elle ne peut parler à personne. Son téléphone a été abandonné dans son appartement, avec toutes ses affaires. Elle est venue ici sans rien. Une employée d'Olivier Fleurance a fait les boutiques pour elle. Des fringues trop chères et trop bourgeoises qui ne lui vont pas et la font ressembler à une dame qu'elle n'est pas. Mathilde Lascaux est encore une jeune femme qui ne s'est jamais projetée ni à cinq ans, ni à dix ou à vingt. Elle n'a jamais eu de plan de vie avec des étapes à cocher comme autant de nécessités. Elle a pris ce qui venait, comme ça venait. Sans doute aurait-elle dû refuser l'invitation du président.

Elle marche dans le jardin de la propriété d'Olivier Fleurance, son smartphone à la main, pour écouter la radio. La Première ministre, Amélie Duscault, vient de présenter sa démission. Un bref communiqué, qui n'en mentionne pas les raisons, a été publié par Matignon, avant même l'Élysée. « Une mauvaise manière » soulignée à l'envi par les médias proches de Pierre Savidan.

Un des officiers de sécurité qu'Olivier Fleurance a détachés auprès d'elle vient la chercher. Il dit que le P-DG de la Compagnie du Lait veut lui parler. Il n'est pas revenu en France, lui non plus : « Pas confiance. J'attends le nouveau président de la République. »

La pièce où il la reçoit est une sorte de petit salon, un peu en contrebas de l'immense salle à manger où Olivier Fleurance doit sacrifier à ses mondanités. Il est avachi dans le canapé et ne se lève même pas quand Mathilde Lascaux se dirige vers lui. Il ouvre les bras, comme pour lui souhaiter la bienvenue.

— Les choses se présentent bien, lui dit-il avec un sourire. Nous devrions pouvoir bientôt rentrer en France. Savidan est à terre, Amélie lui a donné le coup de grâce. Dans six jours, le Conseil constitutionnel le renverra dans sa campagne et le champ sera libre. On oubliera bien vite ce plouc qui a fait tant de dégâts.

« Ce plouc » ne lui déplaisait pas tant que ça, à elle. Parfois, Mathilde Lascaux se demande si le président cherche à la joindre, s'il lui écrit des mots doux qui restent suspendus dans le vide. Elle a de la peine à croire ce qu'Olivier Fleurance lui a assuré, qu'il a cherché à se débarrasser d'elle à la première occasion et qu'il n'a aucune raison d'abandonner. Elle préfère croire que Fanny Roussel a agi seule, que c'est la jalousie qui l'a aveuglée et perdue. Elle s'en veut de s'être prêtée à cette fable, de lui avoir fait croire qu'elle était enceinte pour que d'une manière ou d'une autre, il se décrédibilise aux yeux des Français. Car face à un tel scandale, aucune solution n'aurait été meilleure qu'une autre. Un autre scandale a remplacé celui qui n'a pas eu lieu : la mort de Fanny Roussel vaut bien celle d'un bébé qui n'a jamais existé ailleurs que dans le cerveau du nouveau « camp du Bien », à la table duquel elle est apparemment conviée.

— Vous êtes douée, Mathilde, j'ai vu votre CV, votre parcours, votre courage, affirme Olivier Fleurance. Il y aura une place pour vous dans la nouvelle ère qui s'ouvrira à partir de la semaine prochaine.

Une place pour elle ? Une place au cœur du pouvoir ? Auprès de lui ? Elle ne lui donne pas une semaine pour se déclarer, lui aussi. Ce que Savidan a eu, Olivier Fleurance le voudra aussi. Il *la* voudra. Il n'y a qu'à regarder la façon dont il la dévisage et la déshabille. Pierre Savidan était plus subtil et, oui, plus attendrissant, à sa manière. Elle pense au président avec de la colère, un peu de tendresse aussi. Est-ce qu'elle était en train de tomber amoureuse du président ? Non, sûrement pas. Mais il ne la dégoûtait pas, au moins.

— J'ai appris beaucoup de choses ces temps derniers, monsieur Fleurance, répond Mathilde.

— Vous pouvez m'appeler Olivier, vous savez.

— J'ai appris que je détestais subir, et attendre, reprend-elle sans relever. J'ai appris qu'être utilisée était quelque chose de particulièrement… inconfortable. Que devoir quelque chose à quelqu'un était désagréable, humiliant souvent, insupportable, parfois. Je ne veux plus rien devoir à personne. C'est pourquoi je ne vous remercierai pas pour ce que vous avez fait. Vous ne m'avez pas sauvé la vie. Vous m'avez mise en danger pour votre intérêt personnel. Je ne suis pas prisonnière ici, monsieur Fleurance. Je rentre en France, dès maintenant.

Le visage hébété d'Olivier Fleurance ne lui arrache aucun sourire. Elle veut juste être loin de tout ça, et vite. Dans moins de six heures, elle sera à Montbéliard. Ses parents l'attendent. « Ça fait longtemps qu'on ne t'a pas vue », lui a dit son père quand elle lui a annoncé son retour. Très longtemps, oui. Toute une vie, dirait-on.

54

Mercredi 23 juin

7 h 25

Il fait doux sur la terrasse de l'Élysée. Le café est excellent, parfaitement dosé. Pierre Savidan ferme les yeux. Le chant des oiseaux l'apaise un peu. Il étale la confiture de fraises sur les morceaux de baguette déposés dans le petit panier, sur la table de jardin. Comme chaque matin, le pain a été cuit sur place par le boulanger du Palais, meilleur ouvrier de France, comme il se doit. Un régal.

Pierre Savidan sent une présence dans son dos. Sylvie le contourne, dépose un baiser sur ses cheveux, s'assoit autour de la petite table. Elle se verse un peu de café. Il a demandé à être seul jusqu'à l'arrivée de son rendez-vous, mais le protocole n'a sans doute pas osé éconduire son épouse.

— Qu'est-ce que tu vas faire ? finit-elle par demander, très doucement, après quelques minutes de silence.

— Que veux-tu que je fasse ? répond-il. La vie continue. *Business as usual.* Vincent fera ça très bien, je lui fais confiance.

Il a chargé le ministre de l'Intérieur de former un gouvernement. Vincent Quéméner cumulera Matignon et Beauvau. Ça s'est déjà vu. Et comme le maintien de l'ordre prend de plus en plus de place… La défection d'Amélie Duscault n'a pas été une surprise. Il a trouvé ça presque étrange que ça n'arrive pas plus tôt. Chaque jour apporte son lot de défections et à ce rythme-là, il se présentera face aux Français totalement nu le jour de la délibération du Conseil constitutionnel.

Un message s'affiche sur son téléphone. Vincent Quéméner. Deux parlementaires de plus quittent le navire.

— Des rats, murmure Pierre Savidan. Des rats infects et puants.

Le nouveau Premier ministre a fait les comptes avant de prendre son bâton de pèlerin pour tenter de convaincre, un à un, les parlementaires, et se concentrer sur ceux qui pourraient faire basculer un éventuel scrutin sur la destitution du président.

— Pourquoi tu ne démissionnes pas, toi aussi ? lâche Sylvie. Ça aurait du panache. Au moins, c'est toi qui déciderais du moment où tu pars.

Il glousse un peu bêtement, sans regarder son épouse. Elle aussi, alors, a déjà abandonné. Il est vrai qu'elle ne s'est jamais plu ici. Depuis le premier jour, elle rêve de retourner aux Fossés. Elle subit, pour lui, mais elle le lui fait bien comprendre.

— Tu veux m'euthanasier ? dit Pierre Savidan en souriant.

Les hommes, bravaches, se vantent de ne pas tenir à la vie, et assurent que le jour où ils se sauront condamnés, ils préféreront mourir que souffrir. La vérité, c'est qu'ils s'accrochent tous, jusqu'au dernier moment, jusqu'au dernier souffle, espérant qu'un miracle arrive et leur donne un nouveau répit, à défaut d'un nouveau départ. Pierre Savidan n'est pas différent des autres. Pourquoi partir de son plein gré alors qu'il reste tant à faire ? Le miracle en politique ne nécessite aucune intervention divine. Sa légitimité, Pierre Savidan la tient du peuple, et c'est le peuple qui lui fera enfiler sa parure de phénix. Face à lui, neuf vieux messieurs ne pèsent pas lourd.

— Te préserver, plutôt, Pierre. Apaiser le climat.

— Le mot est plutôt mal choisi, Sylvie.

Le climat, le vrai, ne s'apaise pas. Il gronde comme un tonnerre qu'on entend de très loin et qu'on croit pouvoir garder à distance. Les hommes au pouvoir n'apprennent pas de leurs prédécesseurs et quand la catastrophe approche, ils se bouchent les yeux et les oreilles. Lui est le premier à l'avoir regardé en face, le cataclysme qui menace la planète.

Il entend dans son dos le grincement de la porte-fenêtre qui s'ouvre. Il tourne la tête juste assez pour apercevoir la silhouette d'un appariteur, un des derniers qu'il n'a pas renvoyés. Pierre Savidan se méfie de tout le monde, et de plus en plus.

— M. Cosse est arrivé, monsieur le président de la République.

— Bien. Faites-le venir.

— Je vais te laisser, Pierre, dit Sylvie en se levant.

Il regarde sa femme s'éloigner vers le fond des jardins. Elle marche d'un pas leste sur le gazon. Sa silhouette est encore gracile pour une femme de son âge. Il sait que ça ne la console pas de ne pas avoir eu d'enfants. Elle aurait préféré voir son corps se déformer si c'était le prix à payer pour donner la vie.

Pierre Savidan se demande ce que fera Mathilde Lascaux. Aucune femme de ce nom-là ne s'est présentée dans un quelconque établissement hospitalier en France pour avorter. Pire que ça, sa trace a été totalement perdue. C'est lui qui possède désormais le téléphone de Mathilde. Rien, dedans, n'indique où elle peut se trouver actuellement.

Parfois il lui vient à l'idée que Fanny Roussel a réussi à la tuer, mais il préfère croire Mathilde cachée, ou partie – c'est tout de même l'hypothèse la plus vraisemblable. Il a mis les Renseignements sur sa piste. Mathilde Lascaux n'est ni une terroriste ni une trafiquante. En quelques heures, ou quelques jours, elle sera retrouvée. Peut-être, au fond de lui, a-t-il peur qu'ils retrouvent un cadavre. « Ça ferait tout de même beaucoup », se dit-il.

Il laisse Olivier Cosse prendre place en lui lançant :

— Ah, voilà mon successeur ! Vous venez repérer les lieux ?

Le nouveau président du Sénat se contente de sourire. Il n'a rien de très impressionnant, avec son crâne dégarni et sa barbe poivre et sel. Une tête de vieux prof aigri où surnagent deux yeux globuleux et sévères, juchée sur un corps maigre et caoutchouteux. L'imaginer poser son cul sur un des fauteuils du salon doré l'indispose au plus haut point.

— Je ne fais que répondre à votre invitation, monsieur le président, répond Olivier Cosse d'un ton affecté. Et ce bien qu'elle outrepasse la séparation des pouvoirs. Mais après tout, en cette période, il n'y a plus de séparation des pouvoirs, alors peut-être ai-je *vraiment* le droit d'être ici ? Ce serait une question à poser à nos amis du Conseil constitutionnel.

— Vous avez de l'humour, et de la fierté, monsieur Cosse, répond Pierre Savidan en lui tendant une corbeille remplie de viennoiseries. Prenez, c'est fait maison, ajoute-t-il.

Olivier Cosse choisit un pain au chocolat, dans lequel il croque aussitôt. Il n'a pas encore terminé sa bouchée lorsqu'il demande :

— Vous vouliez me voir, donc ?

— Ah. Vous êtes pressé, peut-être ?

Olivier Cosse l'observe, avec une nonchalance affectée. Seul un léger tressautement de sa jambe gauche trahit une certaine nervosité.

— Allons droit au but, alors, reprend Pierre Savidan. Monsieur Cosse, je vous demande solennellement de bien réfléchir. Vous rêvez sans doute de vous installer ici. Les gens dans votre genre, les professionnels de la politique, vous vous imaginez toujours plus grands que vous n'êtes. Mais vous ne pouvez même pas concevoir ce qui pourrait se passer si vous volez au peuple l'élection d'il y a trois ans, à travers les manœuvres que vous concoctez avec cet imbécile de Serge Serrane. Je vous donne un conseil : soyez raisonnable. Ne soyez pas saisi par l'*hubris* comme ces idiots du Conseil constitutionnel qui se drapent dans les oripeaux des institutions pour défendre une fiction de démocratie. La démocratie, c'est le peuple, monsieur Cosse, et rien d'autre. Ce n'est ni vous, ni la rue Montpensier. Si vous l'oubliez, il se chargera de vous le rappeler.

— Je vais prendre ça comme une menace, monsieur le président, répond Olivier Cosse en se levant. Ce n'est pas la première que vous formulez. Je ferai en sorte que ce soit la dernière.

Pierre Savidan remarque le léger mouvement des lèvres d'Olivier Cosse. On dirait qu'il les mordille sans s'en rendre compte, alors qu'il fixe le président une dernière fois comme s'il attendait l'autorisation de partir. Ce n'est pas un type comme ça qui prendra l'ascendant sur lui.

55

Dimanche 27 juin

11 h 45

Il y a toujours cette odeur de tabac froid, encapsulée dans la moquette au mur, qui la frappait déjà à son adolescence. Il y a toujours le bruit du flipper et celui des boules de billard qui se cognent, la même mine fière de celui qui a réussi son coup et remet un coup de bleu sur sa queue, par simple habitude. Il y a toujours aussi, note Mathilde Lascaux, les mêmes papys avec leur ballon de rouge et puis le patron, Paul, celui qui prévenait les nouveaux venus : « Tu m'appelles jamais Paulo ou ça va mal se passer entre nous. »

Elle n'a jamais su pourquoi et son père non plus. N'empêche, à part quelques cheveux en moins pour le boss, un juke-box flambant neuf installé dans un coin et une immense télévision accrochée au mur pour suivre les matchs de foot ou les courses hippiques, le Café de la Citadelle n'a pas tellement changé depuis son adolescence. Paul a l'air content de la voir mais il s'adresse à son père, pas à elle.

— Tu nous as amené ta fille aujourd'hui ? glisse-t-il alors que Patrick Lascaux s'accoude au comptoir. Elle est de passage, ou quoi ?

— Même un peu plus que ça : tu n'as pas de date de départ, si ? demande Patrick Lascaux en se tournant vers sa fille.

Elle secoue la tête en souriant tristement. Ou timidement, comme on veut, comme ils veulent. Non, Mathilde Lascaux n'a rien planifié. Elle avait juste besoin de ça, retrouver une atmosphère familière, retrouver *son* monde après avoir pénétré dans un autre, qui n'était pas le sien. Depuis son retour à Montbéliard, Mathilde Lascaux n'a reçu aucune nouvelle de Pierre Savidan, ni d'Olivier Fleurance. Ça l'a soulagée, en un sens. Ça lui a évité de se poser trop de questions. « Est-ce que j'aurais dû ? », « Est-ce que je n'aurais pas dû ? », « Et si ? »... Elle a choisi, à chaque fois, sa voie. Son père le lui avait souvent dit : « Fais tes choix. Et assume-les. »

Baiser avec le président, ne pas détester ça, se faire manipuler par ses opposants, l'accepter sans qu'on lui dise l'essentiel, se sentir responsable de la mort d'une femme, fuir en douce comme une criminelle... assumer ça, ça use un peu, quand même. C'est ce qu'elle aurait voulu raconter à ses parents. Mais ça ne se raconte pas. D'abord, personne ne la croira. Ensuite, ce qu'on pensera d'elle... Non, elle n'est pas prête à assumer ça. Déjà, le regard de Salomé... Alors celui de ses parents. Elle ne veut pas en entendre parler. Et elle ne parle pas.

Mathilde Lascaux a tenté de joindre Lisa Viansson, sans trop savoir ce qu'elle pourrait lui dire. Peut-être a-t-elle cru qu'il y avait avec elle une sorte de complicité. C'est elle qui l'avait embauchée, elles ont toutes les deux été agressées à leur domicile. « Peut-être était-ce Fanny Roussel, aussi », se dit Mathilde Lascaux alors que Paul lui sert, comme à son père, un expresso. Lisa Viansson n'a jamais répondu à son message. Peut-être est-elle fâchée qu'elle ait désobéi à Olivier Fleurance. Peut-être est-elle très occupée à préparer la suite, et déçue de ne pas pouvoir compter sur elle pour l'après-Savidan. Peut-être Lisa Viansson n'en a-t-elle tout simplement rien à foutre, d'elle.

C'est la différence entre les deux femmes : l'ambition. Lisa Viansson met le pouvoir au-dessus de tout. Mathilde, elle, serait bien incapable de dire ce qui guide sa vie. Beaucoup de jeunes femmes dans sa situation seraient sans doute montées à bord de l'aventure politique qui attend la France. La vérité, si elle doit l'avouer, c'est que ça lui a fait peur. Pas l'aventure en elle-même, mais plutôt les aventuriers.

Ce qui lui fait peur, aussi, c'est de retrouver son appartement. Peur que quelqu'un l'y attende. Peut-être lui, le président. Peut-être des hommes à lui, n'importe qui. Elle aimerait que son père l'accompagne quand elle y retournera. Elle aimerait lui dire qu'elle veut déménager. Changer. Oublier. Mais elle n'y arrive pas, alors elle reste à Montbéliard.

Paul passe à une autre question :

— Alors Mathilde, toi qui as fait Sciences Po, tu penses quoi de tout ce merdier, à Paris ?

Ce qu'elle pense, de ce merdier ? Elle voudrait lui dire qu'elle a bien pataugé dedans, et qu'on l'a bien roulée dans la fange, d'un côté comme de l'autre. Mais il ne parle pas de ça, Paul. Mathilde Lascaux déchire délicatement l'emballage du petit morceau de chocolat, le repose sur le bord de la coupelle et croque un bout après l'avoir trempé dans le café.

— Vous, vous en pensez quoi ? répond-elle.

Tout à coup, le visage de Paul s'illumine.

— Ah moi, je suis content qu'on le ramène d'où il vient, cet énergumène, rit-il. Là, il est allé beaucoup trop loin. Le couvre-feu, ça nous fait perdre un tiers du chiffre d'affaires. Et j'ai toujours pas compris à quoi ça servait. On n'était quand même pas au bord de la guerre civile.

Il se tourne vers Patrick Lascaux :

— Non ? pas toi ?

— Si. Bon, il y a des manifs tous les jours. Avec des morts, quand même.

— Des morts, des morts, oui, moi je veux bien. Mais bon, les gens normaux, on peut vivre normalement, quoi. Là, Savidan, ça rime avec tyran, quand même.

Il s'esclaffe :

— J'ai entendu ça l'autre jour, de la part d'un client. Je la ressors. Je la trouve bien. Tyran, ça lui va comme un gant. Bon, enfin, il n'en a plus pour longtemps. C'est ce matin qu'on saura si ce cirque est terminé, non ? Tiens, on va regarder s'il y a du neuf.

Il prend la télécommande, la dirige vers l'écran. Equidia laisse la place à BFM. Plusieurs clients se tournent vers Paul en protestant.

— Oh, elle n'a pas commencé, votre course ! On en a pour cinq minutes, voir où ils en sont avec leurs conneries. J'en ai un peu ma claque d'être coincé avec ma femme à la maison le soir, j'aimerais que ça se termine vite.

À l'écran, un jeune homme en blazer se tient devant

l'entrée du Conseil constitutionnel. Il parle d'un ton calme et précis, détache un peu trop ses mots, comme s'il parlait à des demeurés.

— Les délibérations du Conseil constitutionnel sont terminées. À l'unanimité, l'avis rendu sur la prorogation de l'article 16 est négatif. L'entourage de Julien Kerr, le président du Conseil constitutionnel, fait savoir qu'il n'y aura pas de conférence de presse. Tous les regards vont désormais se tourner vers l'Assemblée nationale, où, dès cet après-midi, les députés vont se prononcer, à la majorité des deux tiers, sur une proposition de réunion de la Haute Cour de justice, visant à destituer le président Savidan. Le Sénat pourrait se réunir dans la foulée de ce vote pour, très vraisemblablement, le confirmer. La Haute Cour pourra alors se réunir, dans un délai d'un mois, indique la Constitution. Mais, selon nos sources, cela pourrait être le cas dès demain.

Au fond du café, un homme s'accroche à sa chaise, se met péniblement debout, et lève son verre. Malingre et malhabile, le visage ridé et rougeaud, il doit approcher les quatre-vingts ans. Il dégage une bonne humeur contagieuse. Tout le monde applaudit quand il lance :

— C'est la fin pour Savidan. Messieurs-dames, trinquons au jour où la République a refusé de s'effondrer.

Mathilde Lascaux n'applaudit pas. Elle n'est pas sûre que tout ça soit une bonne nouvelle, après tout.

56

Dimanche 27 juin

12 h 30

La capitale est devenue un cloaque où chacun tente de sauver sa peau parce qu'il croit la débâcle proche. Pierre Savidan aurait préféré se réfugier dans les abers, contempler le ciel gris et la mer bleu pétrole, entendre le hurlement du vent dans les branches des arbres, ses gémissements quand il s'engouffre dans les persiennes. Mais il n'allait pas leur laisser la capitale. Ce n'est pas parce que le Conseil constitutionnel lui a déclaré la guerre que la fin est nécessairement proche. Ces messieurs en costume-cravate, nourris aux privilèges de la République jusqu'au gavage, réunis en un ramassis de débris d'un monde à l'agonie, croient qu'ils peuvent contester le pouvoir du peuple.

Le vide s'est fait petit à petit autour de lui. Il ne lui reste que les derniers fidèles. Il est de plus en plus seul mais curieusement, cette solitude le porte. Il se sent léger parce que, derrière lui, il sent une clameur, il sent la ferveur de ces

Français qui veulent que le monde change et qui ne comprendraient pas qu'il les abandonne.

Assis à son bureau, il termine d'écrire son discours et se lève. Il jette un coup d'œil sur son smartphone. On lui annonce curieusement un parlementaire de plus. Certains sont plus intelligents que d'autres et sentent le souffle du peuple, plutôt que l'haleine âcre et fétide de leurs homologues. Il se dirige vers le studio, où l'attendent deux techniciens de Vitalise, Cédric et Yolène, qu'il a fait venir des Fossés, et qui l'accompagnent depuis plusieurs années, bien avant qu'il n'accède à l'Élysée. Il se sent bien avec eux, en confiance.

Tout est déjà prêt. Les lumières, le pupitre, le décor. Solennel. Un homme d'État, face à l'Histoire. Yolène lui donne un dernier coup de peigne. Il sourit et au moment de parler, il sent un sentiment de plénitude, proche de la lévitation, comme s'il s'était débarrassé de toutes les contraintes et les censures du monde qu'il s'est promis d'abattre, comme s'il atteignait une forme d'orgasme politique en balayant les certitudes, les apparences et les faux-semblants qu'on lui jette à la gueule.

— Mes amis, mes chers amis, commence Pierre Savidan avec emphase. Nous n'abdiquerons jamais. Nous ne concéderons rien face aux ennemis de la planète. Il y a un peu plus de trois ans, vous avez élu un défenseur de la vie à la tête de l'État. Aujourd'hui, ceux qui n'ont jamais digéré leur défaite, les professionnels de la politique, ceux qui vivent sur votre dos depuis des décennies, et qui confondent l'intérêt général avec leur intérêt particulier, ont encore frappé.

Et si vous les laissez faire, ils frapperont encore. Car après la décision inique du Conseil constitutionnel viendra la mascarade d'un Parlement transformé en Haute Cour et qui prétendra me juger. Mais à travers moi, c'est vous qu'ils jugeront. Vous, qui avez cru au changement. Vous, qui avez fait des efforts et des sacrifices pour adapter votre mode de vie, quand eux se contentaient de payer. Vous, qui voulez simplement vivre, respirer, cultiver, quand eux exigent de profiter, d'exploiter, d'accumuler. Mes amis, c'est l'avenir de notre pays qui se joue. Le monde nous regarde et croyez-le, c'est aussi une partie de l'avenir de la planète que ces épaves du capitalisme sauvage et saccageur d'hier ont entre leurs mains. Vous ne sauverez pas l'humanité avec faiblesse. Vous devez montrer de la force, vous battre comme vous l'avez fait et comme vous le faites régulièrement dans les aéroports, les fermes géantes, sur les autoroutes et autour des grandes propriétés. Aujourd'hui, c'est devant l'Assemblée nationale qu'il faut vous montrer. Pour leur montrer, à eux, qui est le maître. Françaises, Français, il est temps de se battre pour que votre avenir ne soit pas confisqué.

Pierre Savidan sourit, se pince les lèvres. Il fait un signe de la main à Cédric et Yolène, qui lui répondent par un pouce levé. Une seule prise suffit. Il maîtrise son sujet. Il sait que c'est un combat de désespéré. Fanny Roussel est morte : il n'a pas pu l'empêcher de se faire tuer, il l'a peut-être même espéré et pourquoi ? Pour préserver la vie d'une femme qu'il a crue sienne, quand elle s'est offerte à lui, quand il s'est fondu dans ce corps pendant des instants merveilleux et suspendus. Mathilde Lascaux a disparu de sa vie, sans qu'il l'ait voulu. Tout cela était écrit, sans doute, d'une façon ou d'une autre. Les officines de renseignements sont encore efficaces. Elle a rapidement été localisée à Bruxelles, puis chez elle, à Montbéliard. Il n'a pas cherché à la rejoindre, ni à la ramener. Il voulait avec elle un amour pur et hors les murs. C'est drôle comme on peut être naïf, encore, à son âge. Ou inconscient.

Tout a déjà commencé à s'écrouler autour de lui, alors autant continuer. C'est ce qu'aurait aimé Fanny. C'est ce que Mathilde aimait en lui, aussi, cette capacité à persévérer, envers et contre tout. Du moins il aime à le croire.

Pierre Savidan se souvient de cette cartomancienne qu'il avait croisée sur le marché de Gordes, dans le Vaucluse, lors de la campagne présidentielle. Une jeune femme aux yeux verts, à la peau burinée par le soleil, habillée d'une robe à fleurs qu'on aurait dite taillée dans les rideaux d'une maison laissée depuis longtemps à l'abandon. Elle avait insisté pour lui tirer les cartes. Il avait refusé, deux fois, mais elle avait fini par le convaincre. Il n'avait rien compris, rien retenu, sauf une phrase. « Vous avez tiré deux phalanges. Cela veut dire que vous avez été sauvé deux fois, déjà. Ne comptez pas sur la troisième. »

Il ne s'était fait aucune illusion. Lors du dernier décompte, il n'avait pas le *quorum* suffisant pour se maintenir. Ses derniers soutiens travaillent les parlementaires sans relâche, mais il sait que c'est peine perdue. La seule chance que le vote lui soit favorable, c'est qu'il n'ait pas lieu. Parce que s'il y a vote, il ira devant la Haute Cour. Et Dieu seul sait ce qu'ils lui réserveront.

57

Dimanche 27 juin

12h46

— Venez voir.

Avachi sur son fauteuil de bureau, les mains derrière la nuque, les manches de sa chemise retroussées, Serge Serrane s'offre une pause en mâchouillant un chewing-gum.

— Venez écouter ça, putain, répète-t-il à l'attention de ses trois collaboratrices.

Elles entrent dans son bureau. Le président de l'Assemblée nationale aime s'entourer de femmes. Jeunes et accortes si possible, « mais je peux faire une exception s'il y a de la compétence », aime-t-il préciser lors des dîners entre hommes. Cela fait déjà deux ans que ces trois-là travaillent pour lui. Deux Léa et une Marie-Georgette. Le prénom l'a fait marrer, le CV était parfait et il n'avait jamais eu de Black dans son équipe.

— C'est un appel à l'insurrection en bonne et due forme, note Marie-Georgette.

— Ce connard va s'accrocher le plus qu'il peut, répond Serge Serrane. Il va falloir qu'on accélère le mouvement.

Il regarde sa montre.

— On a trois heures avant le vote. C'est beaucoup trop. Ça laisse trop de temps à tous les excités pour se retrouver ici. Léa, on peut avancer le vote ?

— On peut, mais ça sera pris comme une manœuvre par tous les savidanistes.

— Pour ce qu'on en a à foutre… Allez, avance-le d'une heure. Léa, appelle-moi Morizais, s'il te plaît. Et Marie-Georgette, dis aux collaborateurs d'Olivier Cosse qu'on doit se parler d'ici une demi-heure.

Serge Serrane est revenu de Barcelone deux jours auparavant pour assister à la mise à mort de Pierre Savidan. Il sait ce qu'on dit de lui : qu'il a paniqué, qu'il a fait preuve de lâcheté, qu'il a déserté, même. Un député savidaniste l'a traité de « poltron » en direct lors d'un débat en multiplex. C'est vrai que Serge Serrane n'a pas l'âme d'un héros et que, ces dernières années, il a fait trop de concessions à la folie de Pierre Savidan. Mais au poste où il était, à la présidence de cette Assemblée nationale, il a aussi fait tout ce qui était en son pouvoir pour donner aux projets de loi les plus dangereux les contours les plus républicains possibles. Il n'a pas à rougir de son bilan, et il a su prendre le virage à temps pour fermer la parenthèse Savidan.

Philippe Cardo était peut-être plus courageux, et encore… En tout cas, ça ne lui a pas porté chance. Tout le monde sait que la thèse de l'accident de la route ne tient pas, mais tout le monde fait semblant d'y croire. Lui, Serge Serrane, il sait que le pouvoir rend fou, surtout au moment où on risque de le perdre. Issu d'une famille espagnole d'opposants à Franco, il sait que les assassinats politiques ont toujours existé.

Depuis son retour, Serge Serrane est resté sur ses gardes, jusqu'à ce qu'il entre dans ce bureau d'où il ne décollera pas avant que le président soit destitué. Là, il est chez lui. Il peut y dormir, y manger. Il pourrait même y baiser si l'une des trois jeunes femmes était d'accord. Il se surprend à y penser, parfois. Les trois en même temps, après tout, pourquoi pas ? Non, il vaut mieux que Pierre Savidan. Surtout, sa carrière vaut mieux que quelques parties de sexe. Il a du mal à comprendre comment le président a pu se laisser aller comme ça. Lui qui semble si maître de lui, toujours d'un calme olympien, au-dessus de la mêlée. Il a même du mal à l'imaginer baiser. Et puis il comprend, finalement : le président baise, et quand ça commence à lui porter préjudice, il élimine. Parce qu'il se sent hors d'atteinte. C'est bien ce qu'il a tenté de faire avec Mathilde Lascaux. L'impunité jusque dans l'intimité. Comme si la fonction lui servait de joker absolu.

Il ferme les yeux, secoue la tête, sa façon à lui de revenir à la réalité. Il prend le téléphone que lui tend Léa.

— Ah, Olivier ! Comment ça se présente, au Sénat ?

— Bien, bien. On aura les deux tiers sans trop de problème, et même bien plus.

— Parfait. Chez nous, on va y arriver aussi, *easy*. Y a plus que les irréductibles. Ça fait pas beaucoup. Tu as prévu le vote pour quand ?

— Demain matin.

— Tu as entendu le discours de Savidan ?

— Oui, évidemment. Je sais que tous les excités vont se donner rendez-vous, mais que veux-tu…

Marie-Georgette lui tend un post-it, sur lequel il croit déchiffrer : « Préfet de police vous rappelle ; trois cars de CRS en route. » Il murmure : « C'est pas assez. Il en faut dix fois plus. Il faut entourer l'Assemblée. »

— Tu peux faire voter ce soir ? Ou cette nuit ?

— Ce soir ? Mais…

— Moins on passe de temps en palabres, moins on sera sous la menace des débiles qui vont se donner rendez-vous sous nos fenêtres. Ce soir, ce serait parfait. Comme ça, on aura finalisé la constitution du Parlement en Haute Cour. Et lundi, on pourra passer au vote sur la destitution.

— La Constitution prévoit un mois, Serge. On ne peut pas faire ça du jour au lendemain. Il faut laisser à Savidan le temps de se défendre. Ou alors on fait comme lui, on ne respecte plus rien.

— Si on attend un mois, on ne pourra rien faire, Olivier. Parce que Savidan aura déclenché une guerre civile. Il faut aller vite. Lundi soir, affaire terminée. *Adiós* Savidan. Et tu prends tes quartiers à l'Élysée. La Constitution, c'est bien. Le goudron et les plumes, c'était bien aussi. On trouve un compromis, c'est tout.

58

Dimanche 27 juin

14 h 15

La foule est compacte, chauffée à blanc par un soleil qui semble occuper tout le ciel. Une fanfare s'est installée à proximité des cars de CRS. Les images de ces jeunes gens hilares, en tongs et en shorts, avec leurs instruments de musique, face à des forces de l'ordre engoncées dans leurs protections, la font sourire. Juliette Cormeray aurait aimé jouer d'un instrument de musique, elle aussi, mais elle se contente de chanter avec les autres, et de gueuler aussi :

VOTRE COUP D'ÉTAT ON N'EN VEUT PAS
SAVIDAN LE PEUPLE EST AVEC TOI
DÉGAGEZ ! C'EST NOTRE PARLEMENT !

Un jeune homme à côté d'elle cale le rythme de ses applaudissements sur les siens. Il a les cheveux mi-longs, des petites lunettes, il a la peau dorée et exhale un mélange de sueur et d'eau de Cologne. Le coude de Juliette Cormeray frôle le sien, il la regarde, lui sourit.

— Sacrée ambiance, hein, lui dit-il en se penchant vers elle. J'aurais loupé ça pour rien au monde.

Elle acquiesce, sans rien dire.

— Tu t'appelles comment ? demande-t-il.

Elle se tourne vers lui, elle lui sourit. Elle se sent bien. Elle est à sa place. Tous ces gens, toute la joie qui se dégage de ce rassemblement… C'est ce qu'il lui fallait, alors que tout, autour d'elle, vacille. Elle n'a pas de nouvelles de ses parents, mais fait confiance aux programmes PAIRE. Elle ne désespère pas de voir leur rédemption réussir et de les retrouver autour d'un socle de valeurs qu'ils pourraient partager. Salomé Cassard vire fasciste et Mathilde Lascaux… Elle ne sait pas quoi penser de Mathilde. Cette apparition du président… Elle aurait aimé qu'elle lui en parle. Si elle est honnête, elle aurait aimé être à sa place. La jalousie se nourrit de la certitude que Mathilde n'est qu'une opportuniste, qui baise non par amour mais par intérêt. On connaît si mal ses amies. Juliette Cormeray s'est sentie très seule ces derniers temps, mais ce cortège qui enfle, c'est sa nouvelle famille.

— Je m'appelle Juliette, dit-elle.

— Enchanté, Juliette. Moi, c'est Valentin.

Son débardeur lui colle à la peau. Elle n'a pas mis de soutien-gorge. Elle sent le regard du jeune homme sur ses tétons, se rapproche encore un peu de lui.

— Il paraît qu'ils veulent voter ce soir, sans même entendre Savidan, dit-il. Et ils parlent de démocratie… Ces gens sont fous.

Non, ils ne sont pas fous, pense Juliette. Ils sont aveugles et sourds. Ils sont égoïstes et insouciants. Ils sont humains, terriblement humains. Et parce qu'ils sont humains, ils sont aussi fiers et arrogants. Il faut savoir être froid, un peu inhumain peut-être, pour prendre les seules décisions qui peuvent encore donner un futur à l'humanité. C'est pour cela qu'elle a répondu à l'appel de Pierre Savidan.

La foule se fait plus dense encore. Juliette se sent poussée dans le dos. Valentin la retient par le bras. Des cris se font entendre un peu plus loin, devant, mais pas des cris de joie, plutôt des cris de panique, de protestation.

L'ambiance change en quelques minutes, au fur et à mesure que Juliette se rapproche des grilles de l'Assemblée nationale, Valentin toujours accroché à elle, la moiteur de la paume de sa main sur la peau de son poignet. C'est comme un ciel bleu qui laisse soudainement la place à l'orage. Quelques tirs de gaz lacrymogène s'éparpillent parmi les manifestants. Juliette se hisse sur la pointe des pieds, met sa main en visière. Il lui semble que les CRS reculent à l'intérieur de la cour, mais les dos et les crânes l'empêchent de bien voir. Tout à coup, elle sent une force la soulever par les hanches.

— Là, tu vois mieux ? sourit Valentin.

Oui, elle voit mieux. Elle voit les forces de l'ordre perdre du terrain, elle voit un flic se faire piétiner par la foule, elle voit de nombreux manifestants secouer les grilles en fer forgé, d'autres s'acharner sur une porte en plexiglas à gauche, à coups de masse.

— Tu peux me mettre sur tes épaules ?

— Je peux, répond Valentin avec enthousiasme.

Juliette surplombe le théâtre des opérations comme un général sur le champ de bataille. Il n'y a pas qu'un seul CRS à terre, mais plusieurs, qui tentent de se protéger des coups de pied qui leur sont assénés. Dans la cour, ils se sont positionnés en arc de cercle, sans doute pour anticiper le moment où la grille va céder.

Un homme lui tend un casque de CRS, elle le prend sans réfléchir, le brandit comme un trophée. Elle est fière d'être là.

C'est à ce moment que claquent les premiers coups de feu. Valentin est déséquilibré par un mouvement de foule. Elle tombe sur le coude. Il la relève rapidement, lui dit :

— Ça canarde. Les enculés. Faut pas rester là.

Au contraire, Juliette a envie de rester. Quelques tirs fusent encore. Une dizaine de munitions au moins, noyées parmi les flash-balls et les grenades lacrymogènes. Elle avance dans le brouillard, en toussant, son débardeur relevé sur la bouche. Ses yeux piquent, elle a envie de vomir, mais elle avance encore. Elle entend à peine Valentin qui lui crie de revenir. Elle se fait bousculer par une marée humaine qui fonce en sens inverse. Elle est sur le front, en première ligne. Devant la grille de l'Assemblée, deux corps immobiles gisent sur le bitume. Elle patauge dans une flaque de sang en s'approchant de la porte en plexiglas, l'entrée habituelle des députés et de leurs collaborateurs, qui a fini par céder. Plusieurs manifestants sont dans le hall, hagards, comme surpris de leur propre témérité, sans savoir où aller.

Juliette est déjà venue ici, plusieurs fois. Elle leur dit :

— C'est par ici !

Ses semelles, imbibées du sang des blessés, montrent le

chemin. Quatre manifestants la suivent en vociférant. Elle jette un coup d'œil en arrière : personne d'autre ne les a rejoints. Elle pense à Valentin, déçue. Ils empruntent les escaliers, courent dans les couloirs, cherchent l'hémicycle où doivent être rassemblés les députés. Ils arrivent dans la salle des Quatre-Colonnes, pleine à craquer. L'effervescence contraste avec les couloirs et les bureaux déserts qu'ils ont traversés. Personne ne semble se soucier de les voir là. Des dizaines de caméras filment les réactions des députés, qui s'agitent dans tous les sens.

C'est terminé. Le vote vient d'avoir lieu.

Juliette se laisse glisser le long de la statue de Brutus et se prend la tête entre les bras, secouée de spasmes. Le sang de ses semelles colore le damier bleu et blanc. Elle voudrait qu'il recouvre toute la salle, qu'une rivière écarlate emporte tous ces inconscients.

Elle entend :

— On y va !

Elle rouvre les yeux. Un flot de manifestants se déverse dans la salle des Quatre-Colonnes. Elle était à l'avant-garde. Elle reprend espoir en voyant Valentin qui gueule à la face d'un journaliste, et lui met un coup de tête. L'homme est à terre, en sang. Sa caméra s'est brisée. Juliette se relève, dos à la statue de Brutus, et embrasse du regard cette salle où se déroule désormais un pugilat géant. Une mêlée de corps qui tombent, se relèvent, s'agglutinent, des cris, des beuglements même, des « Non », des « Stop », des « Arrêtez », des « Allez-y », des « Tapez dans le tas », des « Boum » et des encouragements, comme dans un stade de foot, une arène où on mettrait à mort les ennemis de la planète.

Sur la droite, un homme en costume est à terre, il tente de protéger son crâne des coups de pied d'une jeune femme en treillis, qui a le visage rouge et grimaçant. Sa queue-de-cheval valdingue au rythme de ses frappes sur la gueule du député.

Trois hommes ont coincé une femme sur la gauche de la salle. Elle les reconnaît, à leurs T-shirts « Touche pas à ma Terre » : ils étaient tous les trois dans la manifestation, pas loin d'elle et de Valentin. Elle ne les voit que de dos et, entre leurs épaules, distingue le visage terrifié de la jeune femme, sans doute une journaliste, peut-être une députée. Elle a les mains devant elle, comme si elle les implorait de s'arrêter. Juliette Cormeray se surprend à sourire, à force de voir tous les lâches rendre les armes.

Elle se dirige en courant vers la porte qui donne sur l'hémicycle, se mêle aux dizaines de personnes qui poussent dessus pour la faire céder. Elle sent cette odeur de sueur et d'eau de Cologne à côté d'elle, tourne la tête, sourit à Valentin. Ses bras sont couverts de sang mais ça ne l'effraie pas, son visage est intact et il pousse lui aussi. Il crie « Allez », sans s'arrêter. Au bout de quelques secondes, ou quelques minutes – elle serait incapable de le dire avec précision –, la porte s'ouvre, elle s'ouvre sur un autre spectacle que le chaos des Quatre-Colonnes, sur le silence de députés terrifiés, terrés sur les travées du haut comme des rats pris au piège, cernés de toute part car au-dessus d'eux, sur les bancs réservés au public, d'autres manifestants apparaissent comme par magie.

L'hémicycle est grandiose, écrasant, baigné d'une lumière douce et chaleureuse. Instinctivement, Juliette Cormeray et les autres baissent d'un ton, pénètrent dans l'antre de ces représentants de la Nation qui ne représentent plus rien, sans se presser, regardant tout autour d'eux comme si des siècles d'Histoire les jugeaient. Alors que les manifestants commencent à arpenter les travées, une femme monte tranquillement au perchoir. Elle se saisit du micro et lance, d'une voix éraillée d'avoir trop crié, une voix aiguisée par la ferveur :

— Mesdames, messieurs les députés. Voici le peuple qui entre pour vous punir de votre orgueil et de votre trahison.

Son visage oblong, enserré par une chevelure blonde, sauvage, est traversé par la grâce. Ses yeux bleus hypnotisent Juliette Cormeray autant que ce doigt qu'elle pointe vers les parlementaires qui se sont mis debout et la défient désormais du regard, ce doigt qui désigne les coupables, ce doigt qu'elle suivra jusqu'au bout, quoi qu'il désigne.

Juliette Cormeray se met en marche, monte un à un les rangs de l'Assemblée comme elle monte les marches de son destin et il lui faut quelques instants pour comprendre ce qu'est ce bruit de pétard qui résonne entre les murs de l'hémicycle. Il est immédiatement accompagné de dizaines d'autres, en rafales. Elle se couche, se met à ramper et se réfugie derrière un banc en priant pour que le bois résiste. Elle ferme les yeux, colle ses mains sur ses oreilles, elle sent sa respiration paniquée prête à faire exploser sa cage thoracique, elle entend, surtout, le bruit des balles qui sifflent, se fichent dans les murs ou les bancs ou les corps, les cris, les râles, le silence. Combien de temps tout cela dure-t-il ? Elle ne le sait pas, mais ça s'arrête quand elle sent dans ses côtes un pied qui la secoue, et qu'elle entend une voix sourde qui lui ordonne :

— Lève-toi, connasse.

Alors elle ouvre les yeux et face à elle, elle n'a qu'un homme casqué, le fusil pointé sur son cœur.

59

Dimanche 27 juin

17 h 05

L'après-midi est magnifique et le soleil clément, la chaleur pour une fois supportable et le jardin fleuri serait une bonne alternative, sans doute, à l'impuissance qui taraude Mathilde Lascaux depuis qu'elle est enchaînée au canapé, scotchée devant BFM TV. Les mêmes images, en boucle, depuis des heures et des heures. Les bandeaux qui défilent, en dessous, les *breaking news* qui se succèdent, les téléphones mobiles qui sonnent et qui bipent sans s'arrêter. Elle a tellement de mal à réaliser qu'il soit derrière tout ça. Pierre Savidan est doux et calme : c'est ce qu'elle connaît de lui, et c'est ce qu'elle voudrait dire à son père qui, assis à côté d'elle, commente et commente encore à coups de : « Il faut le foutre en taule, ce président. »

L'Assemblée nationale a voté pour la proposition de réunion du Parlement en Haute Cour par 417 voix pour et 154 contre. Tout de suite après, le pays a basculé dans l'abîme. Le bilan de l'attaque de l'Assemblée est effroyable : quinze morts, dont trois députés, littéralement lynchés par la foule. Plus de quatre-vingts blessés. Cent douze arrestations.

— *Nous avons pu pénétrer dans l'hémicycle, explique le journaliste de BFM d'une voix blanche. C'est un… champ de bataille, comme s'il y avait eu une attaque terroriste. On peut qualifier cette attaque de terroriste, d'ailleurs, peut-être. Même si le sang… tout ce sang… est dû à la riposte de la police… enfin du Raid. Nous avons choisi de ne pas diffuser ces images, en raison de leur caractère choquant.*

À l'écran, un député, hagard, attend à côté du journaliste. Sa chemise est déchirée. La branche droite de ses lunettes est cassée, et il est obligé de les tenir pendant qu'il témoigne de ce qu'il a vu.

— *Tout est allé très vite, dit-il en reprenant son souffle. Le vote venait d'avoir lieu, nous étions dans la salle des Quatre-Colonnes avec les journalistes. Et une horde de manifestants s'est jetée sur nous. Ça a duré, je ne sais pas, quelques minutes… ça m'a paru très long, en tout cas. Je pense à mes collègues, qui ont payé de leur vie cet engagement pour la démocratie. Je… Je n'ai pas de mots. J'ai été élu sous la bannière du Mouvement vital, mais maintenant, je ne souhaite qu'une chose : la destitution immédiate du président.*

— *Vous avez voté pour ?*

— *Évidemment, dit-il en avalant sa salive. Évidemment… si j'avais su, oui, j'aurais voté pour.*

— Regarde-moi cet idiot, lâche Patrick Lascaux. Il ne répond pas à la question. Il a voté contre, ça se voit. Et il retourne sa veste parce que là, il sent que c'est allé trop loin. Fallait pas jouer avec le feu, pauvre con.

Mathilde Lascaux n'ose pas regarder son père. Elle fixe ce député, plutôt. Elle a été de ce camp, elle aussi. Elle y a cru, elle aussi.

— Tu es partie à temps de ce repaire de criminels, quand même, dit Patrick Lascaux en lui serrant le bras. Quand je pense que tu as bossé pour ce type… Mais personne ne pouvait se douter. Tu aurais pu te douter, toi ?

Est-ce qu'elle aurait pu se douter, que tout ça finirait dans le sang, son sang à elle, celui de Fanny Roussel, le sang des députés, le sang des savidanistes ? Non. Bien sûr que non. Elle ne dit rien. Son père ne lui demande rien d'autre.

Un bandeau apparaît sous l'image des présentateurs en studio :

Le Sénat vote la constitution du Parlement en Haute Cour par 325 voix pour et 19 contre.

Il est immédiatement suivi d'un autre :

La Haute Cour va se réunir « sans délai », affirme Olivier Cosse, le président du Sénat.

— Il y a encore eu dix-neuf couillons pour voter pour Savidan, lâche la mère de Mathilde Lascaux, qui les a rejoints et se met à commenter, elle aussi. Quelle histoire, mon Dieu, quelle histoire ! Ces dix-neuf-là, ils n'ont pas dû suivre les infos, je crois. Ou alors c'est eux qu'il faut enfermer. Vivement qu'on tourne la page. Mais il va peut-être s'accrocher, ce con, en plus !

Mathilde Lascaux se tourne vers sa mère. Elle lui sourit, piteusement, comme si elle était prise en faute. À cette interrogation, elle n'a pas de réponse. Elle se rend compte qu'elle ne connaît pas Pierre Savidan. Elle a laissé un inconnu la toucher, l'embrasser, la lécher, la pénétrer. Pourquoi ? Elle ne le sait pas. Peut-être parce qu'on ne peut pas dire non à un président. Mais il n'est plus président, ou presque. Elle s'était juré de disparaître. Mais un dernier message, peut-être. Peut-être que ça servirait à quelque chose. Elle se lève, enfile ses chaussures.

— Tu vas où ? lui crie son père.

— Faire un tour, répond-elle en claquant la porte. Je peux prendre ton portable ?

Elle presse le pas, elle court, maintenant. Elle sait où elle pourra trouver ça. Au cybercafé, il n'y a personne, à part une vieille dame voilée qui parle en arabe et rit aux éclats, dans une des trois cabines téléphoniques. Elle demande une carte prépayée. Elle sort le téléphone de son père, enlève sa SIM et insère la nouvelle à l'intérieur. Elle connaît par cœur le numéro du président. Elle tape quelques mots, qu'elle lâche comme on lâche une bouteille à la mer.

60

Dimanche 27 juin

19 h 32

Une petite bruine vient troubler l'atmosphère. Pierre Savidan regarde le ciel qui se voile légèrement, sourit un peu bêtement. Il pense à tous ces traîtres et ces ambitieux à Paris qui se déchirent déjà pour le pouvoir. Il n'a jamais considéré le pouvoir comme un but en soi, contrairement aux professionnels de la politique qui ne vivent que pour ça. Lui, sa vie, elle est ici, aux Fossés.

Personne ne sait qu'il a déjà quitté Paris, avant même d'être officiellement destitué. Un hélicoptère de l'armée l'a déposé chez lui, avec Sylvie, avant de repartir. Ils n'ont pas échangé un mot dans la cabine. Pierre Savidan sait qu'elle ne restera pas. Elle le quittera, comme tout le monde. Comme Mathilde, qui n'est réapparue que pour lui donner le coup de grâce.

Monsieur le président, il faut arrêter tout ça de vous-même. Ayez des mots apaisants, pour sortir par le haut. Faites-le pour moi, si vous ne le faites pas pour vous.

Son message l'a déçu. Une forme de chantage affectif, venant d'un numéro inconnu, froid et impersonnel. Signé « Mathilde Lascaux ». Même pas juste « Mathilde ». Quel souvenir gardera-t-elle de lui ? Aussi mauvais, sans doute, que celui que le pays conservera. On lui reprochera l'article 16, alors que c'était la seule solution pour espérer avancer à la vitesse requise. On lui mettra les incidents de l'Assemblée sur le dos, alors que ce sont les forces de l'ordre qui sont responsables du carnage.

— Tu ne tiens pas tes troupes, a-t-il lâché froidement à Vincent Quéméner avant de s'en aller.

— C'est Morizais qui a ordonné cet assaut, sans mon accord. Il sautera dès ce soir.

C'est fou comme les gens ne veulent pas voir. Vincent Quéméner comme les autres. Il a eu envie de lui dire que ce soir, il ne sera plus ministre de l'Intérieur, que le préfet de police, censément un « ami » et un « allié », sera considéré comme un héros pour avoir défendu la République. Que quelques morts savidanistes ne pèsent pas lourd face à ce qu'ils appellent « la défense de la démocratie ». Il n'a rien dit, le laissant dans ses illusions.

Pierre Savidan se promène dans le verger, que les stagiaires de Vitalise ont patiemment élaboré au fil des années, sur un terrain éloigné du corps de ferme, à l'abri des regards, grâce à une haie sauvage de plusieurs mètres de large. Des dizaines d'arbres fruitiers composent un paysage d'Éden d'où il s'est pourtant toujours tenu le plus éloigné possible. La terre y est riche et meuble.

Il pense à ces militants, qui ont perdu la vie parce qu'ils croyaient en lui, en sa capacité à changer les choses. Il n'a rien pu changer, au fond. Pierre Savidan n'est plus président de la République. Ainsi en ont décidé les caciques de cette parodie de démocratie. Il se console en se disant que personne n'était jamais allé aussi loin au nom du peuple et que même si, pour lui, tout est fini, il y a encore quelques parlementaires, il y a Vitalise, les salariés, les bénévoles, les formateurs, toute cette galaxie qui était là aux premières heures et à qui il a confié les clés de l'association pendant ses années à l'Élysée.

Il ne ressent aucune tristesse. Il n'a aucun regret. Il y a juste un grand vide en lui. Il a peur de s'y pencher, peur du vertige qu'il pourrait ressentir, peur d'y plonger car il ne sait pas ce qu'il y trouvera, au fond de ce gouffre.

Un sacrifice. Il n'y a pas d'autre nom pour ce qu'a été sa vie depuis vingt ans. Ceux qu'il aime d'abord, et lui ensuite. Ce n'est pas de sa faute si son amour a fini par toucher des millions de personnes. Pour eux, il s'était oublié.

Il s'approche du pommier le plus haut, celui qui à cette heure offre une ombre gigantesque si le soleil brille encore ou un abri touffu si, comme ce soir, la pluie tombe de plus en plus dru. Il s'assoit contre le tronc. Son dos caresse l'écorce de l'arbre. Il imagine ses racines profondes. Il se demande combien de temps ils vont mettre, à venir jusqu'ici, et surtout, s'il faut vraiment les attendre. Mais après tout, qu'a-t-il à faire d'autre qu'attendre, maintenant ?

Note de l'auteur

Depuis maintenant sept ans, j'ai beaucoup écrit sur la politique. Même si ma trilogie sur le pouvoir s'est achevée avec *La meute*, *Collapsus* ne fait pas exception à ce tropisme. Le roman se déroule dans un futur plus ou moins proche, à une date que j'ai volontairement laissée floue. Cette histoire n'a pas la prétention d'une prédiction. Mais qui sait ? La réalité, selon la formule consacrée, a l'habitude de dépasser la fiction. Choisir, renoncer, résister… Les dilemmes, personnels et sociétaux, que le roman pose sont, en revanche, actuels et universels.

Je voudrais remercier Julien Jeanneney, professeur de droit public à l'université de Strasbourg, et Thibault Guilluy, professeur de droit public également, à l'université de Lorraine, pour leurs explications sur la Constitution de la Ve République. Il va sans dire que je suis le seul responsable des éventuelles erreurs et inexactitudes sur l'article 16 et la procédure de destitution.

Merci aussi à Yves Gourmelon qui m'a conseillé quelques lectures qui m'ont été très utiles, à toutes celles et ceux qui ont lu le manuscrit et m'ont fait part de leurs observations et de leurs critiques, et particulièrement à mon éditrice, Stéfanie Delestré. Je suis très heureux de retrouver toute l'équipe de Gallimard, que je salue chaleureusement à cette occasion : David Angliviel, Christelle Mata, Frédérique Massart, Dominique Valentinelli, et les autres.

Merci à mon épouse, pour sa patience et son soutien.

DU MÊME AUTEUR

Aux Éditions Gallimard

EN PAYS CONQUIS, Série Noire, 2017 (Folio Policier n° 873).

LES INITIÉS, Série Noire, 2015 (Folio Policier n° 822).

Chez d'autres éditeurs

LA MEUTE, coll. Equinox, 2019 (Folio Policier n° 968).

LA FILLE DU HANH HOA, coll. Rivages / Noir, 2012.

BERCY, AU CŒUR DU POUVOIR. ENQUÊTE SUR LE MINISTÈRE DES FINANCES, coll. Impacts, 2011.

LÉO L'IVRESSE, Ouest-France, coll. Latitude Ouest, 2001.

Déjà parus dans la même collection

Chang Kuo-li, *Le sniper, le président et la triade*
Jo Nesbø, *De la jalousie*
Horace McCoy, *Les rangers du ciel*
Sébastien Raizer, *Mécanique mort*
Jeff Lindsay, *Riley tente l'impossible*
Jørn Lier Horst, *La chambre du fils*
Audrey Gloaguen, *SEMIA*
Sébastien Gendron, *Chez Paradis*
Mike Nicol, *Infiltrée*
Chantal Pelletier, *Sens interdits*
J.P. Smith, *la médium*
Raf Vallet, *Mort d'un pourri*
Raf Vallet, *Adieu poulet!*
Jacques Moulins, *Retour à Berlin*
Jo Nesbø, *Leur domaine*
Chang Kuo-li, *Le sniper, son wok et son fusil*
Deon Meyer, *La femme au manteau bleu*
William Lindsay Gresham, *Nightmare Alley*
Jørn Lier Horst, *Le code de Katharina*
Olivier Barde-Cabuçon, *Le cercle des rêveurs éveillés*
Thomas Cantaloube, *Frakas*
Marin Ledun, *Leur âme au diable*
Jean-Bernard Pouy & Marc Villard, *La mère noire*
Parker Bilal, *Les divinités*
Pierre Pelot, *Les jardins d'Éden*
Dolorès Redondo, *La face nord du cœur*
Sébastien Raizer, *Les nuits rouges*
William R. Burnett, *Good-bye, Chicago 1928*

William R. Burnett, *Little Caesar*
Jacques Moulins, *Le réveil de la bête*
Deon Meyer, *La proie*
Jean-Patrick Manchette, *L'affaire N'Gustro*
Jørn Lier Horst, *Le disparu de Larvik*
J.-P Smith, *Noyade*
Dror Mishani, *Une Deux Trois*
Sébastien Gendron, *Fin de siècle*
Parker Bilal, *La cité des chacals*
Vlad Eisinger, *Du rififi à Wall Street*
Danü Danquigny, *Les aigles endormis*
Neely Tucker, *Seules les proies s'enfuient*
Marc Villard, *Barbès Trilogie*
Caryl Férey, *Paz*
Mike Nicol, *L'Agence*
Jo Nesbø, *Le Couteau*
Tom Piccirilli, *Dernier murmure dans le noir*
Bryan Reardon, *Le vrai Michael Swann*
Chantal Pelletier, *Nos derniers festins*
Marin Ledun, *La vie en rose*
Elsa Marpeau, *Son autre mort*
Jørn Lier Horst, *L'usurpateur*
Patrick Hoffman, *Chaque homme, une menace*
Éric Maravélias, *Au nom du père*
Thomas Cantaloube, *Requiem pour une république*

Composition : APS-ie
Achevé d'imprimer
sur Roto-Page
par l'Imprimerie Floch
à Mayenne, le 23 août 2022.
Dépôt légal : août 2022.
Numéro d'imprimeur : 100795.
ISBN 978-2-07-297509-7 / Imprimé en France.

432457